CHICAS DE MUERTE Y DE FURIA

CHICAS DE MUERTE Y DE FURIA

NATASHA NGAN

Traducción de Tatiana Marco Marín

Argentina – Chile – Colombia – España
Estados Unidos – México – Perú – Uruguay

Título original: *Girls of Fate and Fury*
Editor original: Jimmy Patterson
Traductora: Tatiana Marco Marín

1.ª edición: octubre 2022

© 2021 *by* Natasha Ngan
All Rights Reserved
© de la traducción 2022 *by* Tatiana Marco Marín
© 2022 by Ediciones Urano, S.A.U.
   Plaza de los Reyes Magos, 8, piso 1.º C y D – 28007 Madrid
   www.mundopuck.com

ISBN: 978-84-17854-78-2
E-ISBN: 978-84-19251-81-7
Depósito legal: B-15.012-2022

Fotocomposición: Ediciones Urano, S.A.U.

Impreso por: Rodesa, S.A. – Polígono Industrial San Miguel
Parcelas E7-E8 – 31132 Villatuerta (Navarra)

Impreso en España – *Printed in Spain*

Para todos vosotros, que nos habéis acompañado
a Lei, a Wren y a mí en este viaje.
Ojalá toméis vuestras propias decisiones
y os enfrentéis a vuestros miedos con fuego por siempre jamás.

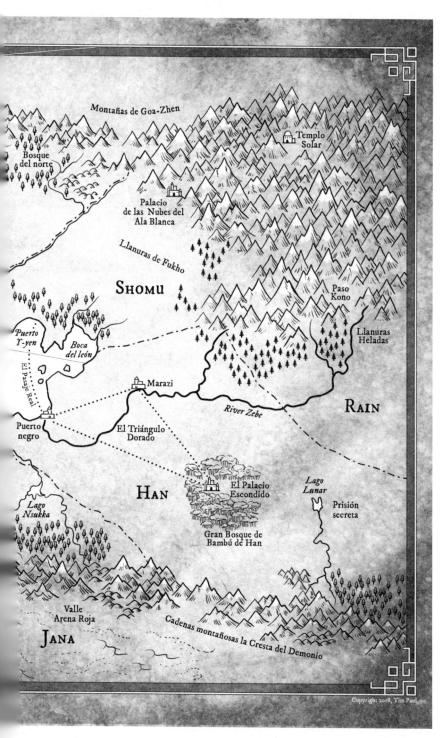

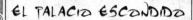

EL PALACIO ESCONDIDO

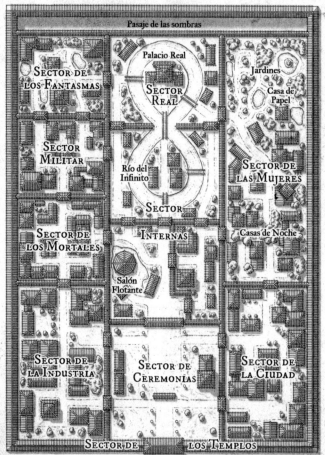

Pasaje de las sombras

SECTOR DE LOS FANTASMAS

Palacio Real

SECTOR REAL

Jardines

Casa de Papel

SECTOR MILITAR

Río del Infinito

SECTOR DE LAS MUJERES

SECTOR DE LOS MORTALES

SECTOR INTERNAS

Casas de Noche

Salón Flotante

SECTOR DE LA INDUSTRIA

SECTOR DE CEREMONIAS

SECTOR DE LA CIUDAD

SECTOR DE LOS TEMPLOS

Puertas

PLASSE

Gran Bosque de Bambú de Han

LAS CASTAS

Por las noches, los regidores celestiales soñaban con colores y, al llegar el día, esos colores se derramaban sobre la tierra y caían como lluvia sobre la gente de papel, y la bendecían con los dones de los dioses. Por temor, algunas personas de papel se escondían de la lluvia y esta no llegaba a tocarlos. Pero otros se solazaban con la tormenta, y resultaban bendecidos, más que todos los demás, con la fortaleza y la sabiduría de los cielos.

—Fragmento de las *Escrituras Mae* de Ikhara

Casta de papel – *Completamente humanos, sin ningún rasgo animal ni demoníaco; carecen de habilidades demoníacas tales como volar.*

Casta de acero – *Humanos que poseen ciertas cualidades animales o demoníacas, tanto en su físico como en sus capacidades.*

Casta de la Luna – *Totalmente demonios, con rasgos animales o demoníacos tales como cuernos, alas o pelaje, de forma humanoide y plenas capacidades demoníacas.*

—Fragmento del *Tratado sobre las castas de posguerra* del Rey Demonio

1
Wren

¡Plaf!

El sonido de cien varas de roble colisionando a la vez resonó por todo el pabellón de entrenamiento. Era ensordecedor, reverberaba contra las paredes como si el pabellón fuese un tambor gigante, y los guerreros que estaban dentro, baquetas vivientes que lo golpeaban siguiendo el mismo ritmo feroz.

Los músculos de Wren ardían. La tierra del suelo de la arena le azotaba las mejillas mientras danzaba y hacía girar su bo con precisión milimétrica, colocada en formación con uno de los guerreros Hanno. Su padre le había ordenado que supervisase el entrenamiento, no que participase en él, pero ella anhelaba una distracción. Necesitaba moverse, luchar, sentir el chasquido reconfortante y estremecedor de un arma chocando con otra.

Eso podía hacerlo. Eso sí podía controlarlo.

—¡Hyah! ¡Kyah!

Su compañero de entrenamiento gritaba con cada movimiento, mientras que ella peleaba en silencio.

El sudor le goteaba por el rostro. Generalmente, no solía transpirar tanto cuando luchaba, pero no se encontraba en su estado Xia; su magia la mantenía fresca del mismo modo en que la magia normal de los hechiceros lograba que uno entrase en calor. Además, hacía calor en el pabellón. La pared circular estaba construida con bambú tejido y atrapaba las altas temperaturas del mediodía. La luz se colaba por los agujeros como lanzas, titilando sobre un centenar de rostros concentrados.

Siempre había habido entrenamientos y prácticas para la batalla. A Ketai Hanno, el padre de Wren y líder de los Hanno, el clan de papel más poderoso de Ikhara, le gustaba que su ejército estuviese preparado; pero desde que se había declarado la guerra, había una sensación de urgencia adicional.

El ataque era inminente. Lo que no estaba seguro era quién daría el primer golpe: ¿Ketai o el rey?

Siguiendo el mismo ritmo que el soldado, Wren estaba absorta por completo en cada movimiento de su vara a pesar del dolor de la lesión que había sufrido un mes atrás (o, tal vez, gracias a él). Rugía en la parte baja de su espalda y sus caderas, como un grito de guerra silencioso. La sensación era profunda, y resultaba una carga mayor que cualquier otra cosa que hubiese experimentado, como si su sacro estuviese hecho de acero en lugar de hueso. El dolor no era algo nuevo para ella. Desde que tenía memoria, la habían forjado con él a través de las sesiones de entrenamiento con su padre y Shifu Caen. Y, aunque siempre la curaban de inmediato, la magia no borraba los recuerdos, y los recuerdos asociados con ese dolor eran infinitamente peores que el dolor en sí mismo.

Eran recuerdos de rugidos de demonios y de sangre sobre las arenas del desierto; de lo que quedaba una vez que los gritos y el choque de las espadas se disolvían en la nada; de una alfombra de cuerpos y, aun así, de la ausencia aún más terrible de uno de ellos.

Lei.

Su nombre era el eco de cada latido del corazón de Wren. Era brillante y oscuro, maravilloso e insoportable, tanto su fuerza como su agonía más profunda.

Era el motivo por el que no podía quedarse mirando el entrenamiento de aquella tarde sin hacer nada. Mirar tan solo le recordaba lo inútil que había sido aquella noche en los desiertos de Jana un mes atrás, y no podía soportarlo. Su padre, los médicos y los hechiceros le habían ordenado que descansara a causa de su lesión, pero el descanso y el sueño eran lo último que deseaba. Sabía con quién se encontraría en cuanto cerrase los ojos, y también sabía el dolor que sentiría cuando, al despertase, descubriera que la chica con la que había estado soñando no estaba allí.

Apiñada con un centenar de cuerpos en movimiento, Wren se lamió el sudor que tenía en los labios y siguió presionando a su compañero, perdiéndose en los ataques de la vara. Mientras los guerreros giraban, colocándose en una nueva formación, divisó una figura que los observaba desde la galería de observación, el lugar en el que ella misma debería haber estado en ese momento. Tuvo el tiempo justo para notar la desaprobación de su padre antes de escuchar su grito.

—¡Alto!

Al instante, la arena se quedó en silencio. Los soldados inclinaron la cabeza de forma respetuosa con las armas bajadas y respirando con dificultad. Tan solo Wren mantuvo el cuello erguido, centrándose en la mirada inimitable de su padre.

—Lady Wren —dijo él en tono afable, inclinándose para agarrar la barandilla—, ¿cómo va la supervisión del entrenamiento? Espero que bien.

Un par de risas tentativas se propagaron por la estancia.

Wren se pasó una manga por la frente. Se obligó a mantener el rostro impasible, aunque ahora que había dejado de moverse, su lesión gritaba de forma más feroz que nunca y el cansancio hacía que le crujiesen los huesos.

—Padre, tus guerreros están tan bien entrenados que ni mucho menos necesitan que los guíe —contestó ella—. Pensé que bien podría practicar un poco yo misma.

Ketai soltó una carcajada generosa.

—Una buena idea, hija. ¿Puedo unirme a ti?

Se lanzó desde el balcón sin esperar una respuesta. Entonces, mientras se metía el dobladillo de la larga camisa changpao por la cintura de los pantalones, dio un par de zancadas entre el mar de soldados que se abría a su paso. El compañero de pelea de Wren esperó hasta que Ketai los alcanzó cerca del centro de la arena para ofrecerle su vara de entrenamiento con una reverencia.

—Gracias, Amrati —contestó él, dedicándole una sonrisa resplandeciente.

Tenía que admitirlo: nadie podía criticar la forma en que su padre hacía que los miembros del clan se sintiesen importantes. Mientras que el Rey Demonio gobernaba con miedo e intimidación, Ketai Hanno comandaba con gracia, carisma y un afecto cálido y verdadero que, a veces, tan solo parecía amor.

Le mantuvo la mirada a su padre mientras se colocaban en posición. Su sonrisa, que hacía un momento había resultado tan relajada, ahora estaba torcida en las comisuras. Desde que el grupo de Wren había regresado roto, él había estado más tenso, con la ira y la decepción corriendo bajo aquella apariencia tranquila y amistosa.

No había sido el regreso triunfal que cualquiera de ellos hubiera deseado. De hecho, el resultado del viaje con Lei, Caen, Merrin, Nitta, Bo y Hiro para conseguir la lealtad de tres de los clanes demoníacos más importantes de Ikhara había sido peor de lo que nadie hubiera podido predecir. No solo habían perdido una de sus alianzas más importantes (el Ala Blanca) después de que a su líder, Lady Dunya, le usurparan el trono en un golpe de estado orquestado por su propia hija Qanna; sino que, después, Qanna había convencido a Merrin para que los traicionase y le otorgase al rey la posición del grupo.

Ninguno de ellos lo había esperado. Wren, que había crecido con Merrin en aquel mismo fuerte, no lo hubiese creído si no hubiese comprobado con sus propios ojos cómo la muerte de Bo, junto con la repulsión que sentía por el impulso de Wren de ganar la guerra a cualquier coste, le habían retorcido el corazón. Todo aquello los había conducido a una batalla espantosa en Jana.

Un desierto sangriento; la luz de la luna sobre un mar de cuerpos; Merrin, Nitta y Lei desaparecidos.

El Ala Blanca había sido fundamental para los planes de guerra de Ketai. Desde el golpe de estado, los miembros del clan que todavía eran leales a la madre de Qanna, Lady Dunya, estaban prisioneros en su propio palacio. Ketai estaba decidido a liberarlos. Aun así, sin importar cuántas formas de rescatarlos planteasen durante los consejos de guerra, todo se resumía en una cosa: no podían alcanzarlos sin tener demonios pájaro propios. Era casi imposible alcanzar el Palacio de las Nubes a pie, y, con Merrin todavía desaparecido, no tenían ninguna forma de llegar allí por el aire.

El apoyo del Ala Blanca para la guerra no era lo peor que habían perdido en aquel viaje. Ni mucho menos. Pero, a diferencia de los corazones detenidos por una flecha, el sacrificio sangriento de un joven hechicero o la desaparición en la noche de una chica, las alianzas al menos podían restaurarse.

Los soldados se amontonaron contra las paredes para dejar libre el espacio central de la arena. Justo enfrente de Wren, Ketai adoptó una postura defensiva mientras alzaba su vara de roble. Era una invitación. Ella alzó la suya para indicar que aceptaba.

Su padre se puso en acción con tanta rapidez que aún no había terminado de respirar cuando se cernió sobre ella. Golpeó con una fuerza increíble y el impacto hizo que a Wren le chirriasen los dientes. Clavó los talones en la tierra mientras él la obligaba a retroceder. Sin embargo, el propio Ketai la había entrenado, por lo que conocía su estilo de lucha a la perfección. Respondió apartándose hacia un lado para esquivarlo, y le lanzó una patada voladora que él rechazó con un brazo antes de hacer un giro a ras de suelo, apuntándole con el bo a los pies. Wren dio un salto y se lanzó en una ráfaga de golpes rápidos que Ketai bloqueó con una gracia feroz.

Una vez, Caen le había dicho que luchaba como su padre: de forma elegante e implacable. Aquella era una combinación peligrosa. Sin embargo, Wren tenía una ventaja clave: su sangre Xia.

Mientras continuaban danzando a lo largo de la arena, arrancando expresiones de asombro de los soldados, Wren sintió la llamada de su magia. Le ardía en la punta de los dedos y le susurraba en la sangre. La reprimió, restringiendo la concentración a su cuerpo y sus movimientos, al destello oscuro de los ojos de su padre y a la línea adusta que formaban sus labios.

Debido al estado en el que se había encontrado tras regresar del desierto, Ketai le había prohibido usar magia, ordenándole que descansara para recuperar fuerzas. Hasta entonces, ella había seguido sus órdenes. Sin embargo, en aquel momento, mientras luchaban, el dolor y la determinación palpitaban con mayor entusiasmo a través de ella con cada instante que pasaba, tal como ocurría cada minuto que pasaba sin Lei, sin saber dónde estaba o si estaba viva siquiera. Con todo ello, crecía el anhelo que sentía de acción, de ser útil, de hacer algo.

La magia emanó de ella con un rugido frío como el hielo. Avanzó rápidamente por el pabellón como una ola que lanzaba la tierra de la arena hacia fuera. Hubo gritos de los soldados que los estaban observando, que salieron en desbandada para ponerse a cubierto mientras la tierra golpeaba las paredes de bambú, y los cubría de arenilla y de polvo.

La magia se agotó en su interior de forma tan abrupta como había surgido. Antes de la Enfermedad, acceder a su poder había sido tan fácil como introducir un dedo del pie en un lago inmenso. Ahora, las aguas, que una vez habían sido sedosas, estaban espesas como el barro y emplear su poder era como una lucha. Aquello era una cosa más que el rey le había arrebatado. Aunque no podían estar seguros, casi todo el mundo sospechaba que el agotamiento del qi en toda Ikhara era culpa del monarca.

Se desplomó en el suelo y unos escalofríos sacudieron su cuerpo. Esforzándose para contenerlos, alzó la cabeza y vio cómo ayudaban a su padre a ponerse en pie.

Él encontró su mirada preocupada, y, por una vez, sus ojos negros como el azabache eran imposibles de leer. Entonces sonrió, sacudiéndose la ropa llena de polvo.

—Mi hija —declaró, haciendo un movimiento circular con el brazo—. Te has convertido en una gran guerrera.

Como era costumbre, hizo una reverencia, felicitándola por su victoria. Ella se la devolvió con rigidez. Cuando se irguió, su padre ya estaba caminando en su dirección y, al pasar por su lado, le dio una palmadita en el hombro un poco fuerte.

—Ven —dijo—. Tengo una tarea para ti.

El Fuerte de Jade, el hogar de los Hanno en el centro de Ang-Khen, se alzaba en un puesto de vigilancia alto entre multitud de valles boscosos. Había recibido su nombre por el brillante color jade de los pinos que se extendían en todas las direcciones y que se movían con el viento, dando la impresión de una isla en el centro de un mar profundo de color verde y dorado. Los sonidos del pabellón de entrenamiento fueron desvaneciéndose conforme Ketai la conducía por los terrenos hasta el fuerte, atravesando la puerta principal sobre la que ondeaban los estandartes con la insignia de los Hanno.

Los miembros del clan se apresuraban a hacer una reverencia cuando pasaban junto a ellos. Aquello no era nuevo, pero su actitud hacia Wren sí lo era. Había cambiado después de Año Nuevo, cuando se había mostrado no como la simple hija del clan que siempre habían pensado que era, sino como la única descendiente del tristemente célebre clan de guerreros, los Xia.

Se guardó la pregunta que quería hacerle a su padre hasta que estuviesen en un pasillo tranquilo o en uno de los pisos superiores. Era la misma que le había hecho casi todas las veces que habían hablado, y vio cómo se ponía rígido de irritación mientras se la repetía en aquel momento.

—Wren, mi respuesta ni ha cambiado ni cambiará. Nuestras torres de vigilancia están en alerta máxima para un ataque. No podemos prescindir de ningún soldado. Por no mencionar que tú todavía estás recuperándote.

—Estoy mucho mejor ahora —contestó ella—. He descansado suficiente desde lo de Jana y no necesito un gran ejército. Incluso podría ir sola…

—Ya es suficiente. —Como todas las órdenes de Ketai, aquella tenía un gran peso. Él se detuvo y se giró hacia ella—. Sé que era tu amiga más íntima. Sé que significaba mucho para ti.

Es, lo corrigió Wren en su cabeza. *Significa*.

—No puedo imaginarme lo difícil que debe de ser para ti no saber lo que le ha ocurrido. A ella, a Nitta o a Merrin. Ha sido difícil para todos nosotros, pero te necesitamos, hija mía. Yo te necesito. Además, Lei es la Elegida de la Luna. Si alguien es capaz de sobrevivir, es ella. No tengo dudas de que encontrará el camino para regresar a nosotros.

Las palabras que no habían dicho flotaban en el aire entre ellos.

¿Sobrevivir a *qué*? ¿Encontrar el camino para regresar desde *dónde*?

Tras la batalla en el desierto, Wren había buscado entre los cuerpos cualquier señal de Lei. Había intentado utilizar la magia para acelerar el proceso, pero, para entonces, ya no le quedaba más poder. Tan solo había parado cuando Caen la había frenado de forma física, diciéndole que había visto a Merrin salir volando con Lei y Nitta en medio de la batalla.

«¿Hacia dónde?», había gritado, pero sin importar cuántas veces lo repitiese, ninguno de ellos había podido responderle.

Al final, se había desmayado por la fatiga. Cuando se despertó, estaba en la parte trasera de un carruaje y se dirigían hacia el norte desde la frontera entre Ang-Khen y Jana hacia el Fuerte de Jade. Lova le había explicado todo lo que había ocurrido y, aun así, no había sido capaz de quitarse de la cabeza su propia voz, que gritaba eternamente: *¿Hacia dónde, hacia dónde, hacia dónde?*

Todavía no estaba más cerca de tener la respuesta.

Ahora, Ketai le pasó la mano áspera por la mejilla y le dedicó una sonrisa de ánimo.

—Si los dioses quieren, todos nos reuniremos a tiempo. Sin embargo, por ahora, tenemos trabajo que hacer. Necesito que estés concentrada.

Estaban en un ala tranquila del fuerte que, en su mayor parte, consistía en habitaciones libres para invitados y suministros, por lo que se sorprendió cuando, al doblar una esquina, se encontraron con un par de guardias custodiando una puerta modesta de madera. Ambos soldados hicieron una reverencia antes de dejarlos pasar.

Resultó que su tarea era un chico. Un chico chacal de la casta de la Luna que apenas parecía lo bastante mayor como para ser un soldado, aunque el baju rojo y negro del ejército real que llevaba puesto lo identificaba como tal. Las ropas eran demasiado grandes para su cuerpo enjuto y la sangre había formado una costra en su frente allí donde le habían golpeado.

—Lo atrapamos cerca de la torre de vigilancia del río —dijo Ketai.

Estaban junto a la figura inconsciente del demonio. Habían quitado los muebles de aquella habitación pequeña y el postigo de la ventana se había cerrado con un pasador. A diferencia del hogar de muchos clanes, el Fuerte de Jade no tenía prisiones y, en toda su vida, Wren jamás había visto que su padre tomase prisioneros. Tal vez lo hubiese hecho y aquella era la primera vez que le permitía verlo.

—Es muy joven —dijo mientras el asco hacía que se le revolviera el estómago. ¿Ahora el rey estaba reclutando niños para lanzarlos a la matanza?—. ¿Estaba solo?

—Una patrulla está peinando la zona ahora, pero dudo de que encuentren a ninguno más. El chico asegura que es un desertor, pero se niega a hablar.

—Un desertor. —Wren no parecía convencida, aunque su padre tampoco.

—No hay desertores del ejército del rey. Al menos, ninguno que esté vivo. Los capturarían y los matarían antes de que consiguieran alejarse cinco minutos de su puesto. ¿Sabías que los generales del rey hacen que los miembros más jóvenes de un batallón se encarguen de las ejecuciones? Dicen que los hace más fuertes. —Tras una pausa, posó una mano sobre el hombro de su hija—. Descubre qué es lo que sabe.

Un escalofrío le recorrió la columna vertebral. Antes de que pudiese poner ninguna objeción, su padre se giró para mirarla, ocultando al chico de su vista, y la sujetó con ambas manos.

—Todo lo que el rey y sus demonios hacen acaba criando a chicos jóvenes y duros que, en el corazón, sienten odio por la casta de papel. Chicos jóvenes y duros que acaban convirtiéndose en los hombres fríos y duros que les han arrebatado la vida a tantos de nuestros seres queridos. Ellos son contra lo que estamos luchando.

—Sus ojos destellaban—. ¿Quieres salvar a Lei? Este soldado podría tener información que nos sirviese de ayuda. Si conseguimos algo más a lo que aferrarnos, podremos debatir con seriedad su rescate.

El rostro de Lei ardía en la mente de Wren: aquellos ojos brillantes y dorados, la nariz pequeña y la barbilla en forma de corazón que había recorrido con los labios a lo largo de tantas noches robadas.

Ketai le estrechó los hombros.

—Me dijiste que estabas cansada de esperar, que necesitabas algo que hacer. Aquí tienes algo que hacer.

Wren exhaló, recordando cómo se había sentido al buscar entre aquel mar de cuerpos gritando el nombre de Lei en vano hasta que había notado la garganta en carne viva. O todos los días y todas las noches desde entonces, con el corazón todavía gritando y sin saber si todo aquello servía para algo.

Su determinación se volvió más fuerte.

—Lo haré.

Su padre le sonrió de forma sombría.

—Bien. Esta noche —dijo—, mientras todos estén cenando. —No añadió el por qué, aunque ella ya lo sabía: por si hacían mucho ruido, por si el chico necesitaba demasiado que lo convencieran para hablar.

Él se apartó, y volvió a proporcionarle una visión completa del demonio chacal. Era muy joven. Aun así, seguía siendo su enemigo.

Wren se imaginó a Lei, sola en algún sitio, probablemente a merced de los demonios. Aunque, en realidad, ¿cuándo no lo estaban los papeles? El dolor que la recorrió en ese momento cimentó su decisión. Su padre tenía razón: los chicos demonio como aquel se convertían en hombres demonio que no se lo pensarían dos veces antes de desgarrar su mundo. Lo sabía porque se lo habían hecho a ella y a Lei.

En la guerra, no había hueco para la piedad.

Incluso aunque, mientras lanzaba un último vistazo al chico antes de marcharse, una voz diminuta en su cabeza le recordase que Lei diría que sí lo había.

2
Wren

Aquella noche, mientras los miembros del clan se dirigían a la cena, Wren, por el contrario, se dirigió a la armería para elegir un arma.

Se decidió por un cuchillo para destripar: pequeño, dentado y todavía sucio de su último encuentro. Le gustaba la sensación de tenerlo en la mano y cómo era lo contrario a sus espadas gemelas, elegantes, largas y pulidas de forma impecable. Eran las armas de una guerrera de verdad: honorables, indulgentes y diseñadas para derramar la sangre de forma rápida y limpia. Aquel cuchillo era para asuntos turbios que se llevaban a cabo en la oscuridad. No era ni honorable ni indulgente y, cuando desgarrase la piel, dolería.

Cuando salió de la armería, encontró a Lova apoyada en la pared de enfrente. La chica leona tenía los brazos cruzados. Su cola dorada se retorcía de forma perezosa, y el pelaje lustroso que se aferraba a su cuerpo era casi una copia exacta del color caléndula de los pantalones anchos y la camisa cruzada que llevaba, con el lazo de la parte superior tan suelto que sus curvas generosas parecían derramarse. Lova era un ejemplo perfecto de cómo de llamativos podían ser los miembros de la casta de la Luna. Sus rasgos a medio camino entre una leona y una humana, se mezclaban de un modo que resaltaban la belleza y el poder.

Ella ladeó la cabeza con una mirada de inteligencia. Wren pasó de largo.

—Sé lo que estás haciendo —dijo Lova, siguiéndola.

—Y yo sé lo que estás haciendo tú —replicó Wren—. Eres la general de los Amala, Lo. Hacer de niñera no es exactamente apropiado para tu posición.

—Ay, ¿estás diciendo que eres un bebé? Qué adorable.

Wren apretó los dientes.

—Solo era una forma de hablar.

—Yo te llamé «bebé» en una ocasión —señaló Lova de forma astuta mientras sacudía la cola contra el costado de la chica.

—Fue hace mucho tiempo.

—Eso es algo que podemos remediar con facilidad.

Wren le lanzó una mirada de medio lado.

—Hace mucho, muchísimo tiempo.

Estaban cruzando el patio interior empedrado que había a la entrada de la fortaleza, donde había miembros del clan que charlaban en grupos o en parejas. Algunos se detenían a mitad de la conversación para contemplar cómo pasaban la hija del señor del clan y la preciosa general del famoso Clan de los Gatos, los Amala.

Se habían conocido en aquel mismo lugar. El padre de Wren había convocado una cumbre entre todos los jefes de los clanes para abordar la Enfermedad. Wren se había sentido fascinada por la estridente y joven leona desde el momento en el que había entrado en la fortaleza, como si su mera presencia reclamase como propio cualquier lugar en el que se encontrase. Una noche, Lova la había parado en un pasillo desierto. Ella se había sorprendido, pues al principio había pensado que quería atacarla. Sin embargo, la leona se limitó a pasarle la mano por la mejilla y a anunciar con valentía y sin vergüenza o duda lo siguiente:

«Eres la chica más guapa que he visto jamás. No podré esperar mucho más para besarte».

«Tan… Tan solo llevas aquí tres días», había contestado ella sin aliento.

Los labios de Lova se habían afilado hasta formar una sonrisa hambrienta.

«No se me conoce por mi paciencia», había dicho, antes de inclinarse hacia ella.

Habían pasado dos años, pero, aun así, parecía que habían pasado varias vidas.

De hecho, habían pasado varias vidas. Para Wren, el tiempo se dividiría para siempre entre su vida antes de Lei y su vida después, una vida nueva y terrible sin ella.

Dobló los dedos, tratando de calmarse. Si el joven soldado chacal tenía algo de información sobre el paradero de Lei, tal vez pronto tendría una nueva vida, una en la que volvían a reunirse. Era todo lo que deseaba, aunque también la aterrorizaba.

«Creía que el rey era nuestro único enemigo. Ahora comprendo que hemos tenido otro todo este tiempo: tu padre. Los Hanno. Tú».

En el barco de Lova la noche antes de la batalla en el desierto, aquella había sido su última conversación de verdad. Y por mucho que no pudiera ignorar los miles de recuerdos agradables que tenía de Lei, también estaba aquel, un veneno entre ellas que amenazaba con amargarlo todo.

La encontraría. No dejaba que ninguna otra opción penetrase en su mente. Pero, una vez que lo hiciera, ¿a qué Lei encontraría? ¿A la chica que la había amado con tanto cariño y ferocidad en habitaciones a medianoche, en el campo que pasaba ante ellas y bajo la luz de las estrellas en un mar ondulante? ¿O a la que había perdido en un desierto cubierto de cuerpos, que la había mirado con asco y una furia turbia que jamás pensó que se dirigiría a ella hasta el momento terrible en que lo hizo?

Los pasos de Lova y Wren resonaban contra las altas paredes mientras subían las escaleras que presidían el patio interior. Un dosel de estandartes ondeaba sobre sus cabezas. Había cientos de ellos, uno por cada miembro del clan. Era una imagen impresionante: una masa azul marino y blanca, como un mar que estuviese al revés, meciéndose suavemente bajo la brisa y rozando la entrada del fuerte. Cuando era pequeña, en lo más profundo de la noche para asegurarse de que no los veían, Wren había practicado magia allí con Caen muchas veces.

Dejándose llevar por un deseo repentino e infantil, tomó un poco de qi para levantar el viento y lanzó una fuerte ráfaga desde el otro lado del vestíbulo hasta los estandartes, haciendo que ondeasen con fuerza. Hubo gritos de asombro.

Reprimió un bufido ante la cantidad de energía que le había costado aquella demostración de magia frívola. Todavía se sentía dolorida tras el tiempo que había pasado en la arena de entrenamiento y cada parte de su cuerpo sufría.

—Se trata otra vez de tu lesión, ¿verdad? —dijo Lova—. Volvamos a la armería. O lucha conmigo, si tienes que hacerlo. No me vendría mal un poco de práctica; últimamente, las cosas han estado bastante aburridas por aquí.

—El aburrimiento no es malo.

Lova resopló.

—Lo dice la única superviviente del clan de guerreros más legendario de Ikhara, la que pronto acabará con el reinado cruel del rey para llevarnos a una nueva era en la historia de nuestras tierras. —Su voz perdió el tono jocoso—. No había nada aburrido en tu pasado, Wren Hanno, y tampoco lo habrá en tu futuro. —Cuando no respondió, Lova la tomó del codo—. Esto no es propio de ti —le dijo en voz baja.

—¿No? —Los músculos de la mandíbula se le tensaron. Recordó una vez más las palabras de Lei: «enemiga, tú». Sentía que la leona quería continuar con la conversación, así que le lanzó una mirada tajante y subieron las escaleras de los siguientes pisos en silencio.

Cuando llegaron a la habitación que su padre le había mostrado antes, los guardias hicieron una reverencia y abrieron la puerta.

—No tienes que venir conmigo, Lo —dijo—. Sobre todo, teniendo en cuenta lo mucho que lo desapruebas.

—Oh, cariño —ronroneó ella—, como si yo fuera de las que hacen las cosas buenas y sensatas.

Sin esperar una respuesta, entró con grandes zancadas y Wren la siguió, sintiéndose más ligera al saber que no tendría que enfrentarse a aquello ella sola. Eso era algo que Lei le había enseñado: que las cargas podían compartirse. Aunque ella jamás hubiera querido compartir aquello con Lei. Con Lova, por el contrario… Ella también había nacido con la violencia en la sangre; tal vez no le gustase lo que estaba a punto de ocurrir, pero lo comprendía.

El demonio chacal todavía estaba dormido, hecho un ovillo. Unas extremidades larguiruchas sobresalían por los dobladillos de la ropa demasiado ancha.

Wren sintió una oleada de compasión, lo que tan solo le recordó la poca misericordia que el rey y sus hombres les habían mostrado jamás.

Le dio un golpe con un pie para que se despertase.

El chico se puso en alerta en un instante, tratando de huir hacia atrás, con torpeza a causa de las ataduras. Alzó las orejas afiladas. Dormido, había parecido inocente, pero ahora gruñía con energía frenética.

—¡Basura keeda! —rugió. Sus ojos se dirigieron a Lova—. ¡Traidora a la Luna! —se mofó—. No sé qué es peor.

Lova jadeó de forma dramática.

—¿Cómo te atreves? ¡Por supuesto que yo soy peor! —Sus incisivos destellaron mientras se inclinaba hacia él—. ¿Quieres que te muestre cuánto?

Wren levantó una mano.

—Déjame que te lo ponga fácil —le dijo al demonio—. Dime ahora mismo qué es lo que estabas haciendo de verdad junto a nuestra torre de vigía. O puedes decírmelo en unos minutos a partir de ahora, tal vez incluso unas horas. El resultado será el mismo, pero una de las maneras será mucho más agradable para ti.

—Mucho más agradable para todos —añadió Lova haciendo un puchero—. Le dedico muchos cuidados a este pelaje para que esté tan lustroso.

El chico chacal le enseñó los dientes.

—No pienso ayudarte con nada, amante de los keeda.

Tenía la voz rasposa por la sed. Wren se planteó llevarle un poco de agua, pero no tenía tiempo; no si el chico tenía información que pudiera utilizar para encontrar a Lei.

—Entonces, ¿eliges el camino difícil? —le preguntó.

—Eres una listilla, ¿no? —La recorrió con los ojos y sus labios se torcieron—. ¿No eres una de las putitas del rey? Estoy seguro de que te he visto en el palacio.

Ante aquellas palabras, la habitación se sumió en un silencio peligroso. Sentía que Lova se estaba enfureciendo, esforzándose por contener su ira.

«Una de las putitas del rey».

Sacó el cuchillo de destripar de entre los pliegues de la cintura de su ropa. Quería acabar con aquello; quería acabar con todo aquello: aquel momento, aquella guerra y aquellos niños moldeados por el espanto y la maldad.

El chico chacal era muy joven de verdad y, aun así, la mirada desdeñosa que había en su rostro era tan antigua y estaba tan asentada como unos huesos enterrados. Sus ojos se dirigieron rápidamente al cuchillo y después a Wren.

—Hazlo lo mejor que sepas, keeda —dijo con desprecio.

Ella se agachó hacia él.

—Como desees.

En cuanto las golpeó la imagen completa que les había proporcionado la confesión del demonio, salieron de la habitación a toda velocidad.

Los miembros del clan miraron a Wren con sobresalto mientras ella y Lova bajaban con prisa las escaleras principales. Sabía el aspecto que debía de tener, cubierta de sangre y con los ojos desorbitados, pero no tenía tiempo para limpiarse. Cuando llegaron al vestíbulo, se separó para buscar a su padre, mientras que la chica león se detuvo y le habló desde su espalda.

—Enviaré a un médico y a un hechicero. Para que lo ayuden con el dolor.

Wren paró y se dio la vuelta sin aliento.

—Gracias —dijo. Odiaba que no se le hubiese ocurrido hacer lo mismo.

Lei lo habría pensado. Aunque, para empezar, Lei no hubiera hecho algo así.

«¿Cuántos asesinatos más cometeréis en nombre de la justicia hasta entender que sois tan malos como aquellos contra los que luchamos?».

Wren se sentía agradecida de que la mirada ambarina de Lova no la estuviera juzgando.

—Lo has hecho bien, Wren —le dijo—. Tan bien como se pueden hacer este tipo de cosas.

Entonces, se marchó, con el dobladillo de sus pantalones susurrando sobre el suelo de piedra.

Wren se apresuró en dirección al comedor. Ojos abiertos de par en par la seguían mientras se abría paso a través de la habitación abovedada, que estaba llena de ruido y el olor de la comida, con las mesas repletas de papeles y demonios. Su padre estaba sentado en la mesa habitual, la que presidía el salón. Caen estaba junto a él. Ambos se pusieron en pie antes de que llegase hasta ellos.

—Las torres de vigilancia están comprometidas —les dijo de inmediato—. Los soldados del rey llevan una semana haciéndose con el control de ellas para que no nos avisaran de los movimientos de su ejército. Eso era lo que estaba haciendo el chico junto a la torre del río.

Caen se tensó y sacudió la cabeza.

—Deberíamos haberlo sabido.

—¿Cuánto tiempo tenemos? —preguntó Ketai.

—Nosotros no —lo corrigió Wren—, Nantanna.

Durante un instante, ambos hombres parecieron confusos. Nantanna era la capital de la provincia, y Ketai, su administrador. Aunque habían aumentado la seguridad desde el comienzo de la guerra, habían esperado que atacasen el Fuerte de Jade. Naja, la guardia personal del rey, incluso había amenazado a Lei con aquello cuando los había atacado durante el viaje para asegurar alianzas. Nantanna era el tercer asentamiento más grande de Ikhara. Cientos de demonios vivían y trabajaban allí junto a los papeles y, a diferencia de lo que había ocurrido en otros lugares, había habido pocas evidencias de rebeldía contra el gobierno del rey. ¿Por qué atacaría una de sus propias ciudades?

La comprensión ensombreció el rostro de Ketai y Caen. Los habían engañado. Habían sido unos tontos por haber pensado en algún momento que al rey le preocuparía su popularidad entre los ciudadanos tras la guerra. Era temerario y estaba sediento de sangre. El rey heriría Nantanna por la misma razón por la que hería cualquier otra cosa.

Poder. Placer. Venganza.

—Nos marchamos de inmediato —dijo Ketai. Ordenó a Caen que reuniese a los refuerzos mientras él se dirigía hacia el vestíbulo.

Algunos miembros del clan que parecían curiosos habían comenzado a reunirse alrededor, y se sobresaltaron cuando su señor pasó junto a ellos hecho una furia. Por encima del hombro, le gritó algo a su hija.

—¡Quédate aquí! En mi ausencia y la de Caen, tú eres la responsable de la protección del fuerte.

Wren se adelantó hacia él.

—Padre, espera…

—¡No hay tiempo! Consigue que aguante el fuerte.

Después, desapareció en una nube de ropajes negros.

La atmósfera del vestíbulo estaba empezando a cambiar. Se alzaron voces preocupadas. Los miembros del clan y los aliados la rodearon, reclamando su atención mientras ella permanecía allí, con el corazón latiéndole con fuerza. Había llegado. El ataque que habían estado esperando. El primer golpe de la guerra, propinado por el rey. Sin embargo, por muy horrible que aquel descubrimiento resultase, la mente de Wren seguía atascada en la información que no había conseguido del chico demonio.

El paradero de Lei.

La pregunta que la había perseguido desde hacía un mes retumbaba en sus oídos con más fuerza que las que le hacían los demonios y los humanos que se agolpaban a su alrededor.

¿Dónde estaba?

¿Dónde está Lei? ¿Dónde, dónde, dónde?

Para, se ordenó a sí misma con dureza, calmándose. Desde pequeña, Caen le había enseñado que había un momento y un lugar para todo. Podría hundirse en la desesperación más tarde, pero, en aquel momento, tenía deberes de los que ocuparse.

Era una guerrera, era la hija del jefe del clan y tenía la responsabilidad de actuar como tal.

Respiró hondo antes de darse la vuelta para dirigirse a los rostros ansiosos de los miembros del clan y los aliados, preparándose para sus reacciones cuando descubriesen que la guerra había comenzado de verdad.

3
Lei

Esta vez, cuando el guardia se acerca a mi puerta, estoy preparada.

He estado toda la noche despierta, trenzando un lazo de tela a partir de jirones de mi hanfu. Por suerte, todavía hace bastante frío para llevar una capa más de ropa. Dado que un brasero o una linterna sería demasiada munición en mis manos, los guardias han estado dándome conjuntos de ropa de dos capas cada tres días. Aunque ya casi debe de ser primavera, dentro de esta habitación de mármol sin ventanas parece que sigue siendo invierno, y no pueden dejar que me resfríe o me congele hasta morir durante su turno.

Voy a morir, pero no son ellos quienes van a matarme.

Cuando oigo el movimiento en la antesala, me pongo en marcha. Agarro mi arma improvisada y me pego a la pared que está a la derecha de la puerta. Conforme los pasos se acercan, paso un dedo por la tela tejida que tengo enrollada en la mano.

Son pasos de demonio. No son cascos, sino algo pesado y sordo que va acompañado por un chasquido. ¿Garras? ¿Zarpas? Después de tanto tiempo encerrada, me he vuelto experta en reconocer las particularidades del paso de cada guardia. Los pasos más pesados implican que es un pájaro o un reptil, aunque es más probable que sea un reptil dado que los demonios pájaro son más difíciles de encontrar. Los otros golpes secos y acolchados suenan como si perteneciesen a alguien con forma de oso.

Siempre envían a los guardias en pareja. Tras mi primer intento de huida hace unos días, después de que Naja me trajese aquí, habían reducido mis comidas de dos al día a una. Tras el segundo, empezaron a poner hierbas somníferas en la comida. Tras el tercero, me golpearon hasta que me desmayé. Cuando me desperté, habían quitado todos los muebles de la habitación (o de la celda, que es como supongo que debería llamarla, para ser más exacta).

El Palacio Escondido siempre ha sido mi prisión.

Espero en la oscuridad. Este será el intento de escape número cuatro.

En las culturas de Ikhara, el cuatro es un número de la mala suerte porque suena muy similar a nuestra palabra para «muerte». Se dice que los bebés que nacen el cuarto día del mes tienen un destino funesto y evitamos encender cuatro barritas de incienso a la vez para no corromper nuestras plegarias. Tien, que siempre ha sido la más supersticiosa de la pequeña familia de la herboristería, incluso evita el número al contar. Suele empujar dos cuentas de bambú en el ábaco para pasar de tres a cinco, de forma rápida y precisa, como si fuese a sufrir una infección si las toca demasiado tiempo.

Golpe, chasquido, golpe, chasquido.

Conforme los guardias se acercan, estoy segura de que este intento, el desafortunado número cuatro, será el que funcione. Después de todo, quiero que la muerte se fije en mi puerta.

Agachada en la posición de ataque que Shifu Caen me enseñó, estrujo mi arma improvisada, dando saltitos sobre la parte delantera de los pies.

Se oye el ruido de los cerrojos abriéndose. Después, una grieta de luz rasga la habitación.

Entra el primer guardia. Tenía razón, es un demonio lagarto. Un destello de confusión se apodera de su rostro escamoso cuando no me ve en el lugar donde suelo dormir, pero incluso antes de que haya tenido tiempo de mirar alrededor, salto hacia él y lanzo el lazo hacia arriba, que resbala por su cabeza antes de que yo me abalance sobre él.

Se tambalea hacia atrás con un grito y alza las manos terminadas en zarpas. Me araña y me da puñetazos en los muslos y el costado, pero yo me aferro a él, sentada a horcajadas sobre su cuello, tirando del lazo con toda mi fuerza.

El segundo guardia irrumpe en la habitación con el sable desenfundado. Es una mujer panda intimidante, dotada con más músculos en un solo dedo de los que yo tengo en todo el cuerpo. Sin embargo, a pesar del sable, es su mano desarmada la que vuela en mi dirección. Evito que me toque con una sonrisa frenética torciéndome los labios.

No pueden arriesgarse a matarme. Lo he sabido desde que me trajeron aquí o incluso antes, cuando Naja me encontró hace un mes en el desierto, sola y empapada de sangre, y me dijo que me traía a casa. Soy consciente de que esta protección es tan solo temporal. El rey quiere reservar todo el daño, todo el dolor y toda la venganza para sí mismo. Pero, en este momento, no me importa. Ahora mismo, con las rodillas cerrándose en torno a los hombros del lagarto, que se mueven con dificultad, me esfuerzo por mantener el lazo apretado, burlándome de la soldado que está blandiendo una espada que no le sirve para nada.

—¡La chica se escapa! —grita en dirección al pasillo antes de intentar agarrarme de nuevo.

Me libro de ella cuando las rodillas del lagarto ceden y ambos salimos rodando por el suelo. Lo inmovilizo y él sacude las manos escamosas. Desde atrás, la mujer panda agarra un puñado de la parte trasera de mi túnica ligera y medio desgarrada, pero su fuerza tan solo hace que el lazo se apriete más.

El guardia lagarto farfulla. Ya no puede quedar demasiado.

El rojo se apodera de mi visión. Un deseo oscuro me recorre las venas con fuerza. Más que un deseo es una necesidad. Necesidad de hacer esto, de que alguien se convierta en el chivo expiatorio de todo lo que ha ocurrido, de tener alguna forma de liberar la ira y la culpa que hierven en mi interior desde aquella noche desesperada en el desierto, desde la última vez que la tuve a ella entre mis brazos, desde que nos encontramos con aquellas ruinas ardiendo en medio de un arrozal, desde que enterramos a un chico leopardo que siempre estaba riendo, desde que… desde que ocurrió todo.

Y de pronto, de forma tan inmediata como cuando enciendes una cerilla, la ira y la desesperación desaparecen. Es como si mi alma se hubiese soltado de mi cuerpo. Flotando fuera de mí misma, planeando sobre la escena, la veo extendida como una pintura empapada de violencia.

Un soldado intenta separar a dos figuras que luchan en el suelo, una de un demonio a punto de morir, inmovilizado contra el suelo por una chica humana enloquecida y con la sed de sangre reflejada en los ojos. La cabeza de la chica está echada hacia atrás; tiene los nudillos blancos allí donde agarra el lazo que ha confeccionado durante una larga noche tan solo para este momento. Otra muesca que añadir a su lista de muertes.

Miro hacia abajo y la chica fija sus ojos en los míos. Enmarcados por unas pestañas espesas y la parte blanca inyectada en sangre, tiene los iris dorados; claros, líquidos y dorados como la luna de Año Nuevo. Sin embargo, eso es todo lo que reconozco en ellos. Su mirada salvaje me atraviesa. Bien podría ser una desconocida.

Entonces, el momento se rompe y todo regresa con un estruendo: los sonidos horribles del lagarto mientras se sacude bajo mi cuerpo, la mujer panda gritando y los pasos que corren a toda prisa por el pasillo, indicando que llegan más guardias.

Suelto el lazo de forma tan repentina que hace que el peso de la soldado panda se libere. Ella se tambalea hacia atrás con un gruñido. Yo me choco contra ella y, al instante, otros guardias, demasiados como para que luche contra ellos, caen sobre mí con manos fuertes que me retuercen los brazos a la espalda.

Me abren la boca a la fuerza y alguien hace que el sabor amargo de las hierbas sedativas se cuele más allá de mis labios. Las trago y, cuando la oscuridad llega para arrastrarme al fondo unos segundos después, lo que siento es gratitud.

Por primera vez desde que me trajeron de vuelta al palacio, me despierto en una habitación diferente. Lo sé por la calidez. Con los ojos todavía cerrados, siento la luz del sol y el colchón blando. Ambas cosas me resultan extrañas después de varias semanas de oscuridad y de piedra fría contra la espalda. El aire huele dulce: a peonías y a té con un trasfondo almizclado que las fragancias más agradables no pueden ocultar. Hay algo en el olor que intenta abrirse paso en mi memoria. Mientras pestañeo para abrir los ojos, sintiéndome todavía un poco atontada por las hierbas, aparto la sábana que me cubre el cuerpo y descubro que, bajo ella, estoy desnuda.

Me incorporo de golpe. Sujetando la sábana contra el pecho, miro alrededor de forma salvaje, enseñando los dientes y lista para pelear. Sin embargo, la habitación está vacía. Calmando la respiración, me aparto el pelo de la cara con la mano que tengo libre. Espero encontrarme una maraña; después de todo, haber pasado largas semanas en una celda e innumerables interrogatorios no ha obrado maravillas en mi rutina de belleza. Sin embargo, los dedos se deslizan con suavidad.

Me han lavado. Siento un nudo en el estómago al imaginarme manos ajenas sobre mi cuerpo mientras yazgo inconsciente. Entonces, suelto una risa punzante. ¿Por qué debería esperar otra cosa? Estoy en el Palacio Escondido. Aquí, mi cuerpo es algo con lo que los demonios pueden hacer lo que les plazca. Esto es lo que la corte sabe hacer mejor: tomar cosas y restregarlas hasta dejarlas en blanco. Ser un papel no es solo una casta para ellos; es un estado, una expectativa de lo que deberíamos ser: frágiles, en blanco, algo que rasgar, algo que usar y desechar sin pensarlo dos veces.

El corazón me palpita de forma sombría, porque hace tiempo que aprendí que el papel tiene sus propios poderes: la capacidad de prenderse, de volver a formarse, de evolucionar; y la chica humana que han traído de vuelta al palacio no es la misma chica que era la primera vez que llegó.

Céntrate, me digo a mí misma. *Recuerda lo que te enseñó Caen. Observa lo que te rodea, pues todo tiene el potencial de ser tu perdición o tu camino hacia la victoria.*

Estudio la habitación. Aunque están construidas con el mismo mármol color crema que la celda, estas paredes y suelos parecen más suaves gracias al mobiliario. Las sedas ondean sobre unas persianas a medio bajar. Una alfombra de ratán se extiende de una punta de la habitación a la otra. Estoy en una cama colocada en una esquina de la estancia y, frente a mí, hay una mesita baja rodeada de cojines. Sobre la mesa hay dos tazas de té; una de ellas está medio vacía y de ella todavía emergen volutas de vapor. Aquí ha habido alguien hace poco.

Bajo el aroma del té, el agudo olor almizclado vuelve a intentar despertar mi memoria, pero todavía soy incapaz de identificarlo y, en lugar de perder el tiempo persiguiendo viejos recuerdos, centro mi atención en las ventanas.

Me pongo en pie en apenas unos segundos y, envolviéndome el cuerpo con la sábana, me dirijo a la ventana más cercana y aparto las persianas plegables. Me encaramo al alféizar y estoy a punto de llorar gracias a la ráfaga de aire primaveral que me anima el alma de forma gloriosa con las canciones de los pájaros, la luz del sol y la seductora promesa de la libertad.

Detrás de mí, oigo el chasquido de unas garras.

—Baja de ahí, Lei-zhi —me ordena una voz ronca.

Me quedo congelada, todavía contorsionada en un revoltijo extraño de extremidades y con la sábana tan retorcida que casi se me ha subido hasta la cintura. Sin embargo, no me giro. Ahora que mis ojos se han ajustado a la luz, no puedo apartar la mirada de las vistas.

Estamos en lo alto, al menos en un tercer piso. Bloques de edificios achaparrados se pierden en la distancia, interrumpidos en algunos lugares por patios verdes y plazas amplias. Un río brilla bajo el sol de mediodía. Mi mirada se siente atraída hacia la parte más alejada a la izquierda, donde se despliega un paisaje verde formado por jardines y bosques. Los pájaros giran sobre las copas de los árboles distantes en formaciones que parecen remolinos. Me resultan tan familiares gracias a todas las veces que he mirado por una ventana diferente de este mismo lugar, anhelando con todas mis fuerzas poder unirme a ellos.

Y allí, lejos, en la distancia, está el motivo por el que nunca pude.

Paredes imponentes de piedra color medianoche.

Por supuesto, durante todo este tiempo, he sido consciente de dónde estaba, pero verlo de verdad es como recibir un nuevo golpe. Una vez, creí que no volvería a ver estas calles y estos patios nunca más. Había estado muy segura de ello.

Las dos habíamos estado seguras.

—¡Lei-zhi! —ruge a mi espalda la misma voz severa—. ¡Baja de ahí de inmediato! Esa no es manera de comportarse para una Chica de Papel.

Chica de Papel.

Las palabras poseen una carga adicional al dolor que causan habitualmente.

Tras pelear con mi cara para mantener el gesto más neutral del que sea capaz, me bajo del alféizar.

—Madam Himura —digo de forma gentil, girándome para mirarla de frente—, qué maravilla volver a verla de nuevo.

Ella me fulmina con la mirada, entrecerrando los ojos amarillos de águila. Las plumas de su cuello están agitadas, señal inequívoca de que está enfadada, y sujeta su bastón con mango de hueso con tanta fuerza que me sorprende que no se le haya resquebrajado.

Me yergo, preparándome para el ataque inevitable y la fuerza violenta de Madam Himura a la que todas nos acabamos acostumbrando tanto. Aunque solo es la supervisora de unas cortesanas, la anciana mujer águila actúa con la autoridad de un general del ejército, consiguiendo mantener el orden de forma igualmente agresiva con las palabras que con los golpes.

Al final, se limita a señalar la mesa con un brazo alado.

—Siéntate —dice en un tono casi cansado—. Y no te molestes en intentar malgastar un poco más de mi tiempo; hay guardias fuera y muchos más repartidos por todo el edificio.

—Podría salir por la ventana —le sugiero, obstinada.

—¿Puedes volar?

—No estoy segura; nunca lo he intentado.

Madam Himura hace un gesto con el brazo.

—Entonces, adelante, chica. A mí no me importa. —Cuando no me muevo, ella añade de malas maneras—: Eso pensaba.

Después, se dirige a la mesa caminando con fuerza. Yo no me uno a ella. Con la mirada todavía llena de odio, comienzo a hablar.

—¿Dónde...?

—Estamos en el Sector Real, en el palacio del rey. Esto es el Anexo de la Luna.

El Anexo de la Luna. Vagamente, recuerdo una de las primeras lecciones como Chica de Papel que recibimos en la habitación de nuestra otra guardiana, Dama Eira, en la que nos describió las diferentes zonas del palacio. La fortaleza del rey en el Sector Real es el edificio más grande del Palacio Escondido y está construido con la misma piedra oscura que la muralla perimetral. Por el contrario, el Anexo de la Luna es un anillo situado en la parte oriental de la fortaleza y está construido con mármol blanco, tal como habían recomendado los arquitectos para conseguir una prosperidad óptima. Si no recuerdo mal, contiene las oficinas de los miembros de alto rango de la corte junto con habitaciones de entretenimiento y suites para invitados.

Lanzo una mirada a la puerta y después a la ventana, intentando pensar en rutas de escape. Aun así, ahora que sé con exactitud dónde estamos, sé que cualquier intento sería fútil. Al menos, no sin la planificación adecuada.

Me siento en la mesa junto a Madam Himura a regañadientes. Ella se estira para rellenarme la taza y yo alzo una ceja.

—¿No hay doncellas? —Nunca antes la he visto alzar el ala para algo que no fuera golpearnos. Ella deja la tetera.

—Ya no.

La miro de arriba abajo con rapidez. Bajo el hanfu de color discreto, Madam Himura parece haberse encogido. Tiene las plumas oscuras de un tono apagado y pegadas al cuerpo en lugar de brillantes por los aceites y perfumes. Además, sus movimientos son rígidos, y no tan rápidos como solían ser.

He visto a demasiadas mujeres a las que les han quebrado el espíritu como para no reconocerlo ahora. Aun así, sea lo que sea que el rey le ha hecho, tuvo cuidado de no dejar ninguna señal visible del abuso. ¿Trabajaron los hechiceros con su cuerpo de la misma manera que lo hacían con el mío después de pasar una noche con él? ¿Habían depositado la magia sobre su piel para borrar los moratones sin dejar que los encantamientos penetrasen con mayor profundidad para que el dolor continuase como un recordatorio invisible de que nunca más debía hacerlo enfadar?

La pena me dura poco. Madam Himura nunca fue amable con ninguna de nosotras cuando estábamos sufriendo. Echó a Mariko a la calle como si fuese basura. Ella fue quien pidió a los hechiceros que me dejasen sufrir cuando el rey me había destrozado.

Las preguntas brotan de mí de forma atropellada.

—¿Dónde está Dama Eira? ¿Están a salvo las otras chicas? ¿Dónde está Kenzo? ¿Y Lill? ¿Por qué estoy aquí?

No digo lo que de verdad quiero decir: «¿Por qué estoy viva?».

Madam Himura me lanza una mirada furibunda.

—No estoy aquí para responder a tus preguntas, Lei-zhi, ni siquiera aunque tuvieses la paciencia de hacerlas tal como te enseñé.

—Entonces, ¿para qué está usted aquí? —pregunto con mala cara.

Ella responde como si fuese algo evidente.

—Para lo que siempre he estado aquí, para prepararte. Esta noche tienes que asistir a una cena importante y debes mostrar tu mejor aspecto para el rey.

Me río y el sonido resulta duro.

—Está bromeando. —Cuando no dice nada, me pongo de rodillas, haciendo que la mesa se tambalee con tanta fuerza que mi taza se vuelca en el proceso, derramando el té por toda la madera laqueada. Madam Himura observa ese desastre con desaprobación, pero yo no aparto los ojos de ella—. Me dais asco —le espeto—. Todos vosotros.

Ella chasquea la lengua.

—Cálmate, Lei-zhi.

—Oh, discúlpeme por no estar muerta por dentro. —Me tiemblan las manos y noto un pitido agudo en los oídos—. Eso es lo que siempre estaba intentando quitarnos a golpes, ¿verdad? —prosigo con amargura—. La vida. La pasión. Cualquier rastro de humanidad. Papel, eso es lo que quería que fuésemos. Pequeñas muñequitas de papel con nada más que montones de papel en blanco en lugar de corazones.

Por un instante pasajero, un gesto de sentirse dolida atraviesa los rasgos de la mujer águila. Después, se pone en pie y su rostro vuelve a ser como una máscara vacía.

—El rey te ha mandado llamar, Lei-zhi; sabes lo que eso significa. Puedes dejarme que te prepare o podemos drogarte de nuevo y hacerlo mientras estás inconsciente. Dejaré que lo decidas tú misma.

—Está bien —replico con frialdad—. De momento, seguiré el juego, pero no espere que dure para siempre.

Sé lo que el rey me tiene reservado. Un demonio como él jamás permitiría que alguien lo humillase sin castigarlo después. Es solo cuestión de tiempo que un animal se aburra de jugar con su comida antes de devorarla.

Por desgracia para él, ocurre lo mismo con las chicas humanas.

Los dos hemos estado jugando el uno con el otro durante bastante tiempo. La última vez que lo vi, le clavé un cuchillo en la garganta. En esta ocasión, he aprendido la lección.

En esta ocasión, le apuntaré al corazón.

4
Lei

Cuatro horas, dos hechiceros, seis doncellas y tres vestidos estropeados después (no iba a ponérselo fácil, ¿verdad?), vuelvo a sentirme como nueva. Todas las señales de los interrogatorios han desaparecido gracias a los encantamientos o están ocultas bajo las capas finas como la seda de mi hanfu negro y dorado. Esos son los colores del rey. Sin duda, esa es su manera de reclamarme, de recodarnos tanto a mí misma como a cualquiera que pudiese haberlo puesto en duda que le pertenezco y siempre lo haré.

O eso es lo que quiere creer él.

Al menos, los miembros de la corte son lo bastante inteligentes como para no esperar que hayan podido limpiarme el interior con tanta facilidad como la piel. Han preparado una escolta de no menos de dieciocho guardias para acompañarme hasta el salón de los banquetes. El metal tintinea mientras me conducen a través de los pasillos de la fortaleza del rey con las armas sujetas entre zarpas, garras y manos repletas de pelaje. Yo interpreto a la prisionera obediente, aunque cuando nos cruzamos con otros demonios (doncellas sorprendidas que se sujetan los vestidos mientras se pegan a las paredes o consejeros de la corte que me miran de forma abierta con miedo, asco o ambas cosas a la vez) no puedo resistirme a lanzarles una sonrisa. Incluso saludo con la mano a un consejero muy nervioso que da un saltito hacia atrás mientras grita como si le hubiese lanzado un dao maldito.

Estudio los lugares por los que pasamos, grabando en la memoria cada escalera y cada patio. Cuanto más caminamos, más cosas recuerdo. Por aquí, un porche que oculta una habitación tranquila con jardín llena de plantas y fuentes burbujeantes donde una vez tomé el té con las demás Chicas de Papel. Por allá, un pasillo largo por el que nos condujeron la noche de la Ceremonia de Inauguración.

Nos detenemos en una gran arcada. Al otro lado, hay una habitación de techo alto que ya está repleta de gente cuyo parloteo llega hasta nuestros oídos. Una alfombra de terciopelo rojo se extiende bajo nuestros pies como si fuera la lengua de una bestia preparada para su presa. De pronto, mientras uno de los guardias habla con los sirvientes que están recibiendo a los invitados, reconozco el sitio en el que estamos. Ya he estado aquí antes en una ocasión como Chica de Papel. La mayor parte de lo que recuerdo de aquella noche consiste en cómo Wren estaba especialmente despampanante con un hanfu de color ciruela oscuro bordado con hilos sinuosos de color bronce que se abría a la altura del pecho para mostrar un escote cubierto de purpurina. Pasé toda la noche intentando mirarla de reojo sin que resultase demasiado evidente. Es probable que fuese demasiado obvia.

Las lágrimas hacen que me escuezan los ojos porque, esta noche, Wren no estará aquí. No habrá ninguna chica de cabello negro como los cuervos, ojos de gata y caderas oscilantes que lleve un vestido espléndido esperando más allá de la arcada para comprobar cómo intento ignorarla y fracaso estrepitosamente.

En las últimas semanas, con mis fantasías oscuras como única compañía, soñé un millón de escenas diferentes sobre dónde estaría mi chica de ojos gatunos. La última vez que la vi, era una figura diminuta en las arenas cubiertas de sangre, dando vueltas con sus espadas mientras se le acercaban hordas de soldados demonio. Los días buenos, imaginaba que esas espadas los golpeaban hasta que no quedaba ningún soldado. Los días malos, conjuraba demasiados demonios, un mar interminable de colmillos y cuernos que bien se tragaban a Wren, bien la hacían pedazos o le daban una paliza, o bien, sencillamente, hacían que se ahogara en aquellas olas incesantes. En los peores días, habría sobrevivido a la matanza, pero habría estado demasiado herida como para conseguir salir de las arenas. Se habría tumbado allí y todavía estaría allí tumbada, la única persona viva en un mar de cuerpos, mirando al cielo y preguntándose por qué la había abandonado cuando le había prometido que nunca tendría que volver a enfrentarse al mundo ella sola.

Esperando fuera del salón de banquetes, vuelvo a armarme de valor.

«Está viva», susurro. «Tienes que estar viva, Wren».

El guardia que encabeza mi grupo se acerca hasta mí. Es un demonio gacela tan alto que tiene que doblarse por la mitad para poder sujetarme la mano derecha. Con brusquedad, me pone en la muñeca un brazalete, una pulsera dorada que pesa bastante. Aunque no lleva adornos, un ligero temblor mágico me hace saber que ha sido encantada.

—Un pequeño regalo de parte del mismísimo Amo Celestial —dice el guardia—. Si intentas hacerle daño a cualquiera que esté en esta habitación, el brazalete empezará a encogerse y seguirá encogiéndose hasta que te haya cortado la mano.

—Debería haber sido un collar —murmura otro de los guardias.

—Si no se comporta como debe —le contesta otro—, la próxima vez lo será.

—Y antes de que decidas sacrificarte —continúa el demonio gacela por encima de las risas estruendosas de los otros dos—, debes saber que este brazalete tiene un gemelo. En este mismo instante, alguien a quien conoces, alguien que sabemos que es importante para ti, lo lleva puesto. Así que, a menos que quieras que sufra también, sé una buena keeda y no te metas en problemas.

Entonces, sonriendo de medio lado al ver el estupor que se refleja en mi rostro, me empuja hacia la arcada.

Me tambaleo a causa de la revelación. Podría tratarse de un farol, pero, entre estas paredes, hay personas a las que aprecio, y no sería demasiado difícil para la corte descubrir de quiénes se trata. Por mucho que odie admitirlo, me conocen bien. En cuanto tuviese una oportunidad de matar al rey, no la dejaría pasar, aunque solo si yo era la única que se ponía en peligro. Pero ahora, sabiendo que podría estar hiriendo a alguien a quien quiero…

Me trago la ira. Estoy a punto de ver al rey por primera vez en varios meses. No pienso dejar que vea cómo me ha afectado esta jugada. Así que, fijando una sonrisa de determinación en el rostro, entro en el salón con la espalda erguida y la barbilla bien alta.

Toda la cháchara se detiene. Las risas se disuelven en la nada. En algún lugar, un vaso se hace añicos. La canción alegre que habían estado tocando los músicos titubea mientras todas las cabezas que hay en la habitación se giran hacia mí.

Me tiembla la sonrisa, pero la mantengo en su sitio. Hacía mucho tiempo que no había tantos ojos demoníacos posados en mí al mismo tiempo. El demonio gacela me conduce entre las mesas y los grupos de invitados que sujetan las bebidas a medio camino de sus bocas abiertas.

—¿Esa no es…?

—No puede ser…

—¿Por qué sigue viva?

—Maldita y sucia keeda…

De forma involuntaria, me llevo una mano a la cadera, pero, como es evidente, no tengo mi daga. Cuando me atrapó, Naja me quitó el cuchillo que me había regalado el padre de Wren.

En ese momento, los músicos, un cantante acompañado por las cuerdas de un ehru y un tambor de bambú, vuelven a empezar. Unas chicas preciosas de la casta de la Luna se deslizan entre la multitud, llevando en equilibrio botellas de sake y bandejas de higos escarchados. El salón está decorado hasta el más mínimo detalle. Las paredes están adornadas con banderolas color carmesí, mostaza y azul real. Del techo cuelgan faroles, suspendidos de largas cuerdas trenzadas con flores abriéndose cuyos pétalos forman una cascada que se disuelve de forma mágica sobre la cabeza de los invitados. En el centro de cada mesa hay recipientes de vidrio soplado tan delicados como la seda de araña en cuyo interior resplandecen unas luciérnagas atrapadas.

¿Acaso está en la naturaleza de los demonios capturar cosas hermosas para limitarse a observar cómo brillan a través de los barrotes de una celda? Entonces, pienso en Ketai Hanno y el control que ejerce sobre Wren. No, esto es algo que todas las castas tienen en común.

Mi corazón palpita con un ritmo frenético, consciente de que en cualquier momento estaré cara a cara con el rey. Al principio, el salón está demasiado lleno como para verlo. Entonces, conforme nos acercamos al otro lado, los últimos invitados se apartan y...

Ahí está.

Resucitado de entre los muertos.

El demonio que siempre me perseguirá, sin importar cuántas veces lo mate.

El rey está dándome la espalda, hablando con un grupo de consejeros. Ellos no lo miran, horrorizados de verme, pero el rey no se da la vuelta. Observo esos hombros inclinados tan familiares, la esbelta línea de su cintura y sus caderas, sorprendentemente delgadas para un demonio toro. La luz de los faroles se refleja en sus cuernos dorados mientras le da un trago a su bebida y le murmura algo al demonio que está a su lado. Hubiese sido la imagen de la compostura si no hubiera sido por el hecho de que todos sabemos que me ha estado esperando.

No ha podido no darse cuenta de la reacción cuando he entrado, de los susurros de la multitud. El rey que era antes hubiera deseado ver cómo me acercaba. Al rey que era antes le hubiese complacido ver cómo me retorcía.

Un escalofrío me recorre la columna porque parece que ese rey ha desaparecido y este, el rey que queda después de que le clavase un cuchillo en la garganta, después de que su mundo se hiciese añicos con la promesa de una guerra, es un rey asustado.

El pulso se me dispara, porque él no es el único que se siente así. A pesar de todo, mi miedo se diluye con la repulsión, la furia y una satisfacción sombría, y todo ello brilla con tanta viveza que, de pronto, mientras el rey se da la vuelta, me hace sentirme mareada por una seguridad propia de los locos.

Esta vez, la sonrisa que se extiende por mis labios es real. Con una mirada larga y satisfecha, contemplo hasta qué punto le hice daño hace unos meses.

—Hola, mi rey —le digo.

Me observa con su único ojo y me contesta con una voz rasgada y destrozada.

—Hola, Lei-zhi.

Durante un segundo, nos miramos el uno al otro en silencio, casi como si nos estuviéramos retando a sacar la espada o levantar la mano, agarrar la garganta y apretar. Pero ambos sabemos que no es así como debe funcionar. En su lugar, el rey me ofrece una sonrisa falsa y perezosa, señalando la mesa que está más cerca de nosotros.

—Por favor —dice. Cambia la posición de su cabeza de modo que la parte dañada de su rostro quede oculta—, siéntate. Debes de estar hambrienta y tenemos que ponernos al día de muchas cosas.

Uno de los consejeros, un demonio bisonte con unos ropajes de color fucsia chillón, se dirige a él farfullando.

—Amo Celestial, con todo el respeto, esta… Esta chica…

—Lei-zhi es nuestra invitada, consejero Haru —lo interrumpe el monarca con rapidez—. Espero que todos la tratéis como tal.

Las mejillas del demonio se ruborizan.

Mientras ocupamos nuestro lugar en torno a la mesa circular, yo mantengo las manos apoyadas firmemente en mi regazo para ocultar el temblor y para evitar que intenten alcanzar algo con lo que destrozarle el cráneo. Contemplo un palillo con ironía. Podría apuñalarle el segundo ojo y acabar con esta historia. Sin embargo, aunque con gusto perdería una mano para mutilar al rey, no me arriesgaría a hacerle daño a uno de mis amigos.

El brazalete de oro hace que me pese la muñeca. ¿A quién le habrán puesto el otro a la fuerza? ¿A Aoki? ¿A Lill? ¿A Chenna? ¿A Dama Eira? ¿A Kenzo? Casi tengo la esperanza de que sí sea uno de ellos, porque al menos eso significaría que todavía siguen vivos.

Al menos, mientras yo me porte bien.

El rey se arrodilla a mi izquierda. Su hanfu negro como la tinta y dorado, según el cual han confeccionado el mío, se amontona en el suelo a su alrededor, superponiéndose al mío.

Fijo los ojos a la mesa mientras el corazón me golpea con fuerza por su cercanía. Bajo una lámina de cristal, la madera ha sido tallada con escenas de las *Escrituras Mae*. Aun así, en lo que se centra mi mente es en la cara del rey, en ese único iris azul como el hielo y penetrante. Su gemelo es un despojo de cicatrices de contornos duros, pero curiosamente suavizados por el trabajo de los hechiceros. Sin el pelaje de toro marrón y dorado, parece desnudo y descarnado, y me sorprende que no se lo haya tapado con algo. Sin embargo, supongo que eso mostraría su debilidad, que sería como reconocer que se avergüenza de lo que una chica humana le hizo.

Echo un vistazo a su cuello. Han vestido al rey de tal manera que la ropa oculte el lugar donde lo ataqué sin llamar la atención, con el ribete dorado colocado a gran altura, casi como si fuese un collar o el brazalete encantado que me rodea la muñeca.

Me imagino el cuello estrechándose.

Quiero ponerme en pie y gritar lo bastante fuerte para que todo el salón, todo el palacio y todo el reino lo oigan: «¡Yo hice eso! ¡Fui yo!». Todos lo saben, desde luego. Al menos, a juzgar por cómo han reaccionado a mi llegada. Sin embargo, adjudicarme el mérito, mirar al rey a los ojos, mostrarle los dientes y recordarle que, durante al menos unos minutos, fui yo la que lo dominó a él, sería diferente. El resto de su vida tendrá que llevar las marcas de mi odio. De mi ira. De mi poder.

Permanecemos sentados en un silencio tenso mientras los últimos invitados ocupan su lugar. Naja es la última en unirse a nosotras. Una joven doncella lagarto de aspecto severo la ayuda a arrodillarse al otro lado del rey. La zorra blanca está envuelta en una túnica lapislázuli bordada con hilo plateado y lleva joyas goteando desde sus orejas peludas. No pierde la oportunidad de lanzarme una mirada feroz, aunque, al tener al monarca entre nosotras, se resiste a decir nada.

Yo le devuelvo la mirada de odio, aunque, tal como me ha pasado antes con Madam Himura, me doy cuenta de que hay algo en

Naja que no está bien. Me cuesta un momento atar cabos. La última vez que la vi fue durante el viaje que hice con Wren y los demás para conseguir aliados. Ella nos tendió una emboscada cuando regresábamos del palacio del Ala Blanca. Habíamos luchado. Ella había estado a punto de matarme y yo había estado a punto de matarla a ella. Había habido praderas en llamas, un destello plateado y el aullido salvaje y animal de Naja mientras el qiang de Merrin le atravesaba el brazo de forma limpia. Debía de haber acudido a un hechicero demasiado tarde como para salvarlo. Por eso una doncella la ha ayudado a sentarse cuando, por lo general, Naja le hubiese cortado la mano a cualquier sirviente que la hubiese tocado en público. Cuando me capturó semanas después en el desierto, había estado delirando demasiado como para darme cuenta de sus heridas y no había vuelto a verla desde que regresamos al palacio.

Al igual que con el rey, no siento lástima por ella. En otra vida, tal vez hubiese admirado la ambición de Naja y su peculiar concentración. A pesar de que todavía pienso que es horrible, incluso entiendo su comportamiento hacia mí y las otras Chicas de Papel; a fin de cuentas, pertenece a la casta de la Luna y ya nació creyendo en su superioridad. Es probable que piense de verdad que la forma en que nos trata es justa. Sin embargo, jamás la perdonaré por haber matado a Zelle. La valiente, inteligente y vivaracha Zelle, la cortesana que me había enseñado todo lo que era capaz de hacer incluso antes que Wren.

«¡Acaba con él!».

Aquellas habían sido las últimas palabras que Zelle me había dicho. Y, aunque me estaba hablando del rey, mientras contemplo el gran salón, lleno de demonios que construyeron este lugar hermoso y abismal sobre las espaldas de los papeles a los que machacaron sin pensárselo dos veces, soy consciente de que, para poder acabar con todo de verdad, no puedo detenerme en matar al rey.

Voy a quemar este maldito lugar hasta los cimientos.

Cuando estoy a punto de girarme hacia la mesa, me encuentro con otro rostro familiar. Se trata de Dama Azami, la supervisora de las concubinas de las Casas de Noche donde Zelle trabajaba. Está a una mesa de distancia. Un pelaje marrón oscuro que empieza a encanecer le cubre el cuerpo enjuto y sus rasgos son en parte humanos y en parte caninos. Está sumida en una conversación profunda con un demonio que hay a su lado. Entonces, una de sus orejas de perro se retuerce y se gira hacia mí. Mira hacia arriba y, mientras inclina la cabeza un poco, me mira de reojo y me lanza un guiño.

Es breve, pero sé que iba dirigido a mí porque, en ese instante, recuerdo algo que me dijo Zelle la última vez que la vi con vida: Dama Azami también está trabajando para los rebeldes. Fue ella la que ayudó a Kenzo a reclutarla.

Observo el salón resplandeciente bajo un punto de vista nuevo. Dama Azami. Kenzo. La doncella que depositó una cuchilla en mis manos la noche del Baile de la Luna. Aquellos miembros de la corte que estaban colaborando con los asesinos fallidos del año anterior. Por invisibles que puedan ser, aquí hay toda una red de demonios y humanos que desean las mismas cosas que yo y que trabajan en secreto para los Hanno para conseguirlas. Si puedo llegar hasta ellos, puedo encontrar la manera de ayudar.

Desde que regresé al Palacio Escondido, he estado intentando escapar. Pero ¿y si puedo ser de más ayuda luchando contra el régimen del rey desde el interior? Después de todo, se ha matado a más jefes de un clan con veneno que con una espada. A veces, la forma más fácil de destruir algo es permitir que se pudra desde dentro.

Por primera vez en semanas, siento un destello de esperanza. Y con él, llega un plan.

5
Lei

Estoy ansiosa por hablar con Dama Azami lo antes posible, pero el banquete continúa y nos traen a la mesa plato tras plato sin ninguna señal de que vaya a terminar. No es que me queje. La comida es algo que la corte siempre ha hecho bien y, tras un mes encarcelada, me deleito con cada bocado: raíz de jengibre marinada con salsa de soja, rodajas de pato con tamarindo y ostras relucientes sobre una salsa de vino de arroz. Ni siquiera la presencia del rey consigue amargarme la comida. Por suerte, siguiendo su ejemplo, ninguno de los invitados que hay en nuestra mesa se dirige a mí a pesar de que no dejan de mirarme y cuchichear. El monarca habla principalmente con Naja. No importa cómo de bajo mantenga el tono, la ronquera severa de su voz quebrada es tan molesta como el zumbido de las abejas y espero que le duela tanto al hablar como parece que lo hace al escucharlo.

Un vaso de sake permanece intacto junto a mi cuenco. Intento ignorarlo a pesar del deseo oscuro que se desenrosca en mi vientre. ¿Qué daño podría hacerme un trago? ¿O incluso un vaso? Cuando viajaba con Wren y los demás solía beber mucho más. Conozco la sensación de ardor que me dejaría el alcohol al deslizarse por mi garganta. Sé cómo el mundo se convertiría en una bruma cálida y reconfortante que haría que todo esto fuese más fácil. Aquí, entre todos estos demonios, es demasiado tentador soñar con acomodarme y hundirme.

Al final, me detengo a mí misma imaginando que el vaso no está lleno de sake, sino de la sangre de mis amigos y mi familia, una sangre que será derramada si no permanezco concentrada, si decido hundirme en lugar de alzarme.

Debo alzarme. Por algo la palabra de mi Bendición Natal es «vuelo».

Me llevo la mano al cuello, acariciándome la piel desnuda. Naja me quitó el relicario de Bendición Natal cuando me capturaron. Me desperté en el camarote de un barco de arena que se balanceaba sobre las dunas de Jana y descubrí que tanto mi daga como mi relicario habían desaparecido. El ritual de Bendición Natal es la tradición más sagrada entre todas las castas, y la idea de que Naja hubiera puesto sus zarpas sobre algo que me era tan valioso me dio ganas de vomitar. Imagino que consideró que suponía demasiado riesgo, pues podría haber utilizado la cadena para estrangularla a ella, a uno de sus soldados o a mí misma.

En cuanto retiran el último plato, los músicos acaban su canción y un silencio significativo se cierne sobre el salón.

Dos sirvientes se adelantan a toda velocidad. Arrodillándose, le ofrecen al rey sus cabezas inclinadas para que se apoye en ellas cuando se levanta. El roce pesado de sus pezuñas sobre el mármol mientras ajusta su postura me pone los nervios de punta. Intento calmar mi respiración, pero resulta difícil cuando cientos de ojos de demonios se posan sobre ti y la sombra del rey te atrapa en su silueta oscura. Al otro lado, Naja lo contempla con los ojos plateados llenos de veneración.

Es entonces cuando me fijo en las manos del rey. Cuelgan a la altura de mis ojos y tiene los dedos peludos apretados hasta formar dos puños. ¿Lo hace para demostrar su poder? ¿Para suprimir su ira?

No. Mientras mis labios forman una sonrisa de regodeo, me doy cuenta de que lo hace para ocultar que le tiemblan las manos.

El Rey Demonio de Ikhara está asustado.

La sensación de triunfo me recorre las venas. Esto lo hemos conseguido nosotros. Zelle, Wren, yo y todos los demás humanos y demonios que se han enfrentado a él desde entonces, destrozando a sus soldados en las batallas o, sencillamente, existiendo; viviendo, amando y riendo; desafiando la oscuridad que él y su corte nos imponen cada día limitándose a buscar la felicidad, aferrándose a la esperanza.

—Miembros de la corte, mis compañeros demonios.

La voz amplificada del rey resuena a través de todo el salón.

Me encojo de miedo. A pesar de la voz rasgada y ronca o, tal vez, precisamente por eso, su discurso sigue estando cargado de autoridad. Le otorga la dignidad de un demonio viejo, curtido en la batalla y más fuerte gracias a sus cicatrices. Había pasado por alto el hecho de que los hombres cada vez son más respetados conforme acumulan años y cicatrices, mientras que, para las mujeres, perder la juventud es una pérdida lenta de nuestra valía. O, al menos, de nuestra supuesta valía. Pienso en Nor, la mano derecha de Lova, en Tien, en Dama Azami. Todas ellas son mujeres mayores fuertes que desafían las expectativas que otros tienen de ellas. Incluso Dama Eira que, por muy débil que fuese en muchos aspectos, me mostró amabilidad cuando más lo necesitaba.

—Os doy las gracias a todos por estar aquí esta noche —prosigue el rey—. Soy consciente de que ha sido una época difícil a causa de los consejos de guerra diarios y el creciente aumento de responsabilidades debido a… la marcha de muchos de nuestros compañeros.

A juzgar por las miradas de reojo que comparten algunos demonios, el rey se refiere a las ejecuciones o los encarcelamientos de algunos miembros de la corte sospechosos de deslealtad con los que ha estado ocupado desde el Baile de la Luna. Había oído fragmentos sueltos al respecto cuando los guardias entraban y salían de mi celda.

—Me siento agradecido de que podamos compartir esta noche y disfrutar de un pequeño descanso en estos tiempos difíciles. Aun así, antes que nada, os he reunido solo a vosotros, los miembros más leales de mi corte, para ocuparnos de un asunto oficial.

Una mano se posa en lo alto de mi cabeza. Las puntas de los dedos son como zarpas y resultan contundentes. Se trata de la mano del rey, posada sobre mí.

Sea lo que sea que estuviese esperando, no es esto. Me ha ignorado casi toda la noche. Sentir su tacto en mi cuerpo de forma tan inesperada hace que la bilis me recorra la garganta, trayendo de vuelta recuerdos que me he esforzado por mantener a raya. Con dificultad, me obligo a permanecer con un gesto neutral, manteniendo los ojos fijos en la mesa que hay frente a mí donde, bajo una capa de vidrio, dioses y diosas bailando permanecen atrapados en la madera. Diviso la forma de una pequeña e infantil Mirini, diosa de los lugares secretos, dando saltos entre las hojas talladas. Ojalá pudiera ayudarme en este momento, llevarme a un lugar seguro lejos de los ojos de los demonios, del rey y de su tacto.

La mano se desliza hacia la parte trasera de mi cabeza. Hay un ligero temblor, pero ya no estoy tan segura de que se trate de miedo. ¿Y si se trataba de la expectativa de este momento, en el que volvería a reclamarme? No le supondría prácticamente ningún esfuerzo empujarme hacia delante y golpearme la frente contra la mesa. ¿Es por eso por lo que ha reunido a toda la corte esta noche? ¿Para matar a la Elegida de la Luna delante de ellos?

La idea de resistirme arde en mi interior. No pienso morir así.

Echo la cabeza hacia atrás de golpe a pesar de su agarre y alzo los ojos para buscar los suyos. Sus rasgos son una máscara de serenidad y, aun así, soy la única que está lo bastante cerca como para ver la mezcla retorcida de repulsión y satisfacción que hay en ese único iris azul como el hielo. Es la misma mirada que yo le he lanzado antes.

Frunce las comisuras de los labios y habla en un siseo para que solo yo pueda oírlo.

—Levántate, chica. Inclínate ante tu audiencia.

Me levanto, demasiado ansiosa y consciente del brazalete entretejido con daos que llevo en la muñeca como para desobedecer. La mano del rey se mueve hasta la parte baja de mi espalda y mis entrañas se sacuden.

—Como ya habréis comprobado —les dice a los presentes, que están cautivados—, mi antigua Chica de Papel, Lei-zhi, o tal vez debería llamarla nuestra pequeña Elegida de la Luna, ha regresado a palacio. Puede que os sorprenda verla y, todavía más, verla a mi lado, ambos existiendo de forma pacífica.

Eso será si «de forma pacífica» significa contenerme con un brazalete encantado para que no te saque el ojo que te queda con una cuchara para la sopa, pienso con amargura.

—Lo cierto es que —dice el rey—, hace un mes, recibimos una petición de Lei-zhi para que la rescatásemos de los rebeldes.

—¿Cómo? —exclamo.

Por suerte, mi protesta queda oculta bajo la oleada de sorpresa que recorre todo el salón. La sonrisa torcida del rey se ensancha.

—Sí. Tal como sospechábamos desde hace tiempo, Ketai Hanno trata a sus seguidores con poco cuidado. Su forma de gobernar es severa e injusta. Recordad que hablamos de un hombre que estaba dispuesto a sacrificar a su propia hija para hacerme daño. —El rey se detiene para lograr un mayor efecto—. Estoy seguro de que, ahora mismo, todos sabéis que fue la propia Lei-zhi la que me atacó durante el Baile de la Luna, la que me dejó estos… regalitos. —Con un gesto de la mano, señala su rostro antes de reírse, aunque lo hace un poco tarde y un poco más alto de lo necesario.

Casi nadie se une a él.

Ahora estoy segura. No importa lo mucho que intente parecer despreocupado, el rey está obsesionado con lo que pasó aquella noche. Tal como él hizo conmigo, yo le he dejado una marca más profunda que la mera superficie. Me he colado bajo su piel y habito allí como un veneno que ni siquiera los hechiceros pueden extraer.

—Lo que la mayoría no sabéis —continúa—, es que, mientras estaba aquí, a mi pobre Lei-zhi le lavó el cerebro la hija de Ketai Hanno. Siguiendo las instrucciones de su padre, Wren Hanno fue la que animó a Lei-zhi a que diera la espalda a las riquezas y las bondades que nosotros le habíamos mostrado con tanta generosidad. Wren Hanno, que la tentó con falsas promesas, que contaminó su mente con las mismas acusaciones injustas contra mí que su padre está expandiendo por nuestro reino en este mismo momento. Y, aunque no podemos estar seguros, sospechamos que se usó magia para controlar el comportamiento de Lei-zhi de una forma tan efectiva.

A estas alturas, el salón de banquetes está en silencio; todos los invitados, incluso yo, estamos cautivados.

Él mira hacia abajo, sonriéndome con dulzura, pero la mirada de su único ojo es hielo puro.

—Debemos dar gracias a los dioses de que, al final, Lei-zhi escapase de las ataduras que los Hanno le habían impuesto y se diese cuenta de aquello en lo que, sin querer, había tomado parte, lo que hizo que se pusiera en contacto con nosotros. Aunque anhelaba compartir esta información con vosotros, teniendo en cuenta los traidores a la casta que todavía seguimos descubriendo entre nuestras filas, no tenía más opción que mantener las noticias en secreto. Se encomendó a la general Naja y al general Ndeze la misión de rescatar a Lei-zhi. Tristemente, el general Ndeze murió de forma heroica hace un mes luchando contra los rebeldes en los desiertos de Jana. Y, como podéis ver, la general Naja no salió indemne de la misión.

Naja se pone rígida al escuchar esto, aunque no sé si de orgullo o de vergüenza.

—Aun así, gracias a la valentía de ambos —dice el rey—, la general Naja y sus soldados consiguieron rescatar con éxito a Lei-zhi de los rebeldes para traerla de vuelta a su hogar legítimo, que se encuentra aquí, en el Palacio Escondido. Y, en las últimas semanas, mientras la cuidábamos para que recuperase la salud, ella nos ha estado proporcionando información sobre los rebeldes y sus movimientos.

Estoy enfurecida, y me tengo que morder la lengua para no ponerme a gritar sobre sus mentiras.

—Antes, había muy pocas dudas de que fuésemos a ganar la guerra —brama el rey—, pero ahora sabemos con exactitud lo que Ketai Hanno está planeando. Ha sido en parte gracias a la información de Lei-zhi que hemos podido ejecutar nuestro ataque sobre Nantanna de una forma tan impresionante. Por no mencionar la pequeña sorpresa que le espera a Lord Hanno cuando intente regresar mañana a su fuerte.

El corazón me da un vuelco. ¿Un ataque a Nantanna? ¿Una sorpresa para Ketai mañana? Yo no sabía nada de esto, pero el rey me sonríe como si todo fuese obra mía. Toma su vaso de sake y lo alza bien alto.

—¡El ejército desharrapado de los Hanno no tiene ninguna oportunidad contra el poder de nuestra corte! ¡Sigamos mostrándoles lo idiotas que fueron por volverse contra nosotros! —Los invitados vitorean, alzando sus propios vasos, y el rey termina con aire triunfal—. ¡Recordémosles de parte de quién están los dioses! Ahora que vuelve a tener todas sus fuerzas, dejadme que os presente a Lei-zhi, la Chica de Papel que ha regresado. ¡Nuestra Elegida de la Luna!

La multitud estalla.

Quiero librarme del agarre del rey y gritar que nada de eso es verdad, pero ¿qué demonio me creería antes que a su soberano? Todo este tiempo, pensaba que me esperaba una ejecución, pero el discurso del rey hace que mi miedo se intensifique porque, si no está planeando matarme como a una traidora, ¿para qué me quiere? Seguro que mi simbolismo como amuleto de buena suerte e icono de la lucha contra los rebeldes no es suficiente. Nadie traiciona al Rey Demonio de Ikhara y escapa sin un castigo.

La música vuelve a alzarse y, con ella, lo hacen los invitados, que se apresuran para felicitar al rey. Las chicas del sake vuelven a aparecer; esta vez, con una variedad que tiene gas. El ruido de descorchar las botellas y el burbujeo de la bebida enfatizan el entusiasmo.

Naja dirige los ojos fríos y plateados hacia mí. Su sonrisa es victoriosa. Rompemos el contacto visual cuando un consejero se choca conmigo en su prisa por llegar hasta el rey. Sonriendo de medio lado, Naja se gira para brindar con un miembro cercano de la corte. Mientras tanto, yo me quedo de pie, temblando de los pies a la cabeza e intentando no vomitar.

A partir de ahora, el rey me va a utilizar como marioneta en el palacio; y la capital de Ang-Khen, Nantanna, ha sido destruida, señalando así la primera victoria del monarca contra los Hanno y sus aliados.

Menuda noche de buenas noticias.

De pronto, soy incapaz de soportar estar aquí ni un minuto más, escuchando cómo el rey alardea y las alabanzas obsequiosas que le ofrecen los miembros de la corte. Me tambaleo en una dirección aleatoria. El salón está cargado y la atmósfera es frenética. Me empujan de un lado a otro y algunos demonios se dirigen a mí con palabras que decido no escuchar porque estoy demasiado nerviosa y demasiado cerca de desmoronarme. Pero no pienso desmoronarme, no delante de ellos.

Espero que alguien me detenga, que Naja o alguno de los guardias me arrastre de vuelta al lado del rey. Sin embargo, parece que, con la euforia reinante, se han olvidado de mí o, lo que es más probable, a la corte no le preocupa que me escape. Saben que no haré nada mientras el brazalete sea una amenaza para alguien a quien quiero.

—¿Quiere sake con gas, señora? —Una de las chicas demonio me presenta una bandeja de vasos de cristal. En el momento en que me reconoce, retrocede—. Yo… Quiero decir… Elegida de la Luna…

Me detengo. No porque esté planteándome tomar un vaso sino porque, más allá del hombro lleno de brillantina de la chica, he divisado a la única demonio de esta habitación en quien puedo confiar.

Camino hacia delante con pasos largos y sujeto a Dama Azami del brazo.

—Tenemos que hablar —le digo entre dientes.

El gesto de la mujer perro no cambia, aunque en su mirada se refleja una advertencia.

—Lei-zhi, es una maravilla poder verte. Me alegra que hayas vuelto con nosotros.

Le hace un gesto de disculpa al demonio con el que estaba hablando antes y me conduce a un lugar tranquilo cerca de una pared. Agarra un vaso medio vacío de una de las mesas más cercanas y me lo tiende.

—No lo quiero —le digo de malas formas mientras lo aparto de mí.

—Podrás contener mejor tus emociones si estás sujetando algo —dice ella con severidad—. ¿Acaso no os enseñaron eso Dama Eira o Madam Himura?

—Es probable, pero Shifu Caen también me enseñó cómo convertir cualquier cosa en un arma y, ahora mismo, solo puedo pensar en romper este vaso y cortarle la garganta al rey con él. —En sus ojos oscuros hay un destello de aprobación—. Lo que ha dicho… —comienzo a decir.

—Oh, no nos ha engañado a ninguno —me interrumpe Dama Azami—. Al menos, a ninguno de los que tenemos medio cerebro. Sé a quién le has jurado lealtad, Lei. Ninguno de los que trabajamos con Ketai lo pondrá en duda. Aun así —murmura—, no ha sido una mala jugada por su parte. Hacer que pases de ser un emblema de la rebelión a un símbolo del arrepentimiento; difundir rumores entre los espías de los clanes de que has cambiado de bando; reafirmar su propio poder en la corte… Tal vez sea un monstruo, pero no es idiota y, cuando se trata de kiasu, es un maestro. —Le da un trago a su bebida y frunce el ceño—. Esto podría cambiar las cosas. A Ketai no le gustará que el rey haya dado el primer golpe. —Resopla—. Al menos, intenta aparentar que estás contenta. Después de todo, acabas de ayudar a tu amado rey a acabar con uno de los principales baluartes de sus enemigos.

—No quiero formar parte de este juego —digo con un gruñido.

—No tienes otra opción, Lei. Todos debemos seguirles el juego, por mucho que nos duela.

Escondo mi gesto torcido tras el vaso. Aunque quiero beber el alcohol, con más ganas que nunca antes, no dejo que una sola gota me toque los labios. No puedo perder ni un ápice de concentración.

—Dama Azami, necesito saber cómo están los demás, si es que tiene alguna información. Kenzo, Lill, las otras Chicas de Papel…

—Todos están vivos y a salvo; no debes preocuparte por ellos.

—Pero ¿dónde están?

—Lill y Kenzo están conmigo y mis chicas los están cuidando bien. —La mujer perro se ablanda un poco y algo afectuoso se apodera de su tono, el mismo cariño que ya le había oído antes al hablar con Zelle—. Tu joven doncella es una chica muy dulce. Te prometo que no sufrirá ningún daño mientras esté bajo mi techo. Pregunta por ti a menudo. —Las lágrimas me nublan la vista—. Y, en cuanto a las demás Chicas de Papel… —continúa Dama Azami—. Las tienen retenidas en la Casa de Papel. En general, dejan que se las arreglen solas, lo que es mucho mejor que las alternativas. Mis aliados las ayudan cuando pueden. Principalmente, les llevan comida y suministros médicos. Y sí —añade con rapidez cuando empiezo a interrumpirla—, he pensado en liberarlas, pero resultaría demasiado sospechoso, sobre todo después de que liberásemos a Kenzo de la prisión del Lago Lunar. El rey sabe que hay personas dentro de la corte que trabajan en su contra, así que está buscando derramar sangre. No me da miedo morir, pero tengo muchas cosas que hacer antes de que eso ocurra. —No se ríe, está hablando totalmente en serio—. Por ahora, las chicas están lo bastante seguras en la Casa de Papel. Blue sufrió una herida bastante grave durante el Baile de la Luna, pero me han dicho que se está recuperando bien.

Siento cómo aflora en mí el alivio. Kenzo, Lill y las Chicas de Papel. Están vivos y están bien. Es más de lo que me había atrevido a esperar.

—Dama Eira estará cuidando de las chicas —digo—. Me alegro. —La mandíbula de Dama Azami se tensa. Parece como si estuviera a punto de decir algo, pero yo continúo antes de que pueda hablar—. Quiero ayudar con la rebelión, ¿qué puedo hacer?

—Oh, Lei, ya has hecho más que suficiente.

—No, en absoluto. —Me acerco un poco más a ella—. Si no me ayuda, tendré que hacerlo lo mejor que pueda por mi cuenta y, así, si doy un paso en falso, podría ponernos a todos en peligro. ¿No hay algo…? ¿No hay ninguna manera en la que se comunique con el resto de los aliados?

Dama Azami duda. Después, deja escapar un suspiro.

—«El ave pequeña vuela sobre las alas de la chica de ojos dorados» —dice. Cuando frunzo el ceño, perpleja, ella me lo explica—. Es el código que utilizamos para saber en quién podemos confiar.

Las risas de un grupo cercano de demonios nos sorprenden. Más allá de ellos, veo a unos guardias abriéndose camino entre la multitud, liderados por Naja. La misma doncella que la ha ayudado antes, una chica lagarto enjuta y con escamas de un tono apagado, la ayuda ahora a caminar. El rostro blanco como la nieve de la zorra muestra su habitual determinación feroz.

Me giro hacia Dama Azami, puesto que quiero pedirle información sobre lo que está ocurriendo fuera del palacio, pero ella habla primero en voz baja y urgente.

—Escucha, Lei. No puedo estar segura de los planes del rey, ya que tiene el hábito de cambiar de idea en el último minuto, pero por lo que me cuentan mis informantes, las cosas están a punto de volverse más difíciles para ti. Prométeme que serás fuerte. Interpreta tu papel. Sé paciente. Pase lo que pase, debes seguirle el juego. Sería demasiado peligroso que no lo hicieras.

—Dama Azami.

Los rasgos de la mujer perro adoptan un aspecto neutro. Se gira y saluda a la zorra blanca con una reverencia.

—General Naja.

—Qué agradable es ver que está pasando tiempo con su antigua estudiante. Estoy segura de que tenían que ponerse al día con muchas cosas. La última vez que se vieron fue una noche bastante ajetreada.

Las sospechas de Naja resultan evidentes, pero Dama Azami le dedica una sonrisa suave y tranquila.

—También es un placer ver que tiene tan buen aspecto, general. Los dioses han bendecido su recuperación, por lo que tenemos otro motivo de celebración esta noche. —Me pone una mano en el hombro—. Lei-zhi, espero verte de nuevo muy pronto.

Mientras se aleja a toda velocidad sobre unas piernas que se asemejan a unos cuartos traseros, Naja hace un gesto con el mentón en mi dirección y los guardias forman a nuestro alrededor.

—Ten cuidado, Lei-zhi —dice en un susurro mientras me llevan de vuelta al monarca—, hay personas en la corte en las que no se puede confiar. Sería una gran lástima que el rey descubriese que, bajo su vigilancia, te has mezclado con la gente equivocada una segunda vez.

—Sí —contesto con frialdad—, sobre todo cuando tú me tienes tan bien vigilada. Qué decepcionado se sentiría. —Entonces, me doy la vuelta, resistiendo la necesidad de reírme del gesto que ha aparecido en su cara.

Si tengo que ser la Elegida de la Luna del rey, interpretaré mi papel por ahora, tal como me ha pedido Dama Azami, pero en ningún momento he dicho que no les fuese a causar algún problema.

Los demonios continúan la celebración hasta bien entrada la noche.

El rey me mantiene cerca. Saludo a los miembros serviles de la corte con una sonrisa plana dibujada en el rostro. Me obligo a parecer interesada mientras ellos lo adulan: «¡Qué maniobra más brillante, Amo Celestial! Tan solo llevamos un mes de guerra y ya les hemos dado semejante lección a los traidores. Seguro que la triste alianza de Ketai Hanno no se recuperará después de esto». Sin embargo, en lugar de concentrarme en sus palabras, me centro en las de Dama Azami. ¿Qué es lo que sabe? ¿Qué es lo que se avecina que me va a complicar más la vida? Como si haber vuelto al palacio del rey no fuese suficiente... Y ¿quién entre estos espantosos demonios podría ser un aliado en secreto?

Cuando, al final, la fiesta empieza a calmarse, el rey se despide de sus invitados antes de, colocándonos de tal manera que todos nos vean, acercarme hacia él. Tras un segundo de duda del que solo somos conscientes nosotros dos, me da un beso en la frente. Se oye el roce de la ropa mientras el resto de los demonios se inclinan, haciendo unas reverencias muy profundas.

En cuanto me suelta, yo los imito. Con las manos apoyadas en el mármol, presiono la frente contra el suelo con más fuerza, intentando borrar la sensación de sus labios sobre mi piel. Ninguno de nosotros se mueve hasta que el sonido de sus pesadas pezuñas desaparece. Entonces, mis guardias me ponen en pie de forma violenta y me llevan de vuelta a la habitación en la que me desperté antes y que supongo que, a partir de ahora, es mía. Al menos es más cómoda que la última. Lo mejor de todo es que tengo una ventana, lo que significa que tal vez acabe descubriendo la manera de salir por ella. Y, si no es posible, al menos siempre podré mirar al cielo y recordar por qué estoy luchando.

Mis alas. El vuelo. La libertad.

No solo para mí, como la última vez que estuve en el palacio, sino para todos aquellos que son como yo: chicas, papeles e incluso demonios; cualquier persona de Ikhara que haya sufrido la fuerza brutal del rey y su corte.

Antes de que los guardias se marchen, el demonio gacela me sujeta del brazo.

—Estaremos justo aquí fuera —dice con un gruñido y, después, me empuja hacia dentro.

La puerta se cierra de golpe. En un segundo, me caigo de rodillas y siento una arcada. Las lágrimas me caen por las mejillas mientras vomito todo lo que he comido con tantas ganas hace apenas unas horas. Sé que los guardias pueden oírlo, pero no puedo evitarlo. He gastado todas mis fuerzas en superar la noche, en ser capaz de estar tan cerca de él sin desmoronarme.

Cuando termino, me paso la manga por la boca y me arrastro hasta la cama. Todavía vestida, me hago un ovillo bajo las sedas y me abrazo las rodillas con fuerza. El brazalete que tengo atado a la muñeca se me clava en la piel. De pronto, me acuerdo de que la última vez que estuve en una cama en condiciones fue en el Palacio de las Nubes del Ala Blanca y pienso que aquello ocurrió hace meses, justo al principio de mi viaje con Wren y los demás.

Wren y yo compartimos una cama en el palacio de los demonios pájaro durante dos noches. La primera, ella se escabulló y asesinó a una de las hijas de Lady Dunya. Y, aun así, unas horas antes, la había abrazado en el patio de las bañeras mientras se rompía al saber que el rey seguía vivo, mientras admitía lo que le había ocurrido en sus manos, mientras, finalmente, le daba voz por primera vez a sus traumas.

Me acurruco bajo las mantas, abrazándome a mí misma porque la chica a la que amo no está aquí para hacerlo. Recuerdo la descripción que Wren hizo de nosotras basándose en los vestidos que llevamos a la Ceremonia de Inauguración cuando nos presentaron ante el rey por primera vez.

«Los vestidos se hicieron para representarnos según el resultado de nuestras evaluaciones. El mío era todo lo que me entrené para ser. Fuerte, sin concesiones. Implacable. En cuanto te vi, supe lo que significaba el tuyo. Tu vestido me reveló que tenías fortaleza, pero también suavidad. Sentido de la lealtad, pero no sin justicia. De lucha, pero también de piedad. Cosas que a mí no se me permitía sentir. Cosas que no sabía cuánto necesitaba».

Las palabras de Wren me duelen, porque la vida no es tan sencilla como dos vestidos confeccionados para ser el opuesto del otro. Si he aprendido algo desde que comenzó esta guerra, es que las almas son complicadas e imperfectas. Incluso la más hermosa de todas ellas, tiene la capacidad de ser cruel.

«Sin concesiones, implacable».

«Justicia y piedad».

Los corazones son todo eso y mucho más. Y no importa cómo de complejos o contradictorios sean; eso no significa que no merezcan amor o perdón.

O una segunda oportunidad.

6
Wren

Wren estaba caminando de un lado a otro de su habitación cuando comenzaron los gritos. Sin titubear, sacó el cuchillo para destripar de la cómoda y salió corriendo al pasillo.

Habían pasado algunos días desde que su padre y Caen se habían marchado a Nantanna con un contingente de su ejército y sus aliados. Lova se había quedado atrás para ayudarla a proteger el Fuerte de Jade y había enviado a Nor, su mano derecha, como representante del Clan de los Gatos. Wren se esforzaba al máximo para que el fuerte funcionase con fluidez, a pesar de que estaban en alerta máxima de forma continua. Antes, ya no solía dormir demasiado, pero, ahora, apenas cerraba los ojos, y dibujaba los mismos patrones sobre el suelo de su habitación mientras se preparaba para algo que parecía que al fin había llegado.

Para cuando llegó a las escalera de piedra, bajando los escalones de tres en tres, los gritos habían aumentado e iban acompañados por el sonido de gente corriendo. El patio estaba lleno.

Divisó el pelaje rubio y brillante de Lova, que le estaba gritando a uno de sus soldados.

—¡Tráeme el cañón! No voy a dejar que ese cabrón picudo se escape esta vez.

Se abrió paso hacia ella, pero Lova ya se dirigía al exterior con grandes zancadas. Había estado lloviendo todo el día y Wren acabó empapada en un instante. En los terrenos, los soldados de los Hanno que quedaban corrían de un lado para otro. Unos pocos la vieron y se acercaron a ella para pedirle órdenes, pero los ignoró. Cuando alcanzó a su amiga, le preguntó:

—¿Qué ocurre? ¿Es un ataque?

—Ojalá.

—¿Ha regresado mi padre?

—No, es otra persona —espetó la chica leona, señalando al cielo.

Wren parpadeó para quitarse la lluvia de las pestañas. El cielo estaba oscuro. Pasaron unos momentos antes de que pudiera ver lo que Lova le señalaba: el contorno muy familiar de dos alas abiertas. Un demonio pájaro remontando el vuelo directo hacia ellas.

Un rugido retumbó en la garganta de Lova. Al otro lado de Wren, uno de los arqueros que su padre había dejado a su cargo, un adolescente de papel llamado Khuen, se acercó con paso perezoso, como si hubiese salido a admirar las vistas. Dándole vueltas a una flecha entre los dedos y con la lluvia empapándole los rizos oscuros, se dirigió a ella arrastrando las palabras y de forma despreocupada.

—¿Quieres que lo derribe?

No contestó. Tenía los ojos fijos en la figura que se acercaba a toda velocidad. Un trueno retumbó. Después, el destello de un rayo iluminó todo. Sin embargo, no lo necesitó para saber de quién se trataba, pues había visto volar a ese demonio pájaro en particular las suficientes veces como para reconocerlo tan solo por su silueta.

Merrin había vuelto.

Lo llevaron a una habitación sin ventanas junto al patio y los soldados lo lanzaron dentro sin ningún cuidado. Wren no los reprendió por ello.

—Vigilad la puerta —les ordenó.

Algunos dudaron. Al igual que ella, sabían quién era Merrin, habían vivido con él y les había agradado durante muchos años.

Pero también conocían su traición. La mayoría de los guardias permanecieron con las armas todavía apuntadas al lugar en el suelo donde Merrin había caído con el agua goteando de las plumas. Tenía la cabeza agachada, como si supiera que una mirada a su rostro culpable sería todo lo que necesitarían los demás para perder el control.

—Largaos —les ordenó Wren a los guardias, esta vez con más fuerza, imitando el tono autoritario de su padre. Todos se alejaron. Cuando Khuen hizo el ademán de marcharse con ellos, lo detuvo—. Tú no.

El muchacho se encogió de hombros y recuperó su posición junto a ella, apuntando una flecha en dirección a Merrin. Lova resopló.

—¿El niñito arquero puede tener su arco, pero a mí no se me permite tener mi cañón?

—Tu cañón convertiría en escombros la mitad del edificio con una explosión, demonio. Tal vez mi arco y mis flechas no sean tan ostentosos, pero son eficientes. Luego no hay que limpiar tanto.

—Eso es parte de la diversión.

—De todos modos —añadió el chico—, con el aspecto que tiene el viejo búho, es probable que pudiera matarlo con el tirachinas de un crío. —Ladeó la cabeza hacia Wren—. ¿Quieres que lo intente?

—Lo haré yo —se ofreció Lova rápidamente.

No hizo caso a ninguno de los dos.

—Hay que mantener al pájaro con vida.

Por primera vez desde que había aterrizado, Merrin emitió un sonido. Era una risa, un ruido áspero en el fondo de su garganta.

—¿El pájaro? —Alzó la cabeza y sus ojos de búho, de un color naranja líquido, tan penetrantes como Wren los recordaba, por fin se cruzaron con los suyos—. Nunca antes me habías llamado así.

—Y tú nunca antes nos habías traicionado —replicó ella—. Al menos, asumo que no. —Su ira comenzaba a aumentar—. Mi padre te confió nuestras vidas. Te acogió cuando tenías seis años y tu clan había sido masacrado por negarse a unirse al ejército del rey. Lo ayudaste a encontrarme cuando esos mismos soldados fueron a por mi propio clan. Crecí contigo. Y, después de todo eso, después de todo lo que hemos vivido, lo que hiciste…

Merrin pareció destrozado por sus palabras. La ropa empapada se le pegaba al cuerpo delgado. A su alrededor, se había formado un charco de lluvia.

—Lei, Nitta —dijo Wren—. ¿Dónde están?

Merrin no respondió, mirando al suelo con ojos tristes. A cambio, Wren contempló furibunda al demonio que había conocido toda su vida. En algún momento había sido un chico pájaro larguirucho, ansioso de complacer, cuidadoso y dulce, en el que su padre había confiado tanto como para dejarla a solas con él cuando solo era un bebé. En el pasado, a causa de todo el tiempo que pasaban juntos, incluso había llegado a pensar que eran hermanos de verdad. Como Kenzo. Eran las únicas personas, más allá de Caen, a las que sus padres les habían confiado su verdadera identidad. Las plumas de Merrin, el pelaje de Kenzo y su propia piel de fino papel no habían sido importantes. Habían sido una familia. Le habían enseñado cuál era la apariencia de la confianza, lo que significaba guardarle las espaldas a alguien, sin importar lo que ocurriese.

Ahora, uno de ellos también le había enseñado lo horrible que resultaba que ese tipo de confianza se rompiera.

—¿Dónde están, Merrin? —repitió con frialdad.

—Nitta está a salvo —comenzó él, hablando en voz baja—. Su espalda… Se la rompió en la batalla. La llevé a una renombrada sanadora del Valle de la Arena Roja de la que había oído hablar. Trabajé como cazador para el clan de la sanadora para pagar por sus cuidados, y en cuanto estuvo lo bastante bien como para marcharnos, vinimos aquí.

—¿Dónde está? —lo interrumpió.

—Está escondida cerca de aquí. Yo… No estaba seguro de que no me fueses a disparar en cuanto me vieras y, si lo hacías, no quería que resultase herida en la caída.

—¿La has dejado sola? —espetó Lova, acercándose a él. Fuera, seguía lloviendo de forma torrencial—. ¿Con este tiempo? —Parecía más indignada de que hubiese dejado a un demonio gato abandonado bajo la lluvia que solo y probablemente indefenso después de una lesión importante—. Indícame la dirección —le ordenó—. Ahora mismo.

En cuanto tuvo la posición de Nitta, Lova se giró hacia Wren. A pesar de que su rostro ardía de decisión, titubeó un momento.

—Puedo enviar a uno de mis gatos si prefieres que me quede.

Wren sacudió la cabeza.

—Ve. Nitta debería ver una cara conocida. Llévate un caballo de los establos y pídeles a las doncellas que preparen una habitación.

Lova ya estaba saliendo de la estancia con fuertes pisadas. Escucharon cómo gritaba las órdenes en el patio.

Wren volvió a centrar su atención en Merrin. Despacio, con cuidado, dijo:

—¿Y qué pasa con Lei? —Merrin estuvo a punto de decir algo, vaciló y, de pronto, ella empezó a gritar—. ¡Lei! Te acuerdas de ella, ¿no? La chica a la que rescatamos del Palacio Escondido después de que le clavase un cuchillo al rey en la garganta. La chica con la que viajaste durante meses. La chica que nos ayudó a conseguir la lealtad del Ala Blanca y que, a continuación, tú perdiste. La chica valiente y hermosa que sufrió tanto por ti cuando Bo murió, que hubiese hecho lo que fuese, cualquier cosa, para ayudarte, para ayudarnos a cualquiera de nosotros…

Cerró las manos en dos puños, recuperando el control en un instante. Cuando volvió a hablar, lo hizo a través de los dientes apretados.

—¿Dónde está, Merrin?

Él parecía más miserable que nunca.

—Dispárale a un ala —le dijo a Khuen entre dientes.

Mientras el chico echaba el brazo hacia atrás, Merrin murmuró algo. Wren alzó una mano y el arquero se detuvo.

—¡Más alto! —rugió.

Merrin se aclaró la garganta.

—Ella… Se marchó para intentar volver a la batalla. Se marchó y, con Nitta, yo… No pude seguirla. Me hizo prometer que me quedaría.

Durante un instante de locura, el alivio inundó el cuerpo de Wren. ¿Lei estaba todavía en los desiertos de Jana? ¡Entonces, estaba viva! Lei era habilidosa, era una guerrera. Podía imaginársela en aquel momento: habría conseguido llegar a alguno de los pueblos del desierto o a alguno de los clanes ambulantes, habría reunido suministros para poder llegar hasta las montañas de la Cresta del Demonio y, después, hasta Ang-Khen. Tal vez, incluso estuviese cerca en aquel momento y, en cualquier instante, cruzase la entrada del fuerte corriendo con su rostro perfecto, sus ojos resplandecientes y llenos de esperanza, y una sonrisa que haría que el corazón le estallase en llamas. Entonces, todo estaría bien porque volverían a estar juntas.

La voz de Merrin destruyó sus ensoñaciones.

—Tuvimos noticias de ella mientras Nitta y yo estábamos en el Valle de la Arena Roja. Un carruaje real pasó por el Sendero de las Mil Millas. Alguien vio a Naja hablando con uno de los guardias del sendero. Los rumores dicen que capturó a Lei en Jana y que, desde entonces… —Pareció desinflarse—. Desde entonces, la han vuelto a llevar al Palacio Escondido.

La habitación se sumió en una quietud mortífera.

El cuerpo de Wren se llenó de hielo. Se sintió como cuando estaba en un trance Xia, solo que aquello no era magia, aquello no era poder, era todo lo contrario.

Ocultando sus facciones tras una máscara en blanco, cerró los ojos. Movió la mano derecha hacia el cuchillo que llevaba entre la ropa, sintiendo una canción familiar que convocaba algo profundo en su interior, algo que había nacido en primer lugar de su sangre guerrera y que, después, Ketai había perfeccionado. Era un núcleo horrible y furioso que amaba y odiaba, porque era su fuerza, pero también era lo que había hecho que Lei la mirase y viese a una enemiga.

Sacó el cuchillo.

Khuen, sintiendo el peligro, se dirigió a ella.

—Lord Hanno regresará cualquiera de estos días. Tal vez deberíamos esperar hasta que hable con Merrin. Puede que tenga más información que nos resulte de utilidad.

Wren contuvo la ira con todas sus fuerzas. Al fin tenía una respuesta a la pregunta que llevaba esperando responder durante un mes, pero aquello no le ofrecía alivio o paz. Y, aunque hubiese dado lo que fuese para poder obligar a Merrin a que la llevase al palacio en ese mismo instante, la habían dejado a cargo del fuerte. Tenía que esperar a su padre. Una vez más, era incapaz de ayudar a Lei.

Giró sobre sus talones antes de perder el control.

—Voy a preparar todo para la llegada de Nitta —le dijo a Khuen—. Mantenlo aquí. Quiero escuchar la versión de Nitta de la historia antes de hacerle más preguntas.

—Wren. Siento mucho lo que hice.

La espalda se le puso rígida. Su nombre sonaba tan vacilante y tan querido en la lengua de Merrin que le hacía daño. Se irguió, recuperando la compostura. Después, tal como había hecho Lova unos minutos antes, salió de la habitación sin mirar atrás.

Fuera, dio órdenes a los soldados y las doncellas que estaban esperándola, y el fuerte, azotado por la lluvia, se llenó de los sonidos propios de la actividad.

No fue hasta cinco minutos después que se dio cuenta de que había roto la empuñadura del cuchillo sin remedio. Estaba destrozada entre sus dedos. Abrió la mano y la giró, observando con los ojos vacíos y el corazón oscuro lleno de furia cómo las piezas rotas caían al suelo.

Al principio, no reconoció a Nitta.

Cuando los guardias le avisaron de que Lova había regresado, se colocó al pie de las escaleras, bajo los estandartes de su clan que ondeaban en el aire. Esperaba, estaba lista, quería y necesitaba la gran sonrisa de Nitta y su seguridad juguetona, que era un eco de del descaro de su hermano. Se aferró a la idea de que sería como recuperar una parte de Lei, un destello de luz en la oscuridad que habían sido aquellas últimas semanas tan terribles.

Con el sonido de los cascos, el vestíbulo se quedó en silencio. El ambiente había estado cargado de mucho nerviosismo desde la partida de Ketai a Nantanna, y el regreso de Merrin no había ayudado a aliviar la tensión entre los miembros restantes del clan.

Al otro lado de la entrada, los terrenos estaban sumidos en la oscuridad, azotados por la lluvia.

El golpe de los cascos estaba cada vez más cerca. Cuando apareció la silueta voluminosa del caballo, con el pelaje mojado bajo la luz de los faroles, Wren pensó que iban a detenerse. Sin embargo, el caballo continuó directo hacia la puerta del palacio y, después, entró dentro.

Lova, que también estaba empapada por la lluvia, saltó del caballo y entró en el vestíbulo con una mirada de odio puro y estruendoso.

—¡Lo voy a matar! —gruñó, desenvainando su alfanje con tanta fuerza que muchos de los miembros del clan que la estaban observando se escabulleron. Caminó en línea recta en dirección a la habitación en la que tenían retenido a Merrin.

Wren le bloqueó el paso. Se escuchó el tintineo de las armas cuando los guardias que estaban en la puerta recuperaron sus posturas. En aquella ocasión, no se preparaban para mantener al prisionero dentro, sino para mantener a Lova fuera. La chica león se rio en sus caras.

—¡Sí, claro!

—Lo —dijo Wren en tono de advertencia.

Lova soltó un rugido y dio una sacudida con el cuello, haciendo que las gotas de agua salieran disparadas de su pelaje.

—¡Mira lo que le ha hecho! —gritó, gesticulando con un brazo—. ¡Mírala!

Incluso en aquel vestíbulo tan impresionante, el caballo parecía enorme. Era un semental imponente al que habían criado hasta ser lo bastante alto como para poder ser montado por demonios. Un bulto mojado de tela estaba amontonado sobre el animal. Miró más allá del caballo, confusa. ¿Dónde estaba Nitta? ¿Y en qué estaba pensando Lova para meter un caballo en el vestíbulo?

Lo comprendió de golpe.

Ignorando a los asistentes de su padre, que volvían a deambular pidiendo que les diesen instrucciones, se dirigió al montón de ropa mojada de aspecto lastimero que había sobre el caballo y que no era una pila de ropa en absoluto. Era Nitta.

Nitta. Desplomada, embarrada y rota.

La demonio leopardo estaba doblada sobre el cuello del caballo, con la cabeza apoyada en un brazo. El otro, colgaba sin fuerza a un lado. Wren la tomó de la mano.

—Nitta —susurró.

Parecía exhausta. Tenía el pelaje empapado y apelmazado contra el cuerpo. La capa en la que estaba envuelta hacía que su delgada figura pareciese más pequeña y, bajo ella, se le marcaban las vértebras. Las clavículas, que estaban a la vista, resultaban delicadas como espoletas. La chica leopardo siempre había sido enjuta, pero aquella era una delgadez diferente.

Poco a poco, alzó la cabeza. Miró a Wren con el atisbo de un destello en sus encantadores ojos verdes.

—Wren —dijo con un gruñido muy leve. Una de las comisuras de sus labios se alzó—, tienes buen aspecto. Ya sabes, teniendo en cuenta… —Batió las pestañas—. La última vez que nos vimos, la lucha a muerte y todo eso…

Entonces, se le desplomó la cabeza. Wren la sujetó mientras se deslizaba del caballo y la colocó con suavidad entre sus brazos.

—Llevad el caballo a los establos —les ordenó a los miembros del clan que se habían apiñado alrededor—. Lo, llévame a la habitación de Nitta —añadió rápidamente por encima del hombro.

Lova se había estado acercando a la habitación de Merrin mientras todos los demás estaban distraídos. Frustrada, se unió a Wren.

—Vas a tener que dejarme que lo haga en algún momento —refunfuñó—. A menos que quieras hacer tú los honores.

Wren no respondió. No estaba segura de lo que quería. Quería despedazar a Merrin. Quería asaltar el Palacio Escondido y ensartar a todos los demonios hasta que encontrase a Lei. Quería causar daño, destruir cosas… Y quería tumbarse en una habitación tranquila con una chica entre los brazos, sabiendo que nadie volvería a hacerles daño nunca más. Oh, cuánto deseaba aquello…

Lo quería todo, pero no sabía si podía tenerlo y, ante todo, no estaba segura de merecerlo.

Escuchó un crujido cuando pasó por encima de las piezas rotas del cuchillo. Pensó, sombríamente, que no era de extrañar que se hubiese sentido tan atraída hacia él. Ella era todo lo que era aquel cuchillo. Abrupta. Fría. Manchada de sangre. Rota.

7
Wren

Al día siguiente, Nitta durmió hasta después de mediodía.

Wren pasó con ella toda la noche, alternando entre sentarse en una silla junto a la cama y pasear junto a las ventanas, esperando divisar a su padre y al ejército regresando. Lova había insistido en hacerle compañía. La general de los Amala se sentó en el suelo, limpiando su alfanje o girándolo con movimientos lentos para atrapar la luz de los farolillos.

Cuando sonaron las campanas que señalaban la hora de la comida, Wren se puso en pie.

—Voy a ver cómo está todo el clan. Haré que manden algo de comida para nosotras. Vigílala.

En el comedor, se movió entre las mesas, hablando con los consejeros de su padre y los diferentes líderes de los clanes aliados, respondiendo preguntas y recibiendo las últimas noticias. Merrin todavía era vigilado por los guardias. Ordenó que le enviasen algo de comida y agua.

—Sin veneno —dijo bromeando, aunque solo un poco.

Cuando volvió a subir las escaleras, un par de doncellas la siguieron portando unas bandejas de las que emanaba un aroma delicioso. Estaba cerca de la habitación cuando oyó unas voces que se colaban por la rendija de la puerta que había quedado abierta. Hablaban en voz baja y de forma sigilosa. Alzó una mano y se quedó quieta. Las doncellas la imitaron.

—Nunca se lo contamos.

—¡Ya lo sé! ¿Crees que me seguiría hablando si lo supiera? Ya sé que no lo sabe, cachorra. Lo que no entiendo es por qué.

—Si todavía no lo entiendes, Lova, nunca lo harás.

—No me debías lealtad, Nitta. Ni tú, ni Bo. Podríais haberle contado a Wren de inmediato lo que hice.

Nitta parecía dolida.

—¿Crees que dejamos de ser Amala en algún momento? Tú nos exiliaste, pero eso no hizo que dejásemos de amarte, que dejásemos de amar a nuestra familia…

Un estornudo rompió la quietud. Una de las doncellas se estaba tambaleando, intentando recuperar el equilibrio desesperadamente después de haber estado a punto de derramar los cuencos de sopa goji que llevaba en la bandeja.

La puerta de la habitación se abrió hacia dentro y Lova dio un paso fuera.

—No te hemos oído llegar —dijo, antes de añadir—: Está despierta.

Wren estaba demasiado cansada como para intentar darle sentido a lo que había escuchado, y las riñas internas de los clanes eran la última de sus preocupaciones. De todos modos, en cuanto vio a la chica leopardo sentada en la cama con una sonrisa débil adornándole el dulce rostro, la conversación se esfumó de su mente.

Nitta estaba allí, estaba bien y estaba sonriendo.

—¿Me has echado de menos? —le preguntó mientras se sentaba a su lado.

Por primera vez en lo que le habían parecido años, Wren sonrió. No fue una sonrisa torcida, ni un gesto irónico de los labios o una mueca divertida y fugaz. Una sonrisa de verdad; pequeña, pero real.

—Sí —contestó—. Oh, Nitta, claro que sí.

Se tomaron de las manos.

—No creí que fuera a volver a veros a ninguna de las dos —dijo Nitta con los grandes ojos color esmeralda implorantes—. Lova me ha dicho que tienes a Merrin prisionero. Wren, tienes que escuchar su historia. Estaría muerta si no fuese por él.

—Has estado a punto de morir por su culpa —le contestó Wren—. Todos nosotros. Y Lei...

Se calló. No podía hablar sobre lo que había descubierto la noche anterior con respecto al paradero de Lei. Todavía no. Tan solo pensar en ello era como recibir un puñetazo en el estómago.

—Cometió un error —dijo la chica leopardo—. Ha aprendido de él y está intentando redimirse. —Cuando Lova hizo un ruido de burla desde el rincón de la habitación donde las doncellas estaban preparando la mesa, prosiguió con paciencia—. Perdió a alguien a quien amaba y eso le nubló el juicio. Eso es algo con lo que todos nos podemos sentir identificados.

Wren pensó en el chico chacal cubierto de sangre que había en una habitación cercana. Bajó la mirada hacia el lugar donde sus dedos estaban entrelazados con los de Nitta. Por un instante, lo que vio fueron las manos de Lei, más pequeñas, pálidas y sin pelo. Se moría por volver a sentirlas, tan suaves y cálidas contra su piel. La demonio leopardo le dio un apretón.

—Todos hemos hecho cosas de las que no nos sentimos orgullosos —dijo. Volvió la vista hacia Lova—. Todos hemos traicionado de un modo u otro a aquellos a los que amamos. Merrin hizo algo horrible, pero tiene un buen corazón. Se merece nuestro perdón.

—Lei está... —Wren se obligó a decir las palabras—. Lei está otra vez en el Palacio Escondido. ¿Cómo podría llegar a perdonarlo por eso?

—Porque quiere ayudar a sacarla de allí —contestó Nitta.

Con un gruñido, Lova hizo que las doncellas saliesen de la habitación de inmediato. Desde la puerta, las observó hasta que estuvieron lo bastante lejos como para estar fuera del alcance de la conversación. Después, cerró la puerta.

—¿Qué quieres decir? —dijo, dirigiéndose a la chica leopardo—. ¿Ha encontrado una forma segura de entrar?

—Bueno, no —admitió ella—, pero es un demonio pájaro. Está dispuesto a intentarlo si eso es lo que queremos. ¿Por qué no hablamos con él?

—¡Mataré a ese pájaro si tengo que pasar un segundo más en su presencia indigna! —estalló la leona. Se adelantó hasta que tuvo la cara a escasos centímetros de la de Nitta—. ¿Has olvidado lo que te hizo? ¿Lo que te ha arrebatado? ¿En qué te convirtió?

Wren había estado esperando a que ella misma sacase aquel tema de conversación. Por supuesto, Lova no era tan sensible. Nitta alzó la barbilla y miró a la general de los Amala directamente a los ojos.

—Sí, estoy paralizada de cintura para abajo, pero eso no me hace inferior a como era antes. Todavía soy una guerrera. Todavía soy yo misma. —Lova se apartó de ella dando tumbos y con un sonido de incredulidad en la garganta—. Me rompí la espalda durante la batalla —declaró con calma—. Hubiera muerto pisoteada si Merrin no me hubiese sacado de allí. Por eso nos alejó de allí, para protegernos. Lei le pidió que me llevase a algún sitio seguro y se la llevó a ella también porque quería que estuviese a salvo. Después, no pudo volver a buscarla porque, en mi estado, no podía dejarme sola. Le supliqué que fuese a por ella, pero no quería abandonarme.

—Cobarde —se burló la chica leona. Nitta la ignoró.

—Yo no dejaba de desmayarme por el dolor y, cada vez que me despertaba, estábamos en un sitio diferente. Sabía que todavía estábamos en Jana, en el desierto, y las montañas se vislumbraban en la distancia. La siguiente vez que me desperté, la arena era de un tono rojo oxidado y Merrin me llevaba en una especie de carro que debía de haber encontrado. Al final, me desperté en la cabaña de la sanadora. Me habló de mis lesiones, de que nunca más volvería a andar, pero también me dijo que había conseguido que pudiera seguir teniendo sensibilidad de cintura para arriba y que viviría.

Se detuvo de forma abrupta. Tenía los ojos vidriosos. Se pasó una mano por la cara. Las miró a ambas y, después, dejó escapar unas carcajadas que hicieron que Wren se sobresaltara.

—¡Estoy llorando porque estoy feliz, idiotas! —exclamó, sonriendo con aquella sonrisa torcida tan similar a la de su hermano—. ¡Porque estoy viva! Merrin me salvó la vida y, entonces, la sanadora de la Arena Roja salvó todo lo que pudo de mi cuerpo. Llevó mucho tiempo que me encontrase en una condición lo bastante estable como para viajar, pero estamos aquí y estamos listos para trabajar. —Agarró los dedos de Wren—. Venga, ¿no quieres que salvemos a tu chica?

Wren se puso en pie, dándole la espalda a la cama. Nitta soltó un bufido.

—Dulce Samsi, sois unas dramáticas.

—Me tomaré eso como un cumplido, gracias —resopló Lova.

—Cuando todo esto haya terminado —sugirió la chica leopardo—, tal vez deberías pensar en colgar esas espadas gigantes que te van a causar un terrible dolor de espalda y empezar un grupo de teatro. Quizá un poco de makyong. O, tal vez, algo de la buena y anticuada ópera. General, nunca has cantado demasiado bien, pero, por lo que recuerdo, Nor tiene unos pulmones impresionantes y Osa…

—Está muerta —terminó Lova de forma directa.

La atmósfera ligera que Nitta había intentado crear se desvaneció en un instante.

—Lo lamento —dijo en voz baja—. ¿Fue en el desierto?

Lova no contestó, aunque Wren imaginó que había asentido. Tras una larga pausa, la leona continuó hablando.

—Se le daba muy bien tocar el sitar.

Wren se giró a tiempo para ver cómo una sonrisa hacía que se alzaran las comisuras de los labios de Nitta. Entonces, sus ojos se encontraron, y la chica leopardo volvió a ponerse seria.

—Habla con él —insistió.

A Wren se le apareció el rostro de Lei y, al instante, supo lo que tenía que hacer. Era lo que Lei hubiese hecho, lo que esperaba que, un día, hiciese por ella.

—Está bien —dijo. Cuando Nitta sonrió resplandeciente, añadió—: Pero no te prometo que vayamos a estar de acuerdo con lo que diga.

—Habla por ti misma —masculló Lova—. Dudo que cualquier cosa que diga Plumas vaya a conseguir que deje de querer pisotearle el estúpido cuello…

Fuera, se escucharon unos pasos apresurados. En un instante, tanto Wren como Lova se colocaron para escudar a su amiga. La chica leona sacó su alfanje. La puerta se abrió con tanta fuerza que estuvo a punto de cerrarse sola de nuevo, aunque no antes de que una maraña de pelaje rojizo que empezaba a encanecer se colase en la habitación.

—¿Dónde está? —exigió saber la maraña, dando vueltas como un tornado peludo y rebuscando en cada rincón de la habitación—. ¿Dónde está?

Lova bajó el alfanje con un suspiro.

—Tien —dijo Wren, relajando la postura de defensa—, si estás hablando de Merrin, no está aquí. ¿Podrías calmarte, por favor? Nuestra amiga está intentando descansar.

—De eso nada —contestó Nitta alegremente.

El remolino de pelo se detuvo al fin y resultó ser una mujer lince mayor de la casta de acero. Aunque era bajita para ser una demonio, caminaba muy erguida, con la barbilla alzada con orgullo y el pelo que le sobresalía del cuello erizado.

—Es mediodía —contestó la demonio de malas maneras—, y estamos en guerra. Nadie debería estar descansando a esta hora. —Entrecerró los ojos felinos en dirección a Wren—. Y ten cuidado con cómo les hablas a tus mayores, jovencita. No me importa si eres la hija de uno de los señores de un clan. Sigo siendo tu superior y deberías dirigirte a mí como tal.

Nitta estalló en carcajadas.

—¡Me gusta! —Cuando Tien le dirigió a ella su mirada furibunda, la chica leopardo se corrigió a toda velocidad—. Quiero decir que me gusta su actitud, tía. Sin intenciones de ofender.

Tien la observó.

—¿Quién eres tú?

Antes de que pudiera contestar, volvieron a escuchar el sonido de unas pisadas apresuradas. Apareció un hombre de papel y se agarró a la puerta con la cara roja.

—Ocho… millones… de disculpas —dijo jadeando—. Tien, ¡esta no es nuestra casa! ¡No puedes irrumpir en cualquier habitación que te plazca! —Todavía encogido, se limpió el sudor de la frente—. Dioses santos, esta vieja demonio sí que corre rápido.

Tien se puso a la defensiva.

—¡A ver a quién llamas vieja, anciano! De todos modos, el ejercicio no te viene mal. Y dile a la amante de tu hija que les muestre más respeto a sus mayores. —Con una mano, hizo un gesto de irritación—. ¡Las cosas que tengo que soportar! ¡Estas provincias modernas! Os aseguro que en Xienzo…

Mientras continuaba parloteando, el hombre alzó la vista. Cuando vio a Wren, se quedó boquiabierto un instante y, después, se apresuró a ponerse de rodillas.

—Le pido disculpas, Lady Wren.

Ella dio un paso hacia delante.

—Por favor, Jinn. —Se inclinó hacia delante para ayudarlo, sintiéndose incómoda tanto por el hecho de que Tien hubiera dicho que era la amante de Lei delante de su padre, como por la vergüenza del hombre al darse cuenta de que se había comportado de manera informal delante de ella—. Ya hemos hablado de esto. Puedes llamarme Wren.

Jinn asintió, aunque todavía parecía aturullado. Wren luchó contra su propia incomodidad. Aunque no podía hablar por Jinn, era consciente de que ella había estado evitando al hombre a propósito. En parte, porque se sentía culpable. Todavía recordaba con total claridad el día que ella y los otros habían regresado de Jana. Habían aparecido sucios, exhaustos y con el ánimo sombrío. Wren había visto el gesto de esperanza y expectación en el rostro del padre de Lei mientras buscaba la cara de su hija entre el grupo y cómo esa esperanza se había convertido rápidamente en confusión y, después, en desesperación.

—Entonces, Wren. —Jinn le dedicó una sonrisa titubeante que le resultó tan conocida que le hizo daño.

Tal vez, aquella era la razón principal por la que lo había estado evitando: le recordaba demasiado a Lei. Incluso tenían los mismos gestos. En aquel momento, con las manos desgastadas por toda una vida de trabajo físico que, con toda probabilidad, también había hecho que le clarease el pelo oscuro de forma prematura, Jinn se alisó el hanfu arrugado del mismo modo que había visto hacer a Lei en incontables ocasiones.

Las ropas del hombre eran de algodón, sencillas y de un color marrón claro. Ketai le había ofrecido el uso de los sastres de los Hanno, así como la elección libre de cualquiera de las telas lujosas que tenían en las tiendas, pero el padre de Lei había insistido en quedarse tan solo con unas pocas prendas modestas. Tien, por el contrario, le había tomado la palabra, y de qué manera. Aquel día, iba vestida con una túnica de color dorado y magenta que arrastraba por detrás, cuyas muchas capas rellenaban su figura huesuda. Al cuello llevaba un colgante de jade. Era un conjunto más adecuado para una cena elegante que para trabajar en las cocinas, que era donde se la podía encontrar la mayor parte del tiempo. Sin embargo, Tien lo llevaba con absoluta confianza y todos los días se paseaba con algún maravilloso conjunto nuevo, comportándose como si aquel lugar le perteneciera. Wren incluso la encontró un par de veces regañando a Lova, quejándose del barro que había dejado al regresar de hacer una patrulla o después de que hubiese robado algo de ron del armario de las bebidas de Ketai. Lei le había contado innumerables historias sobre la quisquillosa y anciana ayudante de la tienda. Era evidente que no había exagerado.

—¿Y bien? —inquirió la mujer—. ¡Todavía estoy esperando! ¿Dónde está? ¿Dónde está el demonio pájaro que secuestró a mi sobrina?

Lova sonrió de medio lado.

—Está en el piso de abajo. Puedo llevarla hasta él, tía. Podemos ir las dos solas…

—No, Lo, muchas gracias. —Wren le lanzó una mirada penetrante, plenamente consciente de cuáles eran sus intenciones. La leona presuponía que no castigaría a uno de los familiares de Lei si eran ellos los que le hacían daño a Merrin—. Tien —comenzó a decir. Entonces, cuando fue ella la que recibió una mirada de advertencia, se corrigió con rapidez y usó el sufijo adecuado para referirse a una mujer más mayor—. Tien-*ayi*, Nitta es la chica leopardo que Merrin se llevó del campo de batalla junto con… Lei.

Decir su nombre era como si le estuviesen arrancando los dientes, sobre todo con su padre y su tía mirándola de forma directa.

—Nos acaba de contar lo que ocurrió —continuó—, y que a Merrin le gustaría ayudarnos a rescatar a Lei.

—¡No necesitaría que la rescataran si, para empezar, no se la hubiera llevado volando! —replicó la mujer lince.

—¡Eso es lo que digo yo! —Lova sonrió de forma sombría—. Bien, como estaba diciendo, tía, ¿por qué no vamos...?

—Yo soy la general de este clan, Lova, no tú.

Ella misma se sintió sorprendida ante su tono cortante. La leona se cruzó de brazos e inclinó la cabeza hacia un lado.

—Entonces, ¿qué es lo que propones tú, general?

—Escucharemos lo que Merrin tenga que decir todos juntos —decidió—. Pero, antes, Nitta tiene que comer. ¿Por qué no comemos y compartimos con Tian-ayi y Jinn la historia? Así, cuando hablemos con Merrin, todos tendremos la cabeza un poco más... fría.

Tanto Tien como Lova se mofaron de aquello. Para evitar más discusiones, Wren fue a buscar a Nitta. Los demás se ocuparon en preparar la mesa para acomodar a Jinn y a Tien.

Como la noche anterior, cuando la tomó en brazos, la chica leopardo resultó ser sorprendentemente ligera, pero la sonrisa que le dedicó era exactamente igual a la de antes del accidente: deslumbrante, afilada y juguetona. Hizo que algo muy profundo bajo las costillas le doliese.

—¿Cuánto quieres apostar a que, para el final de la comida, Lova le está suplicando a Tien que se una al Clan de los Gatos? —le preguntó en un susurro—. ¡Oh! ¿Y cuánto a que Tien le ha usurpado el poder en una semana?

Y, del mismo modo que había sonreído por primera vez en semanas, Wren soltó una carcajada. Fue sincera e inesperada, libre de cualquier dolor, y surgió de un lugar feliz genuino, un lugar que le habían arrebatado con la pérdida de Lei.

El sentimiento no le duró demasiado. Estaba colocando a la demonio leopardo en el sitio que le correspondía en la mesa cuando un sonido retumbó a través de todo el fuerte. Era el repicar de las tres campanas inmensas que había en la torre del ala este, una señal de que se acercaban miembros del clan.

Lova se puso en pie de inmediato.

—Han vuelto. Voy a ver cómo están mis gatos. —Salió de la habitación sin esperar una respuesta.

—Aiyah —se quejó Tien, sujetando los palillos—. ¿Por qué todo en este sitio tiene que ser tan ruidoso? ¿Es que una anciana no puede comer tranquila?

Wren le tocó el hombro a Nitta.

—Debería ir a darles la bienvenida. ¿Estarás bien?

—¡Claro! Estoy famélica. Además, apuesto a que a Jinn-ahgu y Tien-ayi les encantaría escuchar historias de nuestra misión. Tengo muchas buenas sobre Lei; esa chica sí que es una papel osada. —Nitta subió y bajó las cejas en dirección a ellos y los labios de Jinn se curvaron.

—Mi hija es como su madre —dijo—. Valiente.

Tien resopló con la boca llena de comida.

—Lo que quieres decir es que es imprudente.

—Es lista…

—Más bien es una listilla.

Nitta le sonrió.

—¿Ves? Aquí nos lo vamos a pasar bien. Ve a ver cómo están Ketai y Caen. —Su rostro se suavizó—. Espero que no haya sido demasiado duro para ellos.

Mientras bajaba las escaleras, Wren empezó a prepararse. No estaba muy segura de qué era lo que se iba a encontrar, ya que no habían enviado a ningún mensajero con noticias en todos los días que habían estado fuera, por lo que era evidente que habían estado ocupados. Por lo que el chico chacal había dicho en el interrogatorio que le hizo, no parecía muy probable que hubiesen llegado a tiempo para salvar la ciudad, aunque se aferraba a la esperanza de que lo hubiesen logrado de algún modo. Sin embargo, cuando salió a los terrenos inundados de lluvia, se dio cuenta de que había sido una tonta.

Los miembros del clan estaban esparcidos a su alrededor, mostrando reacciones más descontroladas que la suya. Había gritos y llantos. Algunos salían corriendo en dirección al grupo embarrado que subía lentamente la colina, gritando los nombres de los amigos, amantes o miembros de la familia que habían formado parte del ejército que Ketai se había llevado a Nantanna.

Un ejército que, en ese momento, era tan solo una fracción del tamaño original.

Mientras aquel ejército destrozado avanzaba, ella se quedó de pie, rígida, obligándose a ser la calmada líder del clan que su padre esperaba que fuese y se armó de valor para recibir cualquiera que fuera la noticia terrible que, con toda certeza, les llevaban.

8
Lei

Mi nueva rutina en el palacio es tan similar a la de cuando era una Chica de Papel que es como si hubiese viajado atrás en el tiempo y me hubiese quedado atrapada en algún tipo de bucle retorcido, obligada a revivir algunos de los peores meses de mi vida.

Cada mañana, Madam Himura entra con decisión en mi habitación con un grupo de doncellas demonio de rostros inexpresivos. Me dan de comer el mismo desayuno sencillo (té y dos rebanadas de tostada kaya) antes de lavarme y vestirme. Después, me escoltan hasta mis siguientes carabinas que, en este caso, son mucho menos delicados: los guardias. Son los mismos dieciocho guardias que me acompañaron la noche del banquete en el que el rey anunció mi regreso a la corte, liderados por el altísimo demonio gacela que, según he descubierto desde entonces, es el comandante Razib. Ellos me llevan de un lado para otro a cualquier evento en el que el rey me requiera ese día. Generalmente, acaban tan entrada la noche que, cuando al fin me llevan de vuelta a mi habitación, me arrastro hasta la cama vestida por completo y me adentro de cabeza en las pesadillas.

Sin embargo, a pesar de sus similitudes, mi nueva rutina tiene algunas diferencias importantes y la más grande de ellas es que nunca me dejan a solas con el rey. Más allá de que me siente a su lado con diligencia, cubierta con mi uniforme blanco y dorado de

Elegida de la Luna, no me piden mucho más. En los almuerzos en jardines preciosos que están floreciendo con la llegada de la primavera, ceremonias del té íntimas o banquetes fastuosos y animados con los oficiales de la corte, mantengo la boca cerrada y los oídos abiertos. Incluso me llevan a ver un par de demostraciones militares, aunque me he dado cuenta de que nunca me permiten estar cerca cuando los oficiales de la corte se acercan a hablar con el rey sobre la guerra. Sin importar lo frustrante que me resulte, lo interpreto como una victoria.

Esto significa que el rey está asustado. Asustado de mí y de los enemigos que es evidente que todavía cree que acechan en el palacio. Y si bien dudo de que crea que soy capaz de conectar con ellos, dado que tenemos una agenda muy apretada y que me vigila muy de cerca, me demuestra que entiende que cualquier información que caiga en mis manos, por insignificante que sea, puede ser usada contra él; que, con la intención adecuada, las palabras pueden convertirse en cuchillos.

Aun así, lo que hace que esté más segura del miedo del rey es que ni una sola vez me lleva a sus aposentos. El rey de antes me habría llevado a su cama tan solo para disfrutar de destrozarme. Sin embargo, este rey, que es ligeramente nuevo, que oculta sus nervios detrás de risas demasiado fuertes y proclamaciones grandiosas de poder, sabe que, si me lleva a sus aposentos, puede que, en su lugar, sea yo la que lo destroce a él.

Cada vez que estoy a punto de derrumbarme, cada vez que, un día en concreto, la cercanía del rey me resulta demasiado o cada vez que me despierto con sacudidas en medio de la noche a causa de una pesadilla en la que la cabeza desmembrada de Wren rueda por el suelo ensangrentado hasta mis pies, me recuerdo a mí misma que el Rey Demonio de Ikhara tiene miedo de mí. Me repito las palabras que Zelle me dijo la primera vez que nos conocimos hasta que se convierten en un mantra, en una melodía que aviva el fuego que hay en mi interior.

«Pueden arrebatar, robar y destruir todo lo que quieran, pero hay una cosa que no pueden controlar. Nuestras emociones. Nuestros sentimientos. Nuestros pensamientos. Nuestra mente y nuestro corazón son solo nuestros. Ese es nuestro poder, Nueve. No lo olvides nunca».

Los días pasan y todos siguen el mismo patrón sombrío hasta que, una mañana, me despierto y sé que ese va a ser diferente.

No hay nada fuera de lo normal, al menos de momento. La luz del alba que se filtra por las ventanas es igual que la de ayer. Los pájaros que hay fuera cantan la misma canción insistente mientras planean en el cielo pálido. A lo largo de la mañana, Madam Himura les grazna las órdenes a las doncellas mientras me visten con un hanfu limpio, siempre con cuidado de no mirarme a los ojos, incluso cuando me colorean el rostro con polvos y maquillaje.

Sin embargo, puedo sentirlo. Es como el temblor eléctrico que precede a la lluvia del monzón o como el aire cortante antes de que nieve; es la sensación del cambio que está por venir.

Por lo general, cuando salimos de la habitación, Madam Himura me entrega a los guardias. Hoy, nos acompaña. Su bastón y sus garras suenan a destiempo con las pisadas más fuertes y pesadas de los otros demonios.

Y esa es la primera diferencia.

Mientras recorremos las estancias de mármol de la fortaleza del rey, mis sentidos se disparan en busca de más pistas. Hay un segundo cambio: los guardias parecen estar esperando que ocurra algo y el comandante Razib me lanza más de una mirada astuta por encima del hombro. El tercer cambio es que me dirigen a una parte del edificio que nunca antes he visto.

Con cada paso, aumenta mi recelo. Pensaba que estaba empezando a conocer bien la fortaleza del rey, pero que me sorprendan con un ala totalmente nueva hace que mi seguridad se tambalee. Cruzamos una serie de arcos, cada uno de ellos custodiados por un par de guardias, que terminan de forma abrupta en una habitación pequeña y circular. Dado que mi visión queda bloqueada por los guardias que están frente a mí, no veo lo que hay dentro hasta que estoy justo enfrente.

Se trata de la parte más alta de una escalera en espiral. Los escalones se retuercen y se pierden de vista. El comandante Razib comienza a bajar, pero yo dudo. Uno de los guardias que hay a mi espalda me empuja.

—Abajo —me ordena.

—Bueno, no es que estuviera pensando en ir hacia arriba —murmuro entre dientes.

—¿Qué has dicho, keeda? —gruñe el comandante.

—Oh —le digo, lanzándole una sonrisa burlona—, nada. Tan solo estaba admirando las vistas.

La ira le atraviesa el rostro. Me preparo para recibir una bofetada o un puñetazo en el estómago, pero no llegan y siento una sensación voluble de triunfo. Ahora, soy la Elegida de la Luna del rey, así que incluso los guardias tienen que tener cuidado con cómo me tratan en público. Después de todo, se supone que estar aquí es mi elección, mi privilegio.

Bajamos las escaleras con esfuerzo. Los escalones son estrechos y sinuosos, por lo que solo caben dos demonios uno al lado del otro. La oscuridad nos envuelve con rapidez y unos cuantos guardias encienden antorchas, llamas que parpadean contra las paredes de piedra. Cuando empiezo a preguntarme si en algún momento llegaremos al fondo de esta escalera infernal, salimos a un pasillo largo e iluminado con faroles. Y al final del pasillo…

La visión me frena, me deja sin aire.

La estancia no es mucho más grande que mi habitación en el Anexo de la Luna, pero sus paredes se curvan hacia un techo alto y abovedado, haciendo que nuestros pasos resuenen como si estuviésemos en alguna especie de cueva. Las paredes y el suelo son ásperos, tallados, al igual que las escaleras y el pasillo, en la propia roca. La luz de los faroles resplandece contra el granito que brilla débilmente y que me recuerda de forma desagradable a la habitación llena de espejos del rey.

Aun así, eso no es lo que me ha hecho tambalearme. E incluso aunque el rey está aquí junto con Naja y un grupo de hechiceros que controlan la magia que me hace sentir olas de electricidad estática, ni siquiera es lo peor de este lugar tan horrible.

En cualquier otra situación, me habría alegrado de ver el rostro de un amigo, pero no aquí, no así. No colgado del techo con una cadena de metal y un gancho curvo ensartado en su espalda, manteniéndolo suspendido a medio metro del suelo.

El sonido del goteo de sangre es fuerte.

—Mi querida Elegida de la Luna, cuánto nos complace que hayas podido unirte a nosotros.

La voz del rey me llega desde donde está sentado junto a Naja en unos bancos de piedra que rodean la cadena y al prisionero que está suspendido. Se pone de pie, abriendo los brazos en señal de bienvenida.

—He pensado que tal vez te gustase ver a un viejo amigo. ¿Por qué no lo saludas?

El monarca espera con una sonrisa, pero yo no me muevo. Cada centímetro de mí se ha convertido en hielo a pesar de la calidez insólita de la magia de los hechiceros allí donde se enfrentan al prisionero, mi amigo, tejiendo daos en torno a él.

Entonces, me doy cuenta de que la magia no le está haciendo daño. Lo está sanando; solo lo justo para mantenerlo con vida. La magia no surte efecto sobre las cosas muertas, a pesar de los innumerables esfuerzos de los hechiceros a lo largo de los años. Además, el rey no quiere a este prisionero muerto. Al menos, no de momento.

La sonrisa del soberano se agudiza.

—No seas tímida —dice con su ojo ártico fijo en mí—. Acércate más, Lei-zhi.

Cuando no me muevo, el comandante Razib me empuja. Me tambaleo, y mis pasos inconsistentes resuenan contra las paredes. Sin embargo, el goteo de la sangre de mi amigo es más fuerte. Se escucha en todos los rincones, golpeándome los oídos y latiendo al mismo ritmo que mi pulso agitado y mi respiración irregular.

No quiero continuar, pero el comandante me vuelve a empujar una y otra vez hasta que mis pies enfundados en zapatillas tocan el charco rojo cada vez más grande, haciendo un ruido de salpicadura nauseabundo.

Los guardias empiezan a abuchear.

El rey y Naja observan en silencio, con determinación.

La sangre me empapa la túnica. Me gustaría gritar, salir corriendo y desgarrar la ropa manchada, pero no sería justo. Le debo a mi amigo soportar esto a su lado.

El horror me retuerce las entrañas cuando mis ojos encuentran los suyos, esos ojos grises, pequeños y rodeados de arrugas que, después de tantos meses de viajar, reír, discutir y pelear juntos, me resultan tan conocidos. Incluso a pesar de cómo acabaron las cosas entre nosotros, eran ojos que había esperado volver a ver.

Qué forma tan cruel habían elegido los dioses para concederme aquel deseo.

—Shifu Caen —digo de forma ahogada, incapaz de evitar que se me escape un sollozo.

Mi viejo amigo y aliado, el mentor de Wren durante toda su vida y el amante de su padre me mira, girándose un poco allí donde cuelga de la cadena. El pelo largo, que generalmente lleva recogido en un moño, está suelto y hecho un desastre, apelmazado en mechones pegajosos. Los moratones florecen por toda su piel. Uno de sus pómulos tiene un aspecto extraño, hundido de una forma poco natural. Un hilo irregular de aire se cuela entre sus labios agrietados y, aunque su gesto muestra dolor, miedo y tristeza, lo que brilla con más fuerza es la determinación.

Es un guerrero hasta el final.

—Caen —susurro en voz más baja para que solo él pueda oírlo.

Otro nombre flota en el espacio que ocupa nuestro silencio. Su mirada se suaviza.

—Está a salvo —dice sin apenas mover los labios para que los demonios no puedan leerlos—. Están todos a salvo.

Conforme me inunda el alivio, su mirada vuelve a endurecerse. Sé de forma instintiva lo que se avecina. Su voz suena tranquila.

—Hazlo.

Sin tan siquiera pararme a pensarlo (porque sé que es lo correcto, porque sé que lo que sea que le espere será mucho peor y que es mejor acabar a manos de un amigo que de un enemigo), le susurro de forma apresurada, desbordada por las lágrimas.

—Gracias. Lo siento. Lo siento mucho.

Y mientras los demonios que nos observan empiezan a rugir al comprender lo que estoy a punto de hacer, doblo las rodillas, doy un salto alto y poderoso, tal como el propio Caen me enseñó, y usando el impulso y todo mi peso, le agarro la cabeza y se la empujo hacia atrás, directa hacia el lado afilado del gancho que le surge de la espalda.

9
Lei

No me doy cuenta hasta más tarde. Mucho después de que los guardias me inmovilicen en el suelo, de que la mazmorra se llene de órdenes dichas entre gruñidos y de que el rey se coloque a mi lado, demasiado furioso para hablar, mientras el comandante Razib me clava las pezuñas en la espalda. Después de que me arrastren hasta mi habitación y me lancen dentro sin una sola pista de cuál va a ser mi castigo. No es hasta que estoy tumbada sobre la alfombra de ratán del dormitorio, temblando, sintiendo escalofríos y empapada de la sangre roja oscura de Shifu Caen, que me doy cuenta de que le empujé la cabeza con tanta fuerza que la punta del gancho se me clavó en la palma de la mano.

Contemplo la herida, y eso hace que me fije en el brazalete que llevo en la muñeca. La sangre de Caen ha atenuado el color del oro. Mi propia sangre gotea desde la herida que todavía me supura en la mano, mezclándose con la suya. Con el corazón desanimado, me pregunto la sangre de qué otros amigos habré derramado hoy. Aun así, a pesar de que la idea es horrible, demasiado horrible como para comprenderla todavía, la preocupación no termina de golpearme. Estoy demasiado abrumada por lo que acaba de pasar, lo que acabo de hacer.

Desde el mismo momento en el que entré en la habitación y vi a Caen allí colgado, supe cómo iba a terminar. Antes de que me mirase y me dijera lo que tenía que hacer de forma sencilla y clara, sin ninguna fanfarria, siguiendo su estilo habitual, la decisión ya estaba tomada. No iba a permitir que lo torturasen delante de mí. No iba a verlo sufrir más. Que él me lo pidiese tan solo me dio la seguridad para hacerlo. Para él, el escape solo tenía una solución posible.

«Hazlo».

Sus palabras me dan escalofríos, pues son muy similares a las de Zelle la noche del Baile de la Luna. A ella le había fallado en aquel momento, pero no podía fallarle a Caen hoy. Especialmente, no después de su regalo de despedida, algo que había anhelado cada segundo de mi encierro, desde que había visto el resplandor plateado de dos espadas entre una tormenta de negro y rubí.

«Está a salvo. Están todos a salvo».

Me quedo tendida en el suelo de la habitación durante horas, sin moverme del lugar en el que me arrojó el comandante Razib. Antes de abandonar la estancia bajo tierra, los hechiceros del rey tejieron un dao para hacerme desaparecer de la vista y que el resto del palacio no viese el estado en el que me encontraba. Debía de haber parecido algo salido de una pesadilla: una chica renqueante, con los ojos muertos y cubierta de sangre de los pies a la cabeza. Aunque hace rato que el encantamiento se ha deshecho, me imagino que, por el contrario, se fortalece, de modo que me desvanezco un poco más cada instante que pasa hasta que, al final, no quedará nada de mí en absoluto.

Si fuese tan fácil desaparecer, esconderse de uno mismo...

Ya había matado antes, aunque solo en defensa propia, durante una batalla o en momentos de peligro. Demonios a los que odiaba o que me odiaban a mí. Esto era diferente. Más necesario e incluso puede que más importante que cualquiera de esas otras muertes, pero mil veces más terrible. Da igual las veces que me repita que fue un acto de piedad, no consigo librarme de la culpa enfermiza que hace que quiera enterrarme una mano en el pecho y arrancarme el corazón traicionero.

La luz va desapareciendo dentro de la habitación hasta que me quedo sumida en la oscuridad, que solo se ve interrumpida por los rayos de luz de la luna que se cuelan por las ventanas abiertas. Aun así, no me muevo y permanezco tendida en una maraña de extremidades, agotada, vacía y sola.

He pasado muchas noches así desde que regresé al palacio, pero esta noche, más que nunca, anhelo a Wren, tener sus brazos fuertes abrazándome, el roce de sus manos firmes y sus palabras reconfortantes. El aroma a océano que desprende su piel siempre me ayuda a calmarme o consigue hacer que arda de la mejor manera posible.

Más que nada, ansío su comprensión, incluso aunque yo no le ofrecí la mía.

Un recuerdo me asalta con una viveza muy poderosa. La noche del desierto. El barco de arena de los Amala planeando sobre las dunas oscuras y su zumbido llenando el silencio. Las estrellas que brillaban sobre nuestras cabezas. Estar arrodillada, frente a frente con Wren en la parte trasera del barco. El relicario de Bendición Natal sujeto entre sus manos, con el revestimiento dorado atrapando la luz de la luna.

«Teníamos la misma palabra. Hiro y yo éramos kinyu».

«¿Cuál es? ¿Tu palabra?».

«Sacrificio».

—Wren —susurro ahora, girando la cabeza hacia la ventana por la que entra la luz que cubre la alfombra de ratán como si fuese la seda de un sudario.

Saber que está viva ha calmado una parte de mí, pero ha despertado otra, sustituyendo el dolor de no saber por el dolor de saberlo y no ser capaz de hacer nada al respecto. No sé qué es peor.

—¿Wren? ¿Es esto lo que se siente? ¿Así es un sacrificio?

Ella no responde. Nadie lo hace.

Dejo caer el brazo al suelo con la palma ensangrentada hacia arriba y los dedos abiertos, esperando. Esperando algo. A alguien.

Observo cómo la luz de la luna se desliza lentamente por el suelo hasta que, al final, se convierte en la luz suave de otra mañana primaveral. Fuera, los pájaros empiezan a cantar.

Mi palma continúa vacía. Mis preguntas, sin respuesta.

La habitación está caldeada e inundada por la luz del sol de mediodía cuando me pongo en alerta ante un alboroto repentino.

Me alejo de la parte donde la puerta está abierta. Es la primera vez que me muevo desde que regresamos de la mazmorra y me tambaleo, con la cabeza dándome vueltas, mientras la habitación se llena de gente. Desde mi posición en la alfombra, lo único que veo son faldas que rozan el suelo y el atisbo de un gemelo desnudo asomando por debajo de una túnica desgastada.

Unas voces silenciosas murmuran sobre mí. Voces silenciosas y conocidas.

Me froto los ojos, olvidando que tengo la mano llena de sangre seca. Pestañeo frenéticamente para aclararme la vista y, como si saliera de un sueño, oigo el jadeo de una chica y unos murmullos que, ahora, más que nerviosos suenan preocupados.

—¿Está…?

—¿Qué ha ocurrido?

—Oh, Lei…

—¡Mirad este desastre! —exclama Madam Himura con tono estridente—. ¡Hay sangre por todos lados! Como si no tuviese ya bastante trabajo, ahora también tendré que hacer que cambien la alfombra. Chicas, traed la bañera. Os va a costar toda la tarde limpiar esta abominación. Será mejor que vayáis empezando.

—Pero, Madam Himura… —La voz de la chica es casi un susurro, pero la reconocería en cualquier sitio. El corazón me da un vuelco—. Está… Está herida. ¿No debería verla un médico?

Hay una oleada de movimiento. El sonido del chasquido de un bastón resuena en el aire.

—¡No me repliques, chica idiota! Ya no eres una Chica de Papel. A saber por qué narices el rey ha decidido quedarse con vosotras cinco, pero no olvidéis vuestra nueva posición. Lei-zhi es la Elegida de la Luna —dice con la voz llena de asco al tener que usar el honorífico—, vosotras sois sus doncellas. Vais a tener que cuidarla y aseguraros de que este desastre no vuelva a ocurrir.

Más allá de Madam Himura, distingo el destello del oro sobre una piel pálida. La mujer toma a una de las chicas por la muñeca, se la retuerce y la muchacha a la que pertenece inhala con brusquedad.

—¿Acaso esto no es recordatorio suficiente? Tu destino está unido al de Lei-zhi, Aoki. Así que será mejor que le recuerdes que piense más en los demás antes de actuar de forma tan imprudente, o la próxima vez no solo te harás una herida en la mano, sino que la perderás al completo.

Empuja a la chica a un lado. Después, se cierne sobre mí y me obliga a ponerme de pie. Sus penetrantes ojos amarillos inundan mi visión cuando se acerca a mí.

—Dejemos las cosas claras, Lei-zhi. Nadie está contento de que sigas viva después del numerito que montaste ayer, y el rey menos que nadie. Pero es demasiado tarde para cambiar de planes ahora. Los dioses han marcado tu camino a su lado y debemos recorrerlo hasta el final sin importar si lo hacemos de mala gana o no. —Me estudia con las plumas agitadas por el desprecio—. Desde luego, keeda es la palabra adecuada para los de tu clase. Solo los gusanos continúan existiendo al enfrentarse a semejante destino y a pesar de una falta tan repugnante de talento o poder. Aun así, ni siquiera los parásitos pueden sobrevivir para siempre. Algún día, regresarás a la tierra de la que saliste y, por fin, nos libraremos de ti.

Me suelta y yo me tambaleo, sorprendida por su malicia.

—Los hechiceros vendrán a curar la herida de Lei-zhi en una hora —les espeta Madam Himura a las chicas de ropas andrajosas que permanecen apiñadas en un montón—. Tiene que estar lista para entonces. Su aspecto tiene que ser impecable. El resto de la corte no debe saber lo que ocurrió ayer.

Con una última mueca de desprecio, sale de la habitación.

Cuando la puerta se cierra de golpe, ninguna de nosotras se mueve o habla. Ni yo, ni ninguna de las cinco chicas que todavía me miran boquiabiertas. El olor almizcleño de Madam Himura sigue en el aire, haciendo que la sensación de que nos han enviado atrás en el tiempo sea mayor, a pesar de que todas hemos cambiado y cada una de nosotras está marcada por los meses que han pasado desde que nos vimos la última vez.

Al fin, una de las chicas da un paso adelante. En torno a sus pómulos afilados como cuchillos cuelgan unos mechones lisos y sin vida. Cuando hace un gesto brusco con la barbilla y refleja la luz, el color negro azulado del pelo resulta evidente.

—¿No nos vas a abrazar? —dice— ¿No nos vas a besar? Este no es el recibimiento cálido que esperaba de ti, Nueve.

—Blue.

Tengo la voz áspera, lo que rompe el encanto y, de pronto, Blue pone los ojos en blanco mientras con un grito conjunto de «¡Lei!», tres de las otras chicas pasan empujándola y me atrapan en un abrazo feroz, tan fuerte que apenas puedo respirar, aunque no me importa. ¿Cómo podría importarme cuando Chenna, Zhen y Zhin están vivas, a salvo y aquí?

Cuando nos separamos, reprimo las lágrimas, contemplando sus rostros preciosos. Las gemelas están sonriendo. Chenna, con mis manos entre las suyas, me dedica una de sus sonrisas inteligentes y burlonas. Entonces, por encima de sus cabezas, me encuentro con los ojos de la última chica.

Tiene los ojos grandes y verdes, verdes como un bosque bajo la lluvia o como las profundidades del mar. El cabello de color rojizo le ha crecido más allá de su habitual peinado corto. La cara sigue siendo tal como la recuerdo, redondeada y dulce, incluso aunque tenga las mejillas demacradas y la piel cerosa.

Aoki permanece separada de nosotras. De mí. Quiero correr hasta ella, acariciarle el rostro precioso y abrazar todo su ser encantador. Pero su gesto hace que me detenga.

A diferencia de las demás, no parece ni lo más mínimamente feliz de verme. Al menos, Blue me ha dedicado una mueca y un comentario hiriente. Para su forma de ser, eso es casi como una bienvenida exultante. Sin embargo, los labios de Aoki permanecen tensos.

—Aoki —jadeo mientras las lágrimas regresan con fuerza, aunque esta vez son más bien de alivio y alegría. Me adelanto, pero ella se aleja.

—Madam Himura ha dicho que nos pongamos a trabajar —tartamudea—. Tenemos mucho que hacer.

Aunque se da prisa en volver a colocarse las mangas sobre las muñecas allí donde se le habían subido, no lo hace tan rápido como para evitar que vea el brazalete que le rodea el brazo izquierdo. Es una réplica idéntica del mío, solo que el suyo está más ajustado. Tan ajustado que tiene que estar clavándosele en el hueso. La piel de alrededor parece tener un cardenal reciente y una corteza de sangre seca.

Ahogo un sollozo. Igual que la herida de mi palma y a quien maté para hacérmela, la herida de Aoki y su dolor son de mi propia creación.

10
Wren

—¡Deberíamos asaltar el palacio!

—¿Y arriesgarnos a otra emboscada? ¡Eso es ridículo!

—Si esperamos, les damos tiempo a reagruparse.

—Hay maneras de debilitarlos sin tener que involucrarnos en una batalla. Tal como propuse ayer…

—Sí, Zahar, nos acordamos de tus sofisticados mapas y diagramas, pero es demasiado tarde para eso. ¿Qué pasa si asaltan otra de nuestras ciudades? ¿O una de las suyas y nos culpan a nosotros?

—Funcionó bastante bien cuando lo hicimos con los asaltos, ¿no?

—Y a la corte le funcionará todavía más, ya que tienen a medio reino de su parte y están ansiosos por tener cualquier excusa para destrozar a los que somos papeles.

Wren tan solo prestaba atención al debate a medias. Por lo que le parecía el centésimo día seguido, a pesar de que solo habían pasado dos semanas, estaba en el consejo de guerra de su padre. Estaban manteniendo las mismas discusiones una y otra vez. Desde el regreso de Ketai y los restos harapientos de su ejército al Fuerte de Jade, el consejo había estado dividido. La mitad quería lanzar un contraataque a gran escala, mientras que los demás pensaban que era más importante tomarse el tiempo necesario para recuperarse y restablecer las tácticas. Por supuesto, ninguno de ellos se ponía de acuerdo en cómo llevar a cabo nada de todo aquello.

—¡Todavía no lo habéis entendido! —tronó una voz. El comandante Chang era el líder militar de los Hanno, un hombre de papel cuya estatura, además de su bigote, era tan imponente como su voz—. Se ha pasado el tiempo de las tácticas indefinidas. Tal como dijo el gran Yu-zhe, «el agua solo sirve contra el fuego cuando las llamas ya no tienen yesca con la que alimentarse». Hemos sido suaves como el agua demasiado tiempo, lo que ha permitido que las llamas del rey se hayan desbocado. —Dio un golpe en la mesa con el puño—. ¡Tenemos que ser decididos! —Dio otro golpe—. ¡Raudos!

—Por eso llevamos dos semanas con lo mismo —dijo una voz sardónica desde unos asientos más allá.

—Gracias, general Lova. Somos perfectamente conscientes de tus opiniones.

Ante la reprimenda de Ketai Hanno, se hizo el silencio.

A la izquierda de Wren, en la cabecera de la mesa, la figura de su padre se recortaba contra la luz de la tarde que se colaba a través de las puertas abiertas del balcón que había a su espalda. Bajo sus ojos había unas sombras violetas. Había dejado que su habitual barba de varios días creciese más de lo normal, y empezaba a rizársele en las puntas.

Los ojos de Wren se movieron hasta el sitio vacío que había justo frente a ella, al otro lado de su padre. Por algún motivo, cada vez que lo miraba, seguía manteniendo un destello de esperanza de que alguna magia desconocida les trajese de vuelta a su ocupante. Pero conocía la magia y no se podía recuperar algo que ya estaba muerto.

El dolor la atravesó de un modo casi tan físico como el dolor constante que sentía en las caderas.

En torno a la mesa, la discusión volvió a avivarse.

—Yo estoy de acuerdo con Chang. ¡Ya vimos lo que ocurrió con Nantanna! Semejante destrucción en tan poco tiempo. Han debido de descubrir el secreto de algún arma nueva u otro tipo de magia.

—Razón de más para ser cautelosos con nuestro planteamiento. Si el rey tiene de verdad un poder tan devastador en sus manos, debemos tomarnos un tiempo para comprenderlo. Incluso para estudiarlo.

—¿Cómo? —Las palabras de Lova destilaban sarcasmo—. ¿Deberíamos enviar una misión amistosa al Palacio Escondido? ¿Presentarnos allí y preguntar? «Discúlpeme, Amo Celestial, una preguntita rápida antes de que intentemos destruirlo. Esperamos que no le importe».

Ketai le lanzó una mirada intimidante.

—Ya hemos tenido suficientes bromas, Lova.

—Aun así, tiene razón. —Fue el turno para hablar de Nitta—. Ahora que tenemos a Merrin, podemos rescatar a los leales del Ala Blanca y utilizarlos para mantener a los Tsume y otros guardias ocupados mientras él entra en el palacio para rescatar a Lei. Tal vez haya alguna forma de llevar a cabo una misión de reconocimiento a la vez.

—Era evidente que te pondrías de parte de los de tu propia clase, gata —replicó el comandante Chang.

—También era evidente que tú no ibas a escuchar los consejos sensatos, hombrecillo —le contestó ella—. ¿En cuántas batallas has estado en realidad? Me apuesto lo que sea a que no durarías ni ocho minutos en un conflicto de verdad.

—¿Y cuánto crees que durarías tú, paralizada y atada a una silla?

Ante aquellas palabras, se produjo un cambio en el ambiente, como si la temperatura de la habitación hubiese bajado.

—Esta gata paralizada y atada a una silla todavía podría barrer el suelo con los hombres del rey y tener la energía suficiente para arrastrar tu cadáver inútil de vuelta a casa. —Sus ojos color esmeralda centellearon—. ¿Por qué no salimos fuera, Chang, para que pueda hacerte una demostración?

—Gracias, Nitta —le interrumpió Ketai Hanno mientras Chang comenzaba a levantarse de su asiento con el rostro morado—. Vamos a centrarnos.

Otro consejero intervino de inmediato.

—Lord Hanno, si me lo permite, me gustaría retomar la idea de que Merrin se infiltre en el palacio. ¿Y si lo sobrevuela? Si pudiéramos ver lo que el rey está haciendo con su ejército...

—¡Todo el lugar está rodeado con las mayores medidas de seguridad! —exclamó otro consejero—. ¡Sería una misión suicida!

—Personalmente —dijo Lova—, me encanta la idea de que atrapen a ese pollo traidor y lo asen vivo para dárselo de comer al rey. Pero ¿cómo iba a proporcionarnos la información una vez que lo hayan devorado y no sea más que carne digerida en el estómago del rey? ¿O cuando lo expulse en forma de una pila de…?

—¡Ya basta! —Ketai golpeó la mesa con las palmas de las manos—. Sean cuales sean sus errores, Merrin sigue siendo un miembro de nuestro clan; no permitiré que se hable así de él.

—No —dijo Lova, furiosa—, pero deja que nos traicione a todos, haciendo que maten a cientos de mis gatos y que envíen de vuelta a una chica joven con su violador.

Ketai se puso de pie en un segundo y señaló la puerta.

—¡Fuera!

La lcona se apartó de la mesa.

—Será un placer —dijo de malas maneras. Su pelaje color miel estaba revuelto y sacudió la cabeza, mirando en torno a la habitación con desdén—. De todos modos, ya he tenido bastante de pretensiones. Nuestra prudencia es lo que hizo que nuestros segundos al mando muriesen en una emboscada que deberíamos haber visto venir desde miles de kilómetros en la distancia. Y yo, por mi parte, solo conozco un lenguaje de la venganza.

Desenvainó el alfanje que llevaba a la espalda y le dio vueltas con tanta ferocidad que los miembros del consejo que estaban sentados más cerca de ella se apartaron hacia atrás. Colocó el arma a la altura de Ketai.

—Avíseme cuando esté listo para hablarlo conmigo.

Entonces, giró sobre sus talones y salió echa una furia.

Nitta puso los ojos en blanco en dirección a Wren y vocalizó las palabras «es la reina del drama». Lova había dejado las puertas dobles abiertas de par en par. Mientras dos sirvientes se apresuraban para volver a colocarlas en su sitio, Ketai suspiró. Su rostro mostraba un cansancio que pocas veces le había visto antes. Wren volvió a mirar la silla que estaba frente a ella y lo vacía que estaba la atravesó como una lanza. Estaba demasiado acostumbrada a la presencia del hombre que la ocupaba. No en aquella habitación, ya que solo le habían permitido unirse al consejo tras el Baile de la Luna, cuando cualquier pretensión de que no era una guerrera se había desmoronado, sino en el Fuerte de Jade, al lado de su padre. A su lado.

«Segundo al mando». Aquello no era adecuado para expresar todo lo que Caen había sido. Y lo mismo ocurría en el caso de Nor y Lova.

Cuando habían sido amantes, Lova le había contado cómo Nor prácticamente la había criado tras la muerte de sus padres y cómo la anciana mujer tigre le había salvado la vida en más de una ocasión. Además, a pesar de que era décadas más mayor y tenía mucha más experiencia en el liderazgo, cuando Lova había heredado el clan con tan solo dieciséis años, Nor había seguido sus órdenes sin dudar.

Desde que había recibido la noticia de la muerte de Nor, Lova había mantenido su sufrimiento por ella en privado, incluso para Wren. Sabía que su padre había estado intentando hacer lo mismo, pero no estaba resultando tan convincente. Podía ver su sensación de pérdida en la ligera caída de sus hombros y en cómo se giraba bastante a menudo hacia las puertas, como si esperase que Caen fuese a entrar por ellas hecho un desastre y cansado de la batalla, pero vivo. Caen había sido algo más que la mano derecha de Ketai; había sido su amigo más íntimo, su amante.

Wren también sentía la pérdida de Caen como un agujero profundo justo al lado del que Lei le había dejado. Era diferente, pero no menos significativo. Mientras que Lei siempre había estado unida a su futuro y sus esperanzas, Caen estaba atado de forma inextricable a su pasado. Había sido una constante en su vida, el ancla de su pequeña familia de tantas maneras que apenas había podido creerlo cuando su padre regresó de Nantanna sin él.

Había sido un momento horrible. Las fuerzas de Ketai habían sufrido una emboscada mientras regresaban de Nantanna y, aunque habían luchado con tanta fuerza que los soldados del rey habían acabado por retirarse, los Hanno habían perdido a más de la mitad de los soldados en el proceso. Ketai no había visto la muerte de Caen con sus propios ojos, pero uno de sus guerreros le había dicho que habían visto cómo lo arrastraban hasta un grupo de demonios del que no había vuelto a salir. El ejército del rey había prendido fuego al bosque en el que estaban luchando, por lo que Ketai y los demás se habían visto obligados a huir. No poder recuperar los cuerpos de aquellos a los que habían perdido para darles la despedida apropiada que se merecían había sido un golpe adicional.

De pie, encabezando la mesa, Ketai pareció recomponerse. El ocaso primaveral se acercaba y los destellos violetas y rosas teñían su figura.

—Tal vez no me guste cómo lo ha expresado —dijo—, pero Lova tiene razón. Hemos sido demasiado cautelosos. Incluso ingenuos. No podemos volver a subestimar las fuerzas del rey.

Dejó escapar un suspiro profundo. Tras echar un vistazo a la silla vacía que había a su izquierda, se irguió en toda su altura, mirando a todas y cada una de las personas que había en la mesa con aquellos ojos oscuros y brillantes que Wren conocía tan bien. Era una mirada que significaba que su padre estaba enfadado, que estaba decidido, que tenía un plan. Y que quemaría a cualquiera que se pusiera en su camino.

—Zahar, Ijuma —dijo haciendo un gesto a dos de los consejeros—, preparad los planes de la operación para cortar las conexiones del Triángulo Dorado, tal como hemos discutido. Teníais razón, es nuestra mejor oportunidad de bloquear las principales rutas de transporte de la corte y nos permitiría evitar que los refuerzos lleguen al Palacio Escondido. Lanzaremos nuestro asedio al palacio desde allí.

—¿Ya? —dijo Zahar con un jadeo.

El rostro de Ketai era sombrío.

—¿A qué estamos esperando? ¿Más aliados? El rey también. ¿Tiempo para recuperarnos? Tal como hemos visto, no nos lo van a permitir. O bien es nuestro palacio el que sufre el asedio, o el suyo. Ya nos va a llevar al menos dos semanas estar listos, así que no debemos retrasarlo más. Debemos dar el golpe pronto y con fuerza. —Miró en torno a la mesa—. ¿Alguien más desea exponer sus dudas? —Nadie dijo nada—. Bien, entonces, al fin hemos llegado a un acuerdo. —Ketai se dio la vuelta—. Chang, te dejo a cargo de preparar a nuestros soldados para la operación junto con cada jefe de clan. Son los que mejor saben cómo organizar a sus guerreros.

Continuó hablando, dando instrucciones al resto de miembros del consejo hasta que llegó el turno de Wren y de Jinn.

Jinn, al igual que Nitta y Lova, había sido invitado a unirse al concilio como miembro honorario. Aunque la mayoría no se había mostrado demasiado entusiasta ante la presencia de los demonio gato, Jinn había sido mejor recibido gracias a quién era su hija. Todos sabían lo que Lei había hecho. Cualquier papel que le clavase un cuchillo al rey sería bien recibido en el Fuerte de Jade.

Ketai también había invitado a Tien a las reuniones, pero tras la primera, había salido echa una furia y resoplando, tal como había hecho Lova aquel día.

«¡Este consejo es peor que mi antiguo grupo de mahjong!», se había quejado. «¡Alamak! ¡Vaya montón de vejestorios llorones y peleones! Me vuelvo a mi cocina, allí al menos me escuchan».

Nitta y Lova se habían regocijado de forma tan exagerada ante la salida dramática de la mujer lince que Ketai había ordenado un parón de cinco minutos para que pudieran calmarse.

Ahora, Ketai volvió a apoyar las manos sobre la mesa mientras la línea que formaban sus labios se tensaba. Sus ojos ensombrecidos revolotearon entre Wren y Jinn.

—Es hora de decidir qué hacer con respecto a Lei. Yo tengo mi opinión, pero solo hay una persona en esta habitación que tiene derecho a tomar esa decisión.

Wren se puso rígida. ¿De verdad estaba su padre a punto de señalarla? ¿Había sospechado todo aquel tiempo lo que Lei significaba para ella en realidad? Sintió una fuente de gratitud alzándose a toda prisa en su interior. Estaba a punto de hablar, de pronunciar un sonoro «sí, claro que debemos salvarla, sí», cuando...

—¿Jinn? —preguntó Ketai.

Algo frío se endureció en sus entrañas. El padre de Lei pestañeó. Al parecer, estaba atónito de que se hubieran dirigido a él. En las últimas dos semanas, él había sido el único que se había sentado a la mesa en silencio. Wren no sabía si era porque se sentía intimidado o porque creía que nadie le haría caso.

—Como padre de Lei —dijo Ketai—, deberías tener la última palabra sobre si la rescatamos o no. —Algunos levantaron las voces en respuesta, pero Ketai alzó una mano.

Incluso mientras los miembros del consejo, muchos de los cuales no se molestaban en disimular sus gestos escépticos, lo escudriñaban, Jinn se irguió con la barbilla en el mismo gesto orgulloso que solía tener su hija tan a menudo. Se enfrentó a los rostros expectantes de los demás.

—Confío en Merrin —declaró—, y quiero salvar a mi hija.

Wren se emocionó. Al fin había llegado el momento que había estado esperando desde que regresaron al fuerte; aquello por lo que había luchado con tanta fiereza en aquellas reuniones; lo que le había pedido a su padre todos los días. Si había una forma de salvar a Lei, debían llevarla a cabo a cualquier coste, porque ella se lo merecía. Merecía cualquier cosa. Lo merecía todo.

Jinn tragó saliva.

—Pero sé que no es lo que Lei desearía.

Varios consejeros aplaudieron, expresando su apoyo y su alivio. Nitta giró la cara hacia ella con un gesto de horror.

—Arriesgó su vida para empezar esta guerra. —Wren oía al padre de Lei hablando como si estuviese muy lejos—. Ella querría que hiciésemos todo lo posible para ganarla. Incluso aunque estuviera aquí, con nosotros, estaría en peligro. Ningún sitio será seguro para los papeles hasta que no echemos al rey del trono. Eso es exactamente por lo que ella luchó. —Después, se corrigió a sí mismo—. Por lo que está luchando, y querría que respetásemos eso.

«¡No!». Quería gritar Wren. Quería saltar de su asiento, agarrar a Jinn del cuello y zarandearlo. «Lei está con el rey. ¿No entiendes lo que eso significa? Si la quieres, ¿cómo puedes dejarla con él otra vez?».

—Bien —asintió Ketai por encima de los murmullos del consejo—. Por ahora, tendremos que confiar en la fuerza de Lei, que no es poca. Una vez descartado el rescate, propongo que, en su lugar, usemos a

Merrin para liberar a los leales encarcelados del Ala Blanca. En las próximas batallas, necesitaremos desesperadamente contar con demonios pájaro. Wren y yo trabajaremos con Merrin para ultimar los detalles. Muchas gracias a todos. Sé que todas estas deliberaciones no han sido fáciles. Agradezco vuestra paciencia.

Mientras la habitación se llenaba del sonido de las sillas arrastrándose, los crujidos del papel y el roce de las túnicas, Jinn miró en su dirección. Había una disculpa en sus ojos. Más que una disculpa, una petición de perdón.

Wren se dio la vuelta de forma abrupta. Lo que vio en aquella mirada le resultó demasiado familiar. Era una copia de su propia súplica desesperada para que Lei la perdonase por todo lo que había hecho durante aquellos meses viajando por Ikhara: matar a Eolah, la hija de Lady Dunya, en el palacio del Ala Blanca; ser cómplice de las muertes de la familia de Aoki; usar la vida de Hiro para salvarlos en la isla de los Czo y no haber sanado a Bo cuando todavía podría haber quedado tiempo. Y si ella se sentía así hacia el padre de Lei por una única decisión dolorosa, ¿cómo podría Lei perdonarla alguna vez por los centenares de decisiones terribles que había tomado?

«Arriesgó su vida para empezar esta guerra. Ella querría que hiciésemos todo lo posible para ganarla».

A pesar de que no era un guerrero, Jinn parecía comprender que, en la guerra, el sacrificio era necesario. Incluso cuando era algo personal. Incluso cuando era lo último que deseabas hacer. Incluso cuando te partía el corazón en dos.

11
Lei

—Dale tiempo, acabará entrando en razón.

—Me odia, Chenna. Lo sé.

—No te odia, Lei.

—La forma en que me mira…

—Tiene sentimientos encontrados.

—Por mí. Y por él.

—Por toda la situación. Es complicado; las cosas cambiaron después del Baile de la Luna.

Con un suspiro de culpabilidad, dirijo la mirada al otro lado de la habitación, más allá de los hombros de Chenna, donde Aoki está hecha un ovillo en su esterilla, jugueteando distraída con los dedos de los pies. Han pasado dos semanas desde que las chicas llegaron y Aoki todavía no me mira a los ojos. Se ha estado comportando como las doncellas demonio que se ocupaban antes de mí: trabajando a mi alrededor, sacándome lustre y maquillándome sin mirarme realmente hasta el último instante, cuando, mientras Madam Himura me saca de la habitación, me contempla sin poder evitar mostrar el dolor de que sea yo a la que conducen junto al rey y no a ella.

—Sí. La noche en la que intenté matar al demonio al que ama.

—No fue la mejor idea para mantener una amistad —bromea Chenna. Entonces, ambas intercambiamos una mirada que, en parte, muestra diversión, pero, en general, muestra un triste entendimiento.

Como si sintiese nuestra atención, Aoki mira hacia nosotras. Sus ojos se apartan de los míos antes de apagar a toda velocidad el farol que cuelga sobre su cabeza y girarse de cara a la pared. Al otro lado, las gemelas ya están dormidas con sus brazos rodeándose la una a la otra.

He descubierto que Zhen habla en sueños. Parece estar hablando con su hermano y con sus padres. Muchas veces se ríe con ellos; una vez, acabó llorando. La familia de las gemelas vive en la capital de Han, Marazi. Cuando éramos Chicas de Papel, venían a verlas casi todos los meses. Dada la posición de su familia, Madam Himura permitía que Zhen y Zhin tuviesen la tarde libre para pasarla con ellos. Cada vez que regresaban cargadas de historias y regalos, y alegres ante las muestras de amor, yo sentía pena por Blue, cuyos padres vivían en el palacio y, aun así, no la visitaban ni una sola vez.

Como siempre, Blue está tumbada en la parte de la habitación contraria a la que ocupan el resto de las chicas. Chenna ha profundizado en lo que Dama Azami me había contado: que había sufrido una herida en una pierna durante la batalla del Baile de la Luna tras haberse encontrado en medio de unos guerreros que luchaban entre sí, y jamás había sanado de forma adecuada. Aunque se esfuerza por ocultarlo, ahora camina cojeando. Quiero decirle que no gaste energía en intentar ocultarlo, que nadie iba a criticarla por ello o, al menos, no deberían. Sin embargo, al igual que Aoki, no es exactamente la mayor de mis admiradoras. Al menos, eso no es nada nuevo.

—Aoki entrará en razón, Lei —me asegura Chenna. Las dos estamos sentadas en mi cama, muy cerca la una de la otra, hablando en susurros—. Todavía está demasiado impactada. Todas lo estamos. Quiero decir... Estás aquí. Viva.

Yo sonrío.

—Vosotras también.

La línea que forman sus labios se tensa.

—Más o menos.

—Lo siento muchísimo. Nunca pretendí... Nunca quise nada de esto.

—No te estoy culpando, Lei. Tampoco a Wren. Sencillamente, es la realidad de la situación. Sobrevivimos a duras penas. Algunas de nosotras todavía seguimos intentándolo. —Sus ojos de color marrón oscuro me recorren la cara—. Por todo lo que nos has contado, parece que Wren y tú también lo habéis conseguido por muy poco. Con tanto viaje y tanta lucha… Y Wren todavía sigue ahí fuera, en medio de la guerra.

Wren. Cada vez que lo mencionan, su nombre me golpea como el estallido de un trueno. Chenna me roza el hombro con el suyo.

—Es una guerrera, Lei, y también es una buena persona. Los dioses la cuidarán.

Estirándose, se baja de mi cama. Me dedica una sonrisa de ánimo antes de escabullirse para unirse a Aoki, Zhen y Zhin. Quiero pedirle que se quede, que se tumbe junto a mí en esta cama demasiado vacía, en el lugar maldito donde debería estar el cuerpo de otra chica. En su lugar, observo cómo se arrodilla sobre su esterilla de dormir y cómo reza antes de acomodarse junto a las gemelas. Todavía estoy maravillada de que volvamos a estar todas juntas. Sé que es egoísta por mi parte, pero me alegra su presencia incluso a pesar de que algo imborrable haya cambiado entre nosotras, una línea que me separa de las otras cinco y que me temo que ni el esfuerzo ni el tiempo podrán borrar.

Quizá, si encontrase una manera de liberarnos, podría conseguir el tiempo y la distancia con el palacio que necesitamos para sanar. Ahora, es parte de mis objetivos, parte de mi plan: hacer aliados, encontrar la manera de quitarnos estos brazaletes a Aoki y a mí, sacar a las chicas de aquí sanas y salvas y matar al rey. Todavía no tengo ni idea de cómo completar ninguno de ellos y, mucho menos, todos ellos a la vez, pero lo intentaré. Tengo que hacerlo. Porque, si no lo hago, las oportunidades para mi segundo plan, que es todavía más importante, serán nulas. Y aunque ese plan solo tiene un paso, es casi demasiado grande como para contenerlo en mi corazón.

Reunirme con Wren.

Apago el farolillo que hay junto a mi cama y me deslizo bajo las sábanas. Como es habitual, el descanso no llega con facilidad, pero las pesadillas sí lo hacen.

Estoy sumida en las profundidades, rodeada de sangre y gritos mientras la sombra de un demonio monstruoso se cierne sobre mí, cuando algo hace que me despierte. Perdida en el eco sombrío del sueño, me siento desorientada, porque hay algo de mi pesadilla que está aquí.

Un demonio monstruoso en mi habitación. Se inclina hacia mí.

El rey me pone un dedo en los labios.

—Silencio —susurra. Su sonrisa es un corte blanco y dentado en la oscuridad—. No despertemos a las demás.

La conmoción me deja paralizada. Quiero alertar a las otras chicas. «¡Tenemos que correr! ¡Luchad! Agarrad algo, lo que sea. El rey está aquí, solo, sin guardias. ¡Es nuestra oportunidad!». Sin embargo, mis labios permanecen sellados. Tan solo me muevo cuando él me arranca las sábanas arrugadas y me agarra del antebrazo, obligándome con fuerza a salir de la cama.

Su agarre es fuerte y doloroso. Me arrastra con él y las puntas de sus cuernos incrustados en oro casi rozan el techo. Un temblor mágico nos cubre y me doy cuenta de que eso debe de ser lo que amortigua el sonido de sus pezuñas y lo que hace que las otras chicas sigan dormidas. Podría gritar todo lo fuerte que pudiera y, aun así, no se despertarían.

Tal vez me ha dicho que estuviera callada para comprobar si todavía sigo asustada de lo que hará si no obedezco. El odio bulle dentro de mí, porque lo estoy. Sobre todo, después de la muerte horrible de Caen y el brazo herido de Aoki. Y, aun así, al igual que mi voz, mi ira permanece embotellada, retenida por el miedo.

Me aferro a mi mantra: «Inhala fuego, exhala miedo».

Desde el momento en el que vi la obsidiana de las murallas del palacio a través de la ventana del carruaje que Naja y yo compartimos al regresar de los desiertos del sur, había estado esperando el momento en el que, al fin, pudiera estar a solas con el rey. Sin embargo, las noches pasaron unas tras otras, y la llamada nunca llegó. Me había sentido poderosa. Pensaba que estaba demasiado asustado como para estar a solas conmigo. Ahora, el miedo me cosquillea en las venas porque, ¿qué pasa si, como cuando era su Chica de Papel, tan solo se está tomando su tiempo, ofreciéndome una falsa sensación de seguridad para que todo sea mucho más horrible cuando por fin me lo arrebate?

De camino a la puerta, pasamos por el rincón en el que Chenna, Aoki y las gemelas están apiñadas en un montón. Él se detiene. Aoki tiene los puños entre su boca y la pared, como si ella también estuviese evitando gritar. Se remueve, y no puedo evitar mirar al rey para ver su rostro. Sonríe, pero sus ojos siguen siendo fríos.

—Son mucho más hermosas mientras duermen, ¿no te parece? Si tan solo pudieran ser así de silenciosas y dulces todo el tiempo… Pero tú nunca fuiste ni silenciosa ni dulce, Lei-zhi, ni siquiera cuando dormías, ¿verdad? Siempre has estado poseída. —Me acerca más a él de un tirón. Su sonrisa perversa se ensancha— Tú vives tus pesadillas cada momento de tu vida. Tú, Lei-zhi, jamás serás libre.

Entonces, sale de la habitación y es solo en ese momento cuando me permito respirar. Me conduce por los pasillos desiertos e iluminados por las estrellas del palacio. El silencio tejido por los daos se traga el ruido de nuestros pasos. Con alivio, me doy cuenta de que la dirección que estamos siguiendo no nos conduce a los aposentos del rey. Aunque no nos cruzamos con nadie, por el rabillo del ojo puedo captar sombras moviéndose. ¿Serán hechiceros? ¿Guardias? Probablemente ambos. La corte no permitiría que el rey caminase solo con la chica que una vez le robó un ojo y le atravesó la garganta con un cuchillo.

Cuando salimos por la entrada abovedada de la fortaleza, la noche es deslumbrante, el aire es fresco y todo está cubierto por la luna. La luz de las estrellas se refleja en el palanquín real que está esperando al final de las escaleras.

Los demonios buey que suelen acarrearlo están ausentes. Conforme nos acercamos, las cortinas de terciopelo que cuelgan a los lados se abren solas. El rey me suelta para entrar y, antes de que pueda salir corriendo, unas manos invisibles me rodean las muñecas y las piernas y me obligan a subir tras él.

Aterrizo boca abajo en el carruaje, que se alza y se pone en movimiento, deslizándose por los terrenos.

—Siéntate —me exige desde su asiento.

Sus ojos se mueven hasta el lugar donde el camisón se me ha subido, dejando al descubierto mis muslos. Yo intento volver a bajármelo con torpeza, a pesar de que no hay deseo en su mirada. Tan solo hay burla, y algo más: el mismo miedo reprimido que lo ha acosado en todas sus interacciones conmigo desde mi regreso. No me quiere tener cerca. Esa idea me da valor.

Me coloco en el asiento. Viajamos en silencio, mientras los dos observamos cómo pasan ante nuestros ojos los terrenos iluminados por la luna. Las calles y los patios están en calma y, por la noche, incluso las flores parecen objetos congelados, duros y sin vida cubiertos de plata por la noche. Antes de que intentase matarlo durante el Baile de la Luna, el rey me dijo que era una bonita mentira. Así es como yo veo el palacio. Sería encantador si no supiera la oscuridad que acecha tras él, si no conociera el corazón cruel y muerto que bombea malicia por sus venas.

—¿Estás contenta por tenerlas de vuelta? —Su voz irritante rompe el silencio. Hay un tono de desafío en sus palabras.

—Sí, mi rey —contesto de forma monótona.

—Tal vez te estés preguntando por qué te las he mandado de vuelta.

—Sí, mi rey.

—No te preocupes, lo descubrirás muy pronto. —Su tono es de regodeo, como cada vez que guarda un secreto que sabe que no me gustará descubrir. Sin previo aviso, tira de mi mano y la levanta en el aire, haciendo que el brazalete se me clave en la muñeca—. Inteligente, ¿verdad? —dice—. Fue idea de Naja. Debió de inspirarse en el brazo que ella misma perdió por tu culpa. Sin embargo, fabricarle un gemelo fue idea mía. Te conozco, Lei-zhi. Sé que peleas más duro por aquellos que amas de lo que lo haces por ti misma. —Hace un sonido desdeñoso—. Menuda manera más ingenua de vivir la vida. Cualquier demonio inteligente sabe que el amor te hace débil; es la emoción más fácil de explotar.

—No estoy de acuerdo —digo yo.

—Ah, ¿no?

—La emoción más fácil de explotar es el miedo —continúo, animada por la imprudencia que la presencia del rey siempre ha hecho aflorar en mí—. Las chicas me contaron que evitó que el brazalete de Aoki le cortase la mano. O al menos, supusieron que fue usted.

Él me observa.

—Así que eso es lo que te han contado.

—Estaban sorprendidas, pero yo no. Diga lo que diga, sé que Aoki significa algo para usted. Tal vez no ella por sí misma, sino su lealtad, su adoración. Nadie más le da lo que le da ella. Tal vez Naja, pero es diferente; ella no llega a ver su lado vulnerable tal como lo hacemos nosotras. —Las palabras se me escapan como un riachuelo amargo—. Aoki podría haber sido como el resto de nosotras, que nos sentimos asqueadas cada vez que nos toca. Sin embargo, ella le mostró amabilidad y afecto; un afecto verdadero y altruista. Y eso lo confundió tanto como que yo lo rechazase. Así que le asusta la posibilidad de que, si le hace daño de verdad, le dé la espalda. Incluso aunque la culpa de que ocurriese fuese mía, sería usted el que diese la orden, y ella lo sabe. Eso le horroriza; le paraliza la idea de perder su amor.

—¡Ya basta!

La parte trasera de mi cabeza golpea la pared cuando el rey me lanza contra ella. El palanquín se inclina por la fuerza de su movimiento y a los portadores invisibles les cuesta un segundo volver a ponerlo recto. Me sujeta de la barbilla. El corazón me palpita de forma frenética bajo sus dedos, como si fuese un colibrí atrapado.

—No me conoces, Lei-zhi —se burla—. No eres tan lista como crees; ninguno de los de tu clase lo son. No importa cuánto luches, será en vano. El papel jamás puede vencer al acero y a la Luna, sois demasiado fáciles de romper. Sois débiles, mientras que nosotros... Mientras que yo soy fuerte. Ya lo verás. Haré que todas tus esperanzas y tus sueños ardan hasta convertirse en cenizas, Lei-zhi. Y con ellos, todo aquello que amas de una forma tan orgullosa y estúpida.

—Escupe el verbo «amar» como si fuese veneno.

El palanquín se detiene. Las cortinas se abren y la brisa agita el pelo de mi nuca en el mismo punto en el que se ha erizado. Me suelta de forma abrupta, sale del carruaje y la misma fuerza invisible de antes me arrastra detrás de él.

Estamos en una parte del palacio por la que solo he pasado un par de veces pero que nunca he visitado. En la distancia, un grupo pequeño de edificios de una sola planta y unos jardines muy bien cuidados están rodeados por el círculo resplandeciente que crea el río que recorre los Sectores Interiores. Este lugar es más tranquilo que la fortaleza del rey y el silencio parece casi reverente, como el de un templo. El Río del Infinito fue diseñado para atraer la suerte de los dioses. El palacio se encuentra situado dentro del círculo superior, mientras que este lugar se encuentra en el inferior. Siempre me había preguntado qué es lo que alberga. Debido a su posición propicia, debe de ser algo importante. El viento murmura a través de los árboles, haciendo que los pétalos y las hojas sueltas se mezan en el aire. Una de ellas queda atrapada en mi pelo. Es una hoja de gingko, de un color verde cálido. Un anhelo doloroso me atraviesa, pues ese color me recuerda a los ojos de Nitta y de Bo. Entonces, la voz del rey hace que el sentimiento desaparezca rápidamente.

—Llévala contigo. Será una buena ofrenda.

«Ofrenda». La palabra resuena con la ausencia de su sombra, que no se ha mencionado. «Sacrificio».

Incluso aunque no tuviese un motivo personal para detestar esa palabra, no estaría tranquila al escucharla ahora. Nos dirigimos al edificio principal. Un anillo de árboles lo rodea como si fuese una muralla. Mientras pasamos entre los troncos estrechamente unidos, me fijo en las figuras ensombrecidas de los guardias que están posicionados bajo los árboles y bajo los aleros pintados de rojo del edificio.

—Amo Celestial. Ocho millones de bendiciones en esta noche sagrada.

Dos demonios hembra están haciendo una profunda reverencia, cada una situada a un lado de un tramo pequeño de escaleras que dan acceso a una galería que rodea la casa. La puerta que está al final de los escalones está abierta, esperando.

El corazón ya me estaba palpitando con inquietud, receloso sobre el lugar donde nos encontramos. Esa sospecha aumenta conforme el rey sube los escalones y cruza la entrada. Yo me tambaleo detrás de él, sin estar muy segura de si es la magia o la compulsión lo que me hace seguirlo. El aire del interior está inundado por el aroma del incienso, una mezcla ahumada de lavanda y pino. Son esencias relajantes que no consiguen calmarme en absoluto.

Él atraviesa una sala de estar elegante, deslizando la puerta de papel que está al otro lado de la habitación para abrirla. Dentro, resplandece una luz cálida y yo camino hacia ella aturdida. Por debajo del incienso, capto otro aroma que, en parte, me resulta familiar, pero no del todo. Huelo olor a almizcle y a tierra entrelazados con unas notas dulces y de rosas.

A ella la oigo antes de verla.

—Amo Celestial. Qué sorpresa.

Su voz no se parece en nada a lo que me había imaginado. Todos los demonios toro que he conocido han sido hombres o soldados, todo músculos definidos, pezuñas estruendosas y cuernos tan largos como mi brazo.

La voz de la Reina Demonio es suave, musical.

Entonces, el rey se hace a un lado y la veo. Lo primero que me impresiona es su belleza. Después, la mirada implacable que me dirige al darse cuenta de quién soy.

Ella retrocede, llevándose las sábanas hasta la barbilla. El farol que está encendido junto a su cama hace destacar el precioso tono castaño del pelaje que le envuelve el cuerpo y que tiene reflejos de un tono rojizo. Sus ojos, oscuros y rodeados de largas pestañas, se pasean entre el rey y yo.

—¿Qué está haciendo ella aquí?

Tiene la cabeza inclinada. Sus cuernos, que no son tan largos como los del rey, pero tienen surcos con el mismo diseño dorado, apuntan en mi dirección de forma acusatoria. El tirante del camisón se le ha escurrido por el hombro y se lo vuelve a colocar con el pecho agitado.

—Pensé que ya era hora de que las dos os conocieseis —dice él—. Los dioses saben que tenéis muchas cosas en común.

No lo dice de forma amable. Sin embargo, algo cambia en la mirada de la Reina Demonio y una corriente de entendimiento y familiaridad nos recorre a ambas. Una crítica del rey es un cumplido para nosotras.

—Además —continúa—, pensé que debería mostrarle las buenas noticias en persona. Tal como mis videntes me han recordado, es gracias a la Elegida de la Luna que los dioses nos han bendecido al fin con lo que he estado esperando con tanta paciencia todo este tiempo. Así que, me parecía justo que Lei-zhi pudiese ver los resultados que su buena suerte me han traído.

A pesar de la calidez de la habitación, se me congela la sangre.

No puede ser. Seguro que no puede ser eso.

Cuando centra su atención en mí, algo centellea en los ojos marrón oscuro de la reina y el gesto de su cara cambia. Se trata de algún tipo de advertencia.

Con un gruñido impaciente, el rey me arrastra hacia delante.

—La ofrenda —dice con malos modos.

De cerca, ella es todavía más hermosa. Parece algo más mayor que el rey, pero tal vez se deba a la intensidad que refleja su rostro o a la forma en la que parece cargar con el peso de cientos de años sobre los hombros esbeltos. Me pregunto si yo también tengo ese aspecto; si, alguna vez, alguien me mira a los ojos y ve las cosas que me han hecho o siente el peso de los horrores que he tenido que soportar.

Como todos los miembros de la casta de la Luna, los rasgos de la reina son una mezcla de animal y humano. En ella, dicha mezcla resulta sublime. Tiene la cara delgada como la del rey, su nariz es más delicada que la de los demás demonios toro y tiene unos ojos profundos rodeados por unas pestañas abundantes. El pelo de color bronce rojizo le rodea el cuerpo, aunque tiene unas manchas pálidas en la base del cuello y en torno al cuerno izquierdo, como si aquellos puntos hubieran sido pintados con un pincel del que se derramase la luz de la luna. No es de extrañar que los adivinos reales hubiesen leído señales auspiciosas en ellos cuando la habían elegido para su monarca, del mismo modo que los humanos y los demonios se habían maravillado durante tanto tiempo por mis ojos dorados.

No sonríe, pero su mirada no es hostil mientras contempla cómo yo la observo a ella.

—¡La ofrenda, Lei-zhi! —gruñe el rey.

Ella acomoda su postura, sentándose más erguida allí donde se apoya contra el cabecero de la cama. Entonces es cuando me doy cuenta. Hay un bulto en la parte baja de su vientre. Es pequeño, pero inconfundible. Las sábanas se extienden sobre él con cuidado como si fuesen una capa protectora.

«Los resultados que su buena suerte me ha traído».

Mis ojos vuelan rápidamente hacia el rostro de la reina una vez más y noto cómo el estómago me da un vuelco. Sintiéndome estúpida y lenta, extiendo la palma de la mano.

—Es… Es… —Apenas puedo hablar.

—Una hoja de gingko —termina ella por mí—. Gracias.

Se estira para alcanzarla, pero el rey la detiene.

—No es para ti.

Ambas titubeamos. Entonces, vuelvo a mirar el bulto que la reina mece de forma protectora con una mano.

—Dáselo a él —ordena el rey.

Tal como yo misma he hecho en innumerables ocasiones, ella lo obedece. Se baja el camisón hasta la cintura y, después, me toma de la mano. A diferencia del contacto del rey, el suyo es gentil. Dirige mis dedos hasta su vientre. Consciente de que él nos vigila de cerca, y sabiendo lo que se espera de nosotras, giro la mano y presiono la hoja de gingko sobre la parte abultada de su abdomen. Ella coloca una mano sobre la mía. Siento el latir de un corazón, pero no sé si se trata del pulso de la reina o el del bebé. A juzgar por el tamaño de su vientre, no puede estar de más de tres o cuatro meses. Seguro que es demasiado pronto para notar nada.

Ese pensamiento hace que la realidad de la situación me caiga encima.

Un bebé. El heredero del rey.

—Vas a bendecir a este niño, Elegida de la Luna —dice el monarca por encima de la corriente de sangre que me golpea los oídos—. Bendice a mi hijo. Bendícelo para que esté sano y sea fuerte y poderoso, de modo que, al crecer, sea exactamente igual que su padre.

Me encuentro con los ojos de ella, que todavía brillan con algo que me está costando identificar. Me obligo a murmurar unas cuantas plegarias. Cuando me aparto, la hoja permanece pegada a su vientre. El rey se estira hacia delante y la hoja desaparece bajo su mano mucho más grande. Me dice que, por la forma que está tomando el abdomen de la reina, los médicos están seguros de que se trata de un niño.

—Mi heredero —susurra con reverencia.

La reina y yo hacemos una mueca de dolor. Él resopla con resentimiento.

—Los videntes y adivinos te atribuyen esta suerte, Lei-zhi. Bueno, si eso era lo necesario para apaciguar a los dioses, que así sea. Han visto lo mucho que me he esforzado por hacer lo que es bueno para Ikhara y, por fin, se han sentido conmovidos por mi lealtad. Y esto es solo el principio. Más premios por mi esfuerzo y mis sacrificios están por llegar. Estoy seguro. —Su mirada es penetrante—. Y bien, Lei-zhi, ¿qué tienes que decirle a un padre que espera a su hijo?

«Padre», no «padres».

Un fulgor cruza el rostro de la Reina Demonio y, entonces, entiendo a la perfección lo que ha estado intentando decirme.

El rey no debe tener a su heredero.

Mantengo la mirada fija en ella mientras me aclaro la garganta y digo:

—Ocho millones de felicitaciones.

Mi pulso no deja de acelerarse incluso cuando regresamos al palanquín. Esta vez, el rey se sienta más cerca de mí, y siento la seguridad que emana de él, como si su antigua arrogancia se hubiese restaurado tras esta visita. De camino hacia los aposentos de la reina, tan solo me tocó con ira o con fuerza. Ahora, mientras el carruaje se mueve sobre unos hombros invisibles de vuelta al Sector Real, se inclina hacia mí y me pasa un dedo por el pómulo.

—Te crees muy fuerte —dice, arrastrando las palabras. Su tono de voz y el roce de su mano prenden fuego a mi memoria, haciendo que me acuerde de todas las veces que estaba tranquilo conmigo, seguro de que nunca podría hacerle daño—. Crees que tu amante y su patético padre van a rescatarte de nuevo, ¿verdad? Que se sobrepondrán a mis demonios y me arrebatarán esta tierra. —El rey está a punto de reírse, pero el sonido se traba en su garganta destrozada—. Te lo advertí, Lei-zhi —continúa tras una pausa—. No tienes poder, y ellos tampoco. Ya he destrozado Nantanna y he acabado con la mano derecha de Ketai Hanno junto con la mitad de sus soldados y aliados más fuertes. El Ala Blanca me ha jurado lealtad. Solo es cuestión de tiempo que el resto de la patética revolución de los Hanno se desmorone. Una vez que lo haga, volveré a llevar a este reino a su antigua gloria y lo gobernaré con mi hijo a mi lado.

Quiero gritar, despedazarlo y asfixiarlo aquí y ahora. Podría hacerlo, y tal vez debería, si no fuese por el brazalete que Aoki lleva en la muñeca, por el resto de las Chicas de Papel, que están durmiendo profundamente en mi habitación, y por el mensaje que he visto en los ojos de la Reina Demonio.

Matar al rey no es suficiente. No ahora que tengo que rescatar a las demás chicas y, sobre todo, no ahora que tiene un heredero para ocupar el trono envenenado.

Amor. Miedo. Tal vez tanto el rey como yo tengamos razón: son las dos emociones más poderosas que puede explotar tu enemigo.

Pienso en el floreciente vientre de la reina bajo mis dedos y el latido que he sentido. Sé lo que haría Wren en esta situación, lo que su padre la habría preparado para hacer, lo que me dirían que hiciese ahora. Pero la mirada de la reina me ha mostrado lo que ella quiere y, en cuanto a esto, su opinión es la única que importa.

Me estaba diciendo que el rey no debe tener a su heredero.

Así que, en su lugar, tengo que asegurarme de que la reina tenga al suyo.

12
Lei

A la mañana siguiente, el rey organiza una ceremonia para hacer el anuncio a los oficiales de la corte. Cuando se pone el sol, todo el palacio conoce la noticia. Aunque ningún Rey Demonio ha anunciado jamás de forma oficial el embarazo de una reina, los rumores, al igual que la sangre, siempre han corrido con facilidad entre estas paredes. Yo no les había hablado a las chicas sobre la excursión a medianoche y, aun así, cuando he regresado de las reuniones y los banquetes de celebración a los que me han obligado a asistir, ya habían escuchado las noticias de boca de algunos demonios de lengua suelta que estaban cotilleando en los pasillos. En cuanto he entrado en la habitación, he sabido que lo sabían. Se han limitado a mirarme y todas hemos permanecido en silencio durante un buen rato. Entonces, con un movimiento impaciente de la mano, Blue ha hecho la pregunta.

—¿Y bien? ¿Es cierto?

—Sí.

Aunque todas me estaban mirando a mí, mis ojos estaban fijos en Aoki. Tenía el pelo revuelto y los ojos rojos de llorar. Cuando he contestado, su rostro se ha descompuesto por la angustia. Se ha dejado caer al suelo y ha estallado en lamentos. Yo me he acercado a ella, deseando reconfortarla, apaciguar a mi mejor amiga del mismo modo que solía hacer; del mismo modo que ella solía hacer por mí también. Sin embargo, Chenna me ha detenido, así que me he quedado atrás mientras, en su lugar, Zhen y Zhin se acercaban a ella.

«Ahora no», me decía la mirada de Chenna.

«Nunca más», ha respondido una voz oscura en mi mente.

Más tarde, cuando la habitación al fin está en calma, mientras las gemelas mecen a una Aoki agotada con los ojos vacuos, y Blue juguetea con la desgastada alfombra de ratán en su rincón habitual, finalmente, Chenna aborda el asunto.

—Tú lo sabías, ¿verdad?

Estamos encaramadas en mi cama. Esto se ha convertido en una rutina nocturna: cuando las demás se retiran a sus esterillas, Chenna me hace compañía y, juntas, diseccionamos fragmentos de conversaciones para buscar pistas de lo que está ocurriendo en la guerra.

No me sorprende la astucia de Chenna; siempre ha sido inteligente y entiende más cosas de las que aparenta. Me dedica una de sus típicas sonrisas irónicas.

—Es por la ropa, el pelo y el maquillaje —me explica—. Todo sigue perfecto. Si acabaras de descubrirlo, jamás hubieras permanecido tan calmada como para no tener ni una sola arruga en el hanfu.

Estoy a punto de reírme.

—El rey me llevó a ver a la Reina Demonio anoche —le revelo en un susurro. Su rostro palidece—. Lo sé. Todavía no puedo creerme del todo que sea real —digo.

—¿Dónde?

—Un edificio en el círculo sur del río.

Ella inhala.

—Qué cerca. Todo este tiempo ha estado tan cerca y nosotras no lo sabíamos. —Tiene los ojos abiertos de par en par—. ¿Cómo es?

—Increíble. Es increíble, Chenna. Fuerte, decidida y amable. Incluso después de todos estos años, recluida en esa casa, prácticamente sola salvo cuando el rey… —sacudo la cabeza—. Es increíble.

—¿Tuviste la oportunidad de hablar con ella?

—El rey no me quitó la vista de encima ni un segundo, pero…
—Dudo al pensar en el peso de lo que estoy a punto de decir, así que

elijo las palabras con cuidado—. Nos tocamos. El rey me hizo ponerle una hoja de gingko sobre el vientre para bendecir al bebé y ella me tomó de la mano. Creo que es una costumbre Han.

Ella no me interrumpe, pues todavía sigue incrédula. Aunque, ahora, hay algo más. Una emoción vibra bajo su actitud serena y yo me inclino en su dirección, deseando confiar más en ella y, entonces, siento que me está animando a hacerlo en silencio.

—Y la forma en la que me miró… Chenna, me estaba diciendo algo. Sobre el bebé.

Ahora estoy sin aliento. Después de Wren y Aoki, Chenna siempre ha sido la Chica de Papel con la que he tenido un vínculo más estrecho y, a diferencia de las demás, siempre ha tenido un interés activo en la política de nuestro reino. Quiero confiar en ella, y jamás me ha dado motivos para no hacerlo. Examino sus facciones: los ojos grandes y oscuros como la melaza que brillan de inteligencia, la mandíbula apretada y los labios finos y marrones a los que les cuesta sonreír.

Miro alrededor para asegurarme de que las demás siguen sin poder escucharnos. Entonces, le hablo en voz baja.

—La reina no quiere que el rey tenga un heredero. Es consciente de lo que significaría para Ikhara. Creo que está de nuestra parte.

«De nuestra parte». Dejo que las palabras hablen por mí y observo cómo la comprensión se refleja en los rasgos de mi amiga. Sus ojos resplandecen.

—Entonces, tenemos que sacarla de allí.

—Sí —contesto con el pulso acelerado—, tenemos que hacerlo.

A lo largo de la siguiente quincena, la primavera florece en todo su esplendor por todo el palacio como una ola de tonos pastel, pétalos que caen y verdes tan profundos que hacen que me lloren los ojos. Los días amanecen cálidos y soleados antes de que el viento arrastre las nubes y nos traiga ráfagas de lluvia que, después, vuelven a desaparecer para dar paso a unas noches luminosas y repletas de estrellas. En Xienzo, la primavera siempre se ha portado bien con nosotros, nutriendo nuestras plantas y librando a la tierra del agarre del invierno. Cuando mi madre todavía vivía, mi padre volvía a casa con los brazos llenos de flores de la pradera, consciente de que a ella le encantaban los colores y el aroma de la miel. Todavía recuerdo el sonido de su risa encantada y cómo me entrelazaba las flores más pequeñas en el pelo. Una vez, me hizo una corona de peonías y me declaró la primera Reina de Papel de Ikhara. Todos sonreímos, como si de verdad creyésemos que alguna vez pudiera existir algo así.

En el Palacio Escondido, esta estación, que antaño me trajo tantas alegrías, tan solo se burla de mí. Cuanto más hermoso está el palacio, más cruel se vuelve mi vida en él.

Había pensado que la vida me resultaría más fácil ahora que tengo a las otras Chicas de Papel a mi lado; que podría ser como la última vez, cuando, a pesar de la inquietud que nos brindaba una tablilla de bambú con caligrafía en tinta roja, tenía amigas, una familia improvisada entre estas chicas. Pensaba que podría tener esa ligereza al final del día cuando volvíamos a la Casa de Papel y sabía que me esperaban unos pocos momentos robados bromeando con Aoki, hablando con Lill o, mejor todavía, amando a Wren.

Ahora, Wren y Lill no están y, cuando regreso a la habitación en el Anexo de la Luna, ya no hay risas que compartir con Aoki, tan solo su mirada dolida y celosa y mi corazón que se rompe poco a poco.

«Dale tiempo», me recuerda Chenna de forma constante. Yo lo hago, aunque, tal como me evita, tampoco tengo muchas más opciones. Sin embargo, me preocupa que, si espero demasiado, las heridas que le he causado cicatricen mal y nuestra amistad quede atrapada bajo una piel endurecida.

A pesar de todo, no pierdo de vista mi plan. Ahora, ha aumentado, ya que he incluido salvar a la reina y su hijo en él, pero incluso las cosas más pequeñas (como deshacernos de los brazaletes que llevamos Aoki y yo o contactar con los aliados) parecen imposibles. Cuando estamos juntos, el rey me vigila muy de cerca, y aunque presto atención a todo lo que ocurre en cada banquete aparentemente insulso o en cada recital de danza, no consigo encontrar nada que sea de utilidad. Hasta esta tarde.

Estoy en un desfile en el Sector Militar, observando desde detrás del trono del rey cómo diferentes batallones muestran sus habilidades. Hay arqueros que disparan flechas de fuego hacia el cielo, deletreando el título del rey; guerreros que portan espadas y que muestran un ejercicio tan complejo en un espacio tan reducido que me maravilla que sus filos nunca choquen entre sí; guerreros silat cekak musculosos que se enfrentan a diez oponentes cada uno, agarrándolos y lanzándolos al suelo con una velocidad sorprendente. Un duelo entre dos de los luchadores más hábiles de la corte logra que, al terminar, tras treinta minutos de acción que nos deja sin aliento, incluso Naja les ofrezca sus cumplidos.

Estamos situados en una plataforma de observación desde la que se puede supervisar uno de los campos de entrenamiento. Hay sedas que ondean sobre nuestras cabezas, ofreciéndonos sombra. Abajo, los guerreros luchan en la arena y el hedor del sudor resulta fuerte incluso desde aquí. Aun así, para cuando se anuncia la última presentación, nosotros también estamos sudando y Naja le ordena a su doncella que la abanique.

Una chica lagarto que parece unos años más mayor que yo, se arrodilla justo detrás de mí, colocada en un ángulo que le permite dirigir una hoja enorme hacia Naja, que está sentada a mi lado. Miro hacia atrás por encima del hombro y reconozco el rostro angular de la demonio, repleto de escamas rojizas. Se trata de la doncella principal de Naja, Kiroku, si recuerdo bien su nombre por las veces en las que he escuchado a Naja regañándola.

Kiroku comienza a mover la hoja, creando un crujido suave. Me estoy dando la vuelta, agradeciendo la brisa en la parte trasera de la nuca, cuando su mirada se encuentra con la mía. He aprendido a reconocer todas las miradas que me lanzan los demonios de la corte, y la suya es una que raras veces veo: intencionada, cómplice y urgente. Es la misma que me lanzó la Reina Demonio aquella noche en su habitación.

El aire está repleto de gritos de batalla mientras el último regimiento demuestra sus habilidades, pero no hay suficiente ruido como para ocultar mi voz si decido hablar con la doncella de Naja ahora. Entonces, se me ocurre una idea.

Finjo estar viendo el espectáculo mientras deslizo una mano sobre la alfombra que hay extendida a nuestros pies, asegurándome de que los movimientos son lo bastante lentos como para no atraer la atención del rey o de Naja. Agarro una piedra que antes había golpeado uno de los guerreros y la oculto en la palma de la mano. En cuanto aumenta la cantidad de ruido que llega desde la arena, con un gesto de la muñeca, le lanzo la piedra directamente a Naja.

La zorra blanca sisea sorprendida cuando le golpea el lateral del rostro. La piedra es tan pequeña que no puede haberle hecho daño, pero ha tenido el efecto que deseaba. Varios miembros de la corte se adelantan para ayudarla, incluida Kiroku.

—¡Oh, dioses! —exclamo de forma dramática, alzando las manos—. ¡General Naja! ¿Está bien? Creo que está sangrando.

—Apártate de mí, chica estúpida —gruñe, empujándome a un lado.

—Por todos los dioses, ¿qué está pasando? —ruge el rey.

—Han herido a Naja —grito yo.

Los murmullos aumentan mientras los consejeros que están más alejados se mueven para intentar saber por qué hay tanto jaleo. Cuando Naja se gira para gruñirle a un demonio que se ha acercado a ver cómo se encuentra, yo me muevo hacia atrás con las manos sobre la boca fingiendo asombro y me dirijo a Kiroku, que sigue arrodillada e inclinada hacia delante con su rostro justo al lado del mío, y le hablo en un murmullo.

—El pájaro pequeño vuela.

No me atrevo a mirarla. Hay una fracción de segundo en la que me pregunto si estoy cometiendo un terrible error. Tal vez aquello que yo interpreté como una mirada significativa no era más que una muestra de repulsión demoníaca.

Entonces, escucho su respuesta en un susurro.

—Sobre las alas de la chica de ojos dorados.

Me recorre la emoción. Muevo la cabeza lo más mínimo para poder mirarla a los ojos reptilianos.

—Necesito ayuda —digo.

—Está en camino —responde ella apresuradamente—. Vamos a sacarte de aquí.

Me estremezco porque eso no es lo que quería escuchar. No puedo marcharme todavía. Aún tengo que proteger a las chicas, a la reina y a su bebé.

—¡No! —siseo bajo toda la conmoción—. No quiero… Eso no es lo que quiero decir…

—Ocurrirá pronto. Espera hasta que escuches la explosión y ve a la entrada del Sector de los Templos que está frente al Palacio del Marisco de Madam Kim y…

Antes de que ninguna de nosotras pueda decir nada más o de que yo pueda comprender las extrañas indicaciones de Kiroku, Naja se libra al fin de los miembros del consejo que están armando un escándalo y se gira hacia mí con una mirada asesina en los ojos plateados, gruñendo en un susurro que, si no fuese la Elegida de la Luna, me lanzaría a la arena ahora mismo para ver cómo me las arreglo contra los soldados.

—Es gracioso —replico—, porque a mí me gustaría hacerle lo mismo, general.

Después, vuelvo a centrar mi atención en el terreno de entrenamiento con una sonrisa glacial en los labios.

Tal como ha dicho Naja, soy la Elegida de la Luna, y el rey nos está observando. Ella no se atrevería a desobedecer sus órdenes y, por ahora, él me quiere viva. Aun así, siento su mirada furibunda y afilada posada sobre mí el resto de la actuación y tengo que admitir que, cuando él cambie de opinión, preferiría que Naja no estuviese cerca de mí.

Más tarde, esa noche, una vez que el resto de las chicas se han dormido, le cuento a Chenna lo que me ha dicho Kiroku.

—Así que vas a escapar. —A pesar de que me sonríe, su voz está cargada de amargura—. Otra vez.

Pestañeo, atónita. Chenna no es de las que se andan con miramientos, pero, desde que volvimos a reunirnos, siempre se ha mostrado alentadora conmigo y me doy cuenta de cuánto he dependido de ella y cuánto he necesitado sus palabras y su compañía para contrarrestar las malas caras de Blue, el hecho de que Aoki actúe como si no existiera y lo protectoras que Zhen y Zhin son con ella. A pesar de que las gemelas hablan y se ríen conmigo, no puedo ser tan abierta con ellas como lo soy con Chenna.

—Me lo merezco —digo—. La última vez no había pensado en nada que no fuese matar al rey y salir del palacio. No tenía ningún plan para protegeros a las demás y ahora todas estáis sufriendo por ello.

—Lei, no quería decir…

—No. —Le acaricio el brazo—. Deja que me disculpe. Fui descuidada y desconsiderada, pero, esta vez, las cosas no van a ser así.

Ella frunce el ceño.

—Pero todo lo que han arriesgado los aliados por ti… No puedes dejar pasar una oportunidad como esta.

—No lo haré. —Frunce las cejas todavía más. Yo continúo—. Su ruta de escape debe de estar en algún lugar del Sector de los Templos, ¿no? Por eso me dijeron que fuese allí. ¿Qué más hay en el Sector de los Templos?

Tras un instante, Chenna relaja el ceño.

—Hechiceros.

—Exacto. Y si eso significa que hay hechiceros trabajando de nuestro lado, tal vez pueda conseguir que me ayuden de una manera diferente.

Ambas bajamos la vista hacia el brazalete dorado que tengo en la muñeca. Entonces, ella vuelve a alzar la vista y, aunque en sus ojos hay entusiasmo, también hay preocupación.

—Es demasiado arriesgado —dice—. No solo tendrías que conseguir llegar hasta allí y encontrar a los hechiceros rebeldes, sino que también tendrías que regresar hasta el lugar desde el que hayas salido. Los aliados no han planeado esa parte.

Sacudo la cabeza.

—Kiroku ha hablado de una explosión. Si hay una explosión o algo similar, debería crear una distracción lo bastante grande como para llegar allí, encontrar a los hechiceros y regresar. —Chenna no parece muy convencida. Le tomo la mano—. Tengo demasiadas cosas que hacer aquí —le digo, dándole un apretón—. Todavía no puedo marcharme y, si consigo ayuda con estas cosas —añado, haciendo un gesto hacia el brazalete—, habrá merecido la pena.

Ella titubea, pero yo la miro de forma intimidante y, al final, me lanza su conocida sonrisa irónica.

—Gracias —dice, apretándome los dedos a cambio. Yo sonrío.

—Dame las gracias cuando estemos fuera de aquí. ¿Trato?

Por un instante muy breve, su sonrisa se ensancha lo suficiente como para que se le arruguen las esquinas de los ojos oscuros.

—Trato.

13
Wren

Les costó quince días llegar al Palacio de las Nubes. Hubieran podido ir más rápido, pero tenían que tener cuidado de no sobrevolar las zonas que estaban infestadas por los soldados del rey o de no acampar demasiado cerca de las fortalezas de los aliados del monarca.

Tan solo hicieron aquel viaje Wren, Khuen y Merrin, puesto que no cabía nadie más en la espalda del demonio pájaro. Dado que Lova no quería saber nada de él y la silla de Nitta le hubiese dificultado la tarea de moverse por el Palacio de las Nubes, Khuen resultó ser el elegido para ayudar a rescatar a los miembros encarcelados del Ala Blanca. Después de las dos gatas, él era el mejor tirador de los Hanno; si se encontraban con demonios en el aire, podría hacer con las flechas lo que las espadas de Wren no tendrían el alcance suficiente para hacer.

Cuando contempló la fachada resplandeciente del palacio del Ala Blanca brillando entre los picos escarpados de las montañas Goa-Zhen, negras como la amatista frente a la luz del sol que empezaba a ponerse, no pudo evitar acordarse de la última vez que había estado allí. Deseaba poder borrarla de su memoria. Matar a Eolah, la hija de Lady Dunya, había sido el comienzo de una espiral cuesta abajo. Merrin estaba cargando con la peor parte de la culpa por lo que había ocurrido en el desierto y por perder la alianza del Ala Blanca, pero habían sido las acciones de Wren las que habían provocado el golpe de estado de Qanna y la traición de su antiguo amigo.

Tal como sugería su nombre, las nubes coronaban las espirales doradas del edificio. Wren divisó los puntos diminutos que eran los guardias haciendo su ronda. Merrin comenzó a volar más bajo para usar los riscos como cubierta y los dejó en el suelo en una escarpadura rocosa que estaba oculta por un risco que sobresalía sobre sus cabezas.

Khuen se escurrió de la espalda del demonio como si fuese una flor marchita y se desplomó contra una pared de piedra con una mirada amenazadora.

—En cuanto todo esto se acabe —refunfuñó—, pienso retirarme y buscarme una vocación menos estresante.

Merrin se estaba retorciendo, intentando quitarse los calambres del cuello.

—¿Qué te parece la jardinería? ¿O la cocina? Me han dicho que las dos son relajantes.

—Cualquier cosa que se haga a ras de suelo me servirá.

Wren escudriñó el cielo.

—Hay seis. No, siete guardias —dijo, contando—. No parece que sean suficientes.

—Sin duda, habrá más en el interior. —Merrin se colocó a su lado—. ¿Ves esa entrada? Desde ahí, el camino hasta la escalera central es prácticamente una línea recta. —Wren asintió—. ¿Qué quieres que hagamos con todos estos? —preguntó, señalando a los guardias voladores. Ella lo pensó un instante.

—Demos una vuelta entera al palacio. Podemos deshacernos de ellos desde el aire. Así, llamaremos menos la atención.

—¿Quieres esperar a que oscurezca del todo? No falta demasiado.

—No, será mejor que usemos la oscuridad como protección cuando escapemos.

Él giró la cabeza hacia ella.

—Buena idea, querida.

Se sintió resentida ante aquel término de afecto y, como notaba que iba a intentar comunicarse más con ella, tal como llevaba intentando hacer sin éxito durante todo el viaje, se apartó.

—Salimos en cinco minutos —dijo—. Dejad todas las cosas que no sean esenciales.

Khuen soltó un suspiro.

—Acababa de encontrar la posición perfecta para una siesta.

Wren alzó las cejas mientras lo miraba. El chico estaba tumbado sobre una superficie rocosa usando una piedra como cojín. Que alguien pudiera dormir de aquel modo desafiaba la comprensión. Le lanzó una mirada intimidante y, después, él y Merrin comenzaron a seguir su ejemplo, añadiendo cinturones de armas y arneses a sus ropas y dando unos últimos sorbos de agua antes de dejar a un lado su equipamiento de viaje.

En el momento en el que notó el peso de las espadas en los hombros, Wren sintió cómo la concentración que le resultaba tan familiar se asentaba en sus venas.

—Acabemos con esto —dijo Khuen mientras Merrin se arrodillaba para que pudiera subirse a su espalda. Wren también trepó.

—No te olvides del viaje de vuelta.

Los brazos de Khuen le rodearon la cintura.

—Tal vez me quede aquí. El lugar parece lujoso. Podría ser lo bastante cómodo.

—Si te gusta la compañía de los cadáveres —contestó Merrin de forma sombría.

—Aun así, es probable que sean más divertidos que vosotros dos —dijo Khuen. Después, cuando Merrin saltó del borde del risco, lanzó un grito.

Volaron bajo y rápido, dirigiéndose al palacio desde un ángulo que iba a permitir que tan solo los viesen los dos guardias más cercanos. La niebla se arremolinó sobre ellos y el viento azotó sus mejillas.

—¡Khuen! —gritó Wren—. ¡Prepárate!

A pesar de que estaba temblando, el chico se soltó y se inclinó sobre su espalda para sacar el arco y colocar una flecha en posición mientras Wren se estiraba hacia atrás, asegurándolo contra su cuerpo con una mano. Con la otra, se agarró a un puñado de las plumas del demonio búho. La punta de la flecha de Khuen estaba junto a su oreja, oscilando de arriba abajo con cada batir de las poderosas alas de Merrin.

Los guardias no los habían visto todavía. Cuando estaban cerca de sus sombras, Merrin alzó la nariz. Salieron disparados hacia arriba con una rapidez extraordinaria, justo por debajo de los guardias, hasta que estuvieron tan cerca que Wren podía ver la pintura blanca de sus alas y la plata deslustrada de sus armaduras.

Khuen disparó.

El primer tiro acertó en la diana, justo entre las juntas de la armadura del demonio, que se desplomó desde el cielo con un grito. La segunda guardia, una mujer cernícalo, pudo girar a tiempo de evitar un disparo directo, pero la flecha de Khuen le acertó en el brazo derecho.

—¡Comandante! —chilló mientras se inclinaba para hacer un aterrizaje desastroso sobre una de las plataformas del palacio.

«Comandante». ¿Significaba eso que la comandante Teoh estaba cerca? Wren había esperado que la inimitable demonio halcón, líder del ejército del Ala Blanca, no estuviese allí. Sin embargo, como era de esperar, mientras Merrin seguía volando y Khuen acababa con otros dos guardias más, una figura enorme apareció desde más allá de una de las torres del palacio.

La reconoció al instante. Seguida por un par de demonios más pequeños, la comandante volaba con ferocidad, acortando la distancia con ellos sin dudar. La luz del sol poniente se reflejó en la punta de su qiang. Lo alzó y apuntó directamente a Merrin. Él, esperando el ataque, se lanzó hacia un lado. Sin embargo, no se escuchó el silbido de la lanza atravesando el aire ni hubo ningún resplandor plateado. La comandante Teoh había hecho una finta y, al hacerlo, los había dirigido hacia un nuevo trío de guardias que habían aparecido desde abajo, emergiendo de entre una maraña densa de niebla. El grito de Khuen fue ensordecedor mientras Merrin plegaba las alas para pasar de largo. Cuando se dejaron caer, pasaron tan cerca de los guardias que Wren notó una mano llena de garras arañándole la túnica. La hubieran derribado si no hubiese sido por el agarre férreo de Khuen, a pesar de que se trataba de un efecto secundario accidental del propio terror del muchacho.

Merrin se colocó en posición horizontal. Salió volando tan rápido como un rayo, atravesando el aire helado, mientras los seis pájaros los perseguían. Dos estaban casi encima de ellos, dándoles golpes en los laterales. Sujetando todavía a Khuen con un brazo, Wren se aferró más a Merrin con las piernas y soltó sus plumas para desenvainar una espada. Lanzó un ataque con un único corte poderoso. Con un grito tembloroso, el guardia cayó del cielo.

—¡Khuen! —rugió—. ¡Dispara!

Por un momento, pareció que el chico, petrificado, había alcanzado su límite, pero, al instante, ya estaba sacando otra flecha, girándose hacia atrás. Un demonio gavilán cayó en picado en un nudo de alas flácidas. Hubo otro destello rojo cuando la siguiente flecha acertó en el objetivo.

Ahora, solo les quedaban dos guardias y la comandante Teoh.

Mientras Merrin aceleraba en el aire, dibujando un gran círculo en torno al palacio, la comandante soltó un grito.

—¡Haced sonar la alarma!

Uno de los guardias que la estaba flanqueando se separó, pero, un segundo después, empezó a caer, desmoronándose sobre la punta emplumada de una de las flechas de Khuen.

—¡Wren! —gritó Merrin.

Hizo un gesto brusco con la cabeza. Ella siguió el movimiento y vio la terraza que habían escogido como punto de aterrizaje.

—¿Debería...?

—¡Sí!

Cambió de dirección de forma tan brusca que el pobre Khuen volvió a soltar otro grito. Wren sintió cómo se escurría y estiró el brazo izquierdo hacia atrás todavía más, sujetándolo contra ella y sintiendo cómo sus propios músculos forcejeaban para mantenerlos a los dos en el sitio. El dolor de la antigua lesión era como una explosión que se extendía desde sus caderas. Soltó un rugido, conteniendo las náuseas que le provocaba.

Merrin se inclinó. El arco de Khuen se resquebrajó contra el pómulo de Wren y una de las flechas se le escapó de las manos. Sin embargo, casi habían llegado. Se abalanzaban sobre la terraza, cuyo mármol blanco brillaba mientras el sol se escondía detrás de la línea de las montañas.

—¡Ah!

Khuen se escurrió del agarre de Wren. Un segundo después, ella salió despedida de la espalda de Merrin mientras aterrizaban con fuerza, rodando sobre los azulejos pulidos.

El mundo le daba vueltas en destellos blancos y dorados como la puesta de sol. Intentó encogerse como una bola, pero la inercia era demasiado fuerte. Todo lo que pudo hacer fue soportar el dolor hasta que, al final, empezó a rodar cada vez más despacio.

Se puso de pie de un salto. Unos metros más allá, Merrin también se estaba levantando. Examinó la terraza en busca de Khuen, pero antes de que pudiera encontrarlo, la comandante Teoh y la guardia que quedaba, una demonio milano pulcra y de mirada penetrante, aterrizaron frente a ella. Sacó su segunda espada y cargó contra ellos.

La comandante la alcanzó primero, pero Wren la esquivó usando la superficie resbaladiza de los azulejos para patinar por debajo de su brazo extendido. Haciendo un arco con una de sus espadas, le cortó la garganta a la guardia milano antes de que ella pudiera siquiera desenvainar su arma. La sangre emanó caliente y pegajosa. Al mismo tiempo, Wren empujó la otra espada hacia atrás, escuchando el satisfactorio chasquido que indicaba que había acertado en la armadura de la comandante.

Volvió a girarse y la comandante Teoh retrocedió, apuntando su lanza como si fuera un dedo acusatorio. Por el rabillo del ojo, Wren vio que más guardias salían corriendo a la terraza. Merrin se enfrentó a ellos. El ruido del choque de armas rasgó el aire.

—No quiero matarla, comandante —dijo, jadeando para intentar recuperar la respiración.

Los ojos negros de la mujer halcón centellearon.

—Soy leal a Lady Qanna, Wren Hanno. La seguiré hasta la tumba.

—Entonces, es una suerte que la suya no esté demasiado lejos.

La voz que dijo aquello no era la suya. Tanto a ella como a la comandante les costó un momento darse cuenta de la punta de flecha que sobresalía de la garganta del demonio.

El rostro de la comandante se descompuso. Se llevó una garra a la garganta, desde la que manaba a borbotones el líquido rojo, vívido en comparación con la pintura blanca del clan que decoraba sus plumas. La sangre le borboteaba en el pico. Con un suspiro suave, cayó de rodillas y se derrumbó sobre los azulejos de mármol. Un charco granate se formó alrededor de su cabeza como si fuera un halo macabro.

Khuen se arrodilló para retirarle la flecha del cuello. Después, salió disparado para unirse a Merrin y luchar contra los guardias recién llegados.

Wren se adelantó un paso para hacer el saludo al cielo sobre el cuerpo de la comandante Teoh. Bajó la vista hacia la figura sin vida de la mujer pájaro. Cerca, yacía tendido el cuerpo de la guardia milano, cuya garganta rajada parecía una sonrisa sangrienta. Ahí estaba. Aquella era la primera sangre que había derramado desde la batalla de Jana. Después de un mes y medio deseándolo, anhelando el corte de su espada y el ceder de la carne de los demonios, tras estar tan desesperada por hacer algo que la ayudase a sentirse útil y poderosa de nuevo, ya no estaba atrapada en el Fuerte de Jade con el fracaso y la culpa como única compañía. Esperó a que llegase la oleada de fuerza y pertinencia que solía otorgarle la danza de las armas. Sin embargo, algo en lo más profundo de su ser se sintió furioso, sombrío y muy, muy cansado.

La voz de Lei resonó en su cabeza.

«¿Cuántos asesinatos más cometeréis en nombre de la justicia hasta entender que sois tan malos como aquellos contra los que luchamos?».

Wren se alejó antes de que el charco cada vez más grande de la sangre de la comandante alcanzase sus botas.

Al otro lado de la terraza, Merrin y Khuen casi habían acabado con los guardias. Una alarma sonó desde dentro del palacio, la misma que ella había disparado medio año antes. El sonido emanaba de cada arco y cada ventana, mezclándose con los aullidos del viento de tal manera que parecía que toda la montaña estaba viva.

Merrin acabó con el último guardia. Con las plumas salpicadas de sangre, le hizo un gesto con la mano antes de desaparecer con Khuen dentro del palacio. Tras un instante, Wren los siguió, rodeando la pila de cuerpos que habían dejado tras su estela.

De sus espadas escurrían gotas rojas. No se molestó en limpiarlas, pues volverían a ensuciarse de nuevo demasiado pronto.

—Déjame que te ayude con eso.

Wren se estremeció cuando Lady Dunya se arrodilló en las rocas que había junto a ella, quitándole el pedazo de tela con el que se había estado limpiando el corte que tenía en el brazo.

—No tiene que hacer eso, mi señora —protestó, pero la mujer cisne no se detuvo.

—Siempre me ocupaba de los golpes y los moratones de mis hijas. —Se colocó el brazo de Wren sobre el regazo e introdujo la tela en el agua fría del río antes de pasársela con cuidado por el borde irregular de la herida—. Las enfermeras se sentían muy frustradas y Hidei nunca comprendió por qué perdía el tiempo haciendo algo por lo que les pagábamos para que hicieran. Pero, por mucho que sea la señora de un clan, también soy madre. —Hizo una pausa—. Aunque no es que mis hijas estén ahora por aquí para poder cuidarlas…

La culpa hizo que se le retorciese el estómago. Una de esas hijas había muerto a sus manos y, ahora, siguiendo las órdenes de su padre, debía fingir ante la señora del clan que era inocente. Como si su vergüenza no fuese ya suficiente.

Horas antes, Wren, Merrin y Khuen se habían abierto paso a través del Palacio de las Nubes luchando. Habían derramado sangre a lo largo de todo el camino hacia las entrañas del edificio, donde, agolpados en unas pocas celdas, habían encontrado a los treinta miembros del clan que se habían negado a unirse al golpe de Qanna y que no habían sido asesinados en la lucha consiguiente. Incluso cubierta de sangre, Wren casi se había visto superada por el olor de los demonios después de haber estado atrapados en unas estancias tan pequeñas durante tanto tiempo.

Dada la condición en la que se encontraban, le había impresionado que ninguno de ellos hubiese dudado cuando les había ordenado que se marchasen de inmediato en caso de que alguno de los guardias hubiese logrado escapar para pedir refuerzos. El lugar seguro que Ketai había elegido para que pasaran la noche estaba a unas horas de vuelo en las colinas boscosas de las montañas que estaban al sudeste del palacio del Ala Blanca. Tras montar el campamento y, mientras cenaban roti duro, Wren les había contado todo lo que había ocurrido desde el golpe de estado de Qanna.

Era tarde. La mayoría de los demonios pájaro se habían quedado dormidos, apiñados para evitar el aire fresco de la noche. Unos pocos todavía seguían despiertos. Un par de pájaros más mayores estaban sumidos en una conversación con Merrin. Khuen, que tenía el turno de vigilancia, estaba encaramado sobre el tocón de un árbol cerca de la parte trasera del campamento y una chica halcón preciosa estaba sentada con él. Ambos estaban comparando sus arcos.

Wren había ido a la orilla rocosa del río para limpiarse el corte tan feo que le había hecho en el brazo uno de los guardias. Lady Dunya era la última persona con la que hubiera querido estar a solas; sin embargo, mientras aquella regia mujer cisne le curaba la herida, descubrió que su presencia le resultaba reconfortante.

—Ya está. —La mujer terminó atándole un trozo de tela alrededor del brazo.

Ella murmuró un agradecimiento e inclinó la cabeza con respeto.

Incluso en la oscuridad mugrienta de la prisión del Palacio de las Nubes, había resultado evidente lo crueles que habían sido los tres meses de cautiverio con la antiguamente opulenta señora del clan. Sin embargo, de cerca, el encierro estaba grabado en cada centímetro de su cuerpo. Las plumas, que antaño fueran blancas como una perla, estaban andrajosas y sucias. Allí donde los diamantes y los ópalos le habían adornado el cuello y las muñecas, ahora había cortes, rozaduras y costras supurantes. En lugar de una corona y una túnica blanca y plateada, vestía un hanfu harapiento que se había vuelto negro y marrón por la mugre. Y allí donde solía sentarse su marido, junto a ella, ahora solo había un espacio vacío.

Lord Hidei había muerto poco tiempo después de que los encarcelasen. Nadie estaba muy seguro de cuál había sido la causa. Una infección, tal vez, o un corazón débil. Los guardias se habían deshecho del cuerpo porque había empezado a oler.

Estaba a punto de ofrecerle sus condolencias cuando Lady Dunya comenzó a hablar.

—Me sorprende que no se te haya curado todavía —dijo, señalando el brazo vendado—. Supongo que es cosa de la Enfermedad.

Wren metió las manos en al agua, restregando la sangre que se le había metido bajo las uñas.

—Es peor que nunca —admitió—. Podría haberlo hecho, pero preferiría guardarme las energías.

Lo que no añadió es que, antes de salir en aquella misión de rescate, su padre le había prohibido de forma expresa que usara magia a menos que fuera absolutamente necesario. De hecho, incluso le había sorprendido que le hubiese asignado la misión después de todo lo que había insistido en que descansara tras lo ocurrido en Jana. Conociendo a su padre, era probable que hubiese multitud de razones, aunque no le preocupaba tanto como para intentar desentrañarlas.

—Es una buena idea —dijo Lady Dunya—. Todavía no estamos fuera de peligro.

—¿Alguna vez lo estaremos?

Las palabras se le escaparon. Wren se sintió avergonzada de su propia ingenuidad. Era la hija del señor de un clan, se suponía que los líderes deberían ser seguros y optimistas, o, al menos, deberían mostrarse como tal. Aun así, la mujer cisne asintió.

—La vida como señora de un clan no es fácil —dijo.

«No quiero una vida fácil, quiero una vida que valga la pena».

Las palabras le llegaron de forma apresurada y con tanta fuerza que hicieron que los ojos se le llenaran de lágrimas. ¿De verdad las había dicho en algún momento? ¿Todavía creía en ellas?

—Gracias —dijo—. Por aceptar ayudarnos en lo que queda de la guerra.

—No hay de qué. Hicimos un pacto con tu clan. No pretendo renegar de él ahora. Especialmente después de que nos hayáis salvado la vida.

Vergüenza. Wren pensó que iba a estallar en llamas por la vergüenza.

Se apresuró a ponerse de pie. Mientras se alisaba la ropa, se dio cuenta de lo manchada que estaba de sangre, una sangre que pertenecía a la gente de Lady Dunya. Maldijo el hecho de que no se le hubiera ocurrido lavarla cuando aterrizaron, pero se había acostumbrado demasiado a la sensación de la sangre sobre su piel.

—¿Vamos a reunirnos con alguno de los aliados de tu clan aquí? —preguntó la señora del Ala Blanca de repente.

—No, nos uniremos a ellos una vez que hayan acampado a las afueras de Marazi dentro de cuatro días.

—Entonces, ¿quiénes son esos?

Cada parte de Wren se puso en alerta. Siguió la mirada de Lady Dunya hasta el otro lado del río. Al principio, tan solo vio el bosque y sus sombras enredadas; destellos de luz de luna que brillaban como el caparazón de un escarabajo. Entonces, distinguió las siluetas de tres figuras humanas. Permanecían tan quietas que se habían fundido con la oscuridad.

Cubrió a Lady Dunya. Sus botas salpicaron el agua de los bajíos mientras se colocaba en una posición defensiva, alzando los puños.

—Mostraos —rugió—, o, de lo contrario, atacaré.

Para su sorpresa, una de las figuras se rio. Era una risa anciana y sibilante.

—Los de tu clase siempre tuvieron mucha seguridad en sí mismos. Baja los puños, Wren Hanno. No estamos aquí para hacerte daño ni a ti ni a tus amigos.

Unos dedos congelados recorrieron la columna vertebral de Wren.

—¿A qué te refieres con «los de tu clase»? —dijo de forma brusca.

La mujer se deslizó hacia delante con semejante fluidez que solo podía ser una hechicera. Incluso aunque no estaba usando magia, el eco se aferraba a ella como un destello etéreo en el aire. Conforme se acercaba, Wren vio una cabeza sin pelo y una piel curtida plagada de tatuajes. Unos ojos brillantes resplandecían en unas cuencas cubiertas por párpados pesados. La hechicera anciana mostraba una sonrisa amplia y sin dientes.

—A tus parientes de sangre, desde luego —respondió, abriendo los brazos—. Tu clan. Bienvenida de nuevo, pequeña Xialing.

14
Wren

El sol de la mañana brillaba a través de las ramas, moteando el suelo del bosque por el que Wren y Ahma Goh caminaban. En la oscuridad, el bosque había parecido frío, pero, a la luz del día, la primavera estallaba en cada espora. Las flores crecían en las grietas de las piedras. El río, que se precipitaba alegremente a su derecha, giraba y se retorcía como los lazos de una bailarina. Sobre sus cabezas, las hojas de tonos verdes y dorados resplandecían como los ojos de un tigre. Wren se sentía ebria del aire dulce, de los colores y de la belleza. Y, sobre todo, de las palabras de la vieja Ahma Goh; unas palabras maravillosas e imposibles, resaltadas por una sonrisa desdentada y una risa generosa.

Nada de todo aquello parecía real. Allí estaba, caminando por los bosques montañosos por los que también había caminado su clan de nacimiento (su clan perdido, su familia perdida), acompañada por una hechicera que conocía sus historias. Que los había conocido a ellos.

Ahma Goh se rio.

—Tu hermana Leore era pura dinamita. Desde el momento en el que pudo caminar, ya estaba corriendo, intentando constantemente hacerlo más rápido que los demás. Ah, y también estaba Kucho. ¡Menudo revoltosillo! Era primo tuyo por parte de tu madre. Aiyah, cómo solía molestar a tu abuelo. Siempre se metía en problemas y esperaba que otros los solucionasen por él.

Wren se rio con ella.

—¿Y mi abuela?

—Yakuta. Era una mujer valiente. ¡Menudas regañinas le soltaba a tu abuelo! Era tan tenaz que él siempre decía que era su buey particular. Cuando el clan estaba bajo amenaza, siempre era la primera en tomar las armas. —Su sonrisa titiló—. Y la última en dejarlas.

Habían estado caminando dibujando un círculo completo. Casi habían regresado al recinto donde vivían Ahma Goh y el resto de los hechiceros de la montaña y donde habían invitado a quedarse a Wren y los demás.

Antes, al amanecer, cuando Ahma Goh la había llamado para enseñarle el bosque y conectar las historias de su clan con los sitios donde habían ocurrido, el asentamiento había estado tranquilo. Ahora, se podía escuchar a la gente charlando y el ruido de las sartenes y las ollas. El humo del incienso se alzaba desde los lugares donde había pequeños santuarios colocados entre las hojas. La brisa arrastraba la fragancia de las plantas medicinales hervidas a fuego lento. Sobre todo ello se cernía el brillo difuso de los daos de protección para mantener el asentamiento a salvo.

La magia crepitaba en el aire, pero, más que ofrecer una sensación mágica, aquel lugar era, sencillamente, mágico en sí mismo. No era solo un refugio de la guerra, sino del resto de Ikhara. Incluso era un refugio del propio tiempo con los ecos de su familia Xia entrelazándose con los árboles. Su hermana Leore corriendo sobre la hierba llena de rocas. Kucho intentando sin éxito hacer que tropezase. Los miembros del clan más mayores sacudiendo la cabeza de esa forma cariñosa y cansada en la que los ancianos contemplan a los jóvenes.

Wren no podía creer la suerte que había tenido de que su parada para descansar hubiese estado tan cerca. Si hubiese estado unos pocos metros más alejada, jamás hubiese sabido que aquel lugar existía. Los oídos se le destaponaron cuando cruzaron el perímetro de los encantamientos. Dentro de aquella burbuja protectora, los sonidos que habían escuchado desde fuera se volvieron más fuertes de inmediato. Incluso el aire era más puro. El sol hacia brillar los aleros barnizados de los santuarios y resplandecía sobre la superficie del río. En el aire se mecían las flores de los cerezos. Un pétalo aterrizó entre sus cejas. Cuando lo tomó y lo sujetó con cuidado, se acordó de otro templo secreto, el que estaba dentro del Sector de los Fantasmas del Palacio Escondido. Había llevado a Lei allí para mostrarle el árbol de papel con los nombres de todas las mujeres perdidas. Soltó el pétalo y la brisa se lo llevó lejos. Todavía no había conseguido preguntarle a Ahma Goh por sus padres. No se trataba de que no desease saber cómo habían sido, sino que estaba demasiado nerviosa. ¿Creería la hechicera que le hubiera gustado a sus padres? ¿Habrían estado contentos con la mujer joven que habían llevado al mundo?

La anciana sonrió con cariño ante la animación del campamento.

—Este es el santuario al sur del Zebe —le explicó—. Existimos desde hace tanto tiempo como las propias provincias. Los cuatro santuarios se establecieron a lo largo de las montañas como refugios seguros para los viajeros. —Caminaron siguiendo el río. Los árboles ocultaban el lago al que conducía y desde el que les llegaban los sonidos de los bañistas mañaneros—. Este es uno de los afluentes del río Zebe. El nacimiento se encuentra en las profundidades de las montañas. Muchos hechiceros hacen peregrinaciones hasta allí y, así, los santuarios pasaron a ser conocidos como sitios en los que podían buscar refugio durante sus viajes. Y conforme más y más hechiceros lo visitaban… —Movió los ojos hacia los lados con un gesto travieso en la cara arrugada—. ¿Puedes sentirlo?

Wren frunció el ceño.

—¿Magia? Los encantamientos protectores…

—Es más que eso, pequeña. —Ahma Goh la tomó de las manos—. Siéntelo.

Cerró los ojos, inhaló profundamente y… lo sintió. Ahí estaba, aquello que había estado sintiendo desde el principio. Había pensado que era resultado de encontrarse en un lugar relacionado con los Xia, pero se trataba de algo más literal.

La magia vivía allí.

Aquel era el motivo por el cual los colores parecían más pronunciados y por el cual los sonidos y los olores eran más marcados. Era la razón por la que el dolor constante que había sufrido a causa de su lesión había disminuido. Aquí, el qi de la tierra era abundante y accesible, nutrido por el cuidado constante de los hechiceros. La Enfermedad no había llegado a aquel lugar. Debía de ser uno de los pocos lugares de Ikhara que no había sido envenenado por el corazón podrido del rey y sus demonios.

Deseó que Lei hubiese estado allí. No solo por la maravilla de todo aquello, sino para mostrarle que la magia también podía ser hermosa. Por mucho que arrebatase vidas, también podía devolverle al mundo el aliento de la vida. Podía ser una fuente de todo lo bueno.

Wren era buena. O, al menos, así era como se sentía estando allí.

La anciana la condujo hasta un templo pequeño.

—Los Xia pasaban mucho tiempo aquí. Como ocurre con todos los que han pasado por los santuarios, compartimos sus historias de hechicero en hechicero. —Alzó la vista hacia ella con una sonrisa resplandeciente—. La narración oral es un tipo de magia maravilloso, ¿no crees? Es la forma que tenemos de mantener a la gente viva en nuestros corazones mucho después de que se hayan marchado.

Ella contestó en voz baja.

—E incluso cuando no lo han hecho.

Amah Goh le estrechó la mano.

—E incluso cuando no lo han hecho.

Llegaron al santuario, que tenía las paredes cubiertas de ídolos y el espacio justo en el suelo para una esterilla de oración y un incensario.

—Si es un lugar tan seguro, ¿por qué no se quedaron aquí los Xia? —preguntó—. Sabían que el Rey Demonio venía a por ellos.

—Lo hicieron. —El rostro de la hechicera se arrugó—. Ay, niña, pensaba que Ketai Hanno te lo habría contado. El día de la masacre, tu clan estaba en el Santuario Norte, en las profundidades de las montañas de Rain. Es el más remoto de los cuatro. Pensamos que aquel sería el mejor escondite. Y lo hubiese sido si el rey no hubiese escogido el único día en el que sabía que estarían indefensos. —Inclinó la cabeza—. Desde entonces, nadie ha vuelto a pisar aquel santuario. No es un lugar para los vivos. Ya no. —De forma abrupta, la mujer le dio una palmada en la espalda, animándose—. Vamos, vamos, niña, no todo está perdido. El clan Xia sigue vivo en ti.

Wren intentó devolverle la sonrisa, pero, al recordar el poder de los Xia, algo oscuro la asaltó.

—Mi padre cree que el rey ha estado intentando replicar los métodos de los Xia, que eso es lo que está causando la Enfermedad. —Ahma Goh se serenó y esperó a que continuase—. Y estamos bastante seguros de que la magia de los Xia tiene algo que ver con… la muerte.

—Hum…

—Yo la he usado. Una vez. Con un amigo hechicero. Él se sacrificó para fortalecer mi magia.

El rostro de Ahma Goh seguía siendo indescifrable.

—¿Funcionó?

Wren asintió a pesar de que admitirlo la hacía sentirse enferma.

—Pero me he estado haciendo preguntas sobre este lugar y la manera en la que habla de los Xia. Todo resulta tan… vivo. Sin embargo, si el rey está usando sus métodos y está causando la Enfermedad, y si sus métodos utilizan la muerte, ¿cómo es posible que este lugar sea así? ¿Por qué no está dañado también por la Enfermedad?

—En sus raíces, ¿qué es la magia? —le preguntó Ahma Goh. Ella titubeó.

—Un intercambio de qi, de energía.

—¿De parte de quién?

—De nosotros mismos.

—Así que, si la muerte fuese a usarse como intercambio, ¿de quién debería ser la muerte?

—No te entiendo, Ahma Goh.

La anciana hechicera agitó las manos finas como el papel.

—Le ofrecemos a la tierra nuestro propio dolor, nuestra propia belleza. El método preferido depende de cada clan. Aun así, todo se resume en lo mismo: cuando necesitamos algo de la tierra, los hechiceros le damos algo nuestro a cambio. Desde luego, la muerte podría ser una ofrenda. Pero la muerte de otro no es una muerte, es un asesinato. Y el asesinato no es una ofrenda, es quitarle la vida a otra persona, lo que crea un vacío de qi en su forma más pura. Por eso es por lo que la muerte de tu amigo hechicero te otorgó un poder tan intenso. Tú no le quitaste la vida, él te la ofreció.

Había sido un regalo. Wren odió aquella idea.

Recordó el rostro joven y dulce de Hiro, cómo se había abierto una herida en el brazo y le había ofrecido su sangre de una forma tan sencilla como si le estuviese tendiendo una flor. Pensó en su palabra de Bendición Natal. Siempre había creído que «sacrificio» se refería al suyo propio, pero ¿qué pasaba si aquel era su verdadero significado?

Las predicciones que había hecho Lei en el barco de arena de Lova regresaron a su mente. Aquellas palabras se habían visto eclipsadas por todo lo que había ocurrido después, pero, en aquel momento, Wren sintió todo el peso de la primera parte de aquella conversación.

«Entonces Ketai aún no sabe lo de tu poder».

«No».

«¿Planeas contárselo? Sabes lo que hará con la información, Wren. Encontrará a otros que se ofrezcan para tu poder. Otros niños destrozados como Hiro que tienen miles de motivos para odiar al rey y no valoran su vida lo suficiente. Tendrás un ejército entero de sacrificios voluntarios».

Su padre sí sabía lo que le había ocurrido a Hiro. Caen debió de contárselo porque, poco después de su regreso al Fuerte de Jade, Ketai se había acercado a ella y la había felicitado por lo que había hecho en la isla de los Czo. Había dicho que los había salvado, pero aquello no era verdad del todo. Había usado su magia, sí, pero había sido Hiro el que le había servido para apuntalarla. Sin su sacrificio, los hubieran superado.

Entonces, ¿era aquel el verdadero significado de su relicario de Bendición Natal? ¿Esperaba su padre que condujese a su clan a la victoria por un camino de cadáveres construido con los cuerpos sangrientos de sus propios aliados? ¿De su familia? ¿De sus amigos?

Amah Goh pareció sentir sus pensamientos desbocados. Le tomó las manos y le sonrió, con los ojos negros y algo lechosos brillando.

—Quítate eso de la cabeza, niña —le instó—. Sea lo que sea que te preocupa, no está con nosotras en este momento. Si cargara con el peso de sus responsabilidades todo el tiempo, incluso la persona más fuerte acabaría aplastada. —Hizo un gesto con la mano en dirección al santuario—. ¿Por qué no les presentas tus respetos a los dioses y tus antepasados? Eso les gustará. —Arrugó la nariz—. Y, cuando termines, creo que será hora de que te des un baño, ¿no te parece?

Wren se obligó a sonreír.

—Gracias, Ahma Goh —dijo—. Por todo. Usted y sus hechiceros han sido muy generosos. Ojalá no tuviéramos que marcharnos tan pronto.

—¿Marcharos?

—Tenemos que seguir nuestro camino. Mi padre me dio unas órdenes muy claras. De hecho, deberíamos emprender el camino hasta el siguiente lugar seguro dentro de una hora.

Se detuvo mientras Ahma Goh se deshacía entre risas roncas.

—Lo siento, mi niña; es solo que todavía no lo has entendido.

—¿Entender el qué?

—Aquí estás a salvo, querida. —La anciana hechicera sonrió con tristeza—. Te has pasado la vida luchando, puedo sentirlo, y eso te ha hecho fuerte. Pero no pases por la vida con tanta prisa como para perderte tanto la alegría como la pena. —Entrelazó los dedos y se inclinó hacia ella—. Deja de luchar, niña. Envaina tus espadas. Las dos sabemos perfectamente lo pronto que tendrás que volver a desenvainarlas. Durante los próximos días, no quiero verte siquiera cerca de un arma, ¿me entiendes, Wren Xia Hanno? Aquí, en el santuario, no eres la señora de un clan en guerra, eres una chica joven que necesita descanso y que la cuiden. Déjanos que te ofrezcamos eso.

«No me lo merezco», quiso contestar ella.

Tal vez la mujer sintió aquellas palabras porque, con los ojos titilando, le habló en tono amable.

—Todos nos merecemos un descanso, niña. Tus fantasmas no te perseguirán aquí. —Y, lanzándole una última sonrisa desdentada, la anciana hechicera se marchó arrastrando los pies y dejó a Wren con los ojos húmedos y un corazón que se hacía más grande en silencio.

15
Lei

Tras mi conversación con Kiroku, la doncella de Naja, paso todo el tiempo alerta, buscando cualquier señal de que lo que quiera que sea que mis aliados hayan planeado está en camino. Aun así, los días siguen pasando sin incidentes. Incluso me quedo despierta por las noches por si la explosión que mencionó Kiroku ocurre entonces. Eso hace que Blue refunfuñe sobre el gran esfuerzo adicional que tiene que hacer para ocultar mis ojeras cuando me maquilla.

Después de que pasen cuatro días sin ningún incidente, estoy hecha polvo por la fatiga y los nervios crispados. Esa noche, cuando Madam Himura y yo estamos regresando de un banquete en el Sector de la Ciudad, me quedo dormida tan solo un minuto después de haber subido al carruaje. Cuando nos detenemos con una sacudida, me cuesta un momento recordar dónde estoy. Entonces, las palabras de Kiroku aparecen en mi mente.

«Ocurrirá pronto. Espera hasta que escuches la explosión».

Me siento erguida, limpiándome la saliva de la barbilla. Los pendientes colgantes que llevo puestos repiquetean. Madam Himura me golpea en el pecho con su bastón.

—No te muevas.

El canturreo vago de los hechiceros en el Sector de los Templos vibra bajo el ruido de la calle atestada y mis oídos lo captan, recordándome la oportunidad que se me está ofreciendo.

El ruido de los pasos de una pezuña hendida se acerca. El comandante Razib tira de la cortina hacia un lado.

Como de costumbre, el comandante y mis otros guardias han cabalgado junto a nuestro carruaje sobre caballos descomunales que han sido criados lo bastante grandes como para soportar incluso al más grande de los demonios. En los caminos más anchos, nos rodean por todos los lados, pero aquí, en el Sector de la Ciudad, todas las calles son estrechas. En la que nos hemos detenido es un lugar muy popular para beber. Pasillos cubiertos hacen las veces de terrazas para los bares ajetreados y los restaurantes que abren hasta tarde. En los aleros de las pasarelas, ondean banderolas coloridas.

—Comandante —gruñe Madam Himura—. ¿Qué es lo que nos retiene? Es tarde y Lei-zhi tiene una cita con un adivino mañana a primera hora.

—Hay algún tipo de conmoción unas calles más allá —dice él—. La mitad de los guardias se quedarán con vosotras mientras yo me llevo a los demás para investigar lo ocurrido. No salgáis del carruaje.

Por encima de su cabeza surge una luz, un fulgor azul y blanco que resulta irreal. Florece en el cielo y, después...

¡Buuuuum!

Tengo el tiempo justo para agacharme antes de que el estallido de aire nos golpee.

El carruaje tiembla y nos inclinamos hacia un lado. Se oyen los crujidos y los golpes de las cosas que chocan contra las paredes, haciendo que la madera tiemble por la fuerza. Algo me golpea la mano allí donde está protegiéndome la cabeza, lo que me causa un destello de dolor. El aire es pesado. Jadeo, echa un ovillo, sintiendo cómo el mundo tiembla y se sacude hasta que, de forma tan abrupta como comenzó, todo se queda en calma.

Temblando, alzo la cabeza. Cortinas de polvo danzan en torno a mí. Tras la violencia de la explosión, la quietud repentina es estremecedora. Toso. El polvo hace que me escuezan la garganta y los ojos. El carruaje se ha volcado hacia un lado por completo y la puerta abierta está ahora sobre mi cabeza. La cortina que el comandante

Razib había apartado ha sido arrancada de cuajo junto con el propio comandante.

Mientras me muevo para levantarme, apoyo las manos en algo cálido. Madam Himura. Retrocedo de golpe. Con los ojos nublados, me doy cuenta de que, allí donde ha caído hacia un lado, con un ala cubriéndola como si fuese una sábana, su torso sube y baja de forma sutil. Entonces, está viva.

El entendimiento hace que me detenga.

Si quisiera deshacerme de ella sin implicarme, aquella era mi oportunidad. Podría rodearle el cuello con las manos y estaría hecho. Un accidente desafortunado. Otra baja de la explosión.

Pasa un buen rato mientras examino su cuerpo boca abajo. La suciedad desciende sobre nosotras como las cenizas de una pira, como si los dioses pareciesen conocer mis intenciones. Sin embargo, no me muevo. Cuando esperaba que mis entrañas se prendieran fuego tan solo encuentro un sentimiento triste y vacío. Quizá porque no me parece correcto asesinar a alguien en un momento tan vulnerable. O tal vez sea porque, a pesar de todo el daño que Madam Himura nos ha hecho a mí y a aquellos a quienes amo, sé lo atrapada que ella misma está por el rey y el palacio. Incluso aunque ella no hiciese lo mismo por mí, no puedo evitar sentir lástima por ella.

Con un gruñido de frustración y una oración para que mi decisión de perdonarle la vida no vuelva más tarde a perseguirme, me pongo de pie.

Escupiendo el polvo que se me acumula en la boca, me estiro hacia la apertura que hay sobre mi cabeza. Tengo que hacer varios intentos inestables antes de conseguir alzarme hasta allí. Trepo por el lateral del carruaje y me dejo caer al suelo.

Lo que había sido una calle animada, ahora se parece a un campo de batalla. Bajo montones de ceniza, hay escombros y cuerpos desparramados por todos lados. Uno de los caballos de los guardias está atrapado bajo el carruaje. Tiene los ojos completamente blancos abiertos de par en par y el pecho le palpita a toda velocidad. Un segundo después, el pobre animal se queda quieto. Me aparto dando tumbos y mis talones golpean algo. Me detengo antes de caerme y, al girarme, encuentro una pierna humana en el suelo. No hay ni rastro del resto de su propietario.

Sigo caminando dando tumbos. Manchas granates de sangre marcan tanto la calle como las pasarelas que momentos atrás habían estado llenas. Todo está iluminado por un resplandor naranja inquietante, pues la mitad de los edificios arden en llamas. Unas calles más adelante, un gran penacho de humo dibuja la forma de un hongo en el cielo. Aquel ha sido el punto de la explosión, así como mi distracción.

«Espera hasta que escuches la explosión y ve a la entrada del Sector de los Templos que está frente al Palacio del Marisco de Madam Kim».

Me pongo en acción a trompicones.

Las figuras se mueven a mi alrededor. Algunas permanecen en silencio, otras gimen y otras murmullan de forma inexpresiva para sí mismos. Me abro paso entre ellos, enrollando hacia un lado la falda del hanfu para tener las piernas libres.

No me cuesta demasiado orientarme. Con cada salida, he estado mejorando mi mapa mental del palacio. Una vez que estoy lo bastante lejos de la zona de la explosión, el polvo empieza a despejarse y yo me muevo más deprisa, respirando con grandes bocanadas de aire fresco. No tengo ni idea de dónde se encuentra el Palacio del Marisco de Madam Kim, que supongo que es un restaurante, pero empiezo dirigiéndome hacia el Sector de los Templos. La cena de esta noche se ha celebrado en un bar de sake en la zona este del Sector de la Ciudad, lo que significa que estoy cerca. Aunque nunca he estado dentro, el Sector de los Templos es fácil de encontrar, dado que se encuentra dentro del perímetro de las murallas del palacio. Tan solo tengo que correr recto en dirección a las imponentes losas de ónice que he llegado a conocer tan bien.

Sigo mi camino, serpenteando por las calles estrechas. Los dueños de las tiendas y los bares han salido de los edificios y muchos más se asoman por las ventanas, señalando el humo y gritándose los unos a los otros.

Enseguida me encuentro a tan solo una calle de las murallas. Se alzan hasta semejante altura que los edificios de alrededor están sumidos en una sombra perpetua. Ni un solo destello de la luz de la luna se refleja en los ídolos de metal o los estanques ornamentales. Tomo nota del nombre del kopitiam que está frente a mí y, después, giro a la derecha, buscando el Palacio del Marisco de Madam Kim. Si no lo encuentro, regresaré al kopitiam y probaré en la otra dirección. Pero tan solo un minuto después lo diviso: es un restaurante grande con unos carteles rojos llamativos y farolillos con forma de pez colgando sobre la puerta.

—Hola, Madam Kim —digo mientras me cuelo por el callejón lateral, que está oscuro. Me encojo bajo el escondite de los aleros ensombrecidos de la parte trasera del restaurante, colocándome justo enfrente de la entrada más cercana hacia el interior de los muros. Más allá de las veces que he entrado y salido del palacio, nunca jamás he estado tan cerca de la muralla. Las piedras negras tienen un lustre líquido y los caracteres en tono dorado que representan los interminables daos de los hechiceros le proporcionan una protección inquebrantable. Aun así, aunque la luz mágica brilla desde el interior de la roca, no ilumina nada más allá.

Doy gracias a los dioses. Necesitaré la oscuridad si tengo que acercarme sin ser vista porque, justo como ocurre en el exterior, hay guardias en cada rincón. En mi línea de visión debe de haber un centenar. A causa de lo ocurrido, se han apartado de sus puestos habituales y la mayoría se ha reunido en grupos, sin duda para especular sobre lo que ha pasado. Algunos de los comandantes están llamando a sus guardias, enviándolos en grupos al lugar de la explosión.

Mis aliados han hecho un buen trabajo. En una noche cualquiera, jamás hubiera conseguido pasar por allí. Esta noche, tal vez tenga una oportunidad.

Del mismo modo que en el desfile militar, una piedrecita perdida acude en mi ayuda, aunque esta es más grande. La lanzo contra los muros con toda la fuerza que consigo reunir.

Por pura suerte, golpeo a uno de los guardias en la espalda. Su grito de sorpresa llama la atención de los guardias cercanos, incluyendo a aquellos que están delante de la entrada por la que tengo que pasar. Con el corazón palpitando, salgo corriendo de la protección del edificio y me abalanzo contra la pared.

En cuanto consigo llegar allí, presiono la espalda contra el pasadizo que hay dentro, esperando que los guardias lleguen a toda prisa. Sin embargo, no aparece ninguno y, mientras me relajo por el alivio, de pronto me doy cuenta de los escalofríos cargados de energía que me recorren la piel de arriba abajo.

Magia. Tanta que la siento en cada milímetro de mi cuerpo, consciente del hecho de que estoy dentro de la propia magia. El aire está cargado de poderosos daos y unos cánticos fantasmales reverberan en el túnel.

Se trata de los hechiceros reales. Miles y miles de ellos dentro de aquellos muros.

Un movimiento en el exterior hace que me aleje de la entrada. Pegada a la pared, recorro el pasillo en el que me encuentro, moviéndome con cautela. Los cánticos se hacen más fuertes. La energía estática rebota contra mi piel. Adopto un buen ritmo. Un resplandor intenso se cuela por la abertura que hay frente a mí y, entonces, lo cruzo y...

Una onda de magia me golpea tan fuerte que me tambaleo hacia atrás.

A estas alturas, he visto a los hechiceros trabajando en innumerables ocasiones. Los del palacio que o bien me sanaban o bien me ataban. El dulce Hiro, tan firme al enfrentarse a la muerte. Wren en su trance Xia, la más impresionante de todos ellos. Pero esto está más allá de cualquier cosa que pudiera haber imaginado.

Una caverna enorme y de techos altos se extiende hacia ambos lados del arco bajo el que me encuentro y casi cada milímetro está ocupado por hechiceros.

Hechiceros con túnicas color ébano y repletos de tatuajes, arrodillados con las cabezas inclinadas y con el poder emanando de sus cuerpos como un rayo de un nubarrón. Están tan apretados que sus túnicas se amontonan las unas sobre las otras, creando un mar negro ondulante. Más marcas doradas, las palabras de sus daos, brillan en el aire antes de adherirse a las paredes, hundiéndose bajo la piedra. A diferencia de lo que ocurre en el exterior, aquí los caracteres surgen tan rápido y de forma tan abundante que el aire resplandece con un viento revuelto del color del bronce fundido.

Más allá del pasadizo, una pasarela estrecha rodea la cámara. Camino por ella, buscando a los guardias con la mirada, pero todo lo que veo en cualquier dirección son más hechiceros.

Entonces, me doy cuenta de las cadenas.

Al principio, a causa de la borrasca de magia que da vueltas en el aire, no me había percatado de ellas. La sangre se me congela conforme sigo la línea de las cadenas, desde allí donde cuelgan de ganchos en el techo hasta el lugar donde están unidas al cuello de cada uno de los hechiceros con un collar dorado de aspecto pesado.

En ese momento, oigo voces por encima de los cánticos.

—¿Cuántos ha dicho el general?

—Trescientos. Al menos, por ahora.

—¿Crees que vamos a necesitar aún más?

—Ya has visto el calibre de la explosión, Mofa. Tendremos suerte si no se llevan a la mitad de este lado de la pared para ocuparse del daño.

—Dioses. Quien haya hecho esto va a desear haber muerto en la explosión. El rey ha estado arrasando con todo desde el Baile de la Luna.

Me dejo caer al suelo, pegando la espalda a la pared. Por suerte, los guardias han ingresado por una entrada que está más allá, a la izquierda, y los dos están ocupados abriendo las cadenas de los hechiceros apretujados, poniéndolos de pie antes de hacerlos salir de uno en uno.

Me pregunto qué hacer a continuación. Kiroku no tuvo tiempo de darme más instrucciones. Entonces, una mano me agarra el tobillo.

Reprimo un grito.

Un joven hechicero sobresale de entre la multitud. Tiene la cara roja mientras lucha contra sus ataduras pero, cuando se dirige a mí, su rostro está sereno y en sus ojos color avellana hay un destello de agudeza.

—Elegida de la Luna —dice—. Hemos estado esperando a que vinieras.

Sin aliento, me giro en dirección a los guardias pero, por suerte, se mueven en dirección contraria, dándonos la espalda.

—No te preocupes por ellos. —El hechicero vuelve a echarse hacia atrás para que la cadena no le tire tanto y me dedica una pequeña sonrisa—. Soy Ruza.

—Lei —le contesto tartamudeando.

—Eso ya lo sé. El pájaro pequeño vuela.

—Sobre las alas de la chica de los ojos dorados —termino. Sus rasgos se vuelven más afilados.

—¿Estás lista para abrir las alas, chica de los ojos dorados?

Mis nervios titilan con mayor claridad bajo las olas de encantamientos. Los cánticos que reverberan a través de la estancia ocultan nuestras voces, pero Ruza no parece preocupado de que los hechiceros que hay a su alrededor nos puedan escuchar. Miro alrededor intencionadamente.

—¿Estamos...? ¿Es seguro...?

—Todos los que estamos aquí estamos de tu parte, Lei. —Ruza extiende un brazo y, cuando la manga de la túnica se le resbala, me fijo en los verdugones y los cortes de aspecto doloroso que cubren su piel—. Nos ha costado bastante, pero nuestra red dentro del palacio ha conseguido reunir a todos los hechiceros rebeldes en un solo lugar, y hemos estado trabajando en crear una abertura en la pared.

—Cuando giro el cuello para mirar, él añade—: No vas a verla. Estamos usando daos para ocultarla de los guardias. Así que espero que perdones a los demás si esta no ha sido la cálida bienvenida que esperabas. Estamos un poco cansados.

La culpa me aprisiona la garganta. Toda esta magia y este dolor... Por mí.

—No deberíais haber hecho esto —digo. Ruza frunce el ceño.

—¿Sabes *por qué* lo hacemos? —Cuando sacudo la cabeza, él continúa—. Por el mismo motivo por el que *tú* luchas. Queremos ver al rey y su corte obligados a arrodillarse. —El muchacho hace una mueca de dolor mientras se ajusta el collar del cuello. La piel que lo rodea está amoratada y tiene costras de sangre seca—. Todo mi clan fue apresado por el monarca. Tan solo uno de nosotros escapó, mi mejor amigo, Hiro.

Me quedo congelada.

—Quieres decir…

Ruza asiente.

—El mismo Hiro que tú conociste. Kiroku fue quien me reclutó hace unos meses. Nos informó a mí y a otros miembros del clan de tu amistad con Hiro y de cómo se sacrificó para ayudaros a ti y a los Hanno. Incluso aunque no hubiésemos pasado más de un año en estas condiciones, eso habría bastado para convencernos. Desde entonces, hemos estado trabajando con ella y junto a otros muchos hechiceros. Somos centenares, Lei.

Vuelve a extender un brazo, y yo lo sigo, contemplando a las figuras encogidas y vestidas de negro con una creciente sensación de asombro. Cientos de hechiceros reales trabajando contra el rey. Es más de lo que me hubiese atrevido a creer.

Cuando vuelvo la vista hacia Ruza de nuevo, el gesto del muchacho es decidido y orgulloso, pero hace que me golpee de nuevo la vergüenza.

—Ruza —comienzo a decir—, Hiro murió por nuestra culpa.

—Eligió morir por vosotros. Eso es todo lo que pedimos, tener esa elección.

Nos llegan gritos desde el lugar donde los guardias están liberando a los hechiceros. Uno de ellos no deja de caerse cada vez que intentan que ande. El ruido de un latigazo resuena en la estancia y yo me encojo de miedo.

—Deberíamos darnos prisa —dice Ruza—. No puedo ir contigo, o sería demasiado sospechoso, pero me liberaré con magia para llevarte hasta el lugar…

—No voy a ir. —Ruza me mira fijamente—. Si voy —digo—, pondré a demasiada gente en peligro. Hay cosas que tengo que hacer aquí, gente a la que tengo que proteger. He hecho algunas promesas, y no tengo intención de romperlas.

—Podrías ser libre —dice él.

—Pero los demás no. Por favor, Ruza. Estoy muy agradecida por todo lo que habéis hecho para preparar esto para mí, pero no puedo irme. Y yo… Lo siento, pero tengo que pedirte algo más.

Él sonríe.

—Cualquier cosa por una amiga de Hiro.

Eso me revuelve las tripas, pero sigo hablando antes de perder el valor, porque lo último que deseo es pedirle a este joven hechicero, que es evidente que está agotado y sufriendo, que se haga todavía más daño por mí. Extiendo el brazo, mostrándole el brazalete que está atado en torno a mi muñeca. Él pasa un dedo por encima y se estremece.

—Una magia cruel —dice.

—No puedo quitármelo, ya que se darían cuenta, y mi amiga Aoki…

—Lo sé, puedo leer los daos que le han tejido. Los brazaletes están conectados. Sea lo que sea que se le haga a este, le ocurrirá también al otro.

El corazón se me acelera.

—¿Hay alguna manera…?

Pero Ruza ya ha rodeado el brazalete con ambas manos. Cierra los ojos y la magia tirita hasta volver a la vida mientras él murmura en el extraño lenguaje de los hechiceros. Tiene las cejas fruncidas, el rostro rígido por la concentración y los tendones del cuello tensos. Puedo sentir cómo tiembla y tiene los dedos blancos en el lugar donde está sujetándome la muñeca. Justo cuando creo que no puedo soportarlo más, acordándome demasiado de Hiro, Ruza jadea y se desploma.

Ni siquiera puede caer al suelo a causa de la cadena. Yo lo sujeto, haciendo todo lo que puedo para estabilizarlo. Le cuesta un momento recuperar la compostura, pero lo hace sin quejarse y desechando mis disculpas.

—Está hecho —dice, tomando una gran bocanada de aire—. He contrarrestado el hechizo para que el brazalete no se encoja. Y, dado que están conectados, su pareja tampoco lo hará. Sin embargo, el encantamiento original está profundamente incrustado en el material, por lo que mi magia solo podrá contenerlo durante un tiempo.

—Lo entiendo. Gracias, Ruza. Te estoy muy agradecida por todo. —Me muerdo el labio, incapaz de evitar que mis ojos se dirijan a la piel en carne viva de su cuello y la pesada cadena que lo mantiene atado a aquel lugar—. ¿No podríais...? ¿No podríais marcharos todos? —le pregunto—. Si habéis creado una apertura, ¿no podríais usar la magia para romper las cadenas y marcharos?

—No eres la única que ha decidido quedarse y luchar —contesta él.

Antes de que pueda decir nada, desde el otro lado de la estancia nos llegan nuevas voces. Más guardias.

—Vete —me dice Ruza. Yo me arrastro hasta el pasadizo antes de que puedan verme—. ¿Lei?

Me giro, oculta entre las sombras. Los ojos color avellana de Ruza muestran decisión.

—Mantendremos abierto el pasadizo a través de la pared —me dice—. Solo por si acaso.

16
Lei

—¡Lei-zhi! —La voz de Dama Azami resuena contra el mármol de las paredes—. ¡Deja de arrastrar los talones! Así no es como debería andar la Elegida de la Luna.

Pongo los ojos en blanco, reprimiendo una sonrisita. Desde luego, la señora de las Casas de Noche sabe cómo interpretar su papel. Su mirada fulminante se me clava en la nuca mientras sigo al comandante Razib y sus guardias de vuelta a mi habitación tras una comida con el rey.

Han pasado cuatro días desde la explosión. Mientras Madam Himura se recupera de las heridas, Dama Azami ha sido elegida por el rey para vigilarnos. Aunque no hemos podido estar a solas para comentar lo que ocurrió aquella noche, es reconfortante tenerla cerca. Es un recordatorio de lo poco consciente que es el monarca de lo profundas que son las raíces de la rebelión dentro de la corte. Además, con los brazaletes libres de su influencia, ya no estoy atada por el miedo de herir a Aoki. Es decir, de herirla más de lo que ya lo he hecho. Aun así, todavía no he conseguido elaborar el resto de mi plan. He conseguido aliados y he anulado los brazaletes, pero todavía tengo que encontrar la manera de sacar de aquí a las chicas y a la Reina Demonio sanas y salvas.

Luego, por supuesto, está ese pequeño asunto de matar al rey.

Escuchamos la conmoción antes de doblar la esquina.

—¡Todas lo habéis visto!

—Estaba limpiándola lo que, para empezar, era tarea tuya, por si se te ha olvidado.

—¡No pienso cumplir tus órdenes!

—Blue, cálmate, estoy segura de que Chenna no pretendía...

El comandante Razib lleva la mano a la empuñadura de su espada. Nos hace apresurarnos hacia los dos guardias que vigilan la puerta y que parecen incómodos. Es evidente que no están seguros de si deberían estar interviniendo. Las voces que están discutiendo se vuelven más fuertes. El comandante Razib abre la puerta de golpe y le hace un gesto a Dama Azami.

—¡Contrólalas! —le gruñe.

La mujer perro se cruza de brazos y se apoya en el marco de la puerta de forma relajada.

—Oh, ¿esto? No es más que una disputa frívola. Ya sabéis cómo son las mujeres. Es mejor dejar que caiga en el olvido. Mis chicas lo hacen todo el tiempo. Las Casas de Noche son un campo de batalla constante. Juro que mis chicas discuten más que...

—¡Dama Azami!

A pesar de que entrecierra los ojos caninos, habla con la voz entrecortada.

—Sí, comandante. —Entonces, lanzándome un guiño casi imperceptible, se aparta de la pared y entra en la habitación con grandes zancadas. —¡Chicas, silencio! ¡Ahora mismo!

Con un gruñido impaciente, el comandante Razib me empuja detrás de ella. No nos cuesta demasiado descubrir el porqué de la discusión.

Un charco de agua se ha extendido sobre la alfombra de ratán. Procede de la bañera que hay al otro lado de la habitación, que tiene una gran grieta que ha partido todo el lateral. Chenna y Blue están separadas. Chenna parece calmada y Blue está encorvada, enfurecida e indignada. Aoki y las gemelas permanecen cerca de ella, como si estuvieran listas para saltarle encima en caso de que decidiera atacar a Chenna, lo que parece probable que vaya a hacer en cualquier momento.

Aunque Chenna, Zhen, Zhin y Aoki inclinan la cabeza con respeto mientras Dama Azami se acerca, Blue señala a Chenna.

—La ha roto ella.

—No me interesa saber quién lo ha hecho —replica Dama Azami de malas maneras—. La bañera está destrozada y tendremos que ir a buscar una nueva, así como agua. Blue, Zhen, Zhin, Aoki, limpiad este desastre. Chenna, ven conmigo y con Lei-zhi a los almacenes.

Entonces, gira sobre sus talones y nos conduce a ambas fuera de la habitación.

El comandante Razib parece sorprendido de volver a vernos tan pronto. Dama Azami le hace un gesto con una mano.

—Como le he dicho. Una riña tonta entre mujeres. ¿Qué esperaba después de encerrar a seis chicas en una misma habitación? Necesitamos tomar algunos suministros de los almacenes.

—Enviaremos a unas doncellas —dice él.

Pero Dama Azami ya ha empezado a caminar y Chenna y yo la seguimos de cerca.

—Sería una pérdida de tiempo —exclama por encima del hombro—. Lei-zhi tiene que estar lista para el rey en menos de una hora. De todos modos, un poco de trabajo manual le vendrá bien a la chica. Bien saben los dioses que está demasiado consentida para su propio bien.

El comandante Razib me fulmina con la mirada mientras les indica a los guardias que nos sigan.

—Sí —dice él—, sí que lo está.

El almacén no está demasiado lejos. Los guardias ocupan sus puestos en el exterior mientras Dama Azami nos conduce a Chenna y a mí al interior. Una doncella de la casta de acero está reuniendo materiales de una de las estanterías y hace una reverencia cuando ve a la demonio canina. Después, se endereza y me ve a mí. Sus ojos felinos se abren de par en par.

—¿Te atreves a mirar a la Elegida de la Luna del rey? —le gruñe Dama Azami y la chica se escabulle con la cola entre las piernas. Yo alzo las cejas.

—Lo está disfrutando demasiado, ¿no? —digo en voz baja para que los guardias no nos puedan escuchar.

Ella me lanza una mirada dura a modo de respuesta. Tras comprobar que los guardias todavía siguen en sus puestos, nos dirige a la parte trasera del almacén, donde hay una fila de bañeras alineadas en la pared. Me recuerdan a los barriles de hacer mezclas que teníamos en la tienda de plantas medicinales, lo que me recuerda a Baba y a Tien y, a la vez, me genera una oleada de preocupación que nunca desaparece

Espero que Wren los esté manteniendo a salvo. Espero que ella misma esté a salvo.

—¡Llenad estos cubos con agua! —Dama Azami nos coloca unos cubos de madera entre los brazos y nos conduce hasta una fuente que hay en un rincón de la estancia donde se bombea agua procedente de los pozos calientes que hay bajo el palacio. Bajo el ruidoso chapoteo, nos susurra—: Buena distracción. Supongo que lo habéis planeado entre las dos.

Chenna y yo compartimos una mirada complacida.

—Pensamos que nos vendría bien disponer de un poco de tiempo para hablar —digo yo.

—Tenéis razón. He oído que Madam Himura se recupera bien, por lo que es posible que no nos quede mucho tiempo juntas. —Entrecierra los ojos cuando me mira, aunque no es una mirada de desagrado—. Bueno, Lei. Me sorprendió que me llamaran para ser tu carabina, dado que yo había ayudado a planear tu escapada.

Titubeo.

—Y le agradezco que lo hiciera, pero… No podía irme, Dama Azami. No así. No cuando eso implicaba volver a poner a las chicas en peligro.

—Lo entiendo perfectamente.

—¿No está enfadada conmigo?

Me dedica una mirada sorprendentemente tierna y sus facciones que, por norma, son duras, se suavizan.

—Lei, planeamos eso para ti, para evitar que volvieras a estar aquí con el rey, pero tú has hecho otra elección. Además, debo decir que lo que has elegido es admirable. —Ladea la cabeza mientras una sonrisa afilada tira de las comisuras de sus labios—. El truco de los brazaletes fue inteligente. Ojalá se me hubiera ocurrido a mí.

Sonrío.

—¿Cómo sabe eso?

—Uno de nuestros aliados visitó a Ruza ayer. —Después, alza la voz para que la oigan los guardias—. Ahora, estos dos también. ¡Y daos prisa! ¡Aiyah! Sois más lentas que los recién nacidos.

El agua me salpica las manos cuando dejamos que los cubos se desborden. Chenna se inclina hacia nosotras.

—¿Alguna noticia sobre la guerra?

—La información que nos llega indica que los Hanno se pondrán en marcha muy pronto. El rey ha enviado más soldados a Marazi y Puerto Negro porque sospecha que los atacarán por allí; además, al palacio llegan refuerzos todos los días. Espera un ataque, y espera que sea pronto. Está fortificando el palacio. Quiere que los Hanno vengan a él.

—¿Por qué? —pregunta Chenna.

—Cree que tendrá la mano ganadora si lucha contra ellos en su propio terreno.

Siento cómo se me cierra la garganta.

—¿Será así?

Ella responde con su habitual franqueza.

—Es lo más probable. —Una vez más, vuelve a alzar la voz—. ¡Ahora, la bañera! Y tratadla con cuidado o haré que reduzcan vuestras raciones a la mitad durante una semana para pagar una nueva.

Nos movemos hasta la bañera más alejada de modo que estamos casi escondidas por una estantería de suministros.

—Nuestros aliados en el palacio están trabajando para debilitar las fuerzas del rey —nos dice en voz baja—. ¿Habéis oído hablar de la reciente enfermedad que asaltó el Sector Militar? ¿O de la muerte supuestamente accidental del general Nakhor durante un entrenamiento? Además, estamos haciendo todo lo posible por extender la discordia y los problemas de comunicación en la corte. Algunas de las últimas ejecuciones de miembros del consejo leales al rey fueron gracias al gran trabajo de nuestros espías.

—¿Hay alguna posibilidad de que se pudiera hacer algo para implicar a Naja en algún asunto? —murmuro con amargura.

—Créeme, Lei. Si de mí dependiese, sería la primera en desaparecer.

—¡Daos prisa!

El grito del comandante Razib me hace dar un respingo. Está en la entrada del almacén y la luz enmarca sus cuernos de gacela que parecen lanzas retorcidas. Por un instante, casi lo he confundido con el rey.

Qué suerte tienen los demonios de nacer con armas construidas en sus cuerpos. Siempre pensé que, si tuviera elección, tendría la forma de un pájaro, de un demonio rápido y elegante que pudiera surcar el cielo y que nunca pudiera volver a estar atrapado. Nadie podría meterlo en una jaula y separarlo de aquellos a los que ama. Sin embargo, en los últimos tiempos, la idea de tener cuernos ha empezado a resultarme atractiva. Hay una razón por la que, para los papeles, los toros y las demás formas demoníacas con cuernos nos resultan tan intimidantes. Además, empiezo a sentirme peligrosa, y sería pertinente que también lo pareciera.

Bajo las órdenes de Dama Azami, Chenna y yo alzamos la bañera y la arrastramos con lentitud hacia la puerta.

La mujer demonio se acerca a mí por detrás.

—Cuida a las chicas —me susurra al oído—. Cuando llegue el momento, tendrán que estar preparadas para salir corriendo.

—Me vendrían bien algunas plantas medicinales —digo—. Las heridas de Blue y Aoki todavía tienen muy mal aspecto.

—¿Qué necesitas?

—Cardo mariano, cinabrio y lei gong teng si puede conseguirlo.

—Veré lo que puedo hacer.

—Nos proporcionan hierbas aromáticas para mis baños —le digo—, tal vez pueda colarlas entre ellas.

—Es una idea excelente.

Ya estamos casi en la puerta, y sé que tan solo nos quedan unos pocos segundos.

—¿Hay algo más que pueda hacer? —le pregunto en un susurro. Ella responde de forma sencilla.

—Permanece callada, a salvo y preparada.

Cuando regresamos a la habitación, las demás todavía están limpiando la alfombra manchada. Zhen y Zhin se levantan de un brinco para ayudarnos a Chenna y a mí con la bañera mientras Blue nos lanza una mirada asesina antes de proseguir restregando de forma agresiva.

—Lei-zhi tiene que estar lista para un encuentro con el rey en exactamente cuarenta minutos —anuncia Dama Azami—. Será mejor que esté preparada cuando venga a buscarla. Hoy ya me habéis hecho perder el tiempo una vez. Ninguna de vosotras desea descubrir lo que pasará si ocurre una segunda.

—Sí, Dama —murmuran las chicas.

Mientras se marcha, la mujer me tiende un trozo de papel doblado

—Una carta de una amiga —me dice.

Me la guardo con rapidez entre los pliegues de la túnica. Una calidez me recorre el cuerpo hasta que me doy cuenta de que Blue me está mirando fijamente.

En el pasado, hubiera sentido miedo de ella pero, por algún motivo, su mirada llena de furia solo consigue envalentonarme. Me acerco con grandes zancadas y ella hace una mueca mientras lanza al suelo el trapo que está usando y comienza a ponerse en pie. Tiene que hacer fuerza con ambas manos y la rodilla buena para hacerlo. Se tambalea y yo me apresuro para intentar sujetarla. Ella me aparta.

—Quítame las sucias patas de encima, Nueve.

Aoki es la única de las chicas que nos está prestando atención. Chenna, Zhin y Zhen están ocupadas llenando la nueva bañera con los cubos de agua que hemos traído. El aire huele a citronela y jengibre cuando Chenna espolvorea las hierbas en el agua.

Blue me enseña los dientes. Desde el Baile de la Luna, se ha vuelto una criatura todavía más salvaje, afilada como el pedernal, y la mirada indómita de sus ojos parece la de un gato atrapado: enfadado, asustado y desafiante.

—Usas cualquier excusa para tocar a una chica —me espeta.

En lugar de avergonzarme, todo lo que siento es pena. Como ocurre con los animales salvajes, ha aprendido a morder primero.

—Quítate la ropa —le digo.

Ella abre los ojos de par en par. Aoki alza el rostro.

—Eres una enferma…

—Te he visto desnuda un millón de veces, Blue —la interrumpo—, y, aunque es innegable que eres preciosa, no estoy interesada. Lo siento. Pero apestas, y hay que limpiarte la herida. En condiciones.

A ninguna de las chicas se les ha permitido usar agua limpia para bañarse desde que llegaron aquí, por lo que solo les queda usar el agua de la bañera una vez que yo ya la he ensuciado. Le pedí a Madame Himura que les proporcionasen sus propios artículos de baño pero, por supuesto, su respuesta fue una mueca de desdén y un golpe en las costillas con su bastón.

—El calor te ayudará con el dolor —le digo a Blue.

Ella alza la barbilla.

—No me duele.

—Claro que te duele. ¿Aoki? ¿Podrías ayudarla a meterse en la bañera? Lo haría yo misma, pero… —No tengo que dar más explicaciones. Todavía tengo clavada en la piel la mirada fulminante de Blue. Alcanzo el trapo con el que Aoki ha estado restregando la alfombra manchada. —Déjame que haga eso.

Mientras ocupo su lugar, ella se hace a un lado con lentitud, mirándome de reojo casi con timidez.

—Tienes que estar limpia para el rey —dice en voz baja.

Yo aparto la vista, sintiendo una presión en el pecho.

—No, Aoki —le digo—, es él el que necesita limpiarse.

17
Lei

Mientras el carruaje se abre paso entre la multitud ruidosa del Sector de Ceremonias, acaricio el lugar entre los pliegues de mi hanfu negro y dorado en el que he escondido un fragmento de la carta de Lill.

Anoche, cuando las demás chicas se hubieron quedado dormidas, leí la carta en secreto. No me había dado cuenta de cuánto la echaba de menos. Al igual que Aoki, la joven doncella de la casta de acero con forma de cierva, gracias a su presencia dulce y optimista, me había mantenido a flote durante gran parte del tiempo que había pasado como Chica de Papel. Lloré lágrimas de felicidad, riéndome con sus bromas y sus descripciones coloridas de la vida en las Casas de Noche donde las cortesanas la miman tal como se merece. Después, arranqué un único carácter de la carta antes de sujetar el papel junto a mi farol. Los bordes se fueron doblando y ennegreciendo mientras la letra de Lill se deshacía en ceniza.

—Estate quieta —me riñe Madam Himura—. Tienes que estar presentable para la cena.

La calidez que me ha proporcionado la carta de Lill ya se ha agotado prácticamente del todo. Cruzo las manos sobre el regazo y apoyo la mejilla contra la ventana, aunque no es que quiera ver el borrón de caras de demonios que pasan a nuestro lado. El ruido que hacen es como una ola que parece golpear el palacio a pesar de que los portadores nos mantienen firmes. Junto con la puesta de sol del color de una cereza machacada, tan solo sirve para recordarme lo que acabo de ver.

Lo que me han obligado a ver.

—Esta vez no te ha apetecido presentarte voluntaria, ¿eh? —me pregunta Madam Himura con malicia.

Aprieto los dientes intentando deshacerme de las imágenes. La sonrisa perversa del rey. Naja y cinco guardias, alzando las espadas. Estallidos color carmesí y seis cuerpos desplomándose al unísono. El ruido salvaje de la audiencia, ansiosa de sangre. Tal vez, sencillamente, ansiosos de ver sangre que no sea la suya, agradecidos cada vez que el rey castiga a otros porque significa que a ellos los han perdonado.

Otra ejecución. Y, en esta ocasión, no tenía a Wren para consolarme. No tenía unos dedos entrelazados con los míos en secreto, ni ofrendas blancas ocultas o saludos al cielo furtivos.

Desde mi posición junto al rey, casi he podido sentir el terror de los demonios mientras los obligaban a arrodillarse frente a nosotros. Incluso con sus caras medio cubiertas por las máscaras sin rasgos y de color crudo habituales en las ejecuciones de la corte, su miedo y su resistencia eran evidentes. Uno de ellos, una mujer jabalí que tenía un carromato en el Sector de la Ciudad donde vendía el mejor cendol del palacio, ha gritado cuando el rey ha instado a los guardias a preparar sus armas. Ha sido un grito desesperado antes de que la caída de la espada la silenciara: «¡Los dioses ven la verdad!».

—Dudo de que haya sido así. —El tono de Madam Himura es provocativo. Siento las llamas alzándose en mí, pero las contengo—. No es que importe —continúa presionando, empujando, metiendo el dedo en la llaga—. Si habían levantado tantas sospechas como para que el Amo Celestial decidiese ejecutarlos, el palacio está mejor sin ellos. Y, aun así, no eran más que simples dueños de restaurantes y tiendas del Sector de la Ciudad. ¿Cómo iban a tener los recursos para llevar a cabo semejante ataque? No —dice—. Algo así tiene que haber estado bien coordinado como parte de un plan mayor. Habrá surgido desde dentro de la corte, orquestado por demonios con poder y contactos. —Emite un chasquido con el pico—. Llevo un tiempo pensando en esa dama engreída de las Casas de Noche.

—Ah, ¿sí? —digo yo—. Entonces, tal vez debería contárselo al rey. Debería saber que ha cometido un error con la ejecución de hoy y que es usted la que lo está cuestionando.

Los ojos de águila de Madam Himura se encienden. Parece como si estuviese pensando en lanzarse contra mi cuello.

Qué fácil sería para las dos. Me pregunto si esto es parte del castigo retorcido del rey: estar cerca de aquellos a los que odias sin poder hacer nada al respecto, y estar cerca de aquellos a quienes amas ahora que ellos ya no te aman a ti.

Las multitudes de los Sectores Externos desaparecen mientras regresamos al corazón del palacio con las sombras cada vez más alargadas mientras el sol se oculta tras las paredes del recinto.

El banquete de celebración de hoy (porque, desde luego, una ejecución hay que celebrarla) tendrá lugar en un jardín del Sector Real. La hierba perfectamente cortada se extiende hacia las altas paredes de piedra cubiertas por glicinias y rosas, cuyos capullos rojos parecen heridas abiertas. Un sirviente me recibe mientras me adentro en esta noche oscura de primavera. Los demonios se arremolinan bajo un manto de farolillos suspendidos con magia y su cháchara despreocupada resulta desagradable después de la escena que hemos dejado atrás.

—Camina erguida —me sisea Madam Himura—. De verdad, ¿es que Dama Eira y yo no te enseñamos nada?

—Aprendí mucho sobre la crueldad —digo—. Y sobre la traición. Aprendí cómo algunas personas, aquellas que son débiles, harían cualquier cosa a cambio de un poco de poder o comodidad, incluso aunque tengan que pisotear a otros para conseguirlo.

Por una vez, es Madam Himura la que tiene aspecto de acabar de recibir una bofetada. Mientras me mira boquiabierta, ofendida, el comandante Razib se acerca.

—Lei-zhi, Madam Himura, por aquí.

Cruzamos la hierba atestada hasta una pagoda de color esmeralda que está al otro lado del jardín. Las conversaciones se dejan llevar por el sonido de las flautas y la música fluida de los erhu. La mayoría consisten en la cháchara habitual de la corte en estas ocasiones. Dos consejeros financieros hablan sobre las existencias de vino de ciruela y la mujer de un oficial, con una sonrisa afectada, se dirige a su homóloga: «Tienes que visitar los estanques de lotos de Marazi, son sencillamente impresionantes en esta época del año». Pero, a medio camino, mis oídos captan una conversación en voz baja que, evidentemente, está fuera de lugar.

—¿Has oído lo que les ocurrió a los Hua-ling?

—Terrible, sencillamente terrible. Como lo que les pasó a las familias del general Brahm y el consejero Lee en el levantamiento al este de Xienzo. El pobre consejero Lee ha estado desconsolado desde entonces. Ni siquiera estaba en la ejecución de hoy. Supongo que habrá fingido estar enfermo, aunque ojalá los dioses no permitan que las noticias le lleguen al rey. Se han perdido tantos demonios buenos…

—¿Y cuántos más serán necesarios antes de que el rey entre en acción?

—¡Silencio! No puedes hablar así, Yong. Aquí no…

Mientras se alejan, distingo las espaldas de dos oficiales de la corte de bajo rango. Madam Himura les lanza una mirada furiosa, sin duda tomando nota mentalmente de sus nombres.

—¿Qué levantamiento al este de Xienzo? —le pregunto.

—Nada que deba importarte.

—Es mi provincia. Claro que me importa.

—Tu provincia es Han.

—Han no significa nada para mí.

En un remolino de plumas, Madam Himura me arrastra hacia las sombras de una magnolia, acercándome tanto el rostro que mi gesto sorprendido se refleja en sus ojos amarillos y vidriosos.

—Escúchame, niña —me gruñe. Su aliento rancio me golpea con fuerza—. ¿Te crees que eres muy poderosa ahora que has conseguido cierta posición dentro de la corte? Bien, disfruta de tus comentarios irritantes. Al final del día, ambas sabemos lo poco que significan. Una vez que se acabe la guerra, se acabará la farsa de la

Elegida de la Luna y el rey te apartará a un lado como la keeda inútil que eres.

—Usted debe de saberlo bien —replico—, dada la facilidad con la que la apartó a un lado.

Madam Himura parece volverse el doble de su tamaño cuando pone las plumas de punta.

—El rey aún me necesitaba lo suficiente como para mantenerme en la corte. ¿Qué crees que le pasó a Dama Eira, estúpida? La ejecutaron. —Por un instante, su aspecto aterrador flaquea. Aquel cansancio que vi en ella cuando nos volvimos a encontrar tras mi regreso reaparece detrás de su exterior sosegado. Entonces, su cara y el pico vuelven a contraerse en una mueca desagradable—. La posición de Dama Eira en la corte era prescindible, tal como lo será la tuya. Así que, adelante, suelta réplicas ingeniosas, siéntete orgullosa de los patéticos alzamientos de los tuyos. Por cada puñado de demonios que los papeles consigan matar, nosotros rasgaremos a un millar más de los vuestros. —Me pasa uno de los dedos que parecen garras por las cejas—. Esta vez, no necesitaremos al doctor Uo. Cuando el rey acabe contigo, yo misma me encargaré de ti. Estás más que podrida, muchacha. Tú misma eres la podredumbre. Has traído el veneno a este palacio y lo has destruido todo.

Hay algo dolido tras el tono de Madam Himura. Es evidente que el haber caído en desgracia le ha dolido más de lo que deja ver, pero siento poca lástima por ella. Estoy sorprendida por las noticias sobre Dama Eira. Su rostro hermoso y sereno se cruza en mi visión, tejiéndome un nudo de horror entre las costillas. Porque, sin importar lo mucho que me decepcionase, todavía me importaba. Había tenido la esperanza de que la perdonasen después del Baile de la Luna, aunque Madam Himura tiene razón: mis acciones las condenaron a las dos.

—¡Honorables miembros de la corte! —Una voz amplificada resuena en cada rincón del jardín mientras la música se desvanece—. ¡Les presento a nuestro Amo Celestial, dirigente bendecido por los dioses y comandante de todos aquellos que recorren el reino de los mortales, el Rey Demonio!

Se escucha el roce de las telas cuando todos nos arrodillamos. Mientras esperamos el sonido de las pezuñas, la cabeza todavía me da vueltas por la revelación de Madam Himura. De forma sombría, me doy cuenta de que he escuchado el anuncio oficial del rey tantas veces que podría recitarlo en sueños.

Tomo aire de forma brusca. El anuncio de esta noche ha sido diferente.

«El Rey Demonio». Hasta ahora, los anunciantes siempre se habían referido a él tan sol como «el rey». ¿Para qué necesitaban clarificarlo? Era evidente que el rey de Ikhara era un demonio. Cuando escucho las pezuñas del rey, amortiguadas por la hierba, intento convencerme de que no significa nada. Aun así, a estas alturas, sé perfectamente que, en la corte, nada se hace sin una intención.

Cuando alzamos la cabeza, el rey está en la pagoda con los brazos abiertos.

—Elegida de la Luna —me llama—, ¡únete a mí!

No me muevo.

Los murmullos recorren la multitud. Cuando la espera se alarga, puedo oír una tos incómoda.

—Elegida de la Luna —repite, más fuerte esta vez.

Ese título parece una condena. ¿Elegida para qué? Mis padres me decían que para la grandeza. Según Ketai, para el poder y los finales. Según los clientes de la tienda de plantas medicinales, para la suerte. Para el rey y su corte, soy la elegida para la bendición de los dioses. Soy una Chica de Papel atada a su Rey Demonio.

Madam Himura me clava el bastón en un lateral en un intento muy leve de ser discreta.

—¡Ve!

Me pongo en pie tambaleándome. Allá donde mire, los ojos de los demonios están fijos en mí. Siento el palpitar del corazón en las plantas de los pies mientras atravieso aquella reunión tan concurrida. Tan solo los guardias permanecen de pie, listos para actuar a una señal.

Cuando llego a la pagoda, al fin mis ojos se encuentran con los del rey.

Sus brazos, cubiertos de negro y dorado, todavía están abiertos de par en par y, mientras me acerco, me doy cuenta de que le tiemblan. Su sonrisa parece estirada, extraña y temblorosa en los extremos, como si se la hubieran clavado al rostro.

Me doy cuenta de que está nervioso. ¿Por qué? En mi pecho surge una premonición oscura.

Mi sombra se vuelve cada vez más pesada conforme subo los peldaños para unirme a él en la pagoda. En cuanto estoy a su alcance, me sujeta la mano. Instintivamente, me aparto con un estremecimiento, lo que lo obliga a buscar a tientas hasta que consigue capturarme los dedos. Entonces, se dirige a la multitud expectante.

—Miembros de la corte. Mis compañeros demonios. Después de una tarde horrible, aunque necesaria, me complace poder comunicaros algo más… alegre. —La forma en la que pronuncia la palabra hace que parezca de todo menos alegre—. Como vuestro rey —continúa—, siempre me he esforzado por unir las tres castas. Como corte, luchamos por la unidad, la paciencia y la paz. Trabajamos mucho para asegurar que cada demonio y cada humano es capaz de ocupar el lugar que, según los dioses, le corresponde en este, nuestro gran reino. Y, sin embargo, aquí estamos, en guerra con aquellos que, antaño, consideramos amigos. ¿Acaso nuestros esfuerzos no han servido de nada?

El silencio se hace más profundo. Echo una ojeada a la audiencia y mi vista se detiene en cinco figuras arrodilladas justo en frente de la pagoda. Las Chicas de Papel. Destacan entre un mar de demonios. Cada uno de sus rostros, incluso el de Blue, muestra conmoción, pero es el gesto de Aoki el que me destroza. Las lágrimas corren por sus mejillas y tiene la boca abierta en un grito silencioso. Está agarrando un puñado de la tela de su túnica como si fuese lo único que le impide ponerse de pie y salir corriendo de este lugar, alejándose del rey. Alejándose de mí.

Entonces, sé que mi premonición es cierta.

«Tal vez te estés preguntando por qué te las envié de vuelta».

«Sí, mi rey».

«No te preocupes. Lo descubrirás muy pronto».

La sonrisa maníaca del rey se ensancha y sus uñas se me clavan en la piel. Por un segundo, siento una pena tan fuerte que se me olvida todo lo demás. Pena por este demonio triste y medio loco que está tan atrapado como yo, obligado a llevar una máscara todos los días hasta que, de tanto llevarla, se ha incrustado en su piel. Si es tan sofocante como la que me ha obligado a llevar a mí, ¿cómo puede siquiera respirar?

El rey me dijo que estaba poseída. Sin embargo, es él el que vive como un fantasma, como una sombra que habita un mundo que se está muriendo.

—¡Los dioses me han hablado! —exclama el rey—. En estos tiempos de conflicto, debemos unirnos con más fuerza que antes. En lugar de la discordia, debemos cultivar la armonía. Y es por eso que anuncio que, del mismo modo que los dioses me han bendecido con un heredero, me bendijeron con el regreso de la Elegida de la Luna para un propósito especial. Dentro de ocho días, bajo la próspera mirada de la luna llena, Lei-zhi ocupará su lugar como mi esposa, como nuestra Reina de Papel.

Durante un momento muy largo, no ocurre nada. Todo está congelado: el jardín, la audiencia, mi alma y el aire.

Entonces, unos pocos vítores inciertos estallan antes de que, en una oleada repentina de ruido, la multitud se vuelva loca. Esa fuerza hace que me ahogue. Al igual que en la ejecución, los demonios gritan, rugen y golpean los pies de una forma tan salvaje que es imposible distinguir si están emocionados o asustados, felices o llenos de ira. Rostros frenéticos me contemplan, pero yo tengo los ojos fijos en mis amigas.

Aoki es un desastre. Sacude la cabeza poco a poco y las manos le tiemblan allí donde se sujeta el pecho, como si intentase mantener unido su corazón roto.

Cuando éramos Chicas de Papel, me contó que el rey le había dicho que estaba pensando en convertirla en su reina. Y ahora, aquí estoy yo, exactamente en el puesto que ella había fantaseado con ocupar.

El sueño de Aoki. Mi pesadilla.

Mientras el rey alza nuestros brazos en alto a modo de celebración, un único pensamiento me cruza la mente: el carácter que está escondido entre los pliegues de mi túnica. Una única palabra escrita con la letra desordenada de Lill.

«Amor».

Es lo que veo en el rostro abatido de Aoki.

Es lo que esperaba compartir algún día con la persona con la que me casase, no a la fuerza, sino por elección.

No un marido, sino una esposa. Una chica con los ojos cálidos de un gato y hoyuelos en las mejillas cuando sonríe, que no es muy a menudo, pero que parece magia cuando sucede. Una chica que me dio esperanza cuando todo parecía perdido, que me puso en pie cuando pensaba que pasaría el resto de la eternidad arrodillada, arrastrándome a ciegas por la oscuridad. Una chica que me enseñó que un corazón podía ser tan poderoso como una espada incluso si, como ahora, parece la peor enseñanza del mundo. Porque, mientras que una espada solo se puede romper una vez, un corazón puede romperse más de ocho millones de veces.

Con nuestras manos todavía en alto, el rey me sisea por la comisura de los labios.

—Sonríe.

18
Wren

Abandonar el Santuario Sur fue más difícil de lo que había esperado. Cinco días de descanso y cuidados habían dejado al grupo como nuevo. Lady Dunya y sus demonios pájaro volvían a tener un aspecto saludable después de largos baños en las aguas sanadoras y los cuidados de los hechiceros, que también habían ayudado a Wren con el dolor de su lesión. Parte de la oscuridad que se había apoderado de Merrin desde su regreso al Fuerte de Jade se había desprendido de él. Por las noches, había estado contando chistes en torno al fuego y, aunque Wren no se había unido a ellos, los demás se habían reído a carcajadas, sobre todo Ahma Goh. Khuen incluso había entablado amistad con una de las demonios pájaro, una chica halcón llamada Samira que también era arquera. Al parecer, había conseguido que se fundiera un poco su apatía y lo había animado a que se relacionara un poco con el grupo. Eso era en lo que se habían convertido en aquellos cinco días: un grupo. Y el santuario se había convertido en su hogar.

Partieron durante el crepúsculo. Nadie habló mientras recorrían el camino hasta el saliente rocoso desde el que levantarían el vuelo. Algunos de los hechiceros fueron con ellos para lanzarles encantamientos de ocultación. Wren se había ofrecido a ayudar, pero Ahma Goh insistió en que guardara sus energías, aunque no hizo falta que dijera para qué.

Aunque se había esforzado al máximo para no pensar demasiado en la inminente batalla o en los planes oscuros que su padre pudiera tener para su magia Xia, intentando, en su lugar, seguir el consejo de Ahma Goh y aprovechar esa oportunidad especial para relajarse, no había sido capaz de quitarse la guerra de la cabeza. En aquel momento, la expectación volvía a crecer con toda su fuerza. En menos de veinticuatro horas, los Hanno asaltarían Marazi y Puerto Negro en un ataque simultáneo. Si todo salía bien, el Palacio Escondido sería el siguiente.

Y allí estaría Lei.

Todavía soñaba con ella todas las noches y todavía se despertaba cada mañana sintiendo como si hubiese perdido un miembro. Más que un miembro, como si hubiese perdido la mitad del corazón. O la mitad del alma.

Amah Goh la abrazó con cariño cuando llegaron al punto de partida.

—Buena suerte, niña —le dijo—. Recuerda lo que te he dicho.

—Me has dicho muchas cosas, Amah Goh.

La anciana hechicera se rio, pero su rostro permaneció serio. Atrapó sus manos y se las acercó un poco hacia el cuerpo.

—Lo digo en serio, niña. La vida es un regalo de los dioses. No la malgastes en guerras y sufrimiento.

—Lo haré lo mejor que pueda —replicó ella.

—Bien —dijo con orgullo la anciana—, como hija tanto de los Xia como de los Hanno, eso ya es mucho.

Compartieron una última sonrisa antes de que Wren condujese a su grupo hasta el borde del risco. Lady Dunya se había ofrecido a llevarla ella misma, y Wren no había tenido las agallas de negarse. Cuando hizo la señal, la mujer cisne despegó tomando impulso con las piernas y con varios movimientos firmes de los brazos emplumados. Se escuchó más batir de alas conforme el resto de los pájaros los seguían. Wren se agachó bastante, arrebujándose contra el viento. Oteó tanto el cielo como la tierra en busca de señales de peligro. Lo que encontró en su lugar fue casi igual de malo.

De camino al Palacio de las Nubes, Wren, Merrin y Khuen habían sobrevolado un puñado de asentamientos destrozados por los demonios y lugares en los que era evidente que la Enfermedad había echado raíces: kilómetros de tierras de cultivo muertas y pueblos junto a ríos donde las orillas que una vez habían sido puntos de pesca se habían convertido en poco más que lodo. En aquel momento, que se estaban acercando al corazón del reino, los efectos de la Enfermedad eran más prominentes. Pasaron campos donde los cultivos estaban podridos, riberas de río destrozadas y bosques fríos y húmedos a causa de la decadencia. Cuando habían recorrido la mitad del camino, vieron un pueblo derruido y, junto a él, un montículo extraño del que emergían cenizas muertas.

Incluso desde la altura a la que estaban, el olor a carne quemada era inconfundible. El estómago le dio un vuelco y el odio volvió a despertarse en su pecho, desplegando las alas. El santuario también le había proporcionado descanso de aquel odio gracias al ambiente pacífico, las risas y la cordialidad. Pero, en aquel momento, regresó la amargura. Si el rey seguía aquel ritmo, una guerra para decidir el destino de Ikhara sería lo de menos; tendrían suerte si quedaba algo que salvar.

Cuando llegaron al campamento repleto de tiendas a las afueras de Marazi, las botas de Wren apenas habían tocado el suelo antes de que el comandante Chang se abalanzase sobre ella con la voz resonando por encima del clamor.

—¡Lady Wren! ¡Llegáis tarde!

Se apartó el pelo enmarañado por el viento, evitando soltar un suspiro. Se irguió en toda su altura mientras él se abría paso a través de la multitud que formaban los pájaros que estaban estirándose después del largo vuelo. Algunos miembros del clan Hanno les dieron la bienvenida con tazas de té mientras unos cuantos hechiceros y médicos, que posiblemente esperaban encontrarse al Ala Blanca en peores condiciones después de meses de encarcelamiento, se movían entre ellos con miradas que mostraban que estaban maravillados y, a la vez, un poco perdidos.

—¿Quién es ese idiota? —preguntó Lady Dunya, alisándose el plumaje de color perla.

—El comandante de nuestro ejército —contestó Wren.

La mujer cisne le lanzó una mirada de desdén.

—¿Le habéis confiado esa posición a un hombre?

—¡Lady Wren! —Chang todavía estaba intentando abrirse paso hasta ella—. La estábamos esperando al menos hace media hora. Esto es… ¡Ay!

Khuen lo había pisado.

—¡Uy! —dijo el chico, alejándose con un bostezo de desinterés.

El comandante se acercó en un par de zancadas con las mejillas encendidas. Pasó la mirada entre ambas.

—Pensaba que el famoso ejército del Ala Blanca estaría más organizado que todo esto —dijo con un bufido.

La mirada asesina de Lady Dunya se endureció todavía más.

—Dejaré que te ocupes de… esto —le dijo a Wren, lanzándole una última mirada arrogante al hombre antes de alejarse.

Cuando Chang comenzó a hablar, ella lo interrumpió, poniéndose en marcha.

—¿Dónde está mi padre?

La carpa de guerra rebosaba de actividad. Tanto los soldados vestidos del azul de los Hanno como los de sus clanes aliados bebían y pulían sus armas. En un rincón habían establecido una cocina. En otro, había aparecido un antro de juego desde el que llegaban vítores y gruñidos por encima del repiqueteo de las piezas de mahjong. Había muchos demonios gato, y su ánimo mejoró al pensar en volver a ver a Lova y Nitta una vez más.

El comandante la seguía a toda prisa.

—Ha habido un cambio de planes —dijo—. Lord Hanno dirigirá el ataque a Puerto Negro y a mí me han enviado aquí para supervisar…

Wren se dio la vuelta.

—¿Mi padre no está aquí?

—Si me deja terminar, Lady Wren, estoy a punto de explicarle que, después de mucha deliberación, el consejo decidió que lo mejor sería que Lord Hanno dirija el ataque sobre Puerto Negro mientras yo dirijo el asalto de Marazi. Con su ayuda, por supuesto.

Una mano le golpeó el hombro.

—Lo que quiere decir el querido Chang es que tu padre te ha elegido a ti para que nos dirijas mañana —lo corrigió una voz ronca—. Chang está aquí tan solo para ayudar. Tiene que escuchar y seguir todas las órdenes que des tú. ¿No es así, comandante?

El hombre había estado fanfarroneando y se estaba poniendo más rojo con cada segundo que pasaba. Wren se giró y se encontró con el rostro sonriente de Lova. Nitta apareció al otro lado. La chica leopardo tenía una mano en una de las ruedas de su silla y un cono de roti a medio comer en la otra. El fragante curri con el que habían rellenado el pan estaba a punto de desparramarse. Nitta atrapó parte de la salsa con la lengua.

—¿Ha sido un buen viaje? —preguntó con los ojos color jade resplandecientes.

—No fue exactamente la más cálida de las bienvenidas —contestó ella.

—Espero que dejases una mala reseña en el libro de visitas.

A regañadientes, los labios de Wren hicieron una mueca.

—Bueno, no estaba en lo más alto de mi lista de prioridades.

Nitta y Lova se rieron con disimulo. El comandante Chang, con el pecho todavía hinchado como un pato con demasiado relleno en el banquete de Año Nuevo, habló en voz alta.

—Lord Hanno me ha confiado personalmente el cuidado de este batallón…

—Del batallón de Wren —lo corrigió Lova. Él apretó los dientes.

—Sí. Y después de haber sido el comandante jefe del ejército de Lord Hanno durante más de veinte años…

Nitta hizo un mohín.

—Se ha acomodado un poco para ser un guerrero, ¿no?

—Supongo que su señoría apreciará mis consejos sobre la batalla que se avecina. Lord Hanno ha diseñado un detallado plan de ataque…

—Entonces creo que eso será más que suficiente, comandante, ¿no cree? —Con un gesto condescendiente, Lova se llevó a Wren de allí—. Vamos. Puedes ocuparte de Chang después. Tien nos exigió que te llevásemos directamente ante ella en cuanto llegases. Dice que, si nos vas a conducir a la batalla mañana, será mejor que estés bien alimentada. Y no sé tú, pero esa mujer me da mucho más miedo que Chang.

—¡Wren! —exclamó Nitta, llamando su atención—. ¡Mira lo que he aprendido a hacer!

Estaba sentada tan hacia delante sobre su silla que parecía que fuese a caerse en cualquier momento. Entonces, con un movimiento brusco y rápido, se inclinó hacia un lado, poniéndose en equilibrio sobre una rueda. Después giró con la cabeza hacia atrás mientras se reía. Un grupo cercano de soldados soltó un grito apreciativo. Ella sonrió.

—¿Has visto? Incluso mejor que unas piernas.

Aunque sintió un golpe de culpabilidad, Wren le devolvió la sonrisa. Le costaba creer lo bien que la chica se había adaptado a la situación. Más bien, sí que podía creerlo, pues se trataba de Nitta. Era la demonio que había perdido a su hermano y, aun así, había continuado con la misión sin una queja, la demonio que siempre tenía una palabra amable para cualquiera que la necesitase, incluso aunque ellos no tuviesen ninguna a cambio.

—Es increíble —le dijo. Lova puso los ojos en blanco.

—Si quieres unirte al circo. Eres una guerrera, Nitta. No te construí la silla para que hicieses trucos tontos.

Ella la ignoró.

—Bo estaría muy celoso —dijo con el menor atisbo de dolor. Wren le dio un apretón en el hombro.

—Estaría muy orgulloso.

Mientras Nitta le sonreía, Lova se inclinó hacia ella.

—Tenemos que hablar de muchas cosas —murmuró.

Wren se preparó de inmediato para recibir malas noticias.

—¿Qué ha ocurrido?

—Te lo contaré enseguida. De todos modos, ¿cómo te han ido a ti las cosas? Parece que el rescate de la prisión ha ido bien, aunque he visto que Plumas ha vuelto con vida. Supongo que no se puede ganar todo en esta vida.

Conforme se acercaban a la cocina, Wren redujo la velocidad, pero la leona la siguió empujando más allá del grupo que se había reunido en torno a las ollas burbujeantes.

—Lo, pensaba que habías dicho…

—Espera —le dijo siseando—. Todavía nos está siguiendo. Agh. Esperaba que se hubiera dado por vencido ya. —Giró la cabeza—. ¿Nitta?

—Marchando.

La chica leopardo se quedó atrás. Hubo una ráfaga de vapor cuando uno de los cocineros levantó la tapa de una olla de curri y, mientras desaparecían entre las nubes cálidas de vapor, se escuchó un golpe detrás de ellas y un grito de dolor.

—Oh, comandante —canturreó Nitta—. ¡Cuánto lo siento! Es que estoy muy torpe últimamente. Ya sabe, con esta cosa vieja…

Wren divisó a Tien echándose un trapo al hombro y dirigiéndose con determinación hacia el desastre que la chica leopardo había causado.

Lova y Wren se colaron entre la multitud de miembros del clan hambrientos. Entonces, una vez fuera, dejando atrás el vapor con olor a comida, se alejaron de la tienda. El frío de la noche, junto con el zumbido de los encantamientos perimetrales que habían colocado los hechiceros de los Hanno, hacían que se le pusiera la piel de gallina.

—Lo —dijo, librándose del agarre de la leona cuando estuvieron lo bastante lejos del campamento—, si mi padre confía en Chang, entonces yo también. No tiene por qué gustarnos el hombre, pero sea lo que sea que tengas que decirme, no deberíamos tener que ocultárselo.

—No es eso lo que estoy haciendo. Lo estoy ocultando a él de ti.

El campamento de guerra estaba construido sobre una extensión de campos a unos kilómetros de las afueras de Marazi. Wren dejó de prestar atención a aquella afirmación tan extraña de Lova cuando, mientras sus ojos se ajustaban a una luz tan tenue, comenzó a distinguir otros asentamientos cercanos. Se trataba de campos de refugiados, gente que había perdido sus hogares y sus trabajos por culpa de la Enfermedad y había viajado para pedir ayuda hasta Marazi donde, en realidad, se habían limitado a ignorarlos. Era terrible, pero a los Hanno les ofrecía el escondite perfecto.

Los refugios estaban esparcidos en grupos desordenados de tiendas de campaña, algunas iluminadas por farolillos, aunque la mayoría estaban a oscuras. Algunas mostraban banderas con el escudo de armas de algún clan, aunque, en la oscuridad, no podía distinguirlos. Sin duda, la mayoría de ellos pertenecían a clanes de papel, aunque, según todo lo que le habían contado, cada vez había más clanes de demonios que se tenían que desplazar a causa de los efectos de la Enfermedad, alimentando las desavenencias entre los de la casta de acero y los de la casta de la Luna sobre qué lado de la guerra deberían apoyar. Cuanto más se acercaban a la ciudad, más apiñados estaban los asentamientos.

Marazi. La capital de Han.

A diferencia del Palacio Escondido, Marazi no tenía murallas perimetrales. En cambio, se había construido en medio del río Zebe sobre una gran estribación de tierra que dividía el río en dos. El agua y los riscos hacían las veces de barricadas de la capital. Con tan solo cuatro puentes hacia el interior, cada uno situado en cada uno de los puntos cardinales, y gracias a su posición elevada, la ciudad estaba bien protegida. Con el tiempo, la población de Marazi había crecido, expandiéndose más allá de los límites del río, aunque los edificios abarrotados de gente que había junto a las orillas al otro lado del agua no eran tan elegantes como los que estaban en el interior. Constituían la Ciudad Nueva, hogar de los distritos más pobres de Marazi. La zona que se encontraba dentro de los bordes del río era conocida como la Ciudad Antigua, donde vivían los habitantes más ricos de la capital.

El resplandor de las luces de Marazi, envueltas en la niebla que se alzaba desde el río, era brumoso. El corazón le palpitó con fuerza. Al día siguiente, en tan solo unas pocas horas, su ejército estaría allí, justo donde se encontraban esas luces. Y ella estaría en cabeza.

—Está envenenado —dijo Lova.

Estaban de pie una al lado de la otra, mirando más allá de los campamentos, en dirección al tenue destello de la capital distante.

—Ya lo sé —contestó ella, pensando en la horrible corriente que yacía en el centro de todo lo que el rey y sus demonios hacían a lo largo de toda Ikhara.

—No. Quiero decir que está envenenado de verdad. El río. El agua.

Wren se giró hacia ella.

—¿Qué?

—Tu padre hizo que Chang y un grupo pequeño de soldados saliera antes para envenenar el río —le explicó Lova apesadumbrada—. Marazi recoge el agua del Zebe. A través de canales llega a unos tanques que hay bajo la Ciudad Antigua. Hay filtros, pero Ketai debe de haber conseguido que sus espías en la ciudad los destruyan. Se suponía que ninguno de nosotros debía saberlo, pero cuando llegamos ayer, había cadáveres en el río; demasiados para que fuese una coincidencia. Eran papeles de los campamentos. Debían de haber estado bebiendo agua del río. Chang nos dio órdenes estrictas de no hacer lo mismo. Ahora sabemos por qué.

Sintió que se le estrechaba la garganta.

—¿Estás segura?

Lova hizo una mueca con los labios.

—Ni siquiera tuve que obligarlo a que me lo contara. Cuando lo confronté al respecto, prácticamente estaba presumiendo... ¡Wren! ¡Espera!

Había salido disparada sin tan siquiera pensarlo. Lova la agarró, pero se deshizo de ella con un estallido de poder que hizo que el aire entre ellas crujiese y que el dolor en las caderas despertara de golpe.

—¡Hay personas inocentes en esa ciudad, Lo! —gritó—. Y los campamentos...

—Wren —comenzó la chica león, intentando ser justa—, esto es la guerra. No apruebo que Ketai lo hiciese a nuestras espaldas y, desde luego, no me gusta la actitud de Chang, pero tienes que reconocer que es una buena idea.

Otro aluvión de magia surgió de Wren, una ráfaga de viento glacial que hizo que Lova se llevara una mano frente a la cara y que su túnica y sus pantalones color caléndula se agitasen.

—Una buena idea —dijo a través de los dientes apretados—. Envenenar una ciudad entera.

Lova cambió su peso hacia un lado y alzó las cejas.

—¿Y qué estabas planeando que hiciésemos mañana durante el ataque? ¿Hablar con los soldados? ¿Pedirles a los habitantes de la ciudad que fuesen tan amables de permitirnos tomar el mando de su ciudad?

—Solo íbamos a atacar cuando fuese necesario.

—¿Y qué es lo necesario en la guerra? ¿Matar a un soldado? ¿Dos? ¿Todo un batallón? ¿Qué pasa con la gente que queda atrapada entre el fuego cruzado? ¿Y con un joven hechicero entregando su vida para salvar la tuya? ¿El asesinato de una de las hijas de cierta señora de un clan? ¿Una familia de papeles quemados vivos? ¿Un joven soldado torturado para sonsacarle información?

La sangre rugía en sus oídos. Cada una de las palabras de Lova se le clavaba y la atravesaba como si fuese una espada.

¿Por qué la verdad dolía más que las mentiras? Suponía que era porque en las mentiras, al menos había cierto consuelo. La verdad te obligaba a mirarte en el espejo, desnuda en todos los sentidos posibles de la palabra, y admitir que la persona que te devolvía la mirada era resultado de tus propias decisiones.

Al final, la verdad siempre acababa atrapándote. Y no tenía piedad.

Volvió a contemplar el caos de campamentos apiñados sobre los campos y, después, la ciudad en la distancia que, gracias a la bruma plateada que se alzaba desde sus aguas, ya parecía encantada.

—¿Cuánto tiempo cuesta que el agua de los tanques se distribuya por toda la ciudad? —preguntó.

—Es un circuito de dos días. Ya habrán empezado a beber el agua envenenada.

Wren se encaró a Lova.

—Entonces, ¿es necesario el ataque de mañana?

—El veneno era solo para debilitar a las fuerzas del rey —contestó con tono cansado—. Habrá muchos demonios que no hayan bebido el agua afectada o que no estén lo bastante enfermos como para no luchar. Va a seguir siendo una batalla difícil, solo que no tan difícil como antes. —Wren giró sobre los talones y se dirigió al campamento. Lova la siguió—. No estás planeando asesinar a Chang, ¿verdad? —preguntó en un tono juguetón que no resultaba del todo convincente. Cuando Wren no contestó, añadió—: O a tu padre la próxima vez que le veas.

Ella se detuvo con el corazón contraído.

—¿Sabes si también ha envenenado Puerto Negro?

—Le pregunté a Chang —admitió la leona—, pero me aseguró que no lo sabía, y yo le creo. Siendo sincera, dudo de que Ketai se fuera a arriesgar a eso. Marazi es el corazón cultural de la corte mientras que el Palacio Escondido es el político. Ambas son símbolos del poder del rey. Sin embargo, Puerto Negro es fundamental para el sustento de Ikhara. Todos los clanes y castas dependen de la ciudad y su comercio. Ketai querrá tomarla con la menor fuerza necesaria.

Ahí estaba otra vez esa palabra. «Necesaria».

—Reúne a todos los gatos que sea posible —le ordenó a Lova—. Yo reuniré a hechiceros y médicos. Vamos a informar a los refugiados de que no deben beber del agua que hayan recogido del río. Haremos todo lo que podamos para ayudar a aquellos que ya hayan enfermado.

La chica león sacudió la cabeza.

—Eso nos llevará horas, Wren. Necesitas descansar.

—Pues nos llevará horas. Además, no pienso descansar.

—¿No crees que Nitta y yo ya hemos considerado todo esto? —dijo con un gruñido impaciente—. No soy tan desalmada como pareces pensar. Pero es demasiado peligroso. Es evidente que habrá espías entre los refugiados. Podrían tendernos una emboscada o avisar a los guardias de Marazi…

—Entonces eso sí son riesgos necesarios. La corte sabe que Marazi es uno de nuestros objetivos, así que el ataque no será una gran sorpresa.

—Incluso así…

Wren alzó la voz.

—Soy yo la que está al mando, Lo, y esas son mis órdenes. ¿Las estás cuestionando?

Los ojos color bronce de la chica leona centellearon. Parecía un poco atónita, pero, sobre todo, parecía impresionada. Agachó la cabeza con una sonrisa de medio lado asomando a sus labios.

—No, general Wren —contestó—. Por supuesto que no.

19
Wren

Había escuchado suficientes gritos a lo largo de su vida como para reconocer qué tipo de aflicción causaba cada uno.

Había estado presionando una toalla húmeda sobre la frente de un niño de papel febril mientras sus padres susurraban plegarias junto a ella cuando comenzaron. Agudos, rápidos y cortantes, eran gritos que destellaban como el fuego. Procedían directamente de las entrañas. No eran los lamentos ondulantes de la angustia que habían resonado a coro durante la larga noche y el día que Wren, Lova, Nitta y los demás habían pasado cuidando a los enfermos y los muertos de los campos de refugiados. Estos eran gritos de terror.

Le tendió la toalla al familiar más cercano del niño y salió de la tienda a grandes zancadas.

La luz anaranjada del sol poniente recorría los campos como oro líquido. En la distancia, la silueta imponente de la Ciudad Antigua de Marazi se cernía sobre ellos. Los lamentos y los gritos distantes parecían cada vez más fuertes, como una marea creciente de pánico.

Su caballo, una yegua negra con la crin de un color castaño llamada Eve, la estaba esperando. Se subió sola a la montura y le dio un golpe para que se pusiera en movimiento cuando Lova apareció cabalgando el caballo que había escogido en el Fuerte de Jade, el gran semental blanco y negro llamado Panda.

—Los oficiales de Marazi están culpando a los refugiados del envenenamiento —dijo Lova, haciendo que Panda girase para colocarse detrás de ella. Se abrieron paso entre el campamento atestado—. Lord Anjiri ha ordenado que los campamentos sean arrasados hasta los cimientos. He enviado a Nitta de vuelta para que avise a nuestra gente y uno de los hechiceros está reuniendo a todos los que estaban ayudando.

—Haz que evacúen a los papeles a nuestro campamento —dijo Wren—. Necesito que encuentres a Chang. Dile que prepare a los soldados. No podemos esperar hasta esta noche, atacaremos ahora mismo. —Consciente de lo que iba a ocurrir, se giró para fulminar a Lova con la mirada y desenvainó una de sus espadas—. Puedo retenerlos hasta que los demás os unáis a mí. ¡Ve!

Aunque parecía reticente, la leona hizo lo que le pidió.

Ella cabalgó con Eve en la dirección contraria. Papeles y algún que otro rostro de demonio se asomaban desde los refugios desvencijados. Muchos de ellos ya estaban huyendo, reconociendo demasiado bien las señales del peligro inminente.

Tuvo que hacer varios giros bruscos con el caballo para evitar aplastar a las personas que corrían de un lado para otro. Alzó la espada por encima de la cabeza para que la luz resplandeciese en el metal.

—¡Dejad vuestras cosas! —bramó—. ¡Los hombres del Rey Demonio están en camino y no dudarán en mataros! Dirigíos al sur; nuestra gente os ayudará a llegar a nuestro campamento. Cualquiera lo bastante fuerte para ayudar, que cargue con los enfermos.

Instó a Eve a que se apresurase a través del campamento cada vez más caótico. El fuego se alzaba frente a ella, allí donde las tiendas más cercanas a la ciudad ardían en llamas. Demonios a caballo e incluso osos de guerra cabalgaban entre la multitud, lanzando antorchas para prender tanto la tela como la piel.

Wren cargó hacia ellos. Cada corcoveo hacía que su lesión aullase de dolor, pero lo recibió de buen grado, buscando poder sumergirse en su estado Xia.

Una estrella voladora se dirigió hacia ella antes de que pudiera verla. Se movió justo a tiempo. La estrella metálica pasó silbando junto a su oreja. Esquivó la segunda y desvió la tercera con la espada. No podía ver a su atacante. Todo resplandecía por las llamas y las sombras distorsionadas hacían que resultase difícil distinguir formas individuales. Otra estrella se precipitó hacia ella. El ruido metálico que produjo al chocar con su espada le provocó un escalofrío en los dientes.

Ya estaba casi en la parte más al norte del campamento. El humo ascendía hacia el cielo como una nube. Eve saltaba por encima de los cuerpos mientras Wren contemplaba la escena: hordas de demonios arrasando a través de los refugios en llamas y refugiados huyendo a pie. Situó la bandera de color amatista con la punta de bronce del clan más prominente de Marazi, los Orquídea. Lord Anjiri era su líder, así como el guardián de la ciudad y, por lo tanto, el demonio que había ordenado aquel ataque. El mismo demonio que tendría que matar si quería detener aquello.

Otra estrella voladora se dirigía hacia ella. Se movió demasiado despacio y le rajó la mejilla, derramando sangre. Sin embargo, al fin había localizado a su atacante. Hizo que Eve girase y se dirigió hacia él llena de furia. El soldado simio cabalgaba sobre un oso. La criatura era salvaje y le salía espuma por la boca. Mientras mantenía su posición, el demonio se deshizo de las estrellas y sacó un par de anillos con forma de rueda llenos de picos que tenían el mismo tamaño que el rostro de Wren. Se trataba de unos feng huo lun. Los blandió con una sonrisa, manteniéndose todavía inmóvil a pesar de que estaban a punto de colisionar.

Viró en el último momento. El demonio simio saltó. Mientras pasaba a su lado, lanzó una cuchillada. Wren bloqueó el ataque y, después, hizo que Eve se girase para volver a enfrentarse a él. Sin embargo, se encontró con el oso de guerra alzándose sobre dos patas. Las golpeó con garras de varios centímetros de longitud. Eve relinchó y retrocedió tambaleándose, lo que estuvo a punto de hacer que Wren se cayese, pero se aferró con fuerza, apretando más las piernas.

El soldado simio volvió a saltar. Wren alzó su espada a modo de escudo. Cuando cayó sobre ella con un golpe y ambos empezaron a forcejear a lomos de Eve, desenvainó la segunda espada y dibujó un arco plateado resplandeciente con ella. Aquello abrió una raja en el costado del soldado que iba desde la cadera hasta la oreja. La sangre manaba a borbotones y se derramaba sobre ella en un torrente. Empujó al demonio para quitárselo de encima, escupió sangre y espoleó a Eve para que se pusiera en movimiento antes de que las atrapase el oso sin jinete que, enfurecido, estaba arrasando con todo.

Las llamas se alzaban en todas las direcciones. La forma caótica en la que el asentamiento había ido creciendo ralentizaba el ataque de los soldados de Marazi, pues los encauzaba hacia caminos estrechos entre tiendas de campaña que ardían. Aquello jugaba a favor de Wren, que seguía cada canal y rajaba un soldado tras otro, aumentando el número de cadáveres que yacían con los brazos abiertos sobre la hierba pegajosa por la sangre. El tiempo pasaba no en segundos, sino en cuerpos. La guerra era un ritmo, y Wren había encontrado el suyo.

Entonces, escuchó el ruido de cascos y unos gritos que le resultaban familiares. Una oleada de jinetes vestidos con túnicas que mezclaban el azul cobalto, el amarillo de los Amala y salpicaduras de los colores de otros clanes llegó atravesando la planicie. Sobrevolando por encima de ellos, las armaduras perladas de los leales del Ala Blanca reflejaban la luz del fuego.

El comandante Chang gritó algo por encima del tumulto. Era la primera vez que se alegraba de verlo. Cabalgaba en un semental negro y llevaba una máscara de hierro cuyo rostro exagerado estaba contorsionado en una mueca. Lova estaba justo detrás de él, con la ropa y el pelaje llenos de sangre. Conforme se acercaban, hizo que su caballo, Panda, pasara justo por encima de un soldado de Marazi que se arrastraba por el suelo. Los huesos crujieron. Incluso con la máscara puesta, Wren sabía que Chang estaba furioso. Él se colocó a su altura.

—En nombre de todos los dioses, ¿qué...?

El sonido discordante de varios cuernos sonando ahogó sus palabras.

Más allá de la luz tintineante de los faroles de la Ciudad Nueva de Marazi, el puente que conducía a la Antigua Ciudad estaba repleto de soldados. Muchos llegaban en manada desde los amplios bulevares. Otros guardias se dirigían apresuradamente a manejar lo que, gracias a la preparación en el consejo de guerra de su padre, Wren sabía que eran cañones situados a intervalos a lo largo de la orilla del río de la Ciudad Antigua. Parte de su plan había sido que sus espías dentro de la ciudad los manipulasen para que explotasen.

¡Bum!

Un temblor recorrió la tierra mientras uno de los pabellones donde se debía estar cargando un cañón explotó. Hubo gritos lejanos mientras cuerpos y escombros caían sobre los soldados cercanos o se sumergían pesadamente en el Zebe.

—¡Oh! —ronroneó Lova, como si estuviera viendo un espectáculo de fuegos artificiales.

Una segunda explosión rasgó el aire. En aquella ocasión, el cañón funcionó tal como debería. Hubo un gran fulgor de metal llameante antes de que aterrizase cerca, derribando tanto a soldados de Marazi como a soldados de los Hanno.

Al otro lado del campamento llameante, la batalla continuaba. Los aliados del Ala Blanca, aunque eran menos en número, estaban acabando con grupos enteros de demonios de golpe. Los atrapaban entre las garras y, después, los arrojaban por los aires entre gritos. Alejados unos cuantos pasos, Khuen y su amiga del Ala Blanca, Samira, atravesaban con flechas las gargantas de los soldados a una velocidad extraordinaria.

Chang estaba bramando algo sobre cómo Wren había arruinado sus planes y cómo ahora se tenían que enfrentar a semejante caos. Ella alzó una mano ensangrentada.

—Hora de cambiar de planes. Dejad que los soldados vengan aquí. Se está evacuando a los refugiados, así que bien podemos usar esto como campo de batalla. Tendremos cierta ventaja, ya que podemos ver cuándo se acercan. Además, minimizará las bajas.

—¿Y qué hacemos con Lord Anjiri? —preguntó Chang—. Necesitamos atraparlo para poder reclamar la ciudad.

—Yo puedo encargarme de él.

—Tú. Sola.

—Sí, comandante. —Irguió el cuello—. Yo. La hija de Ketai Hanno y la única superviviente de los legendarios guerreros Xia, entrenada desde el nacimiento para matar demonios. O, tal vez, preferiría presentarse voluntario en mi lugar… —El rostro de él se puso morado—. Regrese con sus soldados —le ordenó. Cuando no se movió, ella le soltó un grito—. ¡Ahora!

Mientras él le daba la vuelta a su caballo, Wren se dirigió a Lova:

—El siguiente puente está demasiado lejos, tendré que nadar.

—Te verán.

—Me ocultaré a mí misma.

—No, Wren. No más magia. Necesitas guardar tus energías. Déjame que te ayude. Yo crearé una distracción.

—¿Cómo? —inquirió ella, impaciente—. ¿Con tu belleza?

Lova enarcó una ceja.

—¿Quién es ahora la que está haciendo bromas en un momento inoportuno? Si bien es más que evidente que eso funcionaría, estaba pensando en otra cosa.

—Bien. —Wren dio un tirón de las riendas para que Eve se diese la vuelta, consciente de lo que la leona quería decir—. Entonces, vuela algo por los aires.

—Oh, cariño, pensé que nunca me lo pedirías.

Les dieron un golpe a los caballos para ponerlos en marcha, saliendo a toda velocidad del campamento y adentrándose en las calles siniestramente silenciosas de la Ciudad Nueva de Marazi.

Los habitantes se ocultaban en sus hogares, asomando las caras nerviosas a través de las cortinas y las rendijas de las puertas. Tomaron una ruta menos directa para evitar las nuevas oleadas de soldados que llegaban desde el puente del sur. Demonios pájaro, tal vez del Ala Blanca de Qanna, volaban con ellos.

Dejaron los caballos en una calle desierta antes de escabullirse entre las sombras en dirección al Zebe.

Lova echó un vistazo por encima del muro de piedra que bordeaba el río.

—Parece bastante oscuro —dijo. El agua pasaba rugiendo, turbia y reluciente a causa de los pabellones que estaban en llamas—. ¿Estás segura de que quieres hacerlo?

Ella la ignoró; ya había empezado a trepar el muro de piedra. Se subió las mangas y los dobladillos de la ropa manchada de sangre. Recogiéndose el pelo en la parte de atrás, calculó a ojo cuánto tendría que nadar.

—Me reuniré contigo en el Pabellón Orquídea —dijo Lova.

—No necesito ayuda —replicó de forma automática.

—Ya sé que no —contestó la chica león de malas maneras—. Por si no te has dado cuenta todavía, Wren, no siempre se trata de ti. Yo necesito saber que vas a estar bien. —Entonces, desapareció entre las sombras con un movimiento sibilante de la cola.

Enfrentándose al río, Wren respiró hondo y, después, saltó a las aguas oscuras del Zebe.

El frío la pilló por sorpresa, como si tuviera una mano helada alrededor de los pulmones. En un instante, la corriente la atrapó, arrastrándola aguas abajo más rápido de lo que había esperado. Empezó a dar patadas y a luchar con el agua helada. Cada movimiento resultaba arduo, haciendo que el dolor floreciese en sus caderas lesionadas. Tenía los pulmones resentidos y los muslos doloridos.

Una luz onduló en la superficie del río antes de que el ruido sordo y amortiguado de una explosión le llegase a través del agua.

Wren se apresuró río arriba. Jadeó cuando sacó la cabeza del agua y cambió las brazadas para poder atravesar las olas agitadas. Un pabellón magnífico de tres plantas cercano al puente sur de Marazi estaba ardiendo y las llamas se alzaban hacia el cielo.

Al menos, Lova se estaba divirtiendo.

Le costó cinco minutos más de arduo nado alcanzar la orilla empinada de la Ciudad Antigua de Marazi. Se tumbó boca arriba para poder recuperar la respiración y el agua le salpicó las piernas. Le dolía todo el cuerpo. El dolor emanaba desde sus caderas, que sentía arder, hacia cada milímetro de su cuerpo. Incluso le dolía el pelo. Estar allí tumbada era el primer descanso que había tenido en casi veinticuatro horas. Aquellos días mágicos de paz en el Santuario

Sur parecían haber ocurrido varias vidas atrás. ¿Podría regresar algún día? ¿Podría tumbarse en algún sitio sin la presión agobiándola o sin la sombra constante del peligro y limitarse a sentir el mundo dando vueltas?

A modo de respuesta, una voz dulce le susurró al oído.

«Levántate, mi amor».

—Lei —susurró Wren.

No podía parar, no hasta que Lei estuviese sana y salva junto a ella una vez más.

Aunando sus fuerzas, se puso de pie tambaleándose y escurrió la ropa lo mejor que pudo antes de trepar por la pendiente embarrada. El centro de la ciudad bullía de actividad. Los guardias gritaban y los soldados corrían de un lado a otro. El fuego de Lova pasaba de un edificio a otro y ya devoraba gran parte del barrio que había justo enfrente del puente, causando un alboroto entre los residentes que, a su vez, obstruían a los soldados que querían pasar.

Centró su atención en su propio objetivo.

Con quince plantas, el Pabellón Orquídea era, con diferencia, el edificio más alto en Marazi. Sus aleros curvados se elevaban por encima de la ciudad a gran altura, como si fuesen las alas extendidas de un pájaro gigante.

Se abrió paso hasta allí, escabulléndose como un gato entre las sombras oscuras como el aceite. El pabellón de los Orquídea se enmarcaba entre elegantes jardines y las paredes laqueadas de color índigo tenían diseños florales tallados. Los bordes de cada tejado, puerta o ventana estaban teñidos en bronce para encajar con los colores del clan.

Los Orquídea eran demonios zorro. Farolillos colgantes resplandecían sobre el pelaje rojizo de sus guardias mientras recorrían las terrazas y los terrenos.

Wren se arrastró un poco más cerca. Esperó hasta que los guardias que patrullaban la base del edificio hubieron pasado y, después, se lanzó hacia uno de los pilares más cercanos. Trepó a toda velocidad y se columpió hasta poder pasar por encima del borde curvado del tejado. Después, se arrastró con agilidad a través de las tejas de piedra, repitiendo el mismo proceso en cada piso.

Para cuando llegó arriba del todo, Wren respiraba pesadamente. El dolor era fuerte y más feroz después del descanso que le había proporcionado el santuario. A esa altura, el aire era frío, haciendo que se le pusiera la piel de gallina por debajo de la ropa mojada. Los guardias seguían patrullando sin saber que, desde las sombras, una chica los observaba. Más allá del balcón, una luz brillaba detrás de unas puertas de papel de arroz.

Se trataba del salón del trono de Lord Anjiri.

Cruzó a hurtadillas las tejas, acercándose a la zona sur de la habitación. Algunas de las pantallas correderas estaban abiertas, ofreciendo una vista despejada de la ciudad que alcanzaba hasta el lugar donde la batalla en el campo de refugiados todavía continuaba.

Escuchó unas voces preocupadas.

—Trescientos y sumando…

—El Pabellón Lunar acaba de caer…

—El general Gombei pide refuerzos en el puente sur.

Wren podía ver lo que había dentro de la habitación y estudió la situación con una única mirada generalizada. Había cinco guardias en cada entrada, ocho doncellas arrodilladas en línea al fondo de la habitación; otras dos doncellas sirviendo té a los seis consejeros que se apiñaban en torno a una mesa, estudiando con atención unos mapas y libros militares. El trono que había en el centro de la estancia estaba vacío. En su lugar, el señor del clan estaba de pie, más allá de las pantallas abiertas, medio oculto de la vista por un haz de luz. El viejo zorro contemplaba su ciudad. El viento le removía el pelaje caoba y marchito.

Wren desenvainó una de sus espadas. Estaba a punto de dar el paso cuando el aire a su alrededor vibró. Tuvo el tiempo justo para desenvainar la segunda espada antes de que una demonio se abalanzase sobre ella.

El aullido del choque de metales atravesó la noche.

Las botas le resbalaron sobre las baldosas mientras la demonio la empujaba hacia atrás hasta que sintió los talones clavándose en el borde del tejado. Lanzó todo su peso hacia delante, pero la chica demonio era fuerte y el agarre de Wren se estaba debilitando.

Desde detrás de sus espadas en movimiento, los ojos negros de Qanna centellearon. Qanna, la hija de Lady Dunya, así como su usurpadora. Era la nueva líder del Ala Blanca y aliada del Rey Demonio. Hermana de Eolah, a la que Wren había asesinado por accidente en su lugar. El rostro hermoso de la joven demonio cisne estaba repleto de ira y de una satisfacción profunda y llena de odio.

—Lady Wren —espetó—, qué bien que hayas venido. Tenía la sensación de que lo harías.

—Qanna… —comenzó ella.

No tuvo oportunidad de contestar. Con una fuerte estocada de su pesado jian, Qanna la empujó.

Wren sintió cómo sus pies perdían el equilibrio. De pronto, sintió que se estaba inclinando, cayendo en los brazos abiertos del cielo repleto de humo.

20
Wren

En el último segundo, agarró un puñado de la túnica de Qanna, que se tambaleó hacia delante, abriendo de par en par los brazos llenos de plumas para compensar el peso adicional inesperado. Al hacerlo, su espada golpeó a Wren en el brazo, desgarrándole la túnica y abriéndole un corte rojo en la piel. El dolor fue rápido y agudo. Aunque estaba colgando, Wren todavía tenía las dos espadas. Una estaba en el mismo puño con el que se agarraba a la túnica de Qanna. La otra se mecía en el aire tras ella mientras colgaba del techo. Con un gruñido, la hizo oscilar y aprovechó la inercia para volver a lanzarse sobre el tejado.

Qanna la apartó de golpe en cuanto sus pies recuperaron el equilibrio, pero ella retrocedió de todos modos con las dos espadas colocadas no para golpear, sino para protegerse.

—No quiero matarte, Qanna —dijo, repitiendo casi las mismas palabras que había usado con la comandante Teoh en el Palacio de las Nubes.

Y, en realidad, no había matado a la comandante, aunque lo había hecho otra persona. La chica echaba chispas por los ojos.

—Qué lástima —gruñó—. A mí me entusiasma la idea de matarte.

Embistió justo cuando unos guardias Orquídea llegaron corriendo.

En el momento en el que tuvo que reaccionar, Wren centró toda su energía en acceder a su estado Xia. Se abrió paso a través de aquella resistencia que parecía barro por culpa de la maldita Enfermedad y, después, se sumergió en el vasto lago de magia y poder, lo que la hizo sentirse bien, adecuada y fiera.

Entonces, comenzó a moverse.

Se convirtió en una peonza que se movía despacio, tranquila y serena, que vibraba con una profunda conciencia. Se daba cuenta de cada detalle: las respiraciones aceleradas de los guardias mientras corrían para atacar solo para ser masacrados por sus espadas; el batir de las alas de Qanna cuando se retiraba hacia el aire; el grito sorprendido de Lord Anjiri mientras corría para ponerse a cubierto en la sala del trono. Y el humo. Humo por todas partes, nubes de humo que volvían el aire ceniciento.

Había más superficie de Marazi ardiendo que antes. ¿Había llegado la batalla a la ciudad o, sencillamente, Lova se había dejado llevar con los explosivos? Las preguntas entraban y salían de su mente, rápidas y breves. En ese momento, su trabajo consistía en alcanzar a Lord Anjiri y había demonios en su camino.

La sangre la rociaba conforme acababa con los guardias zorro uno a uno. La energía estática recorría su piel. Por debajo de su propio dolor, que en aquel momento era más agudo, como un tamborileo en sus músculos y sus huesos, los encantamientos que estaba lanzando eran dolorosos por sí mismos. Aun así, continuó empujando la magia hacia el exterior, haciéndola ceder a sus deseos.

En aquella ocasión, cuando Qanna se lanzó hacia ella, estaba preparada.

Había acabado con el último de los guardias zorro. Tan solo quedaban las doncellas acobardadas y los consejeros, apiñados en el salón del trono y escondidos detrás de los muebles o pegados a la pared, demasiado asustados como para moverse por si se arriesgaban a llamar su atención. Después, estaba Lord Anjiri, que sabía que tenía toda la atención de Wren. Estaba corriendo a toda velocidad en dirección a las escaleras.

La ráfaga de aire que generaron las alas de Qanna le golpeó en la nuca. Un instante después, la chica se abalanzó sobre ella, intentando herirla con las garras afiladas como navajas.

Wren la bloqueó y se lanzó hacia arriba con una patada. Qanna esquivó el golpe y volvió a volar a toda velocidad hacia ella, intentando empujarla y arrastrarla hasta el borde del tejado.

Rodó hacia un lateral y, después, saltó hacia abajo, en dirección a la terraza. Ignorando el chillido de impaciencia de Qanna y los aullidos de las doncellas aterrorizadas y los consejeros, guardó una de sus armas por el camino y recorrió el salón del trono a toda velocidad hasta el lugar por el que Lord Anjiri acababa de perderse de vista.

Se lanzó por el borde de la barandilla de las escaleras y aterrizó sobre él con un estruendo. El chasquido nítido de algo rompiéndose resonó en el aire y el viejo demonio dejó escapar un gemido.

Wren tiró del señor del clan hasta ponerlo de pie, agarrándolo del cabello marchito de la nuca. La sangre salía de su nariz a borbotones. Por cómo gimoteaba, llevándose la mano a las costillas, también se había roto al menos una de ellas.

—¡Alto ahí! —les dijo a los guardias que corrían hacia ellos, llevando la espada a la garganta del señor del clan.

Su voz Xia resonaba cargada de poder. Ellos se detuvieron. Wren sintió su miedo al observarla: una Chica de Papel como nunca antes habían visto, con los ojos blancos, empapada de sangre, y con la magia fluyendo de ella como olas heladas.

—¿Dónde están los cuernos de guerra? —Le preguntó a Lord Anjiri.

Él contestó titubeando.

—En la sala del trono.

Sin soltarlo, con una de las espadas todavía sobre su garganta, Wren retrocedió escaleras arriba. El dolor la recorría en oleadas cada vez más agudas y sintió cómo su conexión con el qi de la tierra titilaba. Estuvo a punto de perderlo del mismo modo que había trastabillado con los pies en el tejado unos minutos antes. Pero, como entonces, siguió aferrándose, incluso aunque el esfuerzo hiciera que la vista se le nublase.

—Diles a tus guardias que no se acerquen. No deben seguirnos. Alguno de ellos debería alertar al resto de vuestros hombres de que os he atrapado. La batalla se ha acabado.

—Haced… lo que… dice —dijo el demonio con voz ahogada.

Aunque parecía que la mitad de sus soldados querían protestar, se contuvieron. Algunos se marcharon apresurados, presuntamente para cumplir las órdenes de Wren, a la vez que, a juzgar por los pasos que resonaban desde las habitaciones y las escaleras de más abajo, otros llegaban. Mientras ella mantenía a Lord Anjiri fuera de vista, uno de los guardias gritó:

—¡No! La chica Hanno lo tiene. Si vamos, lo matará.

En la sala del trono, las doncellas y los consejeros seguían apiñados en busca de cobertura. Unos pocos chillaron cuando vieron reaparecer a Wren y a su señor recién cubierto de sangre. Ella se había preparado, suponiendo que Qanna estaría allí, abalanzándose sobre ella en el mismo momento en que regresase. Sin embargo, la chica cisne no estaba por ningún lado.

—Los cuernos de guerra —siseó en el oído de Lord Anjiri—. Ahora.

—En la… alcoba. La habitación del lado norte.

Lo arrastró hacia el lado opuesto de la habitación donde, escondida en un rincón, había una escalera de caracol que se perdía de vista en una espiral ascendente.

La vista de Wren latió mientras una oleada de mareo le recorría el cuerpo. Su estado Xia se desvaneció. Apretando la mandíbula, volvió a lanzarse a él. La sensación no fue tanto la de entrar en un lago como la de darse de bruces contra una pared de hielo. Siseó, pero no cedió.

Arrastró a Lord Anjiri por los escalones. Llegaron a una habitación pequeña que se encontraba dentro del tejado a dos aguas del edificio. El viento cargado de cenizas los golpeó. Aquel espacio estaba abierto en la parte frontal, ofreciéndoles una vista panorámica de los tejados en llamas de Marazi y de la oscuridad que se deshacía entre destellos de llamas color canela. Frente al balcón, había alineados una serie de cuernos de guerra tallados en hueso. Empujó a Lord Anjiri hacia ellos con la espada apoyada en la nuca.

—Suspende la batalla.

Sujetándose las costillas, el hombre se tambaleó hasta el cuerno del centro, apoyó la boca en él y sopló. El sonido resonó por toda la ciudad. A diferencia del anterior, la llamada de aquel cuerno era aguda, casi melancólica. Era un sonido de paz, de rendición.

—Otra vez —le dijo.

Cuando aún no había acabado de hacerlo sonar una segunda vez, en el balcón hubo un destello blanco. En una ráfaga de plumas, Qanna golpeó al señor del clan e hizo que saliera disparado por el suelo antes de chocar contra Wren. El impacto hizo que se quedara sin aire y que abandonara su estado Xia. Tras el golpe, la espada se le había caído de la mano y se había deslizado por la tarima del suelo. Se estiró para alcanzar su gemela, pero antes de que pudiera desenvainarla, Qanna le clavó las garras en los hombros y, batiendo las alas pesadamente, salió volando por el balcón en dirección al cielo surcado por las llamas.

Las piernas de Wren colgaban en el aire. El dolor gritaba allí donde las garras de Qanna le atravesaban la piel. Rodeó los tobillos de la chica cisne con ambas manos porque, si la soltaba, caería al encuentro de la muerte.

La demonio pájaro voló más alto. Wren estaba en apuros. Intentaba atrapar la magia con los daos fluyendo desde su boca, pero nada parecía estar funcionando. Estaba demasiado cansada, demasiado débil. Tal como todo el mundo le había avisado desde lo ocurrido en Jana, había gastado demasiada energía y no había descansado lo suficiente como para rellenarla.

«Se acabó», dijo una vocecilla en su cabeza.

Por un momento, sintió alivio. Qué sencillo sería soltarse. Sería como alcanzar la magia cuando era fácil: un tropiezo, una caída y, entonces, el lago inmenso y eterno. Solo que, en esa ocasión, las aguas serían negras y ella no volvería a emerger. Se hundiría como una piedra. Sería rápido e indoloro.

Pero, entonces, el horror hizo que desapareciese aquella idea. Porque aquello no podía ser todo. No era así cómo llegaba el final. No era así como acabaría su historia con Lei.

—¡Suéltate! —gritó Qanna.

Estaba dando bandazos, intentando quitarse a Wren de encima. Su vuelo era errático y descompensado por culpa del peso adicional.

Se aferró a los tobillos de Qanna con cada atisbo de energía que le quedaba porque caer atravesando un cielo en llamas para estrellarse contra las tejas, los árboles o las piedras, no iba a ser su forma de dejar el mundo. Todavía le quedaban muchas cosas que hacer. Tenía una guerra que ganar y amigos a los que salvar. Tenía que construir una nación nueva y mejor. Tenía una amante a la que besar y abrazar y a la que susurrarle verdades aterciopeladas en medio de la noche. Tenía que disculparse con ella, sanar con ella y simplemente, yacer junto a ella mientras sentían cómo giraba poco a poco un mundo pacífico.

En ese momento, se le apareció un recuerdo tan claro como el primer olor de la nieve.

Había sido una noche en el Palacio Escondido, unas semanas después del Año Nuevo. Lei había estado entre sus brazos y las dos habían yacido entrelazadas en la oscuridad de su habitación. Lei le había preguntado de dónde venía su nombre, y ella había contestado que no lo sabía, lo cual era cierto, porque Ketai jamás se lo había contado.

«De acuerdo», había dicho Lei. «¿Puedo decirte lo que significa para mí?».

Wren había sentido cómo el amor florecía en su pecho con tanta fuerza que podría haber llorado. Sin embargo, todo lo que había dicho fue:

«Dímelo».

Lei le había susurrado en la oscuridad.

«Al principio, pensé que no te pegaba. ¿Te acuerdas de aquella mañana en el patio de baño, cuando Blue insultó a mi madre? Tú me impediste que la atacara y, cuando te marchaste, Lill me dijo tu nombre. Recuerdo pensar lo extraño que era que una chica como tú…». Había soltado una risita. «Antes de eso, en mi mente, yo te llamaba Chica Gato porque eras, y eres, muy fiera, mientras que *wren* es otra forma de llamar a los reyezuelos, unos pájaros bastante comunes. Cruzan nuestro cielo todos los días, sin ningún tipo de ceremonia, y son cazados por pájaros más grandes. Pero ahora pienso que es perfecto. Como el pájaro que te da nombre, tú has cumplido con tu trabajo día sí y día también, durante toda tu vida, sin ninguna queja. Sin ni siquiera ser consciente de lo maravilloso que es eso, de lo maravillosa que eres tú».

Las lágrimas habían comenzado a caer de sus ojos, aunque las sombras las habían ocultado. Lei había comenzado a decir algo más, pero ella la había silenciado con los labios, deseando que pudiera sentir todo lo que ella sentía y todo lo que quería decir en la danza líquida de sus labios, en el tacto, el roce y el deslizamiento cariñoso de sus cuerpos mientras se movían juntas en la oscuridad.

Quería ser ese pájaro para Lei. Cruzaría el cielo un millón de veces para volver con ella. Eso era exactamente lo que tenían entonces: kilómetros de distancia entre ellas y, en esos kilómetros, esperaban los hombres del rey, repletos de dientes, fuego y sed de venganza. Sabía que lucharía todo lo fuerte que pudiese para encontrar el camino de vuelta hasta Lei, porque eso es lo que hacen los pájaros. Sin importar lo mucho que se alejen de su casa, jamás olvidan cuál era el camino de regreso.

Una nueva vitalidad le recorrió el cuerpo. Con un grito, empujó las piernas hacia delante y, después, las lanzó hacia atrás, columpiándose en un arco hasta que sus botas golpearon la parte baja de la espalda de Qanna.

La demonio cayó en picado. Antes de que pudiera recomponerse, Wren volvió a columpiarse hacia arriba y, esta vez, soltó las manos de las garras de Qanna, de modo que se contorsionó y se deslizó por el aire. Entonces, estiró los brazos, agarró la túnica de la chica cisne y se colgó de sus hombros.

Qanna gritó de furia mientras ella se aferraba a su espalda. Batió las alas con fuerza, golpeándola en el punto en el que se había acurrucado entre ellas. El aire cargado de ascuas pasó rozando las mejillas de Wren. Qanna estaba volando más bajo, regresando al tejado del Pabellón Orquídea. Sabía que no podría luchar contra Wren mientras la tuviese a la espalda, y Wren no estaba segura de ser lo bastante fuerte como para enfrentarse a ella una vez que aterrizasen.

—¡Tu madre y el resto del Ala Blanca lucha con nosotros! —gritó por encima del aire y el rugido de las llamas—. ¡Únete a nosotros,

Qanna! No sé qué es lo que te ha prometido, pero el rey tan solo te traicionará…

—¿Y tú no lo harás? Sé lo que hiciste, Wren Hanno. Eres un monstruo tan horrible como él. ¡Tú mataste a mi hermana! —La sangre de Wren se congeló—. Me lo dijo el rey —gruñó Qanna—. No es que hiciese falta, yo ya lo sospechaba. Pero, una vez que llegué a palacio, me reuní con sus otros aliados y escuché sus historias, todo cobró sentido. Tú y tu clan traicionero habéis estado matando y echándole la culpa al rey para que los clanes como el nuestro se pongan de vuestra parte. Quizá sea aberrante, pero al menos el rey reclama la sangre que derrama.

El espíritu de lucha de Wren desapareció y solo quedó la oscura verdad de las palabras de Qanna. La verdad que sabía que, al final, por mucho que intentase correr, iba a terminar alcanzándola.

Entonces, algo chocó contra ellas y Wren cayó de la espalda de Qanna.

Un borrón de aire acelerando, de extremidades volando, de dolor…

Se estrelló contra el tejado inclinado del Pabellón Orquídea. Algunas tejas se quebraron bajo ella y un grito se le escapó de la garganta mientras rodaba sobre ellas. Cuando estaba a punto de caerse por el extremo, se agarró al borde del tejado. No era lo bastante fuerte como para mantenerse así, pero había hecho lo suficiente como para frenar la inercia que la hubiese hecho caer por el lateral del edificio. En su lugar, cayó a la terraza.

El tobillo derecho se le partió cuando aterrizó sobre él y un pitido le atravesó los oídos.

A través de una visión nublada, vio una ráfaga de pelaje color miel y el barrido de una túnica negra. De pronto, el canturreo placentero de la magia fluyó hacia ella y, entonces, aquello de lo que había estado escapando la última hora y, tal vez, las últimas semanas, meses y, quizá, incluso años, llegó al fin.

Un tropiezo.

Una caída.

El abrazo sorprendentemente cálido de un lago muy oscuro.

21
Lei

Estas son las cosas que ocurrirán la semana antes de que te cases con un Rey Demonio:

Tus amigas te amarán y te odiarán. Sentirán lástima por ti. No sabrán qué decirte. Algunas se quedarán despiertas contigo durante las noches largas, abrazándote mientras contemplas el abismo, incapaz de formar palabras en medio de la agitación de un corazón rabioso que se está rompiendo. Algunas de ellas o, más bien, una de ellas, te ignorará por completo. No es algo nuevo pero, de todos modos, ahora te dolerá más. Otra te sorprenderá, cambiando su habitual desdén por algo tentativo y extraño que todavía no será una sonrisa, no será totalmente amistoso, pero tampoco será desagradable.

Te examinarán los médicos, los hechiceros y los adivinos. Demonios que antes fueron crueles, ahora te consentirán cualquier cosa que necesites, aunque no será como si necesitaras algo. Al menos, nada que puedan ofrecerte. Te medirán para tu vestido de novia, un cheongsam del color de la medianoche con hilo dorado, tejido exquisitamente y que se adaptará a tu cuerpo como un sudario. Una cantidad imposible de demonios discutirán y se pondrán de acuerdo sobre cómo deben arreglarte el pelo y el rostro mientras tú los ignoras, aislada en algún lugar muy profundo de ti misma. Sus rostros se mezclarán los unos con los otros mientras te llevan de las casas de baños a las salas de té o los salones de masajes, donde las manos darán forma y moldearán tu exterior mientras que las tinturas y las infusiones cubrirán de oro tu interior.

Deberás estar increíblemente bella.

Deberás parecer la reina en la que te vas a convertir.

Te obligarán a rezar a los dioses para que bendigan con prosperidad tus inminentes nupcias. Tres noches antes de la boda, participarás en un ritual sagrado. Mientras te bañas en el Río del Infinito, con los dioses contemplándote desde su ciudadela estrellada en el cielo, tú los mirarás a ellos y te preguntarás cuándo decidieron abandonarte.

A menudo, pensarás en tu madre y tu padre y en la alegre boda que debieron compartir. La forma en la que solían bailar, reírse y abrazarse muy fuerte con ese resplandor secreto propio de los amantes. A veces, los recuerdos te harán sonreír. En otros momentos, harán que quieras gritar.

Gracias a los chismorreos de doncellas y soldados, te llegarán noticias sobre cómo el anuncio de la boda ya ha empezado a hacer efecto por todo el reino: una disminución en los alzamientos, uno o dos clanes que han cambiado su alianza de los Hanno a la corte, papeles apaciguados por la falsa idea de que, ahora que una de ellos va a ser reina, ganarán algún tipo de poder. Sabes que eso es lo que el rey y la corte deseaban al arreglar aquel matrimonio. Te preguntarás lo lejos que habrán viajado las noticias, aunque, para ti, solo importará una distancia.

La distancia entre tú y ella.

Todo esto hará que estés horrorosamente enfadada y, aun así, no harás nada (ni tampoco podrás) más que tragarte la ira. Sin embargo, estarás acostumbrada a eso, a que el odio se cocine en tu interior como un veneno. Habrás aprendido cómo aprovecharlo, cómo convertirlo en un arma.

Te recordarás a ti misma tus planes, que tu matrimonio con el rey no durará para siempre. Tú y muchos más estáis trabajando para derrocarlo. Solo tendrás que soportarlo un tiempo. En ocasiones, será suficiente. El resto del tiempo, no te servirá de consuelo en absoluto.

Comenzarás a repetirte tu palabra de Bendición Natal a ti misma, aferrándote a la esperanza que sugiere. Por las noches, y durante los viajes en carruaje, acariciarás el pedazo rasgado del mensaje de tu amiga tantas veces que la tinta hará tiempo que se habrá borrado, aunque la huella de la palabra que contenía estará incrustada en los surcos de las puntas de tus dedos e incrustada en tu corazón.

«Amor. Amor. Amor».

Te preguntarás cuál es su significado. Cómo algo puede ser a la vez tan hermoso y tan cruel como para desgarrarte el alma.

Y en cada momento de la semana anterior a tu boda con el Rey Demonio, en todos y cada uno de ellos, pensarás en ella.

22
Wren

Calma. Eso fue lo primero que le golpeó. Calma después de haber salido lo que parecían apenas dos segundos atrás de un estruendo de acción y ruido, de gritos y llamas ardientes y del canto a varias voces del dolor.

Podía oler el incienso. Sentía la suavidad de las sábanas sobre la piel desnuda. El aire fluía lleno de calidez y del cántico en voz baja de los daos. Si había hechiceros y todo estaba en calma, significaba que la batalla había acabado.

El alivió cayó sobre ella como una cascada. Después, la preocupación.

Abrió los ojos y se encontró en el enorme espacio que ocupaba el salón del trono de Lord Anjiri. La luz se colaba a través de las pantallas echas jirones, dibujando patrones del color de la mantequilla en el suelo. Cerca, había un grupo de hechiceros arrodillados.

—Bienvenida de nuevo, Lady Wren —dijo uno de ellos mientras los demás continuaban sus cánticos, tejiendo su magia.

La voz de Wren sonaba ronca.

—¿Cuánto tiempo…?

—Dos días. No se preocupe, sus amigos están bien.

—Eso hace que suene como si otros no lo estuvieran.

—Era una batalla —contestó el hechicero—. Las bajas eran inevitables.

—¿Cuántas?

—Me temo que no conozco todos los detalles, mi señora. Nosotros diez hemos estado a su lado desde que la general Lova y yo la encontramos. Pero estoy seguro de que, una vez que su padre regrese de hacer la inspección, podrá darle un informe completo.

—¿Mi padre está aquí?

Se incorporó demasiado rápido. Incluso con los encantamientos, el dolor volvió a cobrar fuerza en los hombros, las caderas y el tobillo. Siseó mientras se le humedecían los ojos. Con la cabeza dándole vueltas, apartó las sábanas y se puso en pie. Aunque el tobillo derecho todavía estaba sensible allí donde se lo había partido al caer, estaba lo bastante sanado como para apoyar peso sobre él, así que exhaló para poder estabilizarse.

—Lady Wren —dijo el hechicero con paciencia—, debe tomárselo con calma. Ha estado dormida durante mucho tiempo.

—Razón de más para que me apresure —replicó ella—. Necesito comprobar cómo están todos, asegurarme de que todo está en orden.

Mientras hablaba, se examinó a sí misma, sin complejos por su desnudez. Había crecido con doncellas que la acicalaban y le sacaban lustre. Una red de vendajes le rodeaba el cuerpo. Se pasó los dedos por las cicatrices de un color rosa pálido y por los moratones que empezaban a disiparse. Era evidente que los hechiceros habían trabajado duro.

Se dirigió a un par de doncellas que estaban trabajando junto a una jofaina de madera.

—Jumi, Hai-li, necesito ropa. Cualquier cosa que sea práctica me servirá.

—Sí, Lady Wren —contestaron mientras se apresuraban de inmediato hacia la zona junto a la pared donde habían apilado los suministros. Los Hanno debían de haber dejado el campamento de guerra y debían de estar usando el Pabellón Orquídea como base.

Así que habían tomado Marazi de verdad.

Las doncellas le ayudaron a ponerse una túnica y unos pantalones de algodón, así como unas botas de cuero. Ignorando la petición de que se hiciese algo en el pelo, se apartó de la cara una parte de forma distraída y fue directa a por sus armas. Las habían depositado sobre un cojín de satén. Al igual que a ella, las habían limpiado. Se las colocó a la espalda.

—Lady Wren —insistió el hechicero cuando estaba a punto de salir—, su padre nos ha ordenado que la mantengamos aquí. Está preocupado por su salud.

—Lo que quieres decir es que quiere que esté descansada para la próxima batalla. Gracias a ti y a tus hechiceros, estoy curada y he descansado bien. Por favor, vosotros deberíais descansar también. —Cuando él empezó a protestar, añadió—: Es una orden.

El hechicero suspiró.

—Está bien. Al menos, deje que le ofrezca esto.

Extendió las manos hacia afuera. Tras un momento de dolorosa concentración, una ráfaga de aire cálido brotó de sus palmas y formó un torbellino en torno a ella, como una ondulación dorada que se le pegaba a la piel desnuda. De inmediato, sintió cómo la energía inundaba su cuerpo. El dolor disminuyó hasta convertirse en un zumbido suave. Sonrió. Estaba a punto de darle las gracias cuando el hechicero jadeó, desplomándose de golpe al suelo. Wren se adelantó con una sacudida, pero él alzó una mano.

—Por favor —gimió—. Estoy bien.

Ella sintió un bulto de culpabilidad en el pecho.

—Gracias por vuestros esfuerzos.

—Es nuestro deber servirle, Lady Wren. No tiene que darnos las gracias.

Se dirigió escaleras abajo, incómoda por las palabras del hechicero. Le recordaron lo que Ahma Goh le había contado en el Santuario Sur.

«Por eso es por lo que la muerte de tu amigo hechicero te otorgó un poder tan intenso. Tú no le quitaste la vida, él te la ofreció».

Cuanto más comprendía su magia Xia, más sospechaba sobre las intenciones de su padre. ¿Las habían adivinado también los otros hechiceros? A esas alturas, ya deberían haber escuchado lo que le ocurrió a Hiro y, al igual que Wren, seguro que ya estaban atando cabos.

Y allí había diez hechiceros que habían pasado dos días manteniendo con vida a la chica a la que, tal vez, pronto los obligarían a entregarle las suyas.

Lova y Nitta estaban inusualmente calladas mientras cabalgaban junto a Wren por las calles en ruinas de Marazi, observando los cambios que la batalla había causado en la ciudad.

Si bien la mayoría de los soldados de Marazi se habían rendido cuando Wren obligó al general Anjiri a suspender la batalla, algunos se negaron a retirarse, lo que había conducido a una conclusión prolongada y caótica de la batalla. No había sido hasta el amanecer del día siguiente que los Hanno no habían asegurado la ciudad. Lord Anjiri estaba prisionero en la cárcel del Pabellón Orquídea junto con sus consejeros más cercanos y las familias de demonios que eran conocidas por su afiliación al rey. Muchos habían huido antes de que pudieran capturarlos.

—Estos son los peores desperfectos que ha causado el fuego en la Ciudad Antigua —decía Lova, señalando el distrito por el que estaban pasando y que era poco más que un erial cubierto de escombros.

—Merrin supervisó el rescate —añadió Nitta. Estaba sentada frente a Lova a lomos de Panda—. Trabajó muy duro, y sin apenas ayuda, dado…

Se detuvo de forma abrupta.

Wren observó de reojo cómo Lova se apartaba de Nitta tras haberle susurrado algo al oído.

—Me refería al resultado de la batalla y todo eso —añadió la chica leopardo rápidamente—. Costó todo el primer día controlar el fuego. Hubiésemos perdido mucho más de la ciudad si no hubiera sido por él.

Cruzaron el puente que conducía desde la Ciudad Antigua hasta la Ciudad Nueva antes de dirigirse al laberinto de edificios que constituían el distrito sur de la Ciudad Nueva. Lova las condujo hacia fuera del camino principal.

—Por aquí —dijo.

Wren hizo que Eve se detuviera al notar cierta presión en la voz de su amiga.

—¿Por qué?

Nitta posó una mano en el cuello de Panda; el caballo estaba olisqueando el aire.

—¿Por qué, Lo? —exigió saber.

La chica leona hizo que Panda se diese la vuelta.

—Porque hemos usado la plaza que hay allí para depositar los cadáveres —contestó con voz monocorde.

Ella se quedó mirándola fijamente.

—Entonces, tengo que ir.

—¡Wren! —rugió Lova mientras ella conducía a Eve hacia la plaza. Cabalgó tras ella—. No te va a hacer ningún bien ver eso…

—¡Deja de decirme lo que es bueno o no para mí!

Wren dio la vuelta. De pronto, se sentía encendida, como si alguien le hubiera prendido fuego a su sangre con una antorcha. Nitta se encogió.

—Wren, por favor.

Ella se irguió en toda su altura.

—Ya estoy cansada de que todo el mundo camine a mi alrededor de puntillas. Desde que regresamos del desierto, todo lo que he escuchado ha sido «Lady Wren no haga esto», «Lady Wren, tenga cuidado», «Lady Wren, necesita descansar» o «cuídese, Lady Wren». Pero dirigir un clan no consiste en cuidarse a uno mismo. Mi principal deber es cuidar de los demás: de mi clan, de mi familia, de mis aliados y de mis amigos. —Le lanzó a Lova una mirada penetrante—. Después de más de cuatro años siendo la general de los Amala, tú deberías saberlo, Lo. Y tú, especialmente, deberías saber por qué es tan importante para mí.

Además de Lei, la única persona que sabía lo que había en el relicario de Bendición Natal de Wren era la chica león.

—Iré allí donde mi gente me necesite —dijo—. Si puedo ayudar a otros, si puedo salvar a otros del rey, entonces eso es lo que voy a hacer. Necesito ayudarlos, Lo, lo necesito. No puedo volver a fallarles.

Se apartó y les dio la espalda, odiando la lástima que veía en sus ojos. Sin una palabra, le indicó a Eve que continuara en dirección a la plaza. El sonido de los cascos se alzó detrás de ella cuando sus amigas empezaron a seguirla.

Pudieron ver parte de la plaza cuando llegaron a la casa que estaba en la esquina y que tenía el tejado astillado por los escombros. Wren se preparó para el olor, pero el aire era fresco. Cuando doblaron la esquina, entendió por qué.

Docenas de hechiceros rodeaban la plaza. Estaban arrodillados en formación de plegaria y un cántico pacífico enviaba la magia en olas cálidas a lo largo de todo el lugar y hacia los muertos que yacían en él.

Había muchas filas de ellos, colocadas de forma ordenada de un extremo al otro. La mayoría estaban cubiertos. Unos pocos sencillamente parecían haber caído donde habían muerto con la ropa y las armaduras abiertas de un tajo y la piel oscura por la sangre. Muchos permanecían ocultos tras las espaldas dobladas de los familiares que los lloraban. Incluso entonces, seguían llegando cuerpos de todas las direcciones. Vio a Khuen y a Samira portando un cuerpo juntos que arrastraba unos brazos largos cubiertos de plumas plateadas: era un miembro del Ala Blanca.

Toda aquella explanada brillaba con los daos de los hechiceros. Su magia debía de ser lo que estaba preservando los cuerpos, ofreciéndoles a las familias de luto el tiempo para preparar los funerales. Para la mayoría, se trataría de piras, dado que en la mayor parte de las regiones del centro y el norte de Ikhara se creía en liberar los espíritus al cielo, mientras que, en el sur, enterraban a sus muertos.

—Han estado trabajando por turnos —dijo Nitta—. Se cansan bastante rápido. Ya sabes, la Enfermedad.

Wren tenía la garganta seca.

—Es bonito —consiguió decir.

—Tu padre ha ordenado que se detengan al ponerse el sol.

Se puso tensa.

—¿Qué?

—No se equivoca, Wren —dijo Lova con cuidado—. Necesitan descansar para lo que se avecina, y tenemos muchos soldados heridos que necesitan su ayuda.

—Quiere que nos marchemos a primera hora de la mañana —explicó Nitta. Estaba alisando la crin de Panda de forma distraída y con los ojos húmedos. Aquella escena debía de estar haciendo que se acordara de su hermano.

Habían enterrado a Bo en una isla en el Archipiélago Mersing después de que lo matasen en una confrontación con soldados reales. Wren sabía que no era el entierro apropiado que a Nitta le hubiese gustado darle. Se estiró para alcanzar la mano de su amiga. Ella le dedicó una sonrisa tentativa.

—Está bien —murmuró—. Estoy bien.

—No tienes por qué estarlo. Lo siento, Nitta.

—¿Te parece terrible que, en ocasiones, me alegre de que no esté aquí para ver todo esto?

Wren apartó la mirada.

—No me parece terrible en absoluto.

Cerca de ellas, un hombre de papel solitario estaba arrodillado junto a un cuerpo cubierto. Wren se preguntó a quién habría perdido por su culpa y la felicidad de quién habría destrozado en aquella ocasión.

—Deberíamos dejar a algunos hechiceros aquí —decidió—. No podemos asaltar una ciudad y, después, abandonar a su gente. —«No somos el Rey Demonio», añadió en su mente—. Es nuestro deber cuidar de ellos.

—Eso díselo a tu padre —dijo Lova con frialdad.

Wren siguió su mirada y vio a Merrin cruzando a vuelo la plaza con Ketai montado a su espalda. El pájaro se inclinó, descendiendo en su dirección. Su padre estaba sentado muy erguido, con todo el aspecto del regio señor de un clan, aunque en su postura había una rigidez que le sorprendió. Conforme se acercaban, vio que tenía la misma tensión grabada en el rostro. Estaba enfadado con ella.

En cuanto Merrin aterrizó, Ketai se bajó de un salto y, enojado, se acercó hacia ellas. Tenía el pelo revuelto por el vuelo y algunos mechones sueltos le caían sobre los ojos oscuros, que resplandecían tras unas cejas fruncidas.

—Ven conmigo —le ordenó a Wren, pasando por su lado a grandes zancadas sin esperar respuesta.

—Hola a usted también —murmuró Lova.

Wren dio un tirón a las riendas de Eve.

—No me esperéis —les dijo.

Lova puso mala cara mirando en dirección a Ketai, que se dirigía hacia la orilla del río, donde el agua garantizaría que nadie los escuchara.

—Ni hablar —dijo, dándole un golpecito a Panda para ponerse en movimiento—. No voy a dejarte a solas con… eso.

Mientras se alejaban, Wren se detuvo, acordándose de Merrin. Se estaba quedando rezagado y parecía nervioso de acercarse a ella. Pensó en todas las veces que se habían reído juntos durante el viaje, con el grupo pasándose botellas y compartiendo la comida cocinada en la hoguera, con Lei a su lado y todos sus amigos cerca: Caen, Bo, Nitta y Hiro. Habían sido felices. Habían estado completos.

Culpaba a Merrin por haberlos separado, pero no era justo. Ella también había tenido algo que ver. Quizá incluso más.

—Gracias —dijo con rigidez—. Por ayudar con los fuegos. Lova y Nitta me han contado lo que hiciste.

—Era lo mínimo que podía hacer. —Merrin titubeó—. Wren…

Algo en su interior se ablandó cuando se dio cuenta de que, por primera vez desde que había regresado, se sentía lista para hablar con él. Sin embargo, cuando comenzó a hablar, oyeron el sonido de unas voces alzadas en la orilla del río donde su padre, Lova y Nitta estaban discutiendo.

Sacudió las riendas de Eve, apresurándose para unirse a ellos.

—¡No fue culpa suya! —gritaba Nitta. Estaba sentada a lomos de Panda, pero Lova había desmontado—. Si se atreve a hacerla sentir como si esto…

—Como el señor del clan al mando —dijo Ketai—, haré lo que me plazca. Con o sin tu permiso, Nitta.

Lova se giró hacia él, con el pelaje rubio encrespado.

—Tenga cuidado, Ketai —gruñó—. No es el único señor de un clan que hay por aquí. Si tenemos en cuenta lo que ha ocurrido, tal vez quiera ser más cuidadoso cuando se trata de mantener contentos a sus aliados.

Ketai se irguió, con la ira emanando de él en oleadas. Mientras Wren se bajaba de Eve, se giró hacia ella para hacerle frente.

—El Ala Blanca nos abandonó —dijo.

Estaba a punto de decir que eso ya lo sabían. ¿No era aquel el motivo por el que había ido al Palacio de las Nubes? ¿No era para salvar a Lady Dunya y los miembros del clan que todavía le eran leales? Entonces, lo comprendió de golpe.

La ausencia de demonios pájaro en la ciudad aquel día. La conversación tan extraña entre Nitta y Lova unos momentos antes cuando Nitta había dicho lo duro que había trabajado Merrin para apagar los fuegos ya que, ahora se daba cuenta, había tenido que apagarlos desde el cielo él solo. Y, por supuesto, el horrible enfrentamiento entre ella y Qanna la noche de la batalla. Habían sido palabras que Wren desearía poder olvidar.

«Eres un monstruo tan horrible como él. ¡Tú mataste a mi hermana!».

Algo o alguien había chocado contra ellas después de que Qanna le hubiese soltado aquella frase y le hubiese explicado cómo lo había descubierto.

«Quizá sea aberrante, pero al menos el rey reclama la sangre que derrama».

—Lady Dunya —murmuró Wren.

Ella era la que había chocado con ellas. Probablemente, había ido a ayudarla. El gesto de Ketai se lo confirmó.

—Eso era un secreto que jamás debería haberse sabido —dijo con lentitud, convirtiendo cada palabra en una bofetada fría y brutal—. ¿Cómo ocurrió, Wren? ¿Cómo permitiste que ocurriera?

—¿Se han marchado? —preguntó—. ¿Todos ellos?

—Queda una. Una chica de la casta de acero. Al parecer, Khuen la convenció. Pero, sí, los demás se marcharon.

—¿Dónde han ido?

—No lo sabemos.

Le costaba respirar. Si Lady Dunya había escuchado lo que había dicho Qanna, entonces…

—Deben de haberse marchado con Qanna —dijo con la voz ahogada—. Al Palacio Escondido.

—Qanna está muerta —dijo Lova—. La maté yo. —Cuando se giró hacia ella con los ojos desorbitados, la leona continuó de forma impasible—. En el tejado. Llegué con el hechicero justo cuando tú caías. Qanna estaba discutiendo con su madre, preguntándole cómo se sentía al trabajar para un traidor, para el papel que había matado a su propia hija. Volaban lo bastante bajo como para que pudiera alcanzarlas. Conseguí agarrar a Qanna y derribarla. Tan solo quería detenerla y que no le dijese nada más a su madre, pero se enfrentó a mí. Era fuerte de un modo bastante impresionante. Me habría matado si no la hubiese matado yo primero.

—¿Qué hizo Lady Dunya? —preguntó Wren.

Lova hizo un gesto con la cabeza en dirección a Merrin.

—Pregúntale a él. Fue quien luchó con ella.

Los ojos de búho de Merrin estaban llenos de tristeza.

—Tuve que hacerlo —dijo, sonando dolido—. Si no lo hubiese hecho, nos habría atacado a todos. Lo vi en su rostro. Sabía que Qanna decía la verdad, incluso aunque no quisiera creerlo. —Sus brazos repletos de plumas colgaban sin vida de sus costados—. Lady Dunya siempre fue justa; veía lo mejor de la gente. La decepcionamos.

—¿La mataste? —susurró Wren.

Merrin sacudió la cabeza.

—Estaba herida. Conseguí retenerla el tiempo suficiente como para obligarla a retirarse. Para entonces, la batalla casi había terminado. Todos estaban ocupados curando a los heridos. Creo que el resto del Ala Blanca asumió que Lady Dunya los llevaba a otro lugar como parte de nuestro plan, pero supongo que les ha contado la verdad sobre Eolah. Eso explicaría por qué no han regresado.

—Eso nos deja con dos demonios pájaro —declaró Ketai—. Dos, cuando estamos a apenas unos días de enfrentarnos a la batalla más difícil de nuestras vidas, cuando el uso de demonios pájaro era fundamental para nuestros planes. Demonios pájaro que, además, poseen información inestimable sobre dichos planes y tienen una razón convincente para entregarle esa información a nuestros enemigos.

Hablaba con una furia apenas contenida.

—Tal vez… —comenzó Nitta—. Tal vez Merrin y la chica halcón puedan encontrarlos y persuadirlos para que regresen.

Sin embargo, no parecía convencida, y ninguno de ellos respondió. Todos sabían la verdad. Lady Dunya y los leales del Ala Blanca no iban a regresar. Serían afortunados si no habían ido directamente al Palacio Escondido con la estrategia de los Hanno para el asedio que se avecinaba.

—Vuelve al Pabellón Orquídea —le espetó su padre mientras ya se alejaba—. Deja que los hechiceros acaben de curarte. Nos marchamos a primera hora de la mañana. Intenta no arruinar nada más hasta entonces.

—¿Cómo se atreve a hablarle de esa manera? —rugió Lova—. Wren le ha entregado su vida y ha sacrificado todo lo que era importante para ella. ¿Así es como se lo paga?

Ketai no titubeó.

—Wren entiende cuál es su deber.

Su deber. Xia. Hanno. Había heredado las responsabilidades de dos clanes y, por primera vez en su vida, se sintió verdaderamente avergonzada de ello. Ambos clanes estaban entrenados para la sangre y la muerte.

Mientras Lova seguía insultando a Ketai y él continuaba ignorándola, algo pasó ondeando por delante del rostro de Wren. Era una hoja de papel. Estaba a punto de tomarla del suelo cuando cayó otra.

En apenas unos instantes, el cielo estaba lleno de ellas: hojas de color carmesí, negro y dorado que caían a la deriva desde las alturas donde un trío de demonios pájaro pasaba volando y soltando los panfletos mientras avanzaban.

Hubo gritos. Los soldados cercanos se pusieron en acción de inmediato. Merrin saltó hacia el aire, dirigiéndose hacia los demonios tan rápido que no era más que un borrón gris y blanco. Los gritos se alzaron mientras los residentes corrían en busca de cobijo y las familias de luto se esparcían por la plaza.

Ketai agarró uno de los panfletos que caían y estudió su contenido con una única mirada sombría.

—¡Que no cunda el pánico! —avisó—. Tan solo es más propaganda de la corte. ¡No es un ataque!

Wren, que también se había quedado con una de las hojas para ella misma, pensó que su padre estaba muy equivocado, porque lo que estaba plasmado en aquel papel que sujetaba con la mano temblorosa le parecía exactamente un ataque.

Se sintió como si le hubieran apuñalado el corazón.

Le temblaron las rodillas, pero no se cayó. Como si estuviese bajo el agua, escuchó a su padre gritando instrucciones y palabras de consuelo. Escuchó el jadeo de Nitta cuando la chica leopardo pudo hacerse al fin con uno de los papeles. Sintió movimiento a su alrededor y, después, una mano sobre su hombro.

—Cariño… —comenzó Lova.

Aquello fue lo único que necesitó para estallar.

La magia emanó de ella en una explosión tan aterradora que Lova se cayó al suelo. Nitta se encogió contra el cuello de Panda. Incluso la voz de Ketai se quebró cuando aquella ráfaga helada chocó contra él.

Giró con la túnica azotada en medio del torbellino furioso que era el poder de Wren. Los papeles y demonios cercanos observaban con la boca abierta de asombro. Los panfletos que estaban cayendo giraban a su alrededor, envolviéndola en tonos escarlata y dorados relucientes.

—¡Wren! —rugió su padre—. ¡Contrólate, por todos los dioses!

—Eso es todo lo que he estado haciendo —dijo con la voz de su estado Xia resonando—. Y ya he tenido bastante.

Cada milímetro de su cuerpo era una agonía; un dolor salvaje y animal que amenazaba con partirla en dos. Sin embargo, su magia no flaqueó. Rugía, cargada por cada uno de los latidos oscuros de su corazón y por los destellos rojos, negros y dorados de los carteles de la corte que continuaban cayendo.

Desde el mismo momento en el que había perdido a Lei, se había estado preguntando cuándo sería la próxima vez que la vería. No en un sueño, sino pudiendo tocarla, estando presente. Había imaginado un millón de escenarios, pero no aquel.

Aquel jamás.

El rostro de Lei la miraba desde cada panfleto. El artista había dibujado a la perfección el suave arco de sus cejas, sus labios finos, la curva suave de sus mejillas y su mandíbula. Y, aun así, lo que mejor había capturado habían sido sus ojos.

Dorados. Brillantes. Decididos. En llamas.

El pintor había recreado la apariencia del rey con la misma precisión. Su rostro se cernía detrás del de Lei con aquella mirada ártica atravesando a Wren hasta las entrañas.

Lova volvió a acercarse a ella, aunque esta vez con más cuidado.

—Dudo siquiera que sea cierto —dijo—. El rey está intentando molestarte. Molestarnos. La corte sabe que esto hará que algunos papeles se replanteen las quejas que tienen hacia ellos. Están desesperados, intentarán cualquier cosa...

Ella se subió a lomos de Eve y tiró de las riendas, haciendo que relinchase y se alzara sobre los cuartos traseros.

—No me voy a arriesgar —dijo—. Me he cansado de esperar. Lei lleva todo este tiempo en el palacio, soportando lo que solo los dioses sabrán. Y ahora esto. No voy a defraudarla ni un segundo más. Me necesita.

Su padre le bloqueó el paso.

—¡No supondrá ninguna diferencia! —rugió—. Atacamos el Palacio Escondido en menos de una semana. No podemos dejar que nada más altere nuestro objetivo. Debemos centrarnos en lo que es más importante.

Wren le lanzó una sonrisa que no parecía divertida.

—Gracias, padre. Tienes toda la razón. Me alegro de contar con tus bendiciones.

—Estoy hablando de la guerra —dijo Ketai a través de los dientes apretados.

—Y yo estoy hablando de salvar a la chica a la que amo.

Las palabras salieron de su boca antes de que se diera cuenta de lo que estaba diciendo.

A pesar de todo, sintió una punzada de miedo infantil ante su confesión. Tal vez su padre lo hubiera sospechado o se lo hubiera preguntado, pero, aun así… Sus palabras habían sido una confirmación que ya no podía retirar.

Un gesto extraño cruzó el rostro de Ketai. Detrás de la furia y la indignación, había algo más. Algo oscuro y emocionado. Algo casi sediento. Pero, entonces, desapareció.

—Yo también he perdido a aquellos a los que quiero, hija mía —dijo con un tono más suave—. Siento no haber reconocido la verdadera naturaleza de vuestra relación y siento que esto le esté ocurriendo a Lei, pero ir al palacio ahora es inútil. Puede que la boda ya haya ocurrido.

El corazón de Wren latía con tanta ferocidad que le sorprendía que todavía no le hubiese atravesado el pecho.

—Si me hubieras dejado ir antes —dijo furiosa—, habría tenido una oportunidad. Podría haberla salvado.

Ketai alzó la barbilla.

—Tienes responsabilidades aquí, Wren. Habrá consecuencias si las abandonas.

—Ha habido consecuencias peores por haberla abandonado a ella.

Y, con una patada a los cuartos traseros de Eve, Wren cargó hacia delante.

Su padre se lanzó a un lado. Gritó tras ella, pero su voz quedó ahogada mientras las pezuñas de Eve pisoteaban la hierba cubierta de cenizas antes de golpear los adoquines de las calles destrozadas de Marazi. La magia de Wren latía a su alrededor, levantando a su paso un torbellino de carteles y aire negro como la ceniza.

Uno de los panfletos estaba arrugado en su mano derecha. Si tan solo pudiera destruir su contenido con tanta facilidad…

Leales súbditos, compañeros demonios y humanos,
el Amo Celestial se complace en anunciarles

La última línea sonaba como algo que diría su padre. Mientras Wren se adentraba en la carretera principal que salía de la ciudad, sus daos se desvanecieron finalmente. El dolor no lo hizo, pero no le importaba. No era nada en comparación con lo mucho que le ardía el corazón, con lo mucho que deseaba que existiese un encantamiento lo bastante poderoso como para llevarla junto a Lei en apenas unos segundos porque, cada momento que no estaba con ella, era otro momento que la chica a la que amaba tenía que pasar casada con…

Su cerebro bloqueó el pensamiento.

A su espalda, escuchó el trote de un caballo.

—¡Dioses benditos, padre! —bramó mientras intentaba desenvainar una de las espadas.

—No sabes cuánto espero que no estemos emparentadas de ese modo. —Fue la respuesta de Lova—. Porque, si es así, algunas de las cosas que hicimos en el pasado son bastante cuestionables.

Lova y Nitta la habían alcanzado. Panda era más grande que Eve, e incluso cargando con dos demonios, podía moverse tan rápido como ella. El pelaje color miel de la leona se agitaba en el viento. Estaba sonriendo, mientras que Nitta mostraba una sonrisa ansiosa.

—No vais a hacer que cambie de idea —gritó por encima del ruido de los cascos.

—Lo sabemos —contestó Lova.

—Vamos contigo —añadió Nitta. Cuando Wren intentó protestar, la detuvo—. No vas a convencernos para que no lo hagamos, del mismo modo que nosotras nunca te hemos podido convencer a ti. A nosotras también nos preocupa Lei, Wren.

Y aunque deseaba discutir con ellas, no pudo reprimir la corriente cálida que la recorrió al pensar en tener a sus dos amigas junto a ella.

Toda su vida se había sentido como si estuviera destinada a estar sola. Incluso cuando había podido contar con Merrin, Caen y Kenzo, cuando se había enamorado de Lova o cuando se había enamorado mil veces más de Lei, siempre se había sentido separada de ellos de algún modo, como si aquello fuese su carga, su sacrificio. Al final, sabía cómo acabaría todo y estaba segura de que todos ellos también. Cuantas menos personas hubiera por las que Wren se preocupase o que se preocupasen por ella, menos dolería cuando se hubiera ido.

Sin embargo, Lei le había enseñado que había poder en ser vulnerable. No estaba sola. Hacía mucho tiempo que no lo estaba.

Sujetó las riendas de Eve con más fuerza y se giró para darles las gracias, pero se encontró con Nitta sacando el arco y los ojos de Lova llenos de furia.

Durante un instante horrible, pensó que lo había interpretado todo mal. Entonces, Nitta arqueó la espalda, apuntando hacia lo alto, y Wren se fijó en que los ojos de Lova estaban fijos en el cielo.

—¡Dispara! —gruñó la leona.

La chica leopardo se mantuvo firme.

—¡Quiero escuchar lo que tenga que decir!

—Plumas ha tenido bastantes oportunidades. Sabemos dónde está su lealtad.

—¡Podemos ser leales a más de un clan o una causa! —replicó Nitta—. ¿O tengo que recordarte quién me enseñó eso?

—¿De qué estáis hablando? —gritó ella.

Ninguna de las dos respondió y, un segundo después, unas siluetas aladas las cubrieron de sombras cuando Merrin y Samira aparecieron sobre sus cabezas. Khuen se aferraba a la espalda de Merrin con el rostro en una mueca de puro terror.

—¡Wren! —exclamó Merrin mientras se inclinaba hacia delante para volar a su altura.

—No voy a volver con mi padre, Merrin —gritó, preparándose para sacar una de las espadas. Rajaría a cualquiera que se pusiera en su camino. Debería haberlo hecho hace mucho tiempo. Merrin no retrocedió.

—No estamos aquí para pedirte que regreses.

—¿Y no podríamos hacerlo? —gimió Khuen, histérico.

—Wren —insistió Merrin—, queremos ayudar.

—Tu maldita versión de la ayuda es bastante retorcida, pajarraco —le gruñó Lova. Colocó a Panda más cerca del costado de Wren—. Déjame que me deshaga de él de una vez por todas. Tengo un explosivo nuevo en el bolsillo y he estado buscando una buena excusa para estrenarlo.

—¡Lova! —se quejó Nitta—. ¿Cuántas veces más tiene que demostrar Merrin que nos es leal?

—Tal vez el martirio acabe por convencerme.

Wren alzó una mano. De cerca, los ojos de Merrin eran sinceros. Su rostro lleno de plumas era la imagen del arrepentimiento, la esperanza, la tristeza, la furia y la culpabilidad, todo revuelto en una mezcla complicada. Y en ella, se reconoció a sí misma.

—Puedes venir —le dijo.

Khuen prácticamente se marchitó, pero los ojos de Merrin estaban brillantes. Asintió con seriedad.

Los dos eran culpables de que Lei estuviese en el palacio.

Parecía apropiado que la rescatasen juntos.

23
Lei

La noche antes de la boda, las chicas me preparan para una ceremonia privada con el rey en la que intercambiaremos regalos, lo cual es una tradición habitual entre los demonios. El único regalo que quiero darle al rey es un cuchillo en el corazón, pero Madam Himura ha elegido para mí una variedad de artículos menos peligrosos.

A estas alturas, las chicas y yo estamos acostumbradas a la rutina e interpretamos nuestros papeles con una resignación aburrida. Aun así, el ambiente está bastante taciturno, a pesar de los intentos de Zhen y Zhin de animarlo. Ni siquiera la historia de cómo, una vez, ellas y su hermano habían dejado a un mono suelto en la mansión que había acabado haciendo sus necesidades en el vestidor de su madre levanta ninguna risa. Durante toda la semana, el ambiente ha estado cargado. Esa noche está plomizo, tan espeso y amargo como un lassi olvidado durante demasiado tiempo bajo el sol.

Zhen perfecciona el color cereza oscuro que llevo en los labios. Su hermana me limpia una mancha de la mejilla. Blue y Aoki discuten mientras intentan arreglar un pedazo de bordado que no está bien cosido al hanfu. Chenna me coloca en el pelo la última de las flores: orquídeas para que traigan abundancia, peonías para la paz y una única anémona para la expectación. Sus dedos están fríos y son amables. Me los apoya en el cuello como una muestra silenciosa de apoyo.

En una ocasión, mientras me vestía para una noche con el rey, me imaginé que cada capa de la ropa y del maquillaje eran una armadura que me convertía en lo que, unas horas más tarde, el rey definió como «una bonita mentira». Ahora mismo, apenas me siento fuerte y no podría preocuparme menos si estoy guapa. Sin embargo, sí me siento como una mentira. Las flores que llevo en el pelo fueron elegidas para una novia sonrojada. Yo no soy ella. En lugar de una abundancia de felicidad, lo que deseo que las orquídeas le traigan a mi matrimonio es una abundancia de sangre: la del rey en mis manos. En lugar de paz entre nosotros, ansío la guerra. Y lo único que espero con impaciencia es la muerte de mi futuro esposo.

Chenna me mira de arriba abajo con ojo crítico, ya que un solo mechón de pelo fuera de su sitio puede hacer que las chicas reciban un revés de Madam Himura. Le dedico una reverencia irónica.

—¿Qué tal estoy? ¿Soy la Elegida de la Luna perfecta?

Mi voz gotea sarcasmo, pero su respuesta es seria.

—Sí, eres la Elegida de la Luna perfecta.

Ella no lo dice del mismo modo que el rey y la corte. No se refiere a que haya sido elegida para él, sino que lo dice del mismo modo que lo hacen los rebeldes: elegida para luchar, elegida para cambiar el rumbo del futuro de Ikhara. Sus palabras me ofrecen un atisbo de orgullo. La fe de Chenna es importante y no invoca a los dioses si no lo siente de verdad.

—«Perfecta» no es exactamente la palabra que usaría para describir a Nueve —dice Blue, aunque su burla apenas resulta cortante.

Mientras las gemelas se apresuran a asegurarme que estoy despampanante, se me escapa una sonrisa, que se disuelve en cuanto veo la mirada en el rostro de Aoki.

—Aoki —susurro, deseando explicarle que no sonreía por las palabras de las chicas, sino por su amistad. Pero antes de que pueda decir nada más, oímos el crujido de unas garras en el pasillo.

Madame Himura entra en la habitación con su habitual impaciencia. Se acerca con pisadas fuertes para inspeccionarme.

—Suficiente —dice—. Sin embargo, el resto de vosotras...
—Chasquea la lengua—. ¡Niñas! —Golpea el suelo con su bastón, haciendo que entren una bandada de doncellas de la casta de acero—. ¡A trabajar!

De forma instintiva, me muevo para proteger a las chicas de las demonios que se acercan. Madam Himura me aparta a un lado.

—No todo es una batalla, Lei-zhi —me dice de malos modos. Yo le pongo mala cara.

—Ah, ¿no? ¿Aquí no?

Mientras las doncellas comienzan a toquetear el pelo sucio de Aoki y Blue empuja a las que intentan tocarla, Chenna alza la voz.

—Madam Himura, ¿qué significa todo esto?

La mujer águila pasa por nosotras sus ojos amarillos que parecen a medio camino entre la amargura y el cansancio. Hay algo en su forma de actuar que me resulta extraño. Está un poco rígida, incluso para ella.

—El rey ha pedido que todas estéis presentes esta noche —anuncia.

Los ojos de las gemelas se abren de par en par. Aoki jadea. Chenna intenta hablar, pero Madam Himura hace un gesto para pedir silencio. Sin otra explicación, se dirige al par de doncellas más cercanas, que están intentando quitarle a Blue la túnica sucia sin demasiado éxito.

—El... ¿El rey ha pedido vernos de nuevo? —pregunta Aoki con entusiasmo.

«¿Acaso te fue muy bien la última vez?», quiero decirle.

Madam Himura la ignora. Dirige a las doncellas con un poco más de ferocidad de lo habitual, y ellas revolotean en torno a las chicas, trabajando con rapidez. Yo las observo con impotencia, mientras un mal presentimiento me corre por las venas. ¿Qué podría querer el rey de las chicas? Las mantuvo cerca tras el Baile de la Luna para castigarme, para hacer que me sirvieran mientras me colmaba de todos los lujos, obligándolas a ver la injusticia que hay en ello, haciendo que yo pasase de amiga a usurpadora, atando mi alzamiento a su dolor. Intentó arrebatarme la única cosa que sabía que yo valoraba de este lugar: su compañía.

¿Acaso nos esperan más juegos mentales esta noche?

Cuando Madam Himura se dirige al pasillo para discutir algo con el comandante Razib, Zhin se asegura de que no puede escucharnos antes de dirigirse a nosotras con un susurro de esperanza.

—Tal vez ahora que Lei va a ser reina, también nos suban de rango a nosotras.

Blue resopla.

—¿Crees que la corte permitiría que unas papeles cuidasen de la reina?

—Es una Reina de Papel...

Chenna sacude la cabeza.

—No es así como se hacen las cosas en palacio, Zhin.

A través del grupo de doncellas, me encuentro con los ojos de Chenna. Ya está medio preparada y está impresionante con el pelo trenzado en el peinado típico de su provincia y brillo espolvoreado en las mejillas marrones. Por la mirada que me lanza, sé que estamos pensando lo mismo. ¿Tendrá algo que ver con la rebelión?

—Tal vez... Tal vez sea para darnos las gracias —sugiere Aoki—. Después de todo, es una ceremonia de intercambio de regalos.

Blue se ríe con crudeza.

—Sí, claro, porque el rey es así. Él sí que es un demonio generoso.

Algunas de las doncellas dejan de trabajar con aspecto escandalizado. Otras parecen asustadas, como si les preocupase estar siquiera asociadas con semejantes pensamientos. Ella pone los ojos en blanco.

—¿Qué? Ya somos prisioneras. No es que puedan hacer mucho más para castigarnos, salvo que pretendan matarnos. —Nos lanza una mirada irónica—. Sinceramente, sería un alivio que me evitasen tener que pasar más tiempo en un cuarto tan pequeño con todas vosotras.

Aunque está bromeando (aquello me sorprende vagamente: Blue está bromeando), ninguna de nosotras se ríe. Cuando vuelvo a mirar a Chenna, su gesto precavido se ha profundizado. Quiero hablar con ella, discutir cómo deberíamos prepararnos para lo que sea que esté por venir, pero, con las demás doncellas y el resto de las chicas a nuestro alrededor, resulta imposible. Entonces, Madam Himura regresa, considera que las chicas están presentables y, antes de que me dé cuenta, nos sacan de la habitación y mis guardias nos conducen en fila a través de los pasillos iluminados por farolillos.

Todavía estamos en el Anexo de la Luna, donde nuestras sombras parecen sedosas sobre el mármol blanco pulido, cuando el comandante Razib nos detiene frente a un pasaje abovedado. Un velo plateado, inmóvil de una manera poco natural, cuelga sobre la entrada.

—La Elegida de la Luna y las Chicas de Papel —anuncia.

Apartan el velo hacia un lado, invitándonos a entrar. La magia me roza la piel cuando lo atravieso. He visto los suficientes lugares bonitos en el palacio como para que raramente un nuevo escenario me deje atónita, pero lo que nos estaba esperando al otro lado es tan deslumbrante e inesperado que no puedo evitar titubear.

Al principio, pienso que hemos debido de cruzar algún portal que nos ha transportado hasta los jardines del Salón Flotante, el palacio en el que, durante la fiesta de Año Nuevo, intenté matar al rey. Después, me doy cuenta de que, sencillamente, han encantado la habitación para que tenga ese aspecto. El suelo no es en realidad un estanque con lirios acuáticos, sino la imitación de uno, que hace que se formen ondas a nuestros pies. Guirnaldas de luciérnagas atrapadas y hojas cuelgan de las paredes y las arcadas. Sobre nuestras cabezas han recreado el cielo nocturno, rematado por nubes que se desplazan con rapidez y pájaros planeando. Incluso el aire está perfumado; resulta aromático y dulce, justo como la noche del Baile de la Luna.

«Una bonita mentira». Así me había denominado el rey en aquella ocasión. Y, ahora, aquí estamos, en una bonita mentira, por no decir elaborada y específica, de su propia creación.

Se escuchan sonidos de asombro cuando entran el resto de las chicas y se colocan a mi lado.

—¡Oh, es impresionante! —jadea Zhen.

—¡Qué encantador! —murmura Zhin con admiración.

Entonces, oigo un susurro de la chica que está justo detrás de mí.

—Padre.

Consigo ver el gesto aturdido del rostro de Blue antes de seguirle la mirada hasta el otro lado de la habitación, donde un podio algo elevado bordea la estancia. El rey, respaldado por sus guardias, se sienta en el centro sobre su trono dorado. A su lado, Naja está arrodillada junto con algunos miembros de la corte de alto rango. Dama Azami se encuentra entre ellos. En el extremo del podio hay un hombre de papel bajito y canoso que doy por sentado que es el padre de Blue, dado que, además de nosotras, es el único humano de la sala.

El rey llama nuestra atención con un gesto perezoso de la mano.

—Venid.

El ruido sordo de los pasos de los guardias es muy fuerte en comparación con el roce suave de nuestras zapatillas de satén y nuestras largas faldas, que se arrastran por el suelo que imita al agua conforme nos acercamos al podio. Es entonces cuando me fijo en los hechiceros. Están colocados en filas a ambos lados de la habitación y medio ocultos por las columnas. Su presencia me resulta extraña, ya que, por norma general, los hechiceros tejen su magia decorativa antes del evento. ¿Puede ser que la Enfermedad haya empeorado y resulte más difícil mantener sus encantamientos? ¿O hay alguna otra razón para que estén aquí?

El padre de Blue. Los hechiceros. La manera en la que han hecho que la habitación imite los jardines en los que intenté matar al rey.

Mi inquietud se dispara. Nada de lo que hace la corte es accidental.

—Bienvenidas, chicas —dice el rey, arrastrando las palabras mientras hacemos una reverencia frente al podio. Su tono se vuelve más cortante—. Lei-zhi, únete a nosotros.

Subo los escalones con todos los ojos posados en mí. Para llegar hasta el rey, tengo que pasar por delante de Dama Azami y, cuando lo hago, me lanza una mirada fugaz de advertencia. Enfrente de los demás, no podemos comunicarnos más sin delatarnos, y, conforme llego al trono del rey, mi mente zumba mientras intenta descodificar su advertencia silenciosa. El rey señala sus pies.

—Arrodíllate. Colócate frente a tus… amigas.

Desde aquí, las chicas parecen muy vulnerables, como si el suelo falso lleno de agua fuese a tragárselas en cualquier momento. Los ojos de Blue todavía están fijos en su padre. Aoki mira al rey por encima de mi cabeza con el rostro esperanzado, buscando su atención.

El rey se pone en pie detrás de mí, sumiéndome en las sombras.

—Entre los clanes de demonios —comienza—, es tradición tomar parte en una ceremonia de entrega de regalos la noche antes de la boda. Los futuros esposos se ofrecen el uno al otro cinco regalos que representan los cinco elementos fundamentales: madera, fuego, metal, agua y tierra. Esos son los elementos sobre los que se levanta nuestro mundo y, por lo tanto, también son la base de un matrimonio exitoso.

El alivio cae sobre mí como una cascada. Regalos. Presentes. Eso es todo lo que está ocurriendo.

—Tal como es costumbre para el novio —explica el monarca, recorriendo el podio hasta los escalones que hay al final de él—, yo seré el primero en ofrecerle mis regalos a Lei-zhi.

Cada uno de los pasos de sus pezuñas genera un ruido pesado y amenazante. Se abre camino hasta las chicas y mis ojos otean la habitación, confusos, esperando que aparezca algún sirviente con los regalos del rey, pero no aparece ninguno.

Se detiene junto a Zhen, que alza la vista hacia él mientras frunce el ceño.

—¿Amo Celestial?

Él se inclina, pasándole la mano por debajo de la barbilla.

—La encantadora Zhen —murmura—. Noble e imaginativa, con unos rasgos tan perfectos como la propia madera tallada. —Se mueve hacia su hermana—. La elegante Zhin. Enérgica e intensa como las llamas danzantes del fuego.

Cuando, a continuación, el rey se dirige a Blue, ella se aparta con brusquedad y yo escucho a un hombre siseando al fondo del podio.

—Todavía seguimos así. Chica estúpida.

Se trata de su padre. Siento una pizca de pena por ella antes de que el orgullo reemplace ese sentimiento. Ha depositado sobre el rey la más fría de sus miradas, aunque puedo ver incluso desde aquí que está temblando. El rey la sujeta de las mejillas y da un tirón tan fuerte que casi la levanta del suelo.

—Blue —dice su nombre como si hacerlo le mancillara la lengua—. ¿Qué otra cosa podría pegarle a alguien como tú, tan rígida, tan obstinada, que no fuese el metal?

Vuelve a soltarla. El golpe de sus manos contra el suelo cuando intenta no perder el equilibrio resulta estridente en medio del silencio. El rey prosigue.

—Chenna.

Mi amiga permanece serena incluso cuando él le pasa los dedos peludos por la mejilla y por el color oscuro de sus labios.

—La sabia y consciente Chenna. La superficie calmada de un océano que oculta unas profundidades turbulentas.

Quiero gritar, salir corriendo hacia delante y empujar al rey para que se aleje. Sin embargo, el miedo me mantiene bloqueada en el mismo sitio.

La mirada en el rostro de Aoki cuando al fin llega hasta ella… Si me quedase algo de aire en los pulmones, eso sería lo que me lo arrebataría del todo.

—Mi rey —murmura ella en el tono desnudo y reverencial propio de los amantes—. Por favor…

El rey la sujeta con más amabilidad que a las demás. Las lágrimas empiezan a recorrer sus mejillas cuando él inclina la cabeza, acercándose tanto que podrían besarse, y le pasa los dedos por el cabello, después por la mandíbula y dibuja una línea suave por su garganta.

—La dulce Aoki…

Ella deja escapar un gemido similar al de un cachorrito al que acaban de dar un latigazo. Al principio, no entiendo qué es lo que va mal, porque su postura es muy íntima y no parece que el rey se haya movido. Entonces, me doy cuenta de que los ojos de Aoki parecen sobresalir de sus órbitas. Las lágrimas comienzan a caerle con más fuerza y el rostro se le empieza a teñir de morado. Con una sacudida nauseabunda, me doy cuenta de que la mano del rey le está apretando la garganta.

—La dulce Aoki —repite—. Sincera y leal. Has mantenido en la tierra tus raíces. Al menos, hasta ahora.

Me pongo de pie en un segundo. Antes de que pueda saltar del podio, los guardias me refrenan. Grito y pataleo mientras me obligan a arrodillarme de nuevo.

Entonces, algo más me agarra, atrapándome en esa posición. Magia. Un par de hechiceros se han adelantado con los brazos extendidos hacia delante. Los gritos se me ahogan en la garganta.

El rey se aparta de Aoki de una forma tan abrupta que ella se cae al suelo. Chenna la sujeta, acercándose a su forma llorosa. Mira al rey con una fiereza desatada mientras él gira su cabeza con cuernos hacía mí.

—Y bien, Lei-zhi, ¿te gustan tus regalos?

Una ira salvaje me consume, pero estoy atrapada por la magia. Puedo contemplar inútilmente cómo el rey regresa a mi lado. Sacude una mano en un movimiento demasiado descuidado para lo que significa, y cinco de los guardias que han estado custodiando el podio se dispersan para colocarse cada uno detrás de una de las chicas.

El ruido metálico de cinco espadas siendo desenvainadas resuena en la habitación. De pronto, todo cobra sentido.

La manera en la que han decorado la habitación para que me recuerde a la noche en la que intenté superar al rey y fallé. La presencia del padre de Blue. Los hechiceros, que no están aquí por sus capacidades decorativas sino como armas. Y las Chicas de Papel.

Mis Chicas de Papel. Mis amigas. Mi familia.

«Tal vez te estés preguntando por qué te las envié de vuelta. No te preocupes. Lo descubrirás muy pronto».

No se trataba de que me viesen convertirme en la reina del rey. Se trataba de esto.

Cinco regalos. Cinco sacrificios.

Ahora, las chicas han entrado en pánico. Zhen está pidiendo respuestas mientras su hermana se aferra a ella con los ojos abiertos de par en par y húmedos a causa de la incredulidad. Chenna, a pesar de que su rostro denota el miedo que siente, sigue consolando a Aoki, que todavía está sollozando. Blue se arrastra hacia delante. El guardia que está detrás de ella la agarra del cuello y la hace retroceder con un tirón, posándole la espada en el cuello. Ella deja escapar un grito que me penetra directamente hasta los huesos.

—¡Padre! ¡Diles que paren! ¡Haz que paren! ¡Baba! ¡Baba!

Escucho un vago chasquido desde donde está observando. Está irritado.

—¡Por favor! —suplica ella—. ¡Baba, por favor! Por favor…

—¡No estoy aquí para ayudarte, chica estúpida! Estoy aquí para contemplar cómo, al fin, eres de utilidad.

Sus palabras nos dejan atónitas, haciendo que nos callemos. Blue suelta un sonido diminuto y distorsionado. Chenna tiene una mirada asesina. El rey se ríe.

—Bien dicho, consejero Lao.

Hay un destello plateado y dos gritos ahogados de sorpresa. Los hechiceros que me tenían atrapada se tambalean hacia atrás con unos cuchillos arrojadizos clavados en el centro de las frentes. Siento cómo su magia parpadea hasta apagarse.

Me doy la vuelta y veo a Dama Azami de pie con el rostro encendido mientras saca de su túnica otros dos cuchillos. Toda la habitación se sume en el caos.

24
Lei

—¡Reúne a las chicas y marchaos! —ruge Dama Azami en mi dirección.

Tiene el tiempo suficiente para lanzarles los cuchillos a los guardias que se dirigen hacia ella antes de que Naja esté a su lado, echa un torbellino de furia blanca.

Me pongo en movimiento con torpeza, esquivando el brazo de uno de los guardias para saltar de la plataforma. Todo el mundo está gritando, vociferando y corriendo, bien para ponerse a cubierto o bien para unirse a la refriega. En algún lugar a mi espalda, alguien está chillando sin parar. Me apostaría cualquier cosa a que es el padre de Blue. Los hechiceros que habían estado esperando tras las arcadas se abalanzan hacia delante con los brazos extendidos. Los encantamientos pasan por encima de mi cabeza. El aire burbujea a causa de su poder eléctrico, pero también hay algo más: una nube de cuerpos resplandecientes diminutos. Luciérnagas. Los hechiceros deben de haberlas liberado de sus lugares decorativos y ahora están sueltas, haciendo que todo resulte un caos frenético todavía mayor.

Así que, algunos de los hechiceros están de nuestra parte. Dama Azami ha debido de organizarlo. Apenas tengo tiempo de sentir alivio.

—¡Matadlas! —ruge el rey.

Las veo a través de la nube de luciérnagas enfurecidas. Chenna, Aoki, Blue, Zhen y Zhin. Están luchando con los guardias demonio que apenas unos instantes atrás estaban a punto de rajarles las gargantas. Algunos de los hechiceros lanzan daos a los guardias, ráfagas de aire que los hacen retroceder o tormentas de luciérnagas y hojas afiladas como cuchillas arrancadas de las guirnaldas que hay sobre sus cabezas. Sin embargo, otros hechiceros, aquellos que no están aliados con nosotras, también están usando su magia como arma. Estoy ayudando a Zhen a ponerse en pie cuando un grito de dolor surca el aire.

Blue se eleva hacia las alturas con los ojos en blanco. Su cuerpo se contorsiona de agonía. Chenna le sujeta una pierna e intenta arrastrarla hacia abajo, pero la magia del hechicero es fuerte. En unos segundos, Chenna también se alza por encima del suelo mientras da patadas de forma desesperada.

Hay un torbellino de movimiento.

Chenna y Blue se derrumban sobre el suelo. Zhen y yo corremos hasta ellas para levantarlas. Cerca, un hechicero está farfullando. Una espada, robada a uno de los guardias, emerge de su pecho. De pronto, se cae de rodillas mientras pierde la expresión del rostro. Detrás de él está Zhin. Está temblando, con los ojos desorbitados y tiene las manos llenas de sangre. Deja caer la espada y da un paso atrás, resbalando con el charco rojo que hay a sus pies. Su hermana corre hacia ella y unas palabras de consuelo salen de sus labios, pero no hay nada reconfortante en todo esto. La habitación antes tranquila es ahora un pandemonio de magia que choca entre sí y de figuras luchando.

—Tenemos que irnos —le digo a Chenna—. ¡Ahora!

—¿Puedes andar? —le pregunta a Blue. Antes, ha caído sobre la pierna herida, por lo que debe de estar doliéndole más de lo habitual.

Si es así, apenas da muestras de ello. Por el contrario, sus ojos están fijos al frente, al fondo, más allá de las nubes destellantes de magia.

—Ha venido a verme morir —dice en un susurro.

—Blue, ¿puedes andar? —repite Chenna, alzando la voz.

La atención de Blue se centra en ella de golpe.

—¿Que si puedo andar? —Parte de su habitual rencor ha vuelto a abrirse paso en ella. De pronto, se lanza hacia delante, arrastrándose hacia el hechicero que ha matado Zhin, tratando de alcanzar la empuñadura de la espada que lo atraviesa desde la espalda—. ¡Puedo hacer algo más que andar! —bufa histérica—. ¿Qué clase de padre…? ¿Qué monstruo…? ¡Voy a matarlo! ¡Voy a matar a ese cabrón!

Mientras Chenna se apresura para intentar controlarla, yo las dejo atrás, buscando a Aoki. De todas las chicas, ella es la única que ha permanecido quieta. Arrodillada en la misma posición en la que estaba antes, tiene la mirada vacía, el rostro surcado de lágrimas y está temblando. Mueve la boca y, si bien no puedo escuchar nada por encima del estruendo, sí puedo entender las palabras que pronuncian sus labios.

«Mi rey. Mi rey».

—¡Aoki! —La sujeto por los hombros. Tiro de ella para levantarla, pero se resiste, retorciéndose para soltarse de mi agarre como un niño con una pataleta—. ¡Aoki! —le grito. Le agarro las muñecas. Ella intenta soltarse, balanceándose en dirección al lugar donde el rey está escondido detrás del remolino de hojas, luciérnagas y sangre—. ¡Déjalo! Tenemos que irnos.

Y, entonces, Aoki se sacude, no para soltarse de mi agarre, sino porque otra persona está tirando de ella desde la dirección opuesta.

Es el comandante Razib.

El enorme demonio gacela se cierne desde las sombras. Está salpicado de sangre y su parang de aspecto despiadado parece enfundado en rojo. Agarra a Aoki con una mano y, con la otra, alza la guadaña bien alto.

Una chica choca contra él con una trenza de color castaño flotando tras ella. Chenna. Es apenas la mitad de grande que él, pero es fuerte y él no estaba esperándola. Al haber perdido el equilibrio, su arma rasga el espacio vacío en lugar del cuello de Aoki.

Me lanzo hacia delante y agarro el mango de madera. El comandante ruge, empujando a Chenna a un lado (oigo cómo se golpea contra el mármol con un grito), pero yo estoy tirando de su brazo hacia abajo y, antes de que pueda recuperarse, lanzo la rodilla hacia arriba, acertando en la ingle.

Deja caer el parang con un gruñido ahogado. Yo lo recojo del suelo y lo blando. El gancho le rasga el frontal de la túnica, haciendo que salga un chorro caliente de sangre cuando se le clava en la tripa. Un manantial rojo rezuma en grandes pulsaciones alrededor de la espada.

El comandante Razib se tambalea, esforzándose por mantenerse en pie. Yo suelto el mango del parang y agarro a Aoki. Aturdida, ya no vuelve a intentar resistirse, así que la arrastro conmigo para comprobar cómo está Chenna, que ya se está poniendo en pie. Aunque parece un poco aturdida, me dedica su típica sonrisa: pequeña, irónica y decidida.

—Estoy bien —dice.

Justo en ese momento, por la espalda, un par de garras le sujetan la cabeza y se la retuercen. El chasquido resuena por toda la habitación.

No hay sangre. Ni violencia. Tan solo una disminución abrupta del brillo en esos ojos marrones y astutos y la inclinación torcida de la cabeza encantadora de Chenna sobre su cuello partido.

La sangre me golpea los oídos mientras alzo la mirada para encontrarme con los ojos penetrantes y amarillos de Madam Himura. Está furibunda, con las plumas de punta. Deja caer a Chenna sin contemplaciones y viene a por mí.

Mis dedos se separan de los de Aoki cuando la mujer águila me derriba. Me golpeo con el mármol y Madam Himura me sujeta contra el suelo. Una rodilla me presiona el pecho, justo por debajo del esternón. Jadeo sin poder respirar mientras ella me mira con malicia.

—¡La tengo! —chilla—. ¡Tengo a la Elegida de la Luna!

Su grito de triunfo se convierte en un alarido cuando la apartan de mí.

Unas manos, pequeñas como las de un papel, le agarran las plumas, la gorguera del cuello y los brazos alados.

Me impulso hacia arriba, todavía sin aire, y veo al resto de las chicas (las gemelas, Blue e incluso Aoki) luchando con Madam Himura para derribarla al suelo. Detrás de ellas, se puede ver uno de los brazos de Chenna, estirado en el lugar donde cayó. Tiene la mano hacia arriba, alargada y con los dedos esbeltos abiertos, como si esperase que algo le cayese en la palma. No es que pueda tomarlo. Ahora ya no.

Chenna, muerta. El pensamiento me paraliza.

Cerca de nosotras, el comandante Razib, que todavía sigue sangrando, lucha contra Dama Azami. El torbellino impulsado por la magia zumba con furia a nuestro alrededor, formando un caleidoscopio de lucecitas y gotas de color rubí. Más allá, se perciben las sombras tenues de otras personas luchando. Hechiceros y guardias, tanto aliados como enemigos, que luchan para llegar hasta nosotras o para sacarnos de allí.

Las chicas todavía están esforzándose en sujetar a Madam Himura.

—¡La espada! —grita Blue.

Todavía está clavada en la espalda del hechicero. La libero de un tirón y me coloco frente a Madam Himura. Ella forcejea y desde su boca en forma de pico sale disparada su saliva. Las chicas la retienen. Zhen está prácticamente tumbada sobre ella en un esfuerzo por mantenerla en el suelo. Son fuertes. Somos fuertes. Y más fuertes juntas.

—Lei —dice Madam Himura con voz ahogada.

Parece afectada, asustada de verdad por primera vez, justo como Chenna hace un rato. Dos mujeres, habitualmente tan serenas, amenazando con perder el control en sus últimos momentos. Sin embargo, mientras que Chenna ha permanecido calmada y tranquila incluso en el mismísimo final, Madam Himura se está desmoronando.

Se le escapan unas últimas palabras.

—Por favor…

—Apartad la vista —les digo a las chicas, aunque solo Aoki lo hace, enterrando la cara en el hombro de Blue.

Paso el filo por la garganta de la demonio pájaro con un movimiento seguro. Zhin grita, dándose la vuelta cuando la sangre le salpica la mejilla. Sin embargo, su hermana tiene la mirada fija, al igual que Blue y yo. Las tres contemplamos cómo la sangre resbala por las plumas de Madame Himura y cómo emite su último sonido, amortiguado y burbujeante hasta que los ojos se le ponen en blanco. Unos ojos que habían pasado tanto tiempo juzgándonos y despreciándonos. Unos ojos que temíamos y que nos hacían sentir que jamás nos libraríamos de su mirada amenazadora e inescrutable. Los primeros ojos de demonio en el palacio que nos evaluaron y decidieron que éramos insuficientes.

Un movimiento a mi izquierda capta mi atención.

El duelo entre el comandante Razib y Dama Azami ha terminado. Las chicas jadean, pero yo me limito a contemplar en un silencio horrorizado cómo el comandante levanta del suelo a la mujer perro, señora de las Casas de Noche, aliada de los Hanno, protectora de Kenzo y de Lill, mi amiga. La espada en forma de medialuna está clavada con tanta profundidad en su torso que la punta ganchuda emerge por su espalda. Con el rostro ceniciento, sujeta con ambas manos el mango lleno de sangre en el lugar donde está alojado entre sus pechos. Una línea carmesí desciende desde una de las comisuras de sus labios.

No grita ni gime; no le dará esa satisfacción al comandante. En su lugar, con lo que debe de ser un nivel de esfuerzo equiparable a una supernova, me mira.

—Id con Kenzo —murmulla.

Entonces, su cabeza se desploma.

El comandante la estrella contra el suelo y coloca una de las pezuñas sobre su pecho para sacar el parang con el sonido húmedo y nauseabundo de una rasgadura.

Agarro la mano de la chica que está más cerca de mí, sin siquiera saber quién es, y grito:

—¡Corred!

El torbellino de luciérnagas nos sigue, apretándose de tal modo que el demonio gacela queda atrapado dentro mientras nos persigue. Conduzco a las chicas en lo que espero que sea la dirección adecuada, apenas capaz de ver más allá de la nube zumbante, mientras escucho cómo los gruñidos de frustración del comandante van desvaneciéndose a nuestra espalda.

Otro grito retumba. El rey.

—¡Capturad a la Elegida de la Luna! ¡Matad a las otras!

Yo corro a toda velocidad, arrastrando conmigo a quien quiera que sea y rezando para que las demás nos sigan. El choque de las espadas genera ondas de energía en el aire y se oye el golpe de los cuerpos cuando los lanzan contra las columnas o el suelo.

Alcanzamos la entrada y salimos al pasillo patinando.

Las luciérnagas, demasiado lejos del alcance del control de sus hechiceros, se dispersan. Se me destapan los oídos. Aquí, el ruido de la habitación está amortiguado y es poco más que un murmullo estrepitoso. El rey ha debido de pedir que los hechiceros no dejasen pasar el ruido de las ejecuciones, pero el tiro le ha salido por la culata y, ahora, el ruido de lo que está pasando de verdad no podrá llamar la atención del resto del palacio.

Conduzco a las chicas hacia el oeste. A estas alturas, conozco de memoria la fortaleza del rey. Otro error causado por su arrogancia ha sido creer que no sería capaz de escapar de él una segunda vez y usar mi nuevo conocimiento del palacio para hacerlo. Nos conduzco por pasadizos y escaleras, dirigiéndonos a una entrada para sirvientes que sé que apenas está vigilada.

Nos cruzamos con unas pocas doncellas, que se apartan de nuestro camino con graznidos de sorpresa. Cuando nos encontramos con tres guardias, me deshago de ellos con la misma espada que he usado para matar a Madam Himura, cuya sangre todavía forma una capa roja en el filo. Los demonios son fuertes, pero, de algún modo, yo lo soy más. Mi sangre se ha vuelto ira y venganza, osadía y desesperación.

—Haceos con un arma —les digo, intentando recuperar la respiración junto a los cuerpos de los guardias.

Tras un instante de duda, Zhen y Blue toman las armas de dos de ellos. Aoki todavía está pestañeando aturdida. Zhin retrocede con un gemido.

—¡Zhin! —dice su hermana, zarandeándola por los hombros—. Quieres sobrevivir, ¿verdad? ¿Quieres volver a ver a mamá, a papá y a Allum?

Zhin gime todavía más fuerte. La sangre de Madam Himura le ha manchado las mejillas y sus manos están cubiertas de rojo por el hechicero al que ha matado antes.

—Estamos matando… —susurra—. Hemos matado…

Al darse cuenta de que no será capaz de hacerlo, Zhen se inclina, arranca la patta de la mano cerrada del último guardia y se la entrega a su hermana.

Con el sonido de pasos que se acercan corriendo, Zhin se pone en marcha, cerrando los dedos en torno a la espada. Yo tiro de Aoki y las cinco desaparecemos al doblar la esquina justo a tiempo. Escuchamos gritos cuando los guardias se topan con los cuerpos de sus compañeros.

—Ahora mismo, todo el palacio nos estará buscando —me dice Blue entre dientes—. Por todos los dioses, ¿cómo se supone que vamos a escapar?

—Solo tenemos que llegar hasta las Casas de Noche —contesto—. Allí es donde está escondido Kenzo. Él sabrá qué hacer.

—Kenzo. —La incredulidad tiñe sus palabras—. ¿El general Kenzo Ryu? ¿No está encarcelado por traición en el Lago Lunar?

—Nuestros aliados lo liberaron. Dama Azami lo ha estado ocultando.

Me detengo al oír cómo se dispara una alarma.

De pronto, los pasillos se inundan del sonido de los guardias que responden a la advertencia de las campanas. Arrastro a las chicas hasta un patio pequeño con una fuente para dejar que pasen. Una vez que el camino queda despejado, volvemos a salir a toda prisa.

Nos cuesta quince terroríficos minutos llegar hasta la entrada de los sirvientes, pues tenemos que escondernos en habitaciones y pasillos laterales cada vez que escuchamos cómo se acercan los demonios. Sujeto a Aoki con fuerza. No me fio del modo en el que sigue murmurando esas dos palabras. «Mi rey». Parece como si, en cualquier momento, su susurro pudiese convertirse en un grito que nos delataría a todas. Cuando al fin llegamos a la puerta estrecha, la abro un poco.

El aire frío me golpea el rostro. Fuera, está oscuro y el cielo es una cubierta de nubes. Esta parte del Sector Real está desierta, pero el aire nocturno está repleto del tañido de las campañas y el sonido de los demonios corriendo. Estoy a punto de guiar a las chicas hacia fuera cuando una mano con escamas sujeta el marco de la puerta.

—Lei, te lo has tomado con calma.

Se trata de Kiroku, la doncella de Naja y nuestra aliada.

El resto de las chicas se tensa, ya que no saben quién es el demonio reptil. Blue incluso alza el cuchillo, abriéndose paso hasta la puerta con Zhen justo detrás de ella. Yo las contengo, dándoles una explicación rápida.

—Es una amiga. ¿Cómo sabías que estaríamos aquí? —le pregunto a Kiroku.

—Dama Azami pensó que, dado tu conocimiento del edificio, vendrías por aquí. Pero, por si acaso, pusimos espías en cada una de las posibles salidas. —Entrecierra los ojos reptilianos—. Solo sois cinco, ¿dónde está la otra chica?

El nombre de Chenna se me atasca en la garganta.

—Solo somos nosotras.

Kiroku no me presiona. Nos tiende un fardo de túnicas negras.

—Vais a fingir que sois hechiceras y que yo os acompaño hasta la puerta principal siguiendo las órdenes de Naja.

Nos pasamos la ropa por la cabeza. Tengo que ponerle la suya a Aoki.

—Sé que esto es duro —le susurro mientras le coloco un mechón de cabello castaño rojizo detrás de la oreja—, pero necesito que te quedes cerca de mí. ¿Puedes hacerlo?

Cuando no responde, Blue interviene y la toma del brazo.

—Yo me encargo de ella.

Asiento con gratitud.

—Aseguraos de que no se os resbalan las capuchas —nos recuerda Kiroku antes de conducirnos al exterior, como si necesitásemos que nos recuerden el coste mortal en caso de que nuestros disfraces fallasen.

25
Lei

El pánico me tamborilea bajo la piel mientras nos encaminamos hacia el sur a través del palacio, usando los pasajes para los sirvientes que hay entre los muros de los sectores. Cuando nos cruzamos con guardias o doncellas, me pongo en tensión, preparándome para que nos llamen la atención o, cuando menos, que nos interroguen. Sin embargo, Kiroku interpreta su papel con facilidad, quejándose cuando una de nosotras empieza a quedarse atrás mientras camina por el centro del camino amurallado sin preocuparse por nadie más, obligándolos a dispersarse como si fuésemos nosotras las que tenemos el poder. En realidad, como hechiceras reales, así es exactamente cómo funciona. Es el disfraz perfecto.

El corazón se me encoje al pensar en Dama Azami planeando esto. Es evidente que sabía lo que el rey tenía planeado para nosotras esta noche y que yo sería incapaz de vivir conmigo misma si perdía a las chicas. Ha muerto por ellas. Por mí. Porque, si hubiera escapado del palacio tal como ella lo había organizado hace semanas, no estaría aquí ahora y, tal vez, no habrían mandado ejecutar a las chicas y quizá Dama Azami no habría tenido que mostrarse como una traidora a la corte. Como tantas otras, su muerte recae en mis manos.

Una vez, Wren me contó cómo nadie te prepara para lo que cuesta arrebatar una vida. Ella estaba hablando sobre el asesinato, pero hay más formas de ser responsable por la muerte de alguien que clavar la espada con tus propias manos. Me pregunto si hay algún modo de recuperar todas esas piezas o si sigues existiendo sin ellas, como si fueses una casa con tantas grietas que el viento silba entre ellas por la noche, dejando pasar el frío de tal modo que tus huesos siempre están helados y tu corazón nunca vuelve a ser tan cálido como solía ser.

Tras cuarenta minutos, Kiroku nos conduce a través de un arco que conduce a la parte más al sur del Sector de las Mujeres.

—Esto estará más tranquilo —comenta—, podremos movernos con más rapidez.

—Dama Azami nos dijo delante del comandante Razib que fuésemos a buscar a Kenzo —le digo—. ¿Estás segura de que no saben...?

—Lo dudo. Nuestros espías han alimentado los rumores de que se esconde en algún lugar de las cadenas montañosas de la Cresta del Demonio. No pensarán en buscaros aquí. Al menos, no de momento. Al final, acabarán registrando todo el palacio.

Nos apresuramos a cruzar los terrenos sumidos en la medianoche, ciñéndonos a los caminos que hay entre las plataformas elevadas con sus pasajes cubiertos y casas entrelazadas. Al vislumbrar las puertas de acceso a las Casas de Noche, la chica lagarto alza una mano.

Un hechicero se asoma por debajo de las ramas de una acacia coral. Es un hechicero de verdad, no como nosotras, con los tatuajes tejidos sobre su piel oscura.

—¡Ruza! —exclamo. Se trata del chico joven que me ayudó en el Sector de los Templos.

—El pájaro pequeño vuela —recita, ignorando mi saludo.

—Sobre las alas de la chica de ojos dorados —termina Kiroku.

Ruza asiente y nos recorre con los ojos pálidos. Parece incluso más cansado que la última vez que lo vi y, aunque está libre del collar de la garganta, la piel de esa zona está llena de costras de sangre y amoratada. Aun así, lo primero que dice es:

—¿Alguna herida a la que tengamos que echarle un vistazo?

Me acerco a Blue.

—Mi amiga ha caído sobre la pierna…

Ella me aparta.

—Mi pierna está perfectamente bien. ¿Por qué no le pides que te arregle esa cara tan horrible que tienes, Nueve? Nos haría un favor a todas.

Zhen deja escapar un bufido irónico, lo que hace que desaparezca parte de la tensión.

—No deberíamos perder el tiempo —dice Ruza, mirando a los guardias que rodean los terrenos de las Casas de Noche—. Las noticias sobre Lei y las chicas se están esparciendo con rapidez; no podemos arriesgarnos a perder la ruta de escape.

Nos hace colocarnos muy juntas y, después, cierra los ojos y nos sujeta las manos. De ellas emergen en espiral caracteres dorados que nos envuelven con un murmullo cálido. El joven hechicero se tambalea cuando termina; parece agotado.

—Es un hechizo protector —nos dice—. Nos mantendrá ocultos. Vamos. Quedaos cerca de mí.

Mientras cruzamos las puertas, ninguno de los guardias se gira hacia nosotros. De inmediato, el olor dulce y almizclado del jazmín y la plumería me inunda la nariz. Tan solo he estado en las Casas de Noche durante el día y los terrenos son incluso más hermosos durante la noche cuando los farolillos iluminan el camino serpenteante que atraviesa los jardines. Las luciérnagas, libres de magia, revolotean en un aire muy agradable. Hay parejas en los pabellones que están casi ocultos entre los árboles y de ellos surgen gemidos de placer mientras la música y las risas flotan en la brisa desde el grupo de edificios que hay en la distancia.

Hace tiempo, esos sonidos sensuales me avergonzaban y me provocaban. Esta noche, en todo lo que puedo pensar es en lo mal que está que haya gente divirtiéndose cuando apenas hace unos minutos que yo estaba en una habitación de pesadilla viendo cómo morían dos de mis amigas.

Sus cuerpos todavía están en esa habitación junto los de a saber cuántos de nuestros aliados.

Chenna. Dama Azami.

Chenna.

Cuando llegamos al claro principal, bordeamos los edificios colmados de cháchara alegre y ruidos. Aunque me duele pensar que Lill está tan cerca, sé que sería peligroso que intentase verla. Ruza nos lleva hasta un pabellón pequeño que está apartado de los demás. Unas bandas de un color verde parecido al de los pavos reales cubren la entrada. En lugar de las banderolas que adornan el resto de edificios, marcadas con el carácter «ye» para indicar que son el hogar de las cortesanas de palacio, la caligrafía de esta estructura indica que es una casa de té.

—Nosotros vigilaremos —dice Ruza mientras disipa su magia protectora con un suspiro de alivio antes de que él y Kiroku nos conduzcan al interior.

Apenas he atravesado la entrada cuando me detengo, tambaleándome.

—Hola, Lei —dice Kenzo con voz ronca mientras se alza uno de los lados de su boca en forma de hocico.

Me abalanzo sobre él. Los brazos peludos del demonio lobo me envuelven mientras entierro la cara en su cuello. Su aroma tranquilizador, una mezcla entre el humo de la madera y los campos verdes como el jade, me envuelve y, por un momento, me siento tan animada por el alivio que podría reírme. Entonces me doy cuenta de la sensación tan diferente que me causa su cuerpo. Siento cómo los huesos que le sobresalen se me clavan en la piel y, por encima del cuello de su túnica, allí donde tengo apoyada la mejilla, detecto una zona del pelaje que ha sido arrasada por la sarna. Incluso la forma en la que se mueve resulta rígida y cuidadosa.

Me aparto de él, contemplándolo con los ojos vidriosos.

—Oh, Kenzo...

Él sacude la cabeza. A pesar de su cuerpo deteriorado, sus ojos de un dorado bruñido no han cambiado y me lanzan una mirada feroz.

—Nada de lástima, por favor. Estoy vivo y casi somos libres. Eso es lo importante.

—Disculpadme. —La voz de Zhen nos devuelve a la realidad—. No pretendo ser maleducada, pero soy consciente de que andamos justos de tiempo…

Blue suelta un bufido ante semejante evidencia.

Kenzo barre a las chicas con la mirada. Sé que nota la ausencia de Chenna. Aunque no la conoció personalmente, pasó bastante tiempo como guardia personal del rey como para saber quién era. Aunque frunce el ceño, no hace ningún comentario al respecto, lo cual le agradezco. Todavía no soporto decir las palabras en voz alta.

—¿Y bien? —le pregunto—. ¿Cuál es el plan? Supongo que saldremos de aquí del mismo modo en el que se suponía que debía salir la última vez, ¿no?

Esas palabras hacen que las chicas me miren con curiosidad. Kenzo asiente.

—Nuestros hechiceros aliados han estado controlando una parte del muro perimetral que hay cerca —les explica para que comprendan—. Ruza se liberó para ayudar a traeros hasta aquí a salvo.

Zhin parece aterrada.

—¿Y entonces? No podemos salir sin más, ¿no? Nos encontrarán, no escaparemos, no podremos. Oh, dioses, vamos a morir como Chenna…

Su hermana la hace callar.

—Hemos planeado una distracción —dice Kenzo—. Debería mantener a los soldados del rey ocupados mientras nos escondemos en el bosque para dejar que pasen. Kiroku va a regresar ahora hasta el rey para poner en aviso a la corte. Deberían morder el anzuelo.

Blue suelta una risita de burla.

—¿Deberían? ¿Y si no lo hacen?

—¿Tienes una idea mejor? —exclamo.

—Más magia.

—No entiendes el coste que tiene, Blue.

Ella me lanza una mirada asesina.

—Tal vez lo haría si te hubieras molestado en contarnos algo de todo esto antes de que nos estuviesen arrastrando hacia la muerte —replica con frialdad.

Un fuerte estallido procedente del exterior nos deja congeladas. Escuchamos el sonido amortiguado de unos pasos corriendo, risas y otra puerta cerrándose de golpe. Kiroku asoma la cabeza entre las cortinas.

—Deberíamos ponernos en marcha —dice—. Las noticias dicen que los guardias han empezado a registrar todos los sectores.

Kenzo me tiende un paquete de suministros y se carga otro al hombro. Mientras salimos de la casa de té, Kiroku me detiene en la puerta.

—Casi se me olvida. —Me deposita algo en las manos—. Creo que esto es tuyo.

El peso me resulta familiar al instante. Mi daga.

—La robé del dormitorio de Naja —dice.

—Gracias —le digo y, mientras volvemos a adentrarnos en la oscuridad de la noche, la guardo debajo de mi túnica, sintiéndome más valiente de inmediato. Ese cuchillo me ha sacado de situaciones difíciles en el pasado. Esperemos que pueda ayudarme una vez más.

—Oh, dioses —dice Zhen cuando entramos en el Sector de los Templos.

Sabiendo lo que me iba a encontrar, me he preparado para la visión de los hechiceros aprisionados. Ahora deseo haber pensado en avisar a las demás. Pero ¿cómo preparar a alguien para algo así? ¿Cómo les explicas la imagen de cientos de personas encadenadas y apiñadas tan juntas que no tienen espacio para moverse cuando las cadenas y los collares que llevan en el cuello son peores que cualquier cosa a la que un granjero sometería a su ganado? ¿Cómo les hablas del hedor de los fluidos corporales y la suciedad o de la postura encorvada de los hechiceros y sus mejillas hambrientas y hundidas?

El rostro de Blue se contrae de repulsión mientras atravesamos el suelo abarrotado.

—¿Qué es esto? —dice entre dientes—. ¿Este es el hogar de los hechiceros reales?

—Este es el coste de la magia —le digo, aunque no obtengo ninguna satisfacción de ello.

El cántico rítmico y la crepitación de los daos de los hechiceros nos retumban en los oídos. Es como moverse a través de una tormenta monzónica en la que el aire es algo físico que tiene cuerpo y te muerde. El resplandor dorado sería precioso si la fuente de su creación no fuese tan terrible.

—¿Dónde está el pasadizo? —pregunta Zhin, asustada, cuando nos detenemos en la pared más alejada, cuyas piedras encantadas no parecen diferentes que las del resto del Sector de los Templos—. ¡No veo ninguno! Nos vamos a quedar aquí atrapadas, ¿verdad?

Zhen le masajea los hombros, intentando calmarla. Ruza, que es el que más cerca está de la pared, se estira para tocarla. Su mano la atraviesa limpiamente.

Las gemelas se quedan sin aliento. Blue suelta una palabrota. Yo misma siento una sacudida en el estómago. Incluso después de todas las muestras increíbles de magia que he visto, esto es diferente. Esto son los muros del palacio, los grandes protectores del Palacio Escondido que se han mantenido en pie durante casi doscientos años. Pero, ahora, están siendo atravesados por la mano de un joven hechicero.

Ruza retira el brazo y las gemelas vuelven a quedarse sin respiración, como si no hubiesen estado del todo seguras de que fuese a aparecer de nuevo.

—No duele.

Kenzo se coloca frente a la apertura oculta.

—Saldremos de uno en uno —dice—. Tan pronto como estéis fuera, ocultaos entre los árboles. No os alejéis más. Esperadme.

—¿Vas a venir con nosotros? —le pregunto a Ruza.

Él sacude la cabeza.

—Tengo que volver a ocupar mi lugar. Si no lo hago, sabrán que hay algo raro.

—No puedes hablar en serio —dice Blue, indignada. Echa un vistazo a las filas de hechiceros esclavizados—. No... No puedes...

—Debo hacerlo, y lo haré. —Ruza nos mira a los ojos de una en una con una sonrisa decidida—. Cuidaos, Chicas de Papel. Espero volver a veros a todas pronto.

A mí me mantiene la mirada un poco más. Después, da un paso atrás y Kenzo me guía hacia la pared que me ha mantenido prisionera durante tanto tiempo. Mantengo la respiración mientras cruzo.

No siento dolor, aunque sí un derroche de emociones. Un hormigueo, un rasgueo y una pulsación en los oídos; un escalofrío eléctrico que hace que la lengua se me enrolle dentro de la boca. Continúo a trompicones, cegada por los encantamientos que son como el millón de lucecitas que ves tras mirar fijamente al sol. Entonces, de una forma tan abrupta como han comenzado, esas sensaciones desaparecen.

Estoy fuera. Fuera del palacio.

No tengo tiempo de deleitarme en ello. Desorientada por culpa de la oscuridad repentina, me tambaleo hasta un árbol de bambú cercano y me apoyo en él. El extraño canturreo del Sector de los Templos ha sido reemplazado por los sonidos nocturnos: animales corriendo por el bosque, los pasos y los gritos lejanos de los guardias y el viento moviendo las hojas de los árboles. Entonces, se escucha una inhalación aguda cuando Blue aparece, materializándose a través de la pared sólida como si fuese un fantasma.

Se acerca a mí a toda velocidad. Mira alrededor con el pecho jadeante. Las luces de los braseros que hay repartidos por toda la alta balaustrada se reflejan en sus ojos oscuros como la tinta y en su cabello negro azulado.

—Dioses —dice.

—Lo sé —susurro.

Zhin es la siguiente y, poco después, la sigue Zhen, que tiene que arrastrar a su hermana hasta los árboles con una mano sobre su boca. Después aparece Aoki y, al final, Kenzo.

Yo observo el muro, como si Chenna también fuese a atravesarlo con sus ojos serios resplandeciendo y sus labios formando una línea fina y decidida. Pero, por supuesto, no aparece.

A mi lado, Kenzo mira hacia el bosque. Los inquietantes tallos de bambú desprenden un brillo verde perlado muy suave y, entonces, recuerdo que el bosque también está cubierto por los encantamientos de los hechiceros. Antes de que pueda preguntarle a Kenzo si eso nos afectará, se escucha un graznido ensordecedor.

El demonio lobo se lleva un dedo a los labios. Una sombra enorme pasa por encima de nuestras cabezas.

Zhin gime y su hermana la abraza más fuerte. Cerca, Blue sujeta a Aoki, que sigue callada, aunque las lágrimas le recorren las mejillas mientras sigue articulando la misma plegaria silenciosa. «Mi rey. Mi rey».

Esperamos todo un minuto agónico para que la figura que vuela por encima se marche. No sé si es uno de los Tsume, la guardia de demonios pájaro de élite del rey, o uno de los miembros del Ala Blanca de Qanna. En cualquier caso, el demonio nos está buscando. Cuando regresa hacia el palacio con el batir de unas alas fuertes, Kenzo nos hace unas señas para que sigamos hacia delante.

Apenas hemos dado un paso cuando escuchamos otro graznido. En esta ocasión, Zhen no está cubriéndole la boca a su hermana. El gemido de alarma de Zhin ni siquiera es demasiado fuerte, pero al igual que una ramita partiéndose en un bosque a medianoche, el sonido rompe el silencio.

El demonio pájaro suelta un chillido y se lanza directamente hacia nosotros.

Nos ponemos en movimiento, tambaleándonos hacia las profundidades del bosque. Los llantos de terror de Zhin acompañan el sonido de nuestros pasos y nuestros jadeos frenéticos. Otro grito se une al chillido del primer demonio. Algo agita las copas de los árboles sobre nuestras cabezas. Unas ramas se parten y unas cuantas hojas dispersas se desprenden y, entonces, una figura alada se abalanza sobre nosotros desde el techo del bosque.

El grito agudo de una chica inunda el aire.

Todo ocurre demasiado rápido como para entenderlo. Nos hemos separado por culpa del miedo, y no soy capaz de adivinar a quién pertenece el grito hasta que la demonio pájaro, una enorme mujer cuervo vestida con la armadura dorada de los Tsume, bate las alas hacia arriba con una chica colgando de sus garras afiladas como cuchillos.

—¡Aoki! —grito.

Me doy impulso hacia ella, pero es demasiado tarde, se está elevando fuera de mi alcance.

Diviso un torbellino de pelaje gris. La mujer cuervo chilla y se inclina hacia un lado. Una de sus alas se queda atrapada entre los árboles y se inclina, cayendo hacia el suelo del bosque. Kenzo continúa aferrándose a ella. Tiene suerte de que no lo haya aplastado, pero ella ha caído hacia el otro costado. Trepa hasta el cuello emplumado y, con un gruñido estrepitoso, le pasa la espada por la garganta. Cuando el cuerpo de la demonio se queda sin vida, las garras se sueltan y Aoki rueda en libertad.

Me lanzo sobre ella, apartándole el cabello cobrizo de la cara.

—¡Aoki! —grito. El pánico me ha hecho olvidarme de cualquier atisbo de sigilo—. ¡Aoki, háblame! ¿Estás herida? ¡Aoki!

Gruñe. Tiene el rostro grisáceo y se le ha formado una burbuja de sangre en la comisura de los labios. Siento el regazo húmedo y miro hacia abajo para encontrarme con más sangre, torrentes brillantes de ella, borboteando desde su estómago. Si bien mi hanfu es el habitual negro con los detalles dorados, el de Aoki es de un color verde pálido, pero ya está empezando a oscurecerse.

Hay tanta sangre que, al principio, no puedo distinguir la herida. Cuando lo hago, siento como si la tierra desapareciese bajo mis pies.

De algún lugar cercano nos llega el sonido del choque de las garras contra el metal. Kenzo está luchando con el segundo demonio pájaro. Sus movimientos zumbantes me agitan el pelo sobre las mejillas, pero apenas me doy cuenta. Estoy encorvada sobre el cuerpo sin fuerzas de Aoki y mis lágrimas le caen sobre el rostro, vuelto hacia arriba. Arrastro el paquete de suministros que me ha dado Kenzo y lo vacío con desesperación, agarrando el primer rollo de tela que encuentro y colocándolo sobre la piel hecha trizas. Está empapado en un instante.

Sollozando, presiono la línea dentada del vientre donde se le ha clavado una de las garras afiladas como una espada de la mujer cuervo, pero la sangre continúa emanando por encima de mis dedos, haciendo que desaparezcan como la mano de Ruza en la pared. Entonces, Kenzo vuelve con nosotras y toma a Aoki en sus brazos. Las otras chicas regresan, ahogando unos gritos al verla. Blue me sujeta la mano con unos dedos que parecen tornillos y nos ponemos en marcha de nuevo, cruzando el bosque oscuro a toda velocidad. Mientras corremos sin parar, nos persiguen los gritos de más demonios pájaro. La sangre de Aoki dibuja un camino sobre la tierra. Su rostro, pálido como el de un fantasma, cuelga por encima del hombro del lobo. Sus labios por fin han dejado de moverse.

26
Lei

—Necesito un trozo más de tela. Este está empapado…

—Aquí tienes.

—Sigue presionando, Kenzo. ¿Podrías…?

—Lei, ten cuidado con esa parte…

—Ya lo intento…

—Ay, dioses, hay sangre por todas partes.

—¡Zhin! Baja la voz, no podemos permitir que nos encuentren otra vez.

—¡Oh, te lo agradezco, Zhen, eso me ayuda muchísimo a calmarme!

—¡Bueno, es que parece que nada lo hará!

—¿Cómo es que ninguna de vosotras está aterrada? ¿No os dais cuenta? Hemos escapado del palacio, hemos matado a Madam Himura y a un montón de guardias y hechiceros. Yo he matado a un hechicero. Y Chenna está muerta y Aoki casi…

—No lo digas. No te atrevas a decirlo.

Mi gruñido logra que Zhin se calle. Vuelvo a centrar toda mi atención en el lugar en el que estoy vendando a Aoki. Su piel está suave y resbaladiza. Mis dedos resbalan cuando estoy atando el nudo. Kenzo le presiona la herida para que podamos hacer el vendaje lo más ajustado posible mientras Zhen limpia la sangre y Blue rasga pedazos de nuestra ropa con los dientes para usarlos como vendas, haciendo que parezca que ha estado dándose un festín de carne cruda.

Zhin no ha exagerado. Realmente, hay sangre por todos lados.

La cabeza de Aoki está apoyada sobre el regazo de Zhin, que le acaricia el pelo con dedos temblorosos. Bajo la luz tenue del bosque, está sorprendentemente pálida. Tiene los ojos cerrados y el rostro tranquilo. Tan solo su complexión y el hilo de sangre que emana de una de las comisuras de sus labios dejan claro que no se trata de un sueño habitual. Muevo los dedos hasta su muñeca. El corazón le palpita con debilidad.

—Vas a ponerte bien —le digo—. ¿Me oyes, Aoki? No vas a irte a ningún sitio.

—Lei —dice Kenzo con voz ronca—, cuando se despierte, va a necesitar algo para el dolor. En tu bolsa hay plantas medicinales; Dama Azami las preparó en caso de que pasase algo como esto. Dijo que tú sabrías qué hacer.

Me quedo helada.

—Vacié la bolsa cuando hirieron a Aoki. —Tomo aire—. Ya... Ya no la tengo. —Se produce un silencio doloroso. Todos estudiamos el rostro ceniciento de la chica. Me pongo en pie—. Tiene que haber algunas plantas por aquí.

—¡No puedes irte! —exclama Zhin entre dientes—. A estas alturas habrá cientos de guardias buscándonos.

—La distracción los mantendrá ocupados —dice Kenzo.

—Hace mucho tiempo que no escuchamos nada —señalo.

Zhen rodea los hombros de su hermana con un brazo.

—Aun así, es probable que sea mejor que nos mantengamos todos juntos.

—Yo iré con ella —espeta Blue—. No vamos a ayudar a Aoki si nos quedamos sentadas discutiendo como hacen las señoras mayores cuando apuestan al majhong.

Se limpia las manos manchadas de sangre en la capa fina del interior de su hanfu, dejando la marca de sus huellas. Al igual que yo, se ha quitado la capa externa de la túnica para usarla como vendas para la herida de Aoki. El frío nocturno le pone la piel de gallina. Asiento y me giro hacia las demás.

—No nos iremos muy lejos.

—Si ocurriese algo —me dice Kenzo en tono tranquilizador—, estaré aquí. Tan solo quedaos cerca y tened cuidado.

Habla con calma, pero, cuando nuestros ojos se cruzan, veo cierta urgencia que no puede ocultar.

Ninguno de nosotros puede estar seguro de cuánto va a durar la distracción. Él nos ha explicado en qué consistía antes, una vez que hemos encontrado un lugar seguro para escondernos de los demonios pájaro del rey. Un grupo de guardias aliados iba a abandonar el palacio por las murallas del sudeste a caballo, dando tiempo a que nosotros nos moviésemos hacia la parte noroeste del bosque desde donde nos dirigiremos al campamento secreto que los Hanno han montado a unos pocos kilómetros de distancia mientras se preparan para asediar el palacio. Aun así, podrían pasar días o tan solo unas horas antes de que la corte se dé cuenta de que los hemos engañado. Y, entonces, ¿qué haremos?

Le doy un beso a Aoki en la frente antes de abandonar el pequeño claro con Blue. Las nubes han empezado a despejarse y algún atisbo de la luz de las estrellas titila a través de las copas de los árboles. Eso llena el bosque de sombras intermitentes, lo que hace que esté todavía más nerviosa mientras nos abrimos paso entre los árboles. Me cuesta distinguir plantas medicinales que nos puedan ser útiles entre el follaje más bien escaso que hay en el suelo. Me fiaría del olfato si no fuese por el hedor de la sangre. Tengo la ropa y la piel empapadas en ella y algunos mechones del pelo se me pegan a las mejillas con la sangre de mi amiga.

Blue camina a mi lado.

—¿Qué estamos buscando?

—En general, las mismas plantas que te he estado suministrando a ti —contesto, inspeccionando las raíces de un árbol—. Ginseng, cardo mariano… Cualquier cosa que alivie el dolor y que proteja de las infecciones. Si una herida como esa se vuelve séptica…

Blue o bien no se da cuenta de mi preocupación o decide ignorarla. Suelta un bufido.

—Muy útil, Nueve, dado que no sé cuál es el maldito aspecto de ninguna de esas plantas cuando no forman una papilla apestosa extendida sobre mi pierna. No todos trabajamos en una tienda de plantas medicinales para plebeyos.

—Entonces, ¿por qué te has ofrecido a ayudar si crees que es algo que no está a tu altura? —le contesto con impaciencia.

—Alguien tenía que asegurarse de que no nos metieras a las demás en más problemas de los que ya nos has metido —me replica con el ceño fruncido. Sin embargo, hay una nota más suave en su tono que sugiere que no soy la única preocupada por el bienestar de Aoki.

—Nuestra mejor apuesta es el yan hu suo —le digo—. Crece bien en los bosques de bambú. Tienes que buscar unas flores pequeñas en forma de campana, ya sean azules o amarillas, y con abundante verde. Lo que nos interesa son los tubérculos.

Blue gruñe para hacerme saber que lo ha entendido. Mientras se mueve para buscar entre unos arbustos cercanos, me doy cuenta de que su cojera es más pronunciada que lo normal. Después de correr tanto y de la caída de antes, es sorprendente que pueda moverse tan bien como lo hace.

—¿Cómo está tu pierna? —le pregunto.

—Bien —responde con brusquedad, y yo no la presiono. Aun así, cuando diez minutos después me topo con un puñado de amapolas salvajes, que son unas sustitutas bastante buenas para el yan hu suo, recojo más de las necesarias.

Estamos buscando más plantas cuando Blue vuelve a hablarme.

—¿De qué iba eso de una ruta de escape que deberías haber tomado en otra ocasión?

Me pongo tensa.

—Los rebeldes del palacio tenían un plan para sacarme de allí.

—¿Y no lo aprovechaste?

—No era el momento adecuado.

Ella hace un ruidito mordaz.

—Increíble.

Yo la miro con el ceño fruncido.

—¿Qué?

—Tenías una forma de escapar y no la aprovechaste. ¿Cómo de estúpida eres, Nueve?

—Os hubieran castigado si lo hubiese hecho —le contesto, acalorada—. Es probable que el rey os hubiese matado.

—¿Y qué? ¿De qué me ha servido alguna vez estar viva? Dioses, mi vida es tan fantástica que quién no querría ser yo.

La hostilidad en su voz es como un aguijón.

—Blue…

Me da la espalda, dejando claro que la conversación ha terminado. Cuando estamos regresando, habiendo recolectado suficientes hierbas, me dirijo a ella con voz suave.

—Siento lo de tu padre.

Ella no responde, y yo no espero que lo haga. Sin embargo, cuando estamos llegando al claro, sus palabras emergen de pronto y a toda velocidad.

—No debería sorprenderme a estas alturas. Es ridículo. Me he estado aferrando a nada todo este tiempo. Quiero decir, dioses, después de todo… —Emite un sonido enfadado y animal que procede del fondo de su garganta antes de soltar el aire temblorosamente. Su voz se apaga hasta convertirse en un susurro—. ¿Por qué sigo sorprendida?

—Porque, cuando amas a alguien —contesto—, no puedes evitar desear que ocurra lo mejor.

—¿Incluso cuando lo único que te muestran es su peor parte?

—Porque te han mostrado algo más que su peor parte; porque sabes que pueden ser mejores; porque tú lo has visto y los has amado por ello.

Los ojos oscuros y recelosos de Blue se giran hacia mí.

—¿Qué pasó entre tú y tu chica? Ni siquiera has mencionado su nombre. No es que me preocupe, claro —añade de forma apresurada—. Tan solo me sorprende que no te hayas pasado cada minuto que estás despierta hablando de ella con efusividad.

En esta ocasión, soy yo la que la ignoro.

Una vez que hemos regresado con los demás, me ocupo de Aoki. Elaboro una cataplasma y trituro algunas semillas de amapola sobre su lengua para aliviarle el dolor. Después, les curo a Kenzo y a las chicas los pequeños arañazos que se han hecho durante la escapada. Las horas pasan sin que haya señales de problemas y, conforme disminuye la tensión, las gemelas se quedan dormidas. Ahora, casi nos sentimos a salvo entre el bambú que cruje suavemente y la luz danzante de las estrellas que dibujan canciones de cuna por toda la tierra. Tras los acontecimientos de la noche, el cansancio debe de estar atrapando a las chicas con fuerza.

Hace unas horas, les dijeron que iban a morir. Entonces, una de ellas lo hizo y otra no está muy lejos de hacerlo también.

Con los ojos vigilantes posados en los árboles, Kenzo sostiene a Aoki contra su pecho para mantenerla caliente. Ella todavía no se ha movido. Compruebo su pulso a menudo, temiendo que se nos vaya sin que nos demos cuenta. Una parte de mí desea que permanezca inconsciente para evitarle el dolor que sin duda la inundará en el momento en el que se despierte, mientras que la otra parte desea que abra los ojos, tan solo para saber que sigue ahí, que todavía tiene las fuerzas suficientes para luchar.

—Descansa —me dice Kenzo.

La oscuridad está disminuyendo y el amanecer se acerca rápidamente. Zhen y Zhin roncan con suavidad. Al final del grupo, Blue está hecha un ovillo con el rostro dirigido hacia el otro lado, de modo que no puedo saber si está durmiendo, aunque, después de lo que ha descubierto sobre su padre, dudo de que sea así.

—No estoy cansada —le contesto a Kenzo.

—Claro que lo estás. Lei, pronto nos tendremos que poner en marcha. Puede que no tengas otra oportunidad de descansar.

—No necesito descansar —le contesto de malas maneras. Dejo escapar un suspiro—. Cada vez que cierro los ojos veo a Chenna y a Dama Azami. El gesto en sus rostros mientras morían. Cómo murieron para salvarnos. Dormir no me va a dar paz.

—¿Y torturarte pensando en ellas lo hará?

—Me dará fuerza. —Encuentro sus ojos de lobo astuto—. Con lo que está por venir, necesito eso más que la paz.

Él inclina la cabeza, contemplándome con cariño.

—Qué lejos ha llegado la chica a la que, una vez, entrené en el bosque. Aquella chica apenas sabía cómo empuñar un cuchillo. Y mírate ahora. Derribas a los demonios con la seguridad de un guerrero experimentado. Le has salvado la vida a cuatro de tus amigas. Wren estaría muy orgullosa.

A pesar de que las ha dicho de forma cariñosa, sus palabras se me clavan como dagas. Reprimo la respuesta amarga que quiero soltarle: que tal vez Wren esté orgullosa de que me haya convertido en una asesina despiadada como ella. Aun así, no puedo evitar acordarme de su mirada cuando compartió conmigo la palabra de su Bendición Natal, de lo rota que parecía cuando me habló de lo que le había pasado en realidad a la familia de Aoki, de cómo, cuando hablamos sobre la noche del Baile de la Luna y de por qué había regresado a por mí, Wren dijo que no podía dejarme pasar por aquello sola.

«Sé lo que se siente. No te hablan de eso, de cómo quitar una vida te arrebata parte de ti también».

¿Me mirará del mismo modo incluso ahora? ¿Después de todas las cosas que me han arrebatado? ¿De las que yo misma me he arrebatado?

—Dudo que no hayas estado en sus pensamientos todo este tiempo —dice Kenzo—. Tal vez lo hayas olvidado, Lei, pero yo estaba allí cuando Wren anunció que te amaba. Nunca antes la había escuchado hablar así. Es la única vez que no la he visto bajo control. Tú eras lo único que existía en el mundo en ese momento. Lo único que le importaba.

Se me escapan unas cuantas lágrimas. Kenzo se estira para tomarme la mano. Su pata lobuna es grande y pesada. Cubre la mía y, tal como ocurrió la primera vez que me tocó, en lugar de sentirme amenazada, me siento segura, protegida.

Tal como solía hacerme sentir el amor de Wren.

Tal como lo hace todavía.

Porque, incluso aunque estoy asustada, decepcionada, enfadada y confusa, siempre se reduce a lo mismo: nuestro amor. Como le he dicho a Blue, puede que haya visto a Wren siendo su peor versión, pero también la he visto siendo la mejor. La conozco, y ella me conoce a mí. En una ocasión, estando enfadada y desesperada, le dije que era despiadada, pero no fui justa. Eso no ha sido nunca cierto. Wren siempre ha tenido corazón. Sencillamente, le han enseñado a ignorarlo.

Kenzo sonríe, y yo lo imito con los ojos nublados por las lágrimas.

En ese momento, una flecha pasa zumbando y se clava en el tronco del árbol apenas unos centímetros por encima de la cabeza del lobo.

Me pongo de pie en un instante, empuñando el cuchillo. Blue también se levanta de un salto. Agarrando el garrote que le quitó a uno de los guardias en el palacio, se pone a mi lado rápidamente. Las gemelas se remueven. Con Aoki tumbada en su regazo, Kenzo no se levanta, pero alcanza la vara que está apoyada detrás de él sin moverla. Sus ojos lobunos resplandecen mientras observa fijamente la oscuridad que hay en el lugar del que ha venido la flecha.

—Esperad aquí —les digo a él y a Blue, encaminándome ya hacia delante.

—Lei… —me advierte Kenzo.

—Puede que haya más. Quédate aquí y protege a las chicas.

Me marcho antes de que cualquiera de los dos pueda discutírmelo. Escucho cómo Zhen murmura algo.

—¿Qué ocurre? ¿Dónde está Lei?

En la luz de antes del amanecer, el laberinto de bambú me juega malas pasadas, dibujando sombras danzarinas que imitan figuras que se deslizan fuera de la vista. Cada vez que cruje una rama me doy la vuelta y solo encuentro más sombras.

Entonces, escucho un grito a mi espalda.

En un instante, me precipito por el mismo camino por el que he venido. Más gritos se unen al primero, y me parece que suenan extraños. Son agudos, casi entusiasmados. Conforme me acerco, distingo unas voces y… ¿Eso son risas?

Cuando llego al claro, entiendo por qué los gritos suenan tan extraños. No son sonidos de dolor y miedo, el tipo de gritos a los que me he acostumbrado. Son gritos de felicidad.

Me detengo con un traspié. Mi respiración pesada resuena en el silencio repentino cuando todas las personas del claro se giran hacia mí. El tiempo se ralentiza y el mundo se detiene sobre su eje, centrando su atención en este lugar pequeño y en la poca gente que hay en él. Incluso los dioses deben de estar conteniendo el aliento mientras observan.

Para mí, el mundo se hace incluso más pequeño hasta que solo está ella. Toda es ella; solo ella.

Wren me mantiene la mirada, atónita.

No existe nada más que sus ojos, ese rostro, mi corazón que late desbocado y mi alma que brilla tanto que me pregunto cómo puedo seguir de pie o si realmente sigo de pie, porque todo lo que soy es aire, latidos del corazón y un amor que arde con tanta fuerza que ha quemado todo lo demás.

Wren abre la boca, pero de ella no sale nada.

Débilmente, como si estuviera muy lejos, oigo a Blue murmurar con asco.

—Míralas. Me dan ganas de vomitar.

Y como si se hubiera roto algún encantamiento extraño, me lanzo hacia delante al mismo tiempo que Wren. Nos chocamos la una con la otra. Yo salto hacia ella y ella me rodea la espalda con sus brazos musculosos para abrazarme. Es algo tan seguro, tan fuerte, tan propio de ella… Las dos reímos, lloramos, nos aferramos la una a la otra, pecho contra pecho, alma con alma, unidas como si nunca nos fuésemos a soltar.

27
Wren

Es ella. De verdad es ella.

Esas palabras habían estado canturreando en la mente de Wren desde el momento en el que había visto a Lei en el bosque con su dulce rostro lívido al principio, aunque tan hermoso como lo recordaba. Entonces, algo había pasado detrás de aquellos ojos dorados y una especie de felicidad feroz había cruzado sus rasgos hasta hacerla resplandecer. Estaba radiante. Lei había dado tumbos hasta sus brazos y, por fin, ella había podido abrazar a la chica con la que llevaba meses soñando, la chica en la que había estado pensando cada momento que había pasado despierta y cuya ausencia había sentido con cada latido de su corazón.

La mano de Lei estaba entrelazada con la suya. Estaba allí, era ella de verdad.

Todo en ella era una maravilla. Wren no paraba de mirarla, absorbiéndola. Y Lei le devolvía la mirada, como si ella también fuese una maravilla.

Tras la euforia inicial de la reunión, parte de la ansiedad que sentía sobre cómo la recibiría Lei después de cómo habían dejado las cosas regresó pero, hasta el momento, Lei era todo ojos brillantes, felicidad resplandeciente e incredulidad asombrosa. Estaban agarradas de las manos (¡estaba agarrando la mano de Lei!) y, aunque Wren sabía que no podía durar toda una eternidad, disfrutó de ello.

Si tan solo hubiera alguna manera de que la magia afectase al tiempo, podría vivir en aquel momento para siempre.

—No era necesario que nos disparaseis —gruñó Blue.

Nitta se encogió de hombros.

—No queríamos que nos atacaseis por error pensando que éramos soldados acercándose de forma sigilosa.

—¿No habéis pensado que os íbamos a atacar precisamente porque nos habéis disparado una flecha a la cabeza? —le contestó Blue en tono mordaz.

Lova agitó una mano.

—Trivialidades.

Se estaban abriendo paso a través del bosque juntos, dirigiéndose hacia la parte noroeste donde Merrin, Khuen y Samira los esperaban con los caballos. Lei y Kenzo les habían explicado lo de la distracción, pero ninguno de ellos había querido arriesgarse, así que se habían puesto en marcha en cuanto se habían reunido, presentando a aquellos que no se habían conocido antes. Se había sentido aliviada de ver a Kenzo con las chicas, pero el alivio se había visto empañado por la evidente crueldad que había sufrido durante el tiempo que había sido prisionero y por la chica medio muerta que llevaba en brazos.

Kenzo caminaba con cuidado para que ni el más mínimo trozo de corteza partida o de vegetación se enganchase en Aoki. El cuerpo pequeño de la chica estaba flácido y tenía la piel pálida. Wren detectó la preocupación en el rostro de Lei y supo que su burbuja de felicidad había estallado al fin.

—Le echaré un vistazo en cuanto lleguemos al campamento —dijo, estrechándole la mano—. Haré todo lo que pueda por ella. Además, tenemos unos médicos increíbles. Estará bien.

Lei asintió y su expresión se ensombreció.

—Wren, deberías saber que… han matado a Dama Azami.

Aunque continuaron caminando y el suelo rocoso del bosque no cambió, de pronto parecía como si fuese espeso como el barro, haciendo que sus pasos resultasen más pesados.

—¿Cómo? —preguntó.

—Dio su vida para que pudiéramos escapar.

Por supuesto. Dama Azami, la demonio perro orgullosa y de ojos como el sílex que había sido la primera de sus aliados en presentarse ante ella. Le había dicho que haría todo lo que estuviese en sus manos para ayudarla y aquel era su último regalo: devolverle a Lei sana y salva a cambio de su propia vida.

Aquel fue el turno de la chica de estrecharle los dedos a ella.

—Lo siento mucho. Era una mujer increíble. Hizo mucho por todas nosotras, poniéndose en peligro todos los días. No estaríamos aquí si no hubiese sido por ella.

Su voz se quebró y Wren supo que tenía que ver con algo más que con Dama Azami.

—¿Chenna…? —preguntó en voz baja.

Lei sacudió la cabeza. Wren se obligó a tragarse la consternación, conteniendo el calor que surgió en sus ojos. Había sospechado algo así, pero una parte diminuta de ella había esperado que Chenna tan solo se hubiese quedado atrás durante la escapada y que sus aliados la fuesen a esconder hasta que llegasen para liberar el palacio.

—Lo siento mucho —dijo—. Chenna era maravillosa…

—No quiero hablar de ello —la interrumpió Lei y ella asintió porque lo comprendía. También había muchas cosas de las que todavía no soportaba la idea de tener que hablar.

Aunque permaneció alerta por si aparecían soldados, llegaron al linde del bosque sin ningún incidente. El sol estaba saliendo, formaba una cúpula dorada en el horizonte, más allá de las llanuras áridas que se extendían al otro lado de las filas de bambú de un color verde marmolado.

Wren sintió cómo Lei se tensaba al escuchar unos cascos.

—Son nuestros caballos —le dijo y, entonces, de entre los árboles que había a su izquierda, emergieron las figuras enormes de Eve y Panda conducidos por Khuen, Samira y Merrin.

Hizo las presentaciones. Podía ver que Blue, Zhen y Zhin se sentían incómodas en presencia de tantos demonios y todavía parecían estar aturdidas, manchadas de sangre y con las preciosas túnicas destrozadas. Odiaba pensar en lo que habían tenido que pasar para acabar así.

—¿Algún guardia? —preguntó Lova a los otros.

—No en tierra —respondió Khuen.

—Algunos Tsume están dando vueltas —añadió Samira. Como la mayoría de los demonios pájaro, su voz era rasposa, pero tenía un timbre bonito y musical—. ¿Quieres que nos encarguemos de ellos?

Wren negó con la cabeza.

—Solo serviría para llamar más la atención. Nos esconderé.

Los ojos de Lova le analizaron el rostro.

—¿Estás segura de que es una buena idea? —Cuando ella le lanzó una mirada cortante, la leona alzó las manos—. Tan solo lo comento. La última vez que usaste la magia estuviste a punto de masacrarnos. Preferiría seguir viva, muchas gracias.

—¿De qué está hablando? —preguntó Lei.

—Estoy bien —contestó Wren, posándole una mano en el hombro.

—Entonces, ¿vamos a seguir el plan de Ketai? —Nitta también le estaba lanzando a Wren una mirada penetrante—. ¿Todavía quieres unirte a ellos antes del ataque?

—Vamos a necesitar un lugar seguro en el que quedarnos y en el que dejar a Aoki y a las demás chicas.

—¿Qué quieres decir con dejarnos? —preguntó Zhin con voz trémula—. ¿Qué ataque?

—¡Venga ya, Zhin! —dijo Blue—. No puedes ser tan tonta.

Mientras su hermana abría la boca para discutir, Lova habló por encima de ella.

—Os lo explicaremos una vez que lleguemos al campamento. Preferiría que no nos quedásemos aquí demasiado tiempo. Este lugar me da repelús.

—Esperad —dijo Kenzo—. No nos habéis explicado por qué estabais aquí. No era parte del plan y si no me equivoco con los tiempos, habéis llegado un día antes. ¿Por qué no estáis con los demás?

—Os lo explicaremos después —contestó ella lanzándole una mirada inquisitiva.

—Va a haber muchas explicaciones, ¿no? —comentó Blue con picardía.

—Lo pillas rápido, ¿verdad, pequeñaja? —le contestó la leona.

Blue alzó la voz.

—¿Disculpa?

Lova se movió rápidamente y puso una mano sobre la boca de Blue al escuchar el batir de unas alas. Unos momentos más tarde, una sombra sobrevoló sus cabezas. El demonio pájaro hizo un giro en forma de arco lento y vigilante antes de alejarse.

Esperaron hasta que estuvieron seguros de que se había marchado antes de organizar al grupo entre los que irían a caballo hasta el campamento y los que volarían sobre Merrin y Samira. El ajetreo dispersó un poco la tensión, aunque, mientras Wren ayudaba a Blue a que se subiera a Eve, la chica todavía estaba lanzándole dagas con la mirada a Lova, que ya estaba montándose a lomos de Panda. Una vez que todos estuvieron listos, tan solo quedaba que Wren usase su magia.

Aquella fue la vez que más tuvo que esforzarse para conjurar, pero se centró en la sensación de los brazos de Lei rodeando su cintura y lo consiguió a pesar de que el esfuerzo hizo que se le nublara la vista y que la cabeza le palpitase. No podía abandonar en ese momento por muy cansada que estuviese, por muy exhausta que la hubiesen dejado la batalla de Marazi y la larga cabalgata para llegar hasta allí. Tenía la responsabilidad de entregar cada ápice de energía que poseía para convertirse en lo que Lei y los demás necesitaban que fuese.

Una guerrera. Una líder. Una Xia. Una Hanno.

Si había una cosa que sabía hacer bien, era hacer honor a sus deberes. Y ahora Lei estaba de nuevo a su lado, un honor que era todo suyo.

La determinación le ayudó a sobrellevar el esfuerzo de mantener el encantamiento mientras atravesaban las llanuras. Apuntaló su concentración cuando llegaron al campamento donde algunos miembros del clan Hanno y algunos hechiceros estaban esperándolos tras haberse adelantado a los demás para preparar su llegada. Le ayudó a producir todavía más magia para poder crear daos curativos sobre el cuerpo frágil de Aoki bajo la mirada ansiosa de Lei y las otras Chicas de Papel.

Lei estaba allí, y no pensaba volver a fallarle nunca más.

Ya había caído la noche, casi un día después de que hubiesen llegado, en el momento en el que el campamento ya había tomado forma de verdad. El lugar zumbaba con una atmósfera de expectación mientras se seguían órdenes, la cena se preparaba y se servía en manojos de hojas de plátano y los guardias rotaban en los turnos de vigilancia.

Habiendo terminado al fin con sus obligaciones, Wren encontró a Lei sentada con Nitta junto a un montón de cajas en el borde del campamento. Estaban mirando más allá de las llanuras estériles, en dirección al Palacio Escondido. Incluso en la distancia, resultaba imponente. Era una mancha negra en el horizonte, enclavada en un vasto anillo verde.

La noche era clara y la luz de la luna se vertía sobre ellas, la misma luz que resplandecía contra las horribles murallas del palacio y que iluminaba la piel de Lei de una forma tan bella. Tuvo que reprimirse para no agarrarla allí mismo y besar todos los lugares que tocaba la luz plateada. Lei se había bañado y se había cambiado la ropa destrozada. Iba vestida con un baju de algodón sencillo del color azul de los Hanno.

—¿Postre? —le ofreció mientras se acercaba para sentarse a su lado. Lei alzó las cejas.

—¿Tienes que preguntarlo?

—Esa es una palabra que nunca debe ir acompañada de signos de interrogación —dijo Nitta mientras se estiraba para tomar uno de los manojos envueltos en hojas que Wren había llevado—. Lo mismo se puede decir de cualquier cosa que sea comestible, la verdad. Y de las siestas. —Sonrió con alegría al descubrir que dentro de las hojas había unos dulces con forma de diamantes y los mismos colores que las joyas—. ¡Kuih! Hace siglos que no me como uno de estos. ¿No son la especialidad de tu provincia? —Esta última parte se la dirigió a Lei entre bocado y bocado.

—Lo son. —Ella sonrió, aunque la sonrisa no le llegó a los ojos.

Wren todavía le tendía unos pocos.

—Pedí específicamente que los preparasen. Por si acaso.

«Por si acaso todavía estabas viva».

«Por si acaso estabas aquí para probarlos».

«Por si acaso no había llegado demasiado tarde».

El silencio resonaba con todas aquellas posibilidades horribles. Por suerte, Nitta estaba masticando con alegría, y los sonidos que hacía al comer suavizaban la atmósfera. Wren estaba a punto de dejar en el suelo los paquetes de hojas de plátano cuando Lei le tocó la muñeca.

—Gracias —le dijo.

—Te quiero —respondió ella.

Le surgió con tanta facilidad como respirar, sin necesidad de pensar o de tener intención de hacerlo.

Algo se arremolinó en los ojos de Lei. La luz de los farolillos que colgaban de los postes que sujetaban la lona estirada del campamento hacía que pareciesen más dorados y líquidos, como sus lágrimas.

Nitta chasqueó los labios.

—Bien —anunció, empujándose con las manos para ponerse en movimiento—, hora de la siesta de después del postre.

—Es de noche —dijo Wren.

La chica leopardo le sonrió.

—Las siestas que se convierten en toda una noche de sueño son las mejores. Será mejor colar una en mi horario si va a ser una de las últimas, ¿no?

Aunque su tono era juguetón, el aire se volvió pesado cuando se marchó.

—Tiene la espalda rota —dijo Lei débilmente.

Wren sintió una puñalada de culpabilidad.

—Fue en la batalla de Jana —contestó, aunque Lei ya sabía eso.

Podía sentir la ira palpitando en torno a la otra chica. Olas grandes y oscuras de ira. Se había preparado para aquello, pero, aun así, era demasiado pronto. Quería vivir su felicidad un poco más. Volvían a estar juntas, era todo lo que había estado esperando.

O, más bien, casi todo.

En la distancia, el palacio acechaba.

—Aunque parece que está bien —prosiguió Lei—. Más que bien incluso. Me ha estado contando que está incordiando a Lova para que le haga unas mejoras a Silla de Guerra y que Tien tiene aterrorizados a los cocineros y, básicamente, a cualquiera que se atreva a cruzarse en su camino cuando está de mal humor, incluido tu padre. —Su sonrisa flaquea—. Siempre he admirado esa faceta de Nitta. Puede que ocurran cosas terribles, pero ella sigue sonriendo, incluso aunque sea una agonía.

Wren estaba callada.

—¿Acaso no es algo que aprendemos todos gracias a la pena y el sufrimiento?

Sus dedos se encontraron en el costado y se entrelazaron, agarrados con fuerza.

—Ojalá se me diera mejor —susurró Lei.

Una corriente de dolor que no tenía nada que ver con sus heridas o con el cansancio recorrió a Wren.

—Ojalá, para empezar, fuese algo que no hubieses tenido que aprender. Lei, no puedo expresar lo mucho que siento que tuvieses que volver allí…

—No —la interrumpió ella—. No… No puedo; todavía no.

—Por supuesto. Solo si y cuando estés lista.

Algo duro presionó su brazo allí donde sujetaba la mano de Lei. Se trataba de un brazalete dorado. Pulido y liso, rodeaba la muñeca de la chica. Un rastro de magia vibraba desde el metal. Wren se había fijado en él en el Gran Bosque de Bambú. También había visto uno similar en torno a la muñeca de Aoki, aunque el suyo estaba mucho más ajustado, tanto que había llegado al hueso. Antes, cuando había curado a la chica, había intentado identificar si había algo que pudiera salvar, pero no se podía recuperar el tejido dañado. ¿Qué había pasado en aquellos meses en el palacio?

Casi se alegraba de que Lei todavía no estuviese lista para hablarle del tiempo que había pasado allí. Si supiese los detalles de lo que el rey y su corte habían hecho, no creía ser capaz de contenerse y no cargar hacia allí en aquel mismo momento y cazar a cada demonio que se hubiese atrevido a dañar un solo cabello de la cabeza de Lei.

—De todos modos, nada de eso importa ahora —prosiguió la otra chica en tono cansado—. No para la guerra. Además, escapamos antes de… Antes de que ocurriese lo peor. —Sus ojos se deslizaron hacia un lado y, aunque eran tan encantadores y emotivos como siempre, también se habían endurecido, como si parte de su dulzura hubiese sido sustituida por una piedra erosionada—. Pero tú, Ketai y todos lo demás… Nitta me ha puesto al día con algunas cosas, pero sé que hay algo más. —Hizo una pausa y Wren supo lo que iba a decir—. Cuéntamelo todo —dijo—. Todo lo que ha pasado desde Jana.

Y ella lo hizo.

Le llevó mucho tiempo, pues no dejó fuera un solo detalle importante. Lei la escuchó con interés. Aunque su mano estaba rígida entre las de Wren y, a veces, se encogía con una ira silenciosa o por la sorpresa, no la interrumpió. Sencillamente, le dio espacio para que hablase.

Su capacidad de contenerse sorprendió a Wren. En el pasado, Lei la hubiese presionado para que le contase más detalles, le hubiese preguntado por qué se rindió con tanta facilidad ante su padre cuando se negó a permitirle que la rescatase del palacio, o hubiese estallado de indignación ante lo que Wren sospechaba que Ketai había preparado para los hechiceros Hanno. Aunque, en realidad, siempre solía tener que presionarla para que le diese más. Sin embargo, aquella noche, sus palabras se mantuvieron en secreto para el resto del campamento mientras los miembros del clan estaban ocupados tras ellas y Wren habló con libertad.

«Estás haciendo que me resulte difícil, ¿lo sabías?».

Así era como se había sentido en el pasado, la primera vez que se había sincerado con ella. Ahora, lo que más sentía al hablar era alivio.

Pasó una hora. Los dedos de Wren estaban entumecidos en el punto en el que se entrelazaban con los de Lei y el cuerpo se le desmoronaba por el cansancio. Sin embargo, ninguna de las dos se movió.

—Entonces, a Ketai le complacerá saber que hemos escapado sin que tuvieras que intervenir —dijo la otra chica cuando ella acabó su historia—, que los planes para el asedio no se han visto comprometidos.

Titubeó.

—A menos que Lady Dunya le llevase la información al rey cuando nos abandonaron en Marazi. Los dioses saben que no la culparía por ello.

—No creo que lo hiciese. Hubiese sido bastante difícil perderme su llegada, y estoy segura de que el rey habría presumido de ello ante mí. —Su tono de voz era triste—. Cuando tu padre llegue mañana, volveré a ser su Elegida de la Luna, ¿verdad?

Un impulso oscuro hizo que a Wren se le formase un nudo en el estómago.

—Lei —comenzó—, sea lo que sea que te pida…

El sonido de unos pasos corriendo la interrumpió. Las dos se habían puesto de pie antes de que Blue apareciese ante ellas. Tenía unas ojeras profundas y el cabello revuelto en un lateral, como si hubiera dormido en una postura rara. Sin embargo, sus ojos, que habitualmente eran de piedra, centelleaban con algo que no había visto en ellos nunca antes. Era algo parecido a la calidez.

—Nueve —dijo—, Aoki está despierta.

Lei se adelantó dando tumbos, pero se paró enseguida y se giró hacia Wren con rigidez. Los ojos de Blue pasaron de la una a la otra con recelo.

—¿Qué ocurre?

—Adelántate —le dijo Lei—. Estaré allí enseguida.

Blue se cruzó de brazos. Estaba más delgada que la última vez que la había visto, pero seguía siendo igual de fuerte, con cada uno de sus rasgos duros más pronunciados, como si se los hubiera estado afilando como un arma.

—Ya no soy tu doncella cautiva, reina Nueve —le espetó. La mente de Wren empezó a darle vueltas a las palabras. ¿Cautiva? ¿Doncella?—. De todos modos, fuiste tú la que me pediste que viniera a buscarte cuando Aoki se despertase.

Lei suspiró.

—Solo necesitamos un minuto. Por favor.

Ella les lanzó una mirada ofendida.

—Está bien. —Antes de marcharse, hizo un gesto con la barbilla en dirección a Wren—. Esa ridícula demonio león te está buscando. —Entonces, giró sobre sus talones y regresó por donde había llegado con grandes zancadas.

—Aoki no sabe lo de su familia —dijo Lei en cuanto Blue ya no podía escucharlas—, y ahora no es el momento de contárselo. Necesita todas sus fuerzas.

La culpa se removió bajo sus costillas.

—Lei, lo siento tanto…

—Pero, al final, tendrá que saberlo —continuó ella—, y creo que deberías ser tú la que se lo cuente. —Los labios se le torcieron y los ojos le brillaron con un rastro de humedad—. Es algo para lo que podemos esperar a que todo esto termine, ¿no?

Sus labios volvieron a torcerse. Wren no quería nada más que atraparla entre sus brazos y decirle que, si tenían la suficiente suerte de sobrevivir a lo que se avecinaba, pasaría el resto de sus vidas demostrándole lo mucho que lo lamentaba.

—Antes me he equivocado en una cosa —añadió Lei—. Cuando te he dicho que no tenía nada importante que contarte del palacio. No puedo creer que casi se me haya olvidado. Verás… Conocí a la Reina Demonio. —Fuera lo que fuese que había esperado, no era aquello—. El rey me llevó a verla —prosiguió. El brillo se había disipado de sus ojos, que parecían tan sólidos y pesados como el oro que llevaba en la muñeca—. Está embarazada de su hijo, Wren. Su heredero.

La sangre se precipitó a los oídos de Wren. El rey. Su heredero. Era demasiado horrible como para creerlo.

Al menos, aquello había sido algo reconfortante, algo que había hecho que su padre y sus aliados sintiesen cierta seguridad: el hecho de que el denominado Rey Vacío de Ikhara fuese infértil. No tenían que preocuparse de que su línea continuase. Tan solo tenían que matarlo a él, desmantelar su corte y serían libres de su influencia corrosiva. Pero si otro Rey Demonio seguía con vida…

—Tenemos que encontrarla —dijo ella—. Tenemos que…

Se detuvo, pues las palabras eran demasiado horribles como para pronunciarlas. La mirada de Lei era cáustica.

—Tenemos que salvarla. Me prometí a mí misma que la liberaría, Wren. Pase lo que pase mañana, vamos a sacarla de allí. Cuento con tu apoyo.

Se alejó dando zancadas antes de que ella pudiera ofrecérselo. Quizá quería marcharse antes de que pudiera inferir algo más de la sorpresa que adornaba el rostro de Wren y descubriera lo que había intentado decir realmente cuando había dicho que tenían que encontrar a la Reina Demonio. O tal vez se alejaba porque ya lo sabía.

—¿Problemas en el paraíso?

Lova apareció de entre las sombras. Wren se preguntó si habría escuchado lo que Lei le había revelado sobre la Reina Demonio pero, si lo había hecho, no dio señas de ello y no era propio de ella guardarse sus opiniones para sí misma.

—¿Qué querías mostrarme? —preguntó.

Lova la condujo hasta la esquina noreste del campamento. Más allá de los guardias que patrullaban el perímetro, tan solo unos pocos miembros del clan estaban despiertos. Cuando Wren pasó por delante, hicieron una reverencia.

—Lady Hanno —murmuró una jovencita de papel antes de continuar. El nombre atravesó a Wren como una antorcha.

—Tal vez te gustaría más Lady Xia —dijo la leona.

—Preferiría que no usasen el «Lady» en absoluto —contestó ella.

—Yo estoy contigo en eso, cariño. «Lady» sugiere una vida muy aburrida, ¿verdad? Últimamente, incluso «general» me pone de los nervios. Creo que es hora de conseguir una promoción.

—Depende de cómo vayan las cosas en un par de días —respondió con frialdad—, puede que «reina» esté disponible.

Lova se detuvo.

—Lei se ha salvado a sí misma de tener que casarse con ese cabrón. ¿Por qué no estás más contenta? Ya sé que entiendes lo que es tener que controlarse mejor que la mayoría de nosotros, pero estáis juntas otra vez, Wren. Está a salvo, al menos por ahora. No malgastes el tiempo del que dispones. Si llega el final, lamentarás no haberlo aprovechado más.

—¿De eso es de lo que querías hablarme? —replicó ella, empezando a sentirse molesta—. ¿De nosotras? ¿De lo bien que podría irnos juntas, una papel y una Luna dirigiendo Ikhara? Porque se parece al plan reciente de otra persona, Lo, y tampoco era una gran admiradora de ese plan.

Lova se mostró dolida.

—Lo que quiero decir es que no dejes que el orgullo o algún miedo estúpido se interponga entre algo que es verdadero y bueno. —Comenzó a caminar de nuevo, rozándola con brusquedad cuando pasó por su lado—. Si no quieres mis consejos, está bien, pero como aliadas en una guerra, me siento obligada a mostrarte esto.

Salió de debajo del toldo iluminado del campamento y recorrieron una distancia corta antes de que la chica león señalase hacia el este.

—Mira eso.

Al principio, Wren no podía ver nada, pues sus ojos humanos no eran tan agudos como los de demonio de Lova. Y, entonces, lo vio.

Algo se movía en el horizonte. Una masa iluminada por puntos de luz parpadeantes.

—Pero nuestro ejército se dirige hacia aquí desde el oeste —dijo ella.

—Entonces, ese no es nuestro ejército.

El frío se apoderó de sus venas. Pensó en Lei cuidando de una Aoki herida de gravedad, en las Chicas de Papel dormidas en sus hamacas, en Kenzo y en Nitta y en todos los demás que estaban en el campamento bajo su protección.

—Refuerzos —susurró.

—Pero ¿para el rey o para nosotros?

Oteó el horizonte de nuevo. Era imposible distinguir nada más que la masa que se acercaba con lentitud, pero era evidente que se dirigían hacia ellos. Si el grupo iba a brindar apoyo a las defensas del rey, estaban en peligro de que los aniquilasen, pues sus daos no eran lo bastante fuertes como para protegerlos de un ataque tan grande.

—Vamos a llevarnos los caballos —le dijo a Lova—. Solo nosotras dos. Y trae algunos de tus explosivos.

Ella le dedicó una sonrisa llena de dientes afilados.

—Siempre sabes cómo llegarme al corazón, cariño.

Wren recordó la decepción apenas oculta en los ojos de Lei un rato antes. Si tan solo supiera cómo aferrarse al único corazón que deseaba de verdad…

28
Lei

Aoki bate las pestañas. De vez en cuando, suelta algún gemido ocasional o gira el cuello con una mueca de dolor, pero apenas parece consciente de mi presencia mientras compruebo los vendajes que le han puesto los médicos de los Hanno, mucho mejores que los pedazos deshilachados de nuestros hanfu, antes de sentarme junto a Blue.

—La mantiene sedada por el dolor —me dice, inclinando la cabeza hacia el hechicero que está arrodillado al otro lado de Aoki.

Sus cánticos sobrevuelan nuestras cabezas, haciendo que la cortina que separa el área de los enfermos del resto del campamento ondee. Todo está tranquilo y la paz solo se ve interrumpida por los sonidos distantes de los guardias que están patrullando el perímetro, los murmullos y ruidos de unos pocos miembros inquietos del clan y una oleada repentina de ruido de cascos procedente de los establos. Supongo que serán guardias que irán a comprobar que todo esté bien o quizá algún mensajero. Una vez que se disipan, todo vuelve a sumirse en una especie de serenidad rara.

No durará demasiado. En unas pocas horas, el lugar será un hervidero de actividad. Al menos, eso es lo que imagino. Nunca antes me he preparado para una batalla como esta. Tal vez sea así como funcione. La calma antes de la tempestad.

Aoki murmura. Tiene los ojos medio abiertos y yo contengo la respiración hasta que vuelve a desvanecerse.

—Duerme —le digo a Blue—. Me quedaré con ella. Debes de estar exhausta.

—Estoy bien —contesta, aunque sus palabras no concuerdan con las sombras que le rodean los ojos—. Tú deberías ser la que descanse. No es como si yo fuese a salir mañana a matar al rey. Ese es tu plan, ¿no? —Hace un ruido desdeñoso cuando no contesto—. No me importa, Nueve. No es necesario que sigas fingiendo. No delante de cualquiera de nosotras. Ve y mata al dichoso rey si eso es lo que quieres. Tan solo asegúrate de hacerlo bien esta vez para que todas podamos seguir adelante.

—Seguir adelante —digo con un suspiro—. Parece pedir demasiado.

—Yo solo pido una cosa —responde ella con aspereza—. Poder vivir al fin sin que tus actos estúpidos dicten mi vida.

Nos miramos la una a la otra y estallamos en carcajadas. Surgen de la nada, como una oleada repentina que hubiese estado embotellada todo este tiempo. Las lágrimas se me escapan de los ojos. La risa de Blue es atrevida, sincera y totalmente sorprendente. Es la primera vez que la he escuchado así. No es un gruñido o un bufido burlón, y resulta ser un sonido maravilloso.

—¿Qué...? ¿Qué es tan divertido?

El graznido de Aoki hace que las dos nos pongamos de pie de un salto.

—¡Aoki! —Le aparto el pelo empapado de sudor de la frente. Blue le acerca un vaso de agua a los labios—. No te preocupes —le digo, acariciándole el rostro—, estás a salvo. Ahora estás a salvo.

Tras dar un par de sorbos de agua, vuelve a dejar caer la cabeza.

—El... El rey... —Abre los ojos un poco más. Intenta incorporarse, pero entonces hace una mueca. Se pasa las manos por la multitud de vendas que le cubren la parte baja del torso—. ¿Dónde está? Estábamos... Estaba con él ahora mismo...

Blue y yo intercambiamos una mirada penetrante.

—Aoki —digo con cuidado—, ya no estamos en el palacio. Escapamos, ¿no te acuerdas? Iba a haber... El rey había planeado...

Intento encontrar las palabras. «El demonio al que amas ordenó tu ejecución» no es algo especialmente fácil de decir.

Aoki frunce el ceño.

—Quería verme…

De repente, Blue se inclina sobre Aoki hasta que sus narices casi se tocan.

—El rey quería matarte, Aoki —ruge con asco—. Iba a matarnos a todas excepto a su querida Nueve. Pudimos escapar por los pelos, excepto Chenna. Madam Himura le partió el cuello delante de nosotras.

—¡Blue! —exclamo.

Ella se gira para mirarme y su cabello azul oscuro atrapa la luz de los farolillos cuando le cae por el rostro.

—No es una niña, Nueve. Deja de tratarla como tal. Aoki puede soportar la verdad. Tiene que hacerlo. —Se vuelve una vez más hacia ella, que nos contempla con los ojos muy abiertos y los labios temblorosos—. Pasado mañana habrá un ataque al palacio —prosigue Blue—. Los Hanno y sus aliados lo están organizando. Lei ha estado ayudándolos todo este tiempo. Habría asesinado al rey hace tiempo si no fuera porque esa cosa que llevas en la muñeca se lo impedía.

Las lágrimas inundan las mejillas sonrojadas de Aoki. Nos mira con la boca abierta y, después, nos da la espalda, haciendo una mueca por el esfuerzo.

—Deberíais haber dejado que me matara —susurra. Yo retrocedo, pues sus palabras son como una bofetada. Ella vuelve a inhalar con una sacudida—. Hubiese sido mejor que esto.

Unas oleadas de desprecio emergen de Blue con tanta fuerza como la magia de Wren.

—¿Incluso ahora sigues queriendo a ese cabrón?

—Blue —digo en tono de advertencia. Ella me ignora.

—¡A él le daba igual si estabas viva o muerta, Aoki! No significabas nada para él; ninguna de nosotras lo hacía. ¿Por qué crees que nos dejó con vida después del Baile de la Luna en lugar de ejecutarnos como a todos los demás que tenían alguna conexión con Nueve? Te utilizó para obtener información de ella y después nos reservó para que fuésemos el cebo. Sabía que éramos lo único que impedía que Nueve lo atacase de nuevo. Y cuando ya no nos necesitaba, hizo los preparativos para que nos asesinaran.

—¡Blue! —grito—. ¡Ya basta!

Mientras los sollozos de Aoki rompen el aire, Blue se pone de pie.

—Por una vez, Nueve —dice con frialdad—, estoy de acuerdo contigo.

Baja la vista y fulmina a Aoki con la mirada. Una expresión familiar, aunque extraña, le contorsiona los rasgos. Es una mezcla de pena, resentimiento y la más profunda decepción. Reconozco el gesto como el mismo que tenía su padre cuando su hija llegó a su propia ejecución.

—Ya basta —le ordena Blue a Aoki—. Al rey no le importas. Nunca le has importado. Cuanto antes lo comprendas, mejor. No pierdas tu tiempo en un hombre como ese. —Entonces, aparta la cortina y desaparece.

—Ignórala —le digo—. Está pasando… una mala racha. Nada de eso era sobre ti. Lo sabes, ¿verdad? —Cuando Aoki no contesta, yo sigo de forma tentativa—. ¿Crees que puedes dormir un poco más? Necesitas descansar.

Aoki me contempla con los ojos brillantes. Aunque se le quiebra la voz, se obliga a decir las palabras.

—¿De verdad vas a volver para intentar matarlo?

Asiento incluso aunque me duele hacerlo.

—Vamos a asaltar el palacio pasado mañana. Debería ser el fin de la guerra. De un modo u otro.

Aoki respira de forma superficial.

—El fin —murmura.

El fin de nuestra vida como Chicas de Papel.

El fin de su relación con el rey.

El fin de Ikhara tal como la conocemos.

Pase lo que pase mañana, será un final, aunque eso significa que también habrá un comienzo; un futuro, por muy cambiado que esté.

—No es el fin, Aoki —me corrijo, intentando encontrar algo reconfortante que decirle—. Es un fin. Te quedan muchas más cosas por vivir. Ya sé que crees que el rey es todo tu mundo, pero no lo es. Tienes todo un futuro sin él, esperando que vayas a reclamarlo.

Su respuesta es feroz.

—¿Dirías lo mismo si esto fuese sobre Wren? No eres la única que ha estado enamorada alguna vez, Lei. Por mucho que actúes como si así fuera.

Hubo un momento en el que pensé que había perdido a Aoki para siempre. Fue la primera vez que comprendí que amaba al rey de verdad o, al menos, que así lo creía. Y, en realidad, ¿cuál es la diferencia? Como la fe o la esperanza, el amor no es una sustancia que podamos tomar entre las manos, mostrársela a alguien y decirle: «Mira, te dije que era real». Tan solo existe en nuestros propios corazones. En todo caso, más bien eso hace que sea más poderoso. Si pudiésemos medirlo, colocarlo en una balanza para pesarlo, haría que muchas cosas fuesen más fáciles.

Si tan solo pudiera ofrecerle a Aoki mi amor… Apenas me cabría entre los brazos y su luz sería deslumbrante. Entonces, se daría cuenta de que, en comparación, el rey nunca fue nada más que una cáscara dura y vacía.

Me equivoqué aquella vez, cuando pensé que había perdido a Aoki para siempre, e incluso en todos aquellos momentos desde que regresé al palacio en los que estaba segura del odio que sentía por mí. Esto, aquí, es la última ruptura de nuestro vínculo. Sus palabras son como el corte de un cuchillo, seguras y devastadoras.

—¡Déjame en paz! —grita, y yo la obedezco, alejándome a trompicones antes de que pueda escuchar el sollozo que se me escapa de la garganta.

En el mismo momento en el que encuentro un rincón tranquilo, caigo de rodillas y comienzo a llorar.

No sé cuánto tiempo estoy llorando. Debo estar bien escondida, porque nadie me molesta. Mis sollozos se han convertido en un riachuelo silencioso que me empapa la garganta y el cuello de la ropa.

Tan solo cuando escucho el sonido cada vez más fuerte de cascos me incorporo de mi posición agachada.

Cascos que se acercan muy rápido. Son muchos más de los que escuché que se marchaban antes.

El sonido aviva un recuerdo de pavor. En un instante, vuelvo a ser una niña de diez años que llama a su madre a gritos cuando sus manos se separan en mitad de una multitud de aldeanos asustados.

«Ya no eres una niña», me digo a mí misma, soltando el cuchillo que llevo en la cintura. «Has luchado contra el rey y sus demonios. Nunca vas a volver a acobardarte».

De todos lados llega el sonido de pasos frenéticos y de gritos mientras el campamento se pone en acción. Me uno al tumulto y paso junto a Kenzo, que vuelve sobre sus pasos cuando me ve. Con el pelaje brillando por la luz de los farolillos y el destello de las armas que están siendo preparadas para la batalla, sobresale por encima de la mayoría de papeles que forman el grupo.

—¡Lei! —grita—. ¿Has visto a Wren?

—No.

—Esperaba que estuvieseis juntas.

El corazón me da un vuelco.

—¿No la has visto? ¿No está aquí?

Sacude la cabeza.

—Lova tampoco está.

Durante un momento absurdo, me imagino que las dos se han marchado para empezar una vida juntas. No tiene sentido, y sé que tan solo es una cruel explosión de celos por mi parte, pero la imagen se me queda grabada en la mente. Wren y Lova, las jóvenes y hermosas líderes de un clan, espoleando a sus caballos mientras tienen las cabezas echadas hacia atrás por la risa.

Es entonces cuando me acuerdo. El ruido de los cascos. Wren y Lova sí que se han marchado antes, pero no para abandonarnos. Wren jamás haría eso. Vino hasta aquí por mí, porque me ama. ¿Y qué es lo que le he mostrado yo a cambio? Enfado y desdén. Ni siquiera he llegado a disculparme por lo que le dije aquella horrible noche en el barco de arena de los Amala. No le he dicho lo mucho que he lamentado cada día haber dicho esas palabras y cuánto he deseado, rezado y suplicado a los dioses que, de algún modo, pudiera retirarlas. Cómo, incluso aunque surgió de una parte sincera de mí, lo que dije no fue justo y nunca podría cambiar lo mucho que la quiero y que si hubiese habido una forma de hacerlo, hubiera cruzado toda Ikhara solo para decirle lo mucho que lamentaba que aquellas palabras hubieran abandonado mis labios en algún momento. Ahora, es posible que haya perdido la oportunidad.

—Antes se llevaron los caballos —le digo. Sus ojos de color bronce emiten un destello.

—¿A dónde? ¿Por qué?

Se da la vuelta y se abre paso a través de la muchedumbre. Yo me apresuro detrás de él. Los miembros del clan pasan a nuestro lado a toda velocidad, aunque algunos se detienen para preguntarle algo a Kenzo o para compartir información. El pulso me falla cuando capto fragmentos de sus conversaciones. «Cien veces más», «Montados a caballo y sobre osos», «Papeles, demonios». Sin embargo, solo cuando llegamos al extremo del campamento, el terror me golpea de verdad. Frente a nosotros, un terreno pedregoso se extiende hacia el horizonte. La tierra áspera parece plateada por la luz de las estrellas que se reflejan en la masa de gente que hay justo enfrente y que se dirige hacia nosotros a toda velocidad a través de los llanos.

No hay lugar a dudas de que se trata de un ejército.

Hay soldados de todo tipo. Hay demonios, pero también parece haber papeles, reconocibles entre sus compañeros mucho más grandes. La mayoría montan a caballo mientras que, otros, van sentados o de pie sobre carromatos con la parte superior destapada. Las banderas ondean desde los postes que surgen de sus monturas. Con la luz de los faroles a mi espalda, es difícil identificar qué heráldica llevan estampada, pero identifico bastantes colores y diseños diferentes como para darme cuenta de que no son soldados reales, sino una colección de guerreros de los diferentes clanes de toda Ikhara.

—Los aliados del rey —exhalo. Hablo más para mí misma que para Kenzo, aunque él, a mi lado, me escucha mientras tiene la vista fija hacia delante.

—Wren ha debido de verlos y, junto con Lova, ha ido a enfrentarse a ellos antes de que pudieran alcanzarnos.

Un grito empieza a formarse en mi interior. ¿Cómo se atreve? ¿Cómo se atreve, otra vez, a cargarse todo sobre los hombros, decidiendo en qué cosas puedo tomar parte y en cuáles no? Me abrasa un deseo asesino de encontrar al hechicero responsable de su relicario de Bendición Natal y de la palabra venenosa que contiene. «Sacrificio». Wren se ha construido a sí misma en torno a ese concepto. Si de verdad ha ido a interceptar a los refuerzos del rey y ahora están cargando directamente contra nosotros, eso significa...

Me sorprende un estruendo de carcajadas. Kenzo tiene la cabeza inclinada hacia atrás, mostrando los incisivos mientras un vendaval de risa estruendosa le recorre el cuerpo.

—¡Por todos los dioses! —gruño.

Todavía sonriendo, hace un gesto con el brazo.

—Refuerzos.

—Eso ya lo sé.

—Pero no del rey. Nuestros.

El ejército se acerca y ahora me doy cuenta de lo que se me había pasado por alto con el pánico inicial: las dos figuras que cabalgan al frente del grupo. Lova, imponente a lomos de su enorme caballo blanco y negro.

Y Wren.

Mi Wren, sentada muy erguida y regia, con el pelo suelto golpeándole las mejillas mientras cabalga hacia delante con su yegua. Su rostro está fijo en un gesto decidido que resulta visible incluso a esta distancia. Un gesto que le dice al mundo: «He encontrado lo que estaba buscando y voy a conseguirlo». Es el mismo gesto que tenía la noche del recital de danza en nuestros primeros días como Chicas de Papel, cuando nuestros ojos se encontraron a través de un escenario cubierto de azúcar y que, antes de comprender lo que significaba, me hizo sentir que mi vida estaba a punto de cambiar para siempre.

Kenzo sonríe.

—Los Chacales Negros, los Hish, los Guerreros de Papel de Ciudad del Oeste, la Alianza de las Llanuras Heladas. ¿Y esos son…? —Deja escapar un silbido, impresionado—. Los Osos del Desierto del Valle Arena Roja. Son parte de los guerreros más feroces de Ikhara, Ketai lleva más de una década intentando conseguir que se unan a nuestra causa.

—Hay cientos de ellos —digo, anonadada—. Kenzo… Puede que tengamos una posibilidad.

Él encorva el cuello hacia mí. Aunque su sonrisa se disipa, hay un gesto agudo y hambriento en sus rasgos que me recuerda a la vez en la que yo no era más que una chica aterrorizada a la que un demonio lobo, en medio de un bosque sumido en la medianoche, le estaba enseñando cómo matar a un rey.

«Pero no olvides la última parte. Aquí, Lei. Aquí debes apuntar mañana. Empuja la hoja hasta el fondo y no te detengas».

—Una oportunidad es todo lo que necesitamos —dice Kenzo, repitiendo las palabras que compartió conmigo aquella noche—. Y diría que, esta vez, no es una mala oportunidad. Hemos capturado Marazi y Puerto Negro. Hemos reclutado a aliados importantes; aliados que al rey le hubiese gustado reclutar él mismo. Y, por supuesto, te tenemos a ti, Lei. El rey ha perdido a su Elegida de la Luna la noche antes de casarse con ella y la profundidad de las raíces de la rebelión dentro de la corte se ha revelado. Sea lo que sea que pretenda, me imagino que ahora se siente más vulnerable que nunca antes.

Las llanuras polvorientas que Wren, Lova y nuestros aliados están atravesando me hacen pensar en la primera vez que me llevaron al palacio, hace casi un año. Iba en un carruaje con el general Yu y miraba las estrellas mientras pensaba en el dios del cielo Zhokkà, el Heraldo de la Noche, sintiendo como si me fueran a devorar entera del mismo modo en el que Zhokka había intentado tragarse toda la luz del cielo.

Según cuenta la historia, Zhokka fue castigado a causa de su avaricia por la diosa de la Luna, Ahla, que lo cegó al atacarlo en su forma creciente. Desde entonces, siempre he pensado que el rey es Zhokka, consumiendo el mundo con su corazón tóxico, y que

Wren es Ahla, la única con el poder necesario para devolverle la luz a mi cielo.

La primera vez que fui al palacio, estaba aterrorizada. No tenía ni idea de lo que me esperaba. La segunda vez, era una salvaje, peligrosa y perdida. La próxima vez que vuelva, seré todas esas cosas y más. Seré más valiente, más fuerte, y tendré a Wren a mi lado.

No solo será ella la que se convierta en Ahla. Yo también seré Ahla, una hoja en forma de lanza que persigue a su presa.

A estas alturas, ya sabemos cómo acaba la historia. Zhokka cae ante Ahla y la luz se restaura.

El rey siempre ha dicho que debemos interpretar los papeles que nos corresponden en este mundo. Este es el mío.

Y, por primera vez, me siento verdaderamente lista para interpretarlo.

29
Wren

Wren no pudo descansar hasta el mediodía siguiente. Desde que Lova y ella habían conducido a sus nuevos aliados hasta el campamento, todo había sido un torbellino de despachar órdenes y supervisar su ejecución. Tan solo había visto a Lei dos veces de pasada en toda la mañana. Deseaba que la chica descansase, pero Kenzo las había reclutado a ella y a Blue para crear un libro con los nombres de todos los papeles, aceros y Lunas que ahora desbordaban el campamento. Además, parecía agradecer tener algo de lo que ocuparse. Wren la conocía; no se quedaría sentada mientras los demás estaban trabajando duro.

Nitta era la que tenía que avisar a Wren de la llegada de su padre. Hacía unas horas que se había servido la comida, pero ella había estado demasiado ocupada como para comer. En aquel momento, estaba sentada sobre una caja en un lugar lo más tranquilo posible en medio de aquel campamento frenético, llevándose fideos de cristal a la boca con cansancio. Acababa de terminarse el cuenco cuando Nitta apareció ante ella.

—Ya están aquí —dijo con sencillez—. ¿Quieres que te cubra? —le preguntó mientras se abrían paso hacia el punto central del campamento—. ¿Puedo decirles que tienes los típicos nervios anteriores a la batalla y que no has salido del baño en toda la mañana? Dudo que ni siquiera Ketai quisiera enfrentarse a ti mientras estás, ya sabes…

—De él no me sorprendería —contestó, haciendo que Nitta se riera con un resoplido.

—También podría decirle que estás teniendo un encuentro muy amoroso con Lei.

Deseó que eso fuese cierto.

Captando su estado de ánimo, la chica leopardo añadió con amabilidad:

—A mí me parecisteis bastante amorosas en el bosque. De hecho, semejante muestra de afecto en público te hubiera valido un arresto en muchas provincias.

La sonrisa de Wren desapareció en cuanto oyó la voz de su padre.

Estaba en el centro de un grupo grande con los miembros del clan de los Hanno y algunos de los guerreros de los aliados recién llegados reuniéndose para saludar al señor del clan. Se quedó rezagada, sintiéndose ansiosa de nuevo ante la idea de enfrentarse a su padre después de su confrontación en Marazi. Entonces, otra voz resonó a su derecha.

—¡Lady Wren! —El comandante Chang se abrió paso hasta ella—. ¡Qué sorpresa veros aquí! Me preocupaba que, al llegar, nos recibiesen las noticias de que la habían capturado en el Palacio Escondido.

—¡Dulce Samsi! —gruñó Nitta—. ¿Es que no se calla nunca?

Las mejillas de Chang se enrojecieron.

—Supongo que no debería esperar demasiados buenos modales de una gata común como tú, a la que ni siquiera quería su propio clan que, además, es un clan tan poco estimado como los Amala…

En un instante, Wren tenía una de sus espadas apoyada bajo la barbilla del comandante y Nitta se había colocado justo frente a él de tal modo que una de las ruedas de su silla le había atrapado un pie enfundado en una bota y se lo había clavado al suelo.

Chang dejó escapar un gemido, intentando liberar el pie y mirando con recelo la espada de Wren.

—Tenga cuidado, Lady Wren —farfulló. A pesar de su situación precaria, había un atisbo deliberado de confianza en su tono—.

Fraternizar con marginados ha hecho que se le pegue algo y ambos sabemos que su padre valora la lealtad por encima de todo. De hecho, la reclama.

—Es usted el que debería tener cuidado, comandante —contestó ella con suavidad—. Mañana, vamos a luchar codo con codo. Ambos sabemos cuál de los dos es el guerrero más fuerte y, si llegase el momento en el que necesitase mi ayuda, tal vez se arrepienta de haberme acusado de deslealtad, pues podría decidir darle la razón. —Sacudió la cabeza—. Vamos, Nitta.

Mientras se alejaba con grandes zancadas, pudo escuchar el ruido aliviado de Chang cuando su pie quedó liberado.

La concurrencia que rodeaba a Ketai no paraba de darse empujones, vociferando para llamar su atención y, aun así, cuando descubrió a Wren, su padre se quedó callado. Alzó una mano.

—Queridos amigos, me temo que debo pediros que tengáis un poco más de paciencia. Mi hija está aquí y hay asuntos que debo discutir con ella. Cuando regrese, responderé a todas vuestras preguntas.

—Pero, Lord Hanno…

—Mi señor…

—Será solo un minuto.

Ignorando sus súplicas, Ketai caminó hacia ella y le pasó un brazo por los hombros. La condujo hasta su carpa privada, que estaba colocada cerca del campamento. Ella se preparó para la regañina que estaba segura de que iba a recibir. Aun así, cuando cruzó la cortina azul marino, se sorprendió al ver que ya había otras personas en la estancia.

Al principio, pensó que algo iba terriblemente mal. Aquellas personas estaban apiñadas juntas, sollozando y hablando con frases entrecortadas. Entonces, se percató de la alegría que teñía sus voces y vio que las lágrimas eran de felicidad y no de tristeza.

El corazón le dio un vuelco.

Lei, el padre de Lei y Tien. Reunidos al fin.

Se sintió como si estuviera entrometiéndose en algo muy íntimo. Tal vez su padre se sentía igual, dado que ninguno de los dos habló, esperando con paciencia a que Lei y su familia se dieran cuenta de que tenían audiencia. Cuando lo hicieron, Lei se sentó en el mismo lugar donde estaba arrodillada sobre la alfombra y alzó la cabeza, sonriéndole mientras tanto Jinn como Tien se ponían de pie.

La mujer lince atrapó a Wren en un abrazo tan fuerte que la dejó sin aire.

—Gracias, querida niña —dijo—. Gracias.

Por encima de su hombro, vio cómo Jinn le dedicaba una sonrisa tan genuina y cariñosa que algo en su pecho se hizo trizas.

—Ocho millones de veces te doy las gracias —dijo con la voz ronca por el llanto—. ¿Cómo podremos compensarte alguna vez por lo que has hecho?

Aquellas palabras deberían haber hecho que se sintiese reconfortada pero, en cambio, hicieron que se quedase helada. Tal vez el padre de Lei se sintiera agradecido por el papel que había interpretado al rescatar a su hija del palacio (que, en esencia, era nulo, ya que Lei se había liberado ella sola), pero ¿qué dirían otros si alguna vez descubrieran lo que les había hecho a sus familias? ¿Qué diría Aoki cuando descubriese la verdad sobre la suya? ¿Qué pasaba con todos los demás asaltos que los Hanno habían hecho pasar por asaltos del rey?

Se separó de Tien.

—Gracias por vuestras palabras tan amables, Jinn y Tien-ayi, sois demasiado generosos. Yo no hice nada, Lei se salvó a sí misma, a Kenzo y a las chicas sin mi ayuda.

—Pero sí tuve ayuda —la corrigió ella. Su sonrisa vaciló un poco—. Tan solo fuimos capaces de escapar gracias a la ayuda de los hechiceros, de Dama Azami, de Chenna y del resto de nuestros aliados en el palacio.

—Aun así —dijo Jinn—, Wren, os debemos mucho a ti y a tu padre. Apenas nos atrevíamos a soñar que este momento se haría realidad, y ambos habéis tenido algo que ver con que ocurriera, así que, por favor, aceptad nuestra gratitud.

Ella inclinó la cabeza, aunque todavía se sentía incómoda. Ketai dio un paso adelante.

—Jinn, Tien, por favor, ¿me dejaríais un momento a solas con Lei y Wren? Una vez que hayamos terminado, podréis pasar tanto tiempo juntos como queráis. Esta noche tenemos muchos motivos de celebración. Nuestros chefs están preparando un gran banquete y, en parte, es para honrar a tu increíble hija, Jinn, y la valentía que no deja de mostrar. Tien, quizá podrías echarle un vistazo a la cocina. Sé que mis chefs no han estado del todo a la altura de tus niveles de exigencia.

La mujer lince rio.

—Como decimos en Xienzo: «Ningún plato es mejor que aquel que ha nacido del amor». Nunca nada superará a la cocina casera, Lord Hanno. Da igual cuántos chefs elegantes quiera utilizar.

El padre de Wren sonrió con gentileza.

—Tal vez algún día pueda tentarte para que te unas a sus filas.

—Demasiado trabajo —dijo Tien con un gesto desdeñoso de la mano.

—Eso es lo que siempre solías decir sobre mí y sobre Baba —señaló Lei.

—¿Por qué usas el tiempo pasado, pequeño incordio? —replicó Tien y, después, ella, Jinn y Lei se rieron, emitiendo un sonido precioso que Wren podría haber escuchado para siempre.

Lei estaba feliz. Estaba con su familia, que la quería. Se merecía que cada momento de su vida fuese como ese.

Antes de que se marchasen, Lei se puso de pie de un salto.

—Baba, Tien —dijo, sujetándoles las muñecas con el rostro serio—. Prometedme que pensaréis en lo que os he dicho. No podría soportar perder a ninguno de los dos. Especialmente ahora.

Tien se irguió muy alta, aunque no era mucho más alta que la propia muchacha.

—Te estás olvidando de mi destreza con un cuchillo para destripar —dijo, aunque solo bromeaba a medias.

Los ojos del padre de Lei estaban húmedos.

—Querida mía, deberíamos luchar a tu lado. Es lo correcto.

Lei les lanzó una mirada intimidante.

—Yo pude entrenar mucho con Shifu Caen y he estado en varias batallas desde entonces. Ninguno de vosotros tiene experiencia en enfrentamientos. Por favor. Os necesito a los dos.

—Hablémoslo después —concedió Tien.

Jinn depositó un beso en la frente de su hija.

—Entonces, hasta luego, mi niña valiente —dijo.

La atmósfera cambió en cuanto ambos salieron de la carpa. Ketai todavía sonreía, pero se había vuelto una sonrisa cruel. De forma instintiva, Wren se acercó más a Lei con los músculos en tensión.

—No te preocupes —dijo su padre. La luz de los faroles centelleaba en sus ojos con motas de color granito—. No voy a reprenderte por haber desafiado mis órdenes. Sería una pérdida de energía, y un conflicto no es lo que necesitamos ahora mismo. De todos modos, al final, todo ha salido de la mejor manera posible.

No le gustó cómo sonaba aquello. Había llegado a comprender que lo que era lo mejor para su padre no era necesariamente algo bien recibido en su mundo. Ya no.

—¿De qué querías hablar? —preguntó, entrelazando sus dedos con los de Lei.

La sonrisa de Ketai desapareció y algo extraño ocupó su lugar. Tenía un aspecto casi febril y una expresión desesperada que Wren estaba más acostumbrada a ver en el rostro del rey.

—Llevo un tiempo intentando comprender algo —comenzó—, y creo que vosotras dos tenéis la clave para entenderlo.

Lei intercambió con ella una mirada recelosa.

—¿Nosotras?

—Si no me equivoco —prosiguió él—, es vital que lo resolvamos esta noche, ya que puede ser aquello que incline la balanza en la batalla de mañana. Wren, estuviste en el Santuario Sur cuando ibas de camino a Marazi. Dime, ¿los hechiceros que había allí hablaron contigo sobre la magia Xia? ¿Compartieron contigo alguna información que pueda decirnos algo más sobre tu magia?

Era como si acabasen de soltar una piedra en el estómago de Wren.

—Lo sabías —dijo—. Era parte de tu plan que acampásemos cerca del santuario. Querías que nos encontrasen.

—Tengo que admitir que no estaba seguro de que se fueran a presentar ante ti, pero, sí, tenía muchas esperanzas de que lo hicieran. Por supuesto, para que te proporcionasen seguridad y consuelo.

—Pero más que nada para poder entender cómo funciona mi magia —terminó por él.

Ketai se acercó a ella. Aunque era tan alta como él, se sintió pequeña en su presencia. Se obligó a estirarse, a proyectar confianza tal como él mismo le había enseñado. Él se dio cuenta y el orgullo se reflejó en su rostro.

—¿Qué descubriste en el santuario? Por favor, hija. Podría darnos ventaja mañana. Después de todo por lo que habéis pasado las dos, así como otros amigos como Dama Azami, Zelle y todos los aliados caídos que han muerto para protegernos, cualquier cosa que hayas podido escuchar o ver en el Santuario Sur podría salvar a otros de sufrir el mismo destino. ¿No es para eso para lo que estamos aquí? ¿Para evitar que el rey y su corte destruyan algo más de lo que ya han destruido?

Wren estuvo a punto de estremecerse. ¿Qué creía su padre, que todo a lo que había renunciado, todo lo que había arriesgado, incluido lo más importante de todo, que era el amor de Lei, no significaba nada para ella?

—Por favor, Wren. —La agarró por los hombros—. Incluso el detalle más pequeño podría ser importante. Ayúdanos a ganar mañana para que podamos ser libres al fin.

«Libres». Aquella palabra liberó algo en su interior.

Soltó todo sin parar. Relató los días que había pasado con Ahma Goh y los hechiceros de las montañas. Ketai la interrumpía de vez en cuando con preguntas pero, la mayor parte del tiempo, la dejó hablar, escuchando con interés, tal como Lei había hecho antes.

Cuando terminó, Lei le estaba sonriendo.

—Todavía no me puedo creer que encontrases el hogar de tu familia Xia. Estoy muy feliz por ti, Wren —dijo, y el pecho de Wren se inundó de luz.

En aquel momento, era como si estuviesen las dos solas en la carpa.

—Me gustaría llevarte allí —le dijo.

—Entonces, llévame, por favor.

Eran casi las mismas palabras que habían seguido a una de sus preguntas una noche aterciopelada, muchos meses atrás, en la habitación de Wren en la Casa de Papel.

«¿Puedes imaginar un mundo en el que seamos libres de estar juntas?».

«De hecho, sí».

«Llévame allí, Wren. Por favor».

La sonrisa de Lei era suave y cómplice, y Wren supo que ella también estaba recordando aquella conversación. Sintió la promesa de aquel futuro sujeta entre sus manos entrelazadas. Parecía estar más cerca que nunca.

Entonces, su padre volvió a hablar. Tenía el rostro encendido por una concentración vivaz.

—Así que es tal como yo creía. —Se apartó de ellas y empezó a dar vueltas por el suelo cubierto por una alfombra—. La llave al poder verdadero de los Xia. Es mucho más fácil de lo que me había atrevido a esperar. —Se dio la vuelta—. Tenemos todo lo que necesitamos para vencer al rey, justo aquí en esta carpa.

Wren se colocó todavía más cerca de Lei.

—Ahora tenemos más información sobre los Xia —dijo con cuidado—, pero ya habíamos comprendido todo eso, el sacrificio oscuro que alimenta su magia. Es por eso que…

Se detuvo. Todavía no lo había confrontado con las sospechas que tenía sobre su plan para los hechiceros Hanno. Ya había sido bastante horrible con Hiro, pero aquello… Aquello sería una ejecución en masa.

—Ahora, eso ya no es necesario —contestó Ketai. El alivio recorrió el cuerpo de Wren hasta que pronunció las siguientes palabras—. Tenemos algo todavía más poderoso. O, más bien, debería decir «alguien».

Los ojos fervientes de su padre estaban fijos en Lei.

El corazón de Wren le rugió en los oídos con tanta fuerza que casi no escuchó sus palabras. Pero lo hizo. Las escuchó, y deseó no haberlo hecho. Deseó no haber entrado nunca en aquella carpa, no haberle dado a su padre la confirmación que necesitaba para llegar a esa conclusión, que era mucho peor de lo que podría haber imaginado; peor que nada de lo que podría haber imaginado viniendo de él.

—Lei, mi querida Lei —explicó con fervor—. ¿No lo ves? Tú eres la clave. Los Xia no sacrificaban a cualquiera para usar su magia, tal como ha estado haciendo el rey con su Secta Sombría, extrayendo todo el qi de nuestra tierra en el proceso. Ese ha sido el problema todo este tiempo. Pensábamos que el poder de los Xia surgía de la muerte, lo cual es cierto, pero solo de la muerte ofrecida voluntariamente. Un verdadero sacrificio. ¿Y acaso hay algún sacrificio más poderoso que el de morir por alguien a quien amas? Todos pensaban que los Xia viajaban como mínimo de dos en dos porque era más seguro, pero era por esto. Si lo necesitaban, uno podía sacrificarse por el otro. Tenían siempre el poder definitivo en la punta de los dedos. —Resplandecía de asombro—. Un sistema tan elegante, inteligente y sencillo… Tendría que haberlo adivinado antes. —Soltó una risa áspera, mostrando los dientes al sonreír—. Pero ahora ya lo sabemos. Justo a tiempo.

Lei permanecía congelada a su lado.

—Quiere… Quiere que mañana me sacrifique —susurró—. Que me suicide por Wren.

—Sí —confirmó Ketai con entusiasmo.

—No —dijo Wren exactamente al mismo tiempo.

Y, entonces, se lanzó sobre su padre. Lo tiró al suelo de un golpe y lo inmovilizó. La magia y la ira manaban de ella en llamaradas como nunca antes había hecho mientras le presionaba la garganta con el puño.

30
Lei

La pelea entre Wren y Ketai hace que los guardias entren en la carpa a toda velocidad. En unos segundos, manos de papel y de demonio sujetan a Wren, intentando quitársela de encima a su padre. Olas glaciales de magia surgen de ella. Es tan fuerte que hacen falta más de diez personas para apartarla, aunque ella vuelve a lanzarse sobre él. Apenas son capaces de retenerla. Nitta y Lova están en el grupo. Oigo a Lova gritar: «¡Al menos mátalo sigilosamente!» y una risa enloquecida surge de mí antes de ahogarse con un jadeo.

El pecho de Wren sube y baja. Tiene los ojos tan blancos como la nieve recién caída, tan blancos como la muerte. Su poder hace que las paredes de la carpa tiemblen.

—¿Cómo te atreves? —le grita a su padre antes de derrumbarse sobre las rodillas y las manos.

El aire se calma cuando ella abandona su estado Xia.

—¡Wren! —Aparto a Lova de mi camino con un codazo.

Está jadeando, intentando recuperar la respiración. Unos temblores le agitan el cuerpo. Tiene arcadas y yo le aparto el pelo de la cara, pero no sale nada. La rodeo con mis brazos y miro por encima del hombro.

Ketai está en el suelo. Algunos miembros del clan están montando un escándalo a su alrededor, pero él los aparta con un gesto y se incorpora, apoyándose en un codo. Tose, frotándose la garganta donde las huellas de los dedos de su hija son visibles. Sus ojos oscuros se encuentran con los míos.

No hay vergüenza o arrepentimiento en ellos. Ni siquiera compasión. Tan solo hay una determinación pura y fría.

—¡En nombre del Reino Celestial! —brama uno de los miembros del clan, un hombre de papel fornido y con bigote—. ¡Es justo como le decía, mi señor! No podemos confiar en la chica.

Todos lo ignoran.

—¿No… lo ves? —La voz de Ketai es como un susurro rasgado, ya que tiene la tráquea dañada, pero puedo escuchar cada palabra como si me la estuviera diciendo directamente al oído—. Su magia… se debilita. ¿Qué crees que pasará… mañana?

—Basta —espeta Wren con voz débil. Intenta ponerse de pie, pero tan solo consigue apoyar un pie antes de derrumbarse.

Yo la aferro contra mí, pero mis ojos están clavados en la mirada penetrante de Lord Hanno. Sus palabras resuenan en mis oídos y se me incrustan profundamente en la piel como la marca de una herradura.

«Su magia se debilita. ¿Qué crees que pasará mañana? ¿No lo ves?».

Y lo peor de todo es que sí que lo veo.

El grupo de guardias y miembros del clan pasa la mirada entre nosotros, desconcertados. Intentando reunir toda su elegancia, el señor de los Hanno se pone en pie. Se pasa una mano por la melena negra encanecida.

—¡Fuera! —ordena—. ¡Todos vosotros!

—¡Y un cuerno! —gruñe Lova.

Nitta está que echa humo.

—Lo mismo que ha dicho ella.

—¡Menuda insolencia! —brama el hombre fornido de antes—. ¡Menudo descaro! ¡Menudo…!

—¡Fuera!

El rugido de Ketai hace que la carpa se quede en silencio. El hombre de bigote parece sentirse como si le hubieran dado una bofetada. Mientras los otros miembros del clan se apresuran a salir de la carpa, él nos lanza una mirada indignada y sale con grandes zancadas.

Lova y Nitta no se mueven.

—Haced lo que os pide —les digo—. Esta es una charla que tenemos que mantener a solas.

Los ojos jade de la chica leopardo desbordan preocupación.

—Pero…

—No pasa nada, Nitta. Por favor…

Lova dirige su mirada furibunda a Ketai.

—Estaremos justo aquí fuera —gruñe—. A la mínima señal de que hay un problema, volveremos para acabar lo que hemos empezado. —Entonces, ambas salen de la carpa.

—Estás bien —susurro, posando mi frente sobre la de Wren—. Estás bien. Estás agotada, mi amor. No has parado desde lo que ocurrió en Jana. Traeremos a un hechicero y a un médico para que te vean y, después, descansarás.

—No vas a sacrificarte —consigue decir, mientras sigue temblando violentamente—. No vas a hacerlo, Lei. Ni por mí, ni por nadie.

—Lo sé. No te preocupes. —Miro a Ketai—. Necesita un lugar tranquilo para descansar. Una esterilla para dormir, comida…

—Quedaos aquí —dice—. Pediré que os traigan lo que necesite.

Wren alza la cabeza con la frente perlada de sudor. Habla con voz temblorosa, pero su tono es definitivo.

—No vas a tenerla a ella también, Ketai.

Aunque lo disimula bien, no se me escapa la sorpresa que le recorre el rostro cuando ella usa su nombre. Tras un instante, responde.

—Si esa es tu decisión…

Sale de la carpa en un remolino de telas color cobalto.

—Lei —comienza ella, una vez que estamos a solas—, lo siento muchísimo. No tenía ni idea de que…

—Calla. —La ayudo a recostarse mientras sus párpados se agitan. La conmoción hace que tenga espasmos por todo el cuerpo. Me inunda una ira ardiente. ¿Cuánta magia ha gastado para llegar a este estado? ¿Cuánta vitalidad, cuánto de ella misma ha tenido que desgastar para cumplir las órdenes de su padre, para ser la guerrera Xia perfecta que todos esperan que sea?

La cubro con unas pieles cercanas y le apoyo la cabeza en mi regazo. Paso la yema de los dedos por las curvas y los surcos de esa cara que conozco tan bien que podría dibujar con los ojos cerrados cada peca, cada cicatriz y cada detalle perfecto.

—Descansa —le digo—. Estoy aquí. Estoy contigo, Wren. No voy a irme a ningún sitio.

Sus pestañas tiemblan y tiene los ojos desenfocados.

—¿Me lo prometes? —susurra de esa manera tan sencilla y confiada en la que un niño le preguntaría a un adulto.

Como muchos adultos, le contesto con una mentira.

—Te lo prometo.

Encuentro a Ketai junto a los establos. Está con un par de Hanno y varios de los jefes de los otros clanes. Cuando me ve, le dice algo al grupo y los deja, dirigiéndose hacia mí. Acaba de ponerse el sol y el cielo cada vez más oscuro tiene el color de las ciruelas magulladas. Las estrellas más brillantes están empezando a aparecer.

El grupo con el que estaba Ketai observa cómo se marcha y un rastro de cuchicheos le sigue. La historia de su pelea con Wren ha debido de esparcirse por el campamento, y yo me pregunto si alguien ha adivinado el motivo terrible que se esconde detrás. Pero ¿cómo podrían? Incluso después de lo ocurrido con Hiro y la familia de Aoki, o después de las sospechas de Wren sobre los planes de su padre para los hechiceros, no era algo que esperase. Incluso a Wren la ha pillado por sorpresa. Todos tenemos límites y, esta noche, los tres hemos descubierto los nuestros.

—Estamos debatiendo cuál sería la mejor posición para nuestras unidades a caballo mañana —me dice Ketai con una despreocupación forzada—. Con las llegadas de anoche, nuestros números son mucho más grandes de lo que esperábamos. Es un estímulo enorme.

Me doy la vuelta, dirigiendo la mirada más allá de las llanuras polvorientas hasta el lugar donde el Palacio Escondido se alza detrás de la armadura verde oscuro del bosque que lo rodea. La luz que se está disipando se refleja en las paredes oscuras y relucientes del palacio. Me recuerdan a los ojos de Ketai.

—Wren está descansando tranquilamente —digo—. He pensado que debería saberlo. Un hechicero está todavía con ella para ayudarla a dormir. Le dije que fuese a descansar, pero parece pensar que no lo necesita demasiado. —Cuando él no dice nada, prosigo—. Supongo que es porque sabe que usted va a hacer que se maten para entregarle su poder a Wren.

Él responde con calma, sin un atisbo de remordimiento.

—Tal como hará el rey con los hechiceros de su Secta Sombría. Ayudará, pero tan solo será una fracción de la fuerza que tu sacrificio le ofrecería.

Se me escapa una risa fría.

—Desde luego, no tiene vergüenza.

—La vergüenza no tiene cabida en la guerra.

—¿Y en la vida?

—La guerra es diferente.

—¿Lo es? —pregunto—. La guerra es una parte de la vida, no ocurre en el vacío. Un día, dentro de poco si es afortunado, habrá superado todo esto. Y, entonces, ¿qué? ¿Seguirá castigando, matando y afirmando que se limita a hacer lo que se debe hacer? ¿Cómo gobernará, Ketai? ¿Cómo mantendrá el orden cuando los clanes de demonios se rebelen contra la corte y sea su turno de buscar venganza?

Él emite un sonido impaciente.

—No espero que lo entiendas, y tampoco necesito tu aprobación. Tu ingenuidad es encantadora, Lei, pero poco realista. Había esperado que estar con Wren te hubiese enseñado algo más a estas alturas.

Vuelvo a reírme con un sonido horrible.

—Ella es más de lo que usted cree, Ketai. Es mucho más de lo que usted la ha forzado a ser. ¿No la ha escuchado? «No vas a tenerla a ella también». No estaba hablando de los papeles o los demonios a los que usted ha matado. Estaba hablando de sí misma.

Ketai no contesta y, esta vez, sé que mis palabras le han herido. Aun así, cuando responde, en su tono hay una indiferencia que me hace estremecerme.

—Bien, Elegida de la Luna, los dos sabemos por qué has venido a buscarme. Vamos a dejar de perder el tiempo. Dilo.

Vuelvo a mirar más allá de las llanuras, en dirección al palacio.

Me imagino dando la espalda a todo esto; reuniendo a Wren, Baba, Tien y las Chicas de Papel y saliendo de aquí. Podríamos ir al santuario de las montañas que describió Wren o, tal vez, volver a mi hogar, en Xienzo. Podríamos encontrar un rincón tranquilo del mundo y construirnos una vida; una vida elegida por nosotros y no forzada por las manos avariciosas de hombres como Ketai o el rey. Podríamos construir nuestra propia versión de la libertad.

«Cuando el mundo te niega opciones, creas las tuyas propias».

Sin embargo, sé que estos pensamientos no tienen sentido, porque si el rey vence mañana a los Hanno, Ikhara nunca será un lugar de libertad para los de la casta de papel. Todo seguirá como antes, viviremos siempre con el miedo de que, un día, escuchemos los cuernos y las pisadas de pezuñas y sepamos que nuestro mundo está a punto de hacerse pedazos. Y si los Hanno y sus aliados ganasen la guerra, sé que Wren lamentaría cada día no haber estado con ellos para ayudarlos.

Yo lo lamentaría.

Porque, en realidad, esto nunca ha tenido que ver con ayudar a Ketai Hanno a hacerse con el trono. Tiene que ver con mi madre, con Zelle, con la Reina Demonio y cada una de las Chicas de Papel que alguna vez han estado cautivas en el palacio. Tiene que ver con Bo, Hiro, Chenna, Caen y todos los papeles de Ikhara que viven cada día con un miedo que, para empezar, no deberían haber conocido jamás. Tiene que ver con los hechiceros como Ruza, que están arriesgando sus vidas para ayudarme a mantener la mía; con la mujer de papel que me miró la noche de la Ceremonia de Inauguración y me llamó «dzarja», una traidora para su propio pueblo. Y, quizá, por encima de todo, tiene que ver con la noche en la que el Rey Demonio me arrebató algo que jamás podré recuperar; con cada una de las veces que, sin parar, me ha arrancado trocitos pequeños y grandes de mí misma, causándome heridas que, sin importar cuánto tiempo pase, nunca sanarán.

Y tiene que ver con Wren, el amor y la esperanza.

Tomo aire, tratando de calmarme. Entonces, me giro hacia Ketai.

—Lo haré.

Las palabras suenan como si procediesen de un cuerpo ajeno. No puedo creer que esté aceptando hacer esto. Pero, en el momento en el que todas las piezas encajaron cuando estábamos en la carpa de Ketai, supe que, si esto es lo que hace falta, lo haré.

Lo primero que veo en mi mente cuando digo las palabras es a Wren, Baba y Tien llorando sobre mi cuerpo. Lo segundo son dos caracteres, uno al lado del otro, tan unidos como si fuesen amantes.

«Sacrificio». «Vuelo».

El destino de Wren nunca habló sobre ella, sino sobre la persona a la que amaba. Se trataba de esto, de perderme a mí. Y, en esta ocasión, es mi turno para darle alas.

—Lo haré —repito—, pero no por usted. Por Wren. Está tan agotada que no sé si podrá sobrevivir a la batalla sin esto.

—¿Tanto la quieres? —dice Ketai y yo niego con la cabeza.

—Todavía más.

Él comienza a hablar, pero yo alzo una mano. Empiezo a notar las lágrimas y no pienso darle el placer de verlas.

—He visto cómo se hace. Cuando llegue el momento, lo sabré. —Tomo aire con dificultad—. Lo odiará el resto de su vida por esto —digo mientras empiezo a marcharme—. Espero que lo sepa. Pero tendrá una vida, y eso es lo que me importa.

Antes de que pueda decir algo, giro sobre mis talones. Ahora, las lágrimas brotan ardientes y rápidas mientras, corriendo, recorro el mismo camino por el que he venido, desesperada por regresar junto a Wren, por no desperdiciar ni un solo segundo más sin ella.

Si tan solo voy a vivir unas pocas horas más, quiero pasarlas a su lado, bajo su luz, con su amor y su hermoso resplandor. Quiero emborracharme de todo ello. Me recordaré a mí misma cómo es exactamente esa sensación de modo que, cuando llegue la hora de marcharme, no estaré sola. Tendré todos los recuerdos de cada momento que hemos pasado juntas. Incluso aunque desee tener muchos, muchos más.

31
Wren

Fue justo como lo había soñado muchas noches antes. Lei despertándola al meterse bajo las sábanas, colocando una pierna entre sus muslos, sujetándole el rostro con una mano y girándole la cabeza para que estuvieran frente a frente mientras aquellos ojos brillantes ardían con más ferocidad de la que había visto nunca.

—Mi amor —comenzó Wren, con la voz ronca.

Lei sacudió la cabeza.

—Ahora no. Nada de eso importa. Nada que haya ocurrido antes de este momento, o después. ¿Podemos hacer eso? ¿Podemos limitarnos a… ser?

Sus ojos titilaban con una plétora de emociones pero, por encima de todas, se encontraba la determinación. Podría ahogarse en ese líquido dorado, y lo haría de buen grado. Sabía que debería disculparse. Tenían muchas cosas de las que hablar. Pero la batalla del día siguiente acechaba cada vez más cerca, y sus problemas no iban a resolverse en una sola conversación. Les iba a costar meses, probablemente años de paciencia, comprensión y de abrir viejas heridas hasta encontrar la fórmula que las ayudase a sanar.

No le importaba. Estaba preparada para ello, para cualquier cosa que implicase que podrían tener una oportunidad.

—Limitémonos a ser —asintió.

Después de todo, sus vidas estaban a punto de comenzar. El futuro las esperaba a la vuelta de la esquina. Podían disfrutar de un momento suspendido en el tiempo, un momento en el que ignorar la realidad un poco más.

Lei sonrió y a Wren le dolió el corazón.

—¿Cómo te encuentras? —le preguntó ella, acercándole los labios un poco más—. ¿Crees que tienes las fuerzas necesarias para besarme?

Le apartó el cabello que le había caído sobre el rostro. Olía muy bien, a flores silvestres bajo la lluvia, a amor, a esperanza. Olía a hogar.

Estaba en casa.

—Siempre —contestó.

Alzó el rostro para encontrar los labios de Lei. En ese momento, el primer estruendo de un cuerno de batalla surcó el aire.

32
Lei

La llamada se oye fuerte y clara, haciendo que la desesperación me recorra las venas.

Ahora no. Todavía no.

Se suponía que íbamos a tener una noche más. Se suponía que yo iba a tener más tiempo.

Wren ya me está arrastrando para que me ponga en pie. Aparta a un lado la tela que cubre la entrada y mira hacia afuera. La gente pasa a toda velocidad y el lugar ha estallado en una conmoción ante el sonido de la alarma.

—¡Wren! ¡Lei! —Kenzo viene corriendo hasta la carpa, tendiéndole a Wren un fardo enorme conforme se acerca: ropa, armadura y las vainas alargadas y laqueadas de sus espadas—. Vístete y reúnete con nosotros en los establos.

El demonio lobo ya está vestido para la guerra. Por encima del hanfu azul lleva una pieza de cuero para el pecho y guantes con los nudillos metálicos. Lleva la vara de bambú atada a la espalda. Incluso en su condición desmejorada, tiene un aspecto imponente, propio de un guerrero experimentado.

—¿Qué está pasando? —pregunta Wren—. ¡Todavía faltan horas!

La mirada de Kenzo es sombría.

—El Gran Bosque de Bambú está en llamas.

—¿Todo el bosque?

—Deben haberlo prendido fuego ellos mismos.

La cabeza me da vueltas.

—Pero ¿por qué? Era una de sus defensas.

—Saben que vamos a por ellos —dice Kenzo—. En lugar de esperar, han jugado su carta primero. Debo admitir que es un movimiento atrevido, y uno que no habíamos predicho. No solo les ofrece a los guardias de palacio una mejor vista de nuestro avance, sino que nos envía un mensaje.

—¿Cuál?

—Que no tienen miedo.

Él y Wren intercambian una mirada dura. Entonces, ella pasa a mi lado mientras se quita la ropa de dormir para empezar a colocarse las diferentes capas de su equipo. Kenzo gira sobre sus talones y se pierde entre la multitud.

—¡Espera! —grito mientras salgo corriendo detrás de él.

Me abro camino a codazos entre la gente que va y viene a toda velocidad. Él se detiene a medio paso, girándose ante mi llamada. La muchedumbre nos hace apretarnos y el ajetreo y el ruido protege mis palabras de los oídos equivocados.

—Hay algo que tienes que saber —le digo—, pero tienes que prometerme que no se lo contarás a Ketai. —Kenzo comienza a protestar, pero yo lo interrumpo—. Sé que le eres leal, pero te necesito, Kenzo. Necesito tu ayuda.

Él duda un poco más. Después, asiente.

—¿De qué se trata?

—La Reina Demonio está embarazada del hijo del rey.

Hace un gesto con la mandíbula.

—¿Por qué me cuentas esto ahora?

—Te necesitamos para que la saques de allí, Kenzo. Yo lo voy a intentar, pero si algo nos pasa a Wren o a mí, necesito que lo hagas tú. Está en un pabellón dentro de la curva sur del Río del Infinito, aunque puede que el rey la tenga con él durante la batalla para mayor protección. No lo sé, pero necesito que me lo prometas. Tras la batalla, llévala a un sitio seguro. —Lo agarro del brazo—. Ketai no puede saberlo. Si cree que hay alguna posibilidad de que el reinado del rey continúe con el bebé, los matará a él y a la reina. Y ella merece vivir, Kenzo. Piensa en todo lo que ha soportado. Y, ahora, está embarazada. Qué hacer con el bebé es elección suya. Ningún hombre va a arrebatárselo sin su permiso, sea un demonio o no.

Kenzo me lanza una mirada larga y escrutadora. Al final, se inclina hacia abajo y me pasa una pata acolchada de forma rudimentaria por el hombro.

—Una vez te pedí que nos ayudases cuando más lo necesitábamos. Claro que haré esto por ti, Lei. —Me atrae hacia su pecho y, presionando la nariz contra mi cabeza, añade con un susurro brusco—: Aunque rezo para no tener que hacerlo.

Le devuelvo el abrazo.

—Wren viene hacia aquí —dice. Después se escabulle.

—¡Lei! —me llama ella por encima del clamor.

Yo compongo un gesto neutral.

—Lo siento. Tan solo quería saber si Kenzo tenía alguna novedad sobre Aoki.

—Sobrevivirá a esto, Lei —me asegura, tomándome de las manos—. Estará aquí cuando regresemos. El resto de las chicas, tu padre y Tien también. Tal vez sea buena idea que no podamos verlos antes de marcharnos. No hay necesidad de despedirse ya que volveremos a verlos de nuevo.

Al oír eso, tengo que usar toda mi fuerza de voluntad para no llorar.

Les he dicho a Baba y a Tien que hablaríamos más sobre su idea de unirse a la batalla. Me han prometido que pensarían en quedarse atrás y estoy segura de que han entendido lo desesperadamente en serio que lo he dicho. Ahora, no voy a tener tiempo de estar segura o de darles un último abrazo, ni de ver a Aoki, Blue y las gemelas para decirles lo mucho que me importan, lo mucho que su compañía me ha ayudado a seguir adelante los últimos meses y cómo me han mantenido con vida, no en un sentido físico, sino en el alma.

Las lágrimas me nublan la vista mientras Wren me conduce de nuevo a la carpa.

—Vamos a cambiarte. Mi padre mandó que hicieran ropa y una armadura solo para ti.

¿Cómo no iba a hacerlo? Después de todo, la Elegida de la Luna siempre tiene que estar vestida para su papel. Primero, como símbolo de la revolución y, después, del arrepentimiento. Más tarde, como una novia.

Y ahora, como el último de sus disfraces:

Una mártir.

<hr />

El bosque en llamas aparece ante nosotras mientras nos dirigimos hacia los terrenos del campamento. Incluso mientras nos abríamos paso entre el enjambre de cuerpos que había dentro de la carpa, podíamos detectar el olor a humo en el aire. Ahora, cuando nos adentramos en la noche, nos golpea con toda su fuerza.

Las llanuras rocosas se extienden ante nosotras. Más allá, el Palacio Escondido hace honor a su nombre, oculto tras las columnas de fuego. Todo el horizonte está iluminado.

Wren me conduce hasta el lugar en el que su padre, subido en una caja, está dando órdenes a pleno pulmón.

—¡General Novari, al flanco oeste! ¡Lady Oh, su comandante está preparando los osos de guerra en el establo número doce! ¡El resto de los soldados de mi clan que hayan sido asignados a las monturas que se presenten ante el comandante Chang!

Al ver que nos acercamos, Ketai le pasa el pergamino que tiene en las manos al consejero que está a su lado para que continúe organizando a la multitud. Después se baja del cajón de un salto y se dirige hacia nosotras. Kenzo se acerca desde el lugar en el que estaba ayudando a un soldado a calmar a su caballo nervioso. Nitta se une a nosotros también y Silla de Guerra resplandece a la luz del fuego.

—¿Dónde está Lova? —le pregunta Wren, ignorando a su padre.

—Reuniendo a los Amala. Durante la primera oleada, seremos el grueso del flanco este.

—¿Seremos? —pregunto—. ¿Vuelves a estar con el clan?

—Me refiero a nosotros, los gatos. No es como si…

—No tenemos tiempo para esto —la interrumpe Ketai—. Si sobrevivimos esta noche, podréis continuar la conversación.

Yo no tendré oportunidad de continuar nada.

—El hecho de que el bosque esté ardiendo cambia las cosas —prosigue—. Habíamos planeado cruzarlo pero, en estas condiciones, será imposible orientarse en él. La corte sabía muy bien lo que hacía cuando lo prendió fuego. A estas alturas ya deben de saber que perdimos a los aliados del Ala Blanca que nos quedaban, por lo que nuestra única ruta es a pie. Creerán que esperaremos a que se detenga el fuego, obligándonos a atacar mañana a la luz del día, cuando ellos tendrán una visión perfecta de nuestras tropas acercándose. —Sus ojos centellean—. No debemos volver a caer en su juego. Atacaremos ahora, mientras el fuego sigue arrasando. Nosotros seremos los que los sorprendamos a ellos.

Dos figuras aladas descienden desde el cielo. Merrin y Samira. El plumaje de Merrin está manchado del color del peltre a causa del humo. Samira se dobla, tosiendo, y Nitta se acerca para frotarle la espalda.

—Todo está tal como sospechábamos —nos informa Merrin—. Los soldados están concentrándose principalmente en los sectores adyacentes a las murallas principales por si planeamos escalarlas. Donde más hay es en el Sector de Ceremonias, por si atacamos a través de la puerta principal.

—¿Y el rey? —apunta Ketai.

—Los guardias se están movilizando en torno a su fortaleza, pero se están centrando en las murallas perimetrales.

—Bien. Eso implicará que muchos más quedarán atrapados en las explosiones.

«¿Explosiones?».

—Pero los hechiceros están en las murallas —digo yo.

El grupo me ignora y continúa hablando rápido, lanzando información y preguntas de un lado para otro mientras el cielo se agita, cada vez más oscuro.

—¿Seguimos con la idea de centrarnos en la puerta principal y las murallas del sur?

—No veo ningún motivo para cambiar los planes. Siempre supimos que esperarían un ataque concentrado en el frente. Vamos a darles lo que esperan para sorprenderlos después con lo que no sospechan.

—¿Y qué pasa con los Tsume y el Ala Blanca? Nunca contamos con que hubiese tanto humo.

—Tan solo les resultará más difícil a ellos. Vuelan en bandadas, así que la mala visibilidad les dará problemas.

—Y Samira y yo podemos mantenerlos distraídos.

Tengo el corazón acelerado mientras intento seguirles el ritmo y entender unos planes en cuya creación no tomé parte pues, en realidad, solo esperaba ser de utilidad para Ketai en uno de ellos. Uno que no requiere ni preparación ni práctica.

Cuchillo, sangre, magia.

La fórmula no podría ser más sencilla.

—¡Lord Hanno! —Un guardia vestido de azul se apresura hacia nosotros—. El ejército está listo. Todo el mundo está ocupando su lugar.

Me cuesta un segundo darme cuenta de que el zumbido del campamento ha desaparecido. Aunque algunos miembros del clan siguen yendo de un lado para otro a toda velocidad y algunos gritos de última hora pidiendo un médico o buscando parte del equipamiento surcan el aire, la masa de recién llegados que Blue y yo estuvimos inventariando durante tanto tiempo ayer ha disminuido a menos de un tercio. Me giro un poco más, mirando hacia la derecha.

Mientras hablábamos, el ejército conjunto de los Hanno y sus aliados se ha reunido. Los terrenos que están en la dirección del palacio se encuentran abarrotados de soldados. Hay cientos de papeles, aceros y Lunas de una miríada de clanes, cuyos colores se apagan en medio del viento negruzco causado por las llamas. Banderas adornadas con los diferentes blasones ondean desde los mástiles de los barcos de arena, los carros de guerra y los caballos. Están organizados en bloques precisos, mirando en dirección al lugar donde el Gran Bosque de Bambú arde, señalando nuestro objetivo.

Ketai despacha al guardia.

—¿Preparados? —nos pregunta.

Los demás asienten. Los ojos del padre de Wren me atraviesan mientras espera mi respuesta.

¿Estoy preparada para morir?

Claro que no. Quiero volver corriendo al campamento, encontrar a Tien y a Baba y abrazarlos hasta que todo esto termine. Quiero ir con las chicas y mantenerlas a salvo de una manera que nunca pude lograr entre las paredes del palacio. Quiero decirle a Wren que le he mentido, que estos últimos momentos lastimeros son todo lo que vamos a tener y que no es suficiente, que nunca podría ser suficiente, que ocho millones de vidas con ella no serían suficientes. Entonces, me toma de la mano y, de pronto, lo que voy a hacer no solo parece temerario, sino imposible.

No puedo, no puedo, no puedo.

No estoy preparada.

—¿Lei? —susurra Wren.

Se acerca un poco más a mí. Su fragancia, ese olor a océano tan fresco, que una vez me pareció tan exótico y ahora me resulta tan maravillosa y dolorosamente familiar, es un recordatorio de todo lo que estoy a punto de perder.

Y de todo lo que estoy a punto de salvar.

Me preparo, sujetando los fragmentos rotos de mi alma.

—¿Amor mío? —ella se dirige solo a mí—. No tienes por qué luchar. Ya has hecho más que suficiente. Quédate aquí con las chicas y con tu familia si quieres. Lo encontraré, Lei, y lo mataré por lo que te hizo. Por lo que nos hizo. Lo mataré —repite con ferocidad.

—Sé que lo harás —le respondo en un susurro.

Entonces, le devuelvo la mirada a Ketai.

¿Estoy preparada para morir? No, pero ¿qué importa decir una mentira más?

—Estoy preparada —digo, incluso aunque las palabras me abrasan la garganta.

Él asiente y el grupo se separa mientras cada uno se dirige a sus diferentes puestos. Nadie se toma el tiempo de despedirse o de desearse suerte, tal vez creyendo, al igual que Wren, que nos traerá mala suerte. O, tal vez, sabiendo que hacerlo sería demasiado difícil.

Cuando Nitta se une a los Amala con los ojos esmeralda resplandecientes mientras nos lanza una última sonrisa por encima del hombro, Wren me atrapa entre sus brazos.

—Vamos a estar juntas hasta el final del camino —dice, posando los labios suaves sobre mi frente.

No puedo mirarla, pues eso acabaría con el último resquicio que me queda de decisión. En su lugar, observo las llamas en la distancia y pienso en el demonio que espera entre ellas. Quizá no esté preparada para morir, pero sí estoy preparada para que él muera, y así es como vamos a hacer que ocurra.

Agarrando la mano de Wren, empiezo a caminar hacia delante antes de que mi determinación flaquee.

—Hasta el final del camino —repito, consciente con una agonía paralizante y angustiante de que ese camino no será demasiado largo.

33
Lei

Un miembro del clan de los Hanno nos trae a la yegua de Wren, Eve. Ella sube primero y, después, me ayuda a montar a su espalda. Con una sacudida de las riendas, nos dirigimos más allá de las filas de soldados hasta la cabeza del ejército.

—Agárrate fuerte —me dice—. Vamos a cabalgar rápido. Si alguien nos ataca, no te preocupes por luchar, Khuen nos ayudará. Limítate a agarrarte a mí.

El corazón me palpita con tanta fuerza que me pregunto si ella puede sentirlo en la espalda. Supongo que no, ya que estoy aferrada a las duras fundas de sus espadas y lleva el mismo tipo de armadura de cuero que Kenzo y su padre.

Mi propia vestimenta es bastante diferente. Las armaduras son pesadas y lleva un tiempo acostumbrarse a luchar con ellas, así que Ketai diseñó algo con lo que pensó que sería capaz de moverme con facilidad. Llevo un conjunto baju de algodón en el azul marino propio de los Hanno y botas de cuero flexible, con un cinturón atado a la cintura para poder llevar mi cuchillo. Me han apartado el pelo de la cara con la misma cinta que lleva Wren y el resto de los Hanno. La insignia del clan se extiende por toda la tela, pero, así como la suya es blanca como en la bandera, la mía ha sido bordada con un hilo dorado resplandeciente que hace juego con mis ojos y que me marca como diferente.

Por supuesto, tan solo Ketai y yo conocemos la razón. Sin embargo, me siento señalada, y lo haría incluso aunque no llevase mi nueva vestimenta de Elegida de la Luna. Aunque es probable que los soldados con los que nos cruzamos estén más interesados en Wren, que es su campeona y su adorada guerrera Xia, me sigue pareciendo que me observaran, con cada par de ojos viendo a través de la verdad oscura que palpita en mis entrañas.

Pronto, estaré muerta.

Mientras giro la vista hacia los soldados, me doy cuenta de que no soy la única que cabalga hacia su muerte esta noche.

¿Se sentirán señalados también algunos de estos hombres y mujeres? ¿Sienten que les está esperando una espada rápida y una oleada repentina de oscuridad? ¿Están sus corazones desbocados por el miedo? ¿Tienen una voz en la cabeza que les grita que esto no puede ser, que hay muchas más cosas que querían hacer, muchos más años que querían disfrutar, muchísimas más veces en las que querían sentir la luz del sol sobre su piel y la calidez del abrazo de sus amantes? ¿Quieren cerrar los ojos al final de un día largo, totalmente seguros de que podrán despertarse con un nuevo amanecer?

Con una sacudida brusca de la cabeza, pestañeo para limpiarme los ojos.

No quiero más lágrimas. No quiero más lástima.

Susurro las palabras que siempre han estado ahí para mí cuando he necesitado valor: *Fuego dentro, miedo fuera.*

Ya nos estamos acercando a la cabeza del ejército. Una fila de carruajes de guerra está desbordada de soldados, cañones y otras armas metálicas enormes que no reconozco y que, con toda probabilidad, son creación de Lova. Después, formando las tres primerísimas líneas del bloque central, están los hechiceros. Tienen un aspecto impresionante incluso cuando no están lanzando conjuros. Comparados con los demás guerreros, muchos parecen estar fuera de lugar ya que son demasiado pequeños, demasiado jóvenes o demasiado viejos para estar en el ejército y, aun así, un poder latente emerge de ellos como una ola silenciosa.

Ocupamos nuestro lugar junto al padre de Wren en la cabeza del ejército. Detrás de nosotras, Khuen, el joven arquero de papel, monta sobre un caballo con manchas grises. Al otro lado, Kenzo, que probablemente esté a cargo de proteger a Ketai, se alza sobre un oso de guerra colosal. El oso parece mucho más tranquilo que los que he escuchado jadeando y gruñendo en los establos; tan solo se limita a mover de un lado a otro sus pesados hombros mientras con el hocico húmedo husmea el aire.

La montura del padre de Wren es una preciosa yegua blanca. La capa color cobalto que lleva y que ondea en el aire resalta contra el pelaje blanco del animal. Por detrás del hombro de Ketai sobresale un elegante jian. Me pregunto cuánta sangre habrá derramado y cuánta más derramará esta noche.

Él inclina la barbilla en nuestra dirección, pero fija la mirada en el bosque envuelto en llamas, entrecerrando los ojos a causa del viento oscurecido por el humo. Alza un brazo y el silencio se apodera de los soldados.

Sobre nuestras cabezas resuena un trueno, casi como si el mismísimo Lord Hanno lo hubiese convocado. Una tormenta de verano debe de estar acechando detrás de las nubes.

Wren desliza una mano hasta mis dedos, entrelazados sobre su cintura. Alzándome un poco para poder alcanzarla, presiono mi mejilla contra la suya, y cierro los ojos.

—Te quiero —susurro con urgencia.

La mano de Wren estrecha las mías con más fuerza. Su padre ruge.

—¡Por el futuro de Ikhara!

Me sacudo hacia atrás cuando Eve se pone en movimiento y, en apenas unos segundos, ya está galopando. El clamor ensordecedor de los cascos me inunda los oídos mientras, como si fuera una criatura enorme, nuestro ejército se abalanza hacia delante.

El pelo de Wren flota en el aire mientras anima a Eve a seguir adelante, manteniéndola a la misma altura que la yegua blanca de su padre. Yo apenas puedo respirar por la fuerza del viento y la velocidad sorprendente a la que cabalgamos.

Vemos el primer destello de un rayo, que adopta un color blanco y zafiro tras el techo formado por el humo, y en el resplandor posterior, distingo las siluetas aladas de Merrin y Samira.

—¡Demonios pájaro! —grita Merrin.

Ketai alza su brazo muy alto.

—¡Vigilad el cielo!

Con el siguiente destello de un rayo, descienden desde las nubes que han estado usando para esconderse como un enjambre de figuras aladas cada vez más rápidas. El Ala Blanca ha engrosado las filas de los Tsume. Hay doscientos o trescientos pájaros dirigiéndose hacia nosotros directamente.

Wren desenvaina una espada, que refleja otro rayo mientras nos cae una descarga de flechas de fuego procedente de los pájaros que se nos acercan.

—¡Cabezas! —grita Ketai.

Wren lanza un brazo hacia atrás y me empuja hacia abajo. El aire silba mientras gira la espada sobre nosotras, rechazando las flechas. Otros no tienen tanta suerte. Se oyen gritos de dolor y pezuñas que se tambalean cuando los soldados caídos hacen tropezar a los que van tras ellos.

Me enderezo cuando ella me suelta. El pulso se me dispara al contemplar la visión de los demonios pájaro que ahora están tan cerca que puedo distinguir el color de su plumaje, los cobertores de metal para los picos, las cuchillas para garras que algunos llevan atadas y las losas de piedra que arrastran otros.

Merrin y Samira vuelan en el centro de todos ellos, haciendo que su formación tan ajustada tenga que separarse. Ketai vuelve a alzar el brazo.

—¡Flechas!

Desde detrás de nosotras, cientos de flechas salen volando hacia el aire. Hay gritos, gruñidos y figuras aladas que se desploman desde el cielo.

Un pedazo de piedra se estrella con uno de ellos justo en nuestro camino. Eve pasa por encima y aterrizamos con una sacudida, aunque tenemos que virar bruscamente cuando dos pájaros nos lanzan otra losa.

—¡Separaos! —ordena Ketai.

El mundo se vuelve blanco como el neón. Los rayos iluminan a los demonios pájaro justo cuando se abalanzan sobre nosotras.

Las llanuras resuenan con chillidos, gritos y el choque estridente del metal cuando comienza la lucha. A veces, todo se ve interrumpido por el ruido de los golpes de las pesadas piedras estrellándose contra el suelo.

Wren se coloca a la altura de su padre. Tras él, Kenzo está encorvado sobre el cuello de su oso. Una flecha sobresale de su hombro izquierdo. Él la parte por la mitad y se deshace de la parte emplumada con tanta facilidad como si estuviese apartando una mosca.

—¡Padre! —grita ella—. ¡La muralla! ¿Todavía…?

Se interrumpe cuando una figura alada se dirige hacia nosotras. Tiene la espada lista, pero una flecha derriba al pájaro antes de que nos alcance. Se trata de Khuen.

Oigo un crujido nauseabundo cuando las pezuñas de Eve pisotean al demonio caído.

Estamos llegando al Gran Bosque de Bambú. Una pared de llamas altísimas se alza como un tsunami de fuego. El calor nos ataca y hace que la fina ropa se me pegue al cuerpo a causa del sudor.

—¡Hechiceros! —grita Ketai—. ¡Preparaos!

Manteniendo los brazos firmes en torno a la cintura de Wren, me arriesgo a mirar por encima del hombro. Detrás de nosotras, todos los hechiceros, que ocupan tres filas, imitan la misma posición: con una mano sujetan las riendas del caballo mientras extienden la otra hacia el frente con la palma abierta. Mueven los labios formando palabras que no puedo descifrar a causa del zumbido de las llamas y el crujido de las pezuñas. Los caracteres dorados empiezan a surgir de sus labios en torbellinos. La magia desciende sobre ellos, rodeándoles los brazos hasta las puntas de los dedos.

Vuelvo a girarme al frente. Estamos a escasos metros del infierno.

El calor es insoportable. Abrasa el viento y me roba el aire de los pulmones. Las llamas se retuercen hacia las alturas, entrelazadas con columnas de humo. Un sabor amargo me inunda la boca.

Entierro la cara en la espalda de Wren, preparándome para las quemaduras.

—¡Hechiceros! —brama Ketai—. ¡Ahora!

Una ráfaga increíble de viento y luz se alza y el calor estalla.

Lo primero que pienso es que estamos en el bosque y nos estamos quemando vivas. Incluso con los ojos cerrados y el rostro presionado contra la espalda de Wren, la luz es tan brillante que me abrasa los párpados. Unas olas eléctricas me recorren toda la piel. El aullido, el calor y el zumbido de la magia forma una mezcla formidable hasta que, cuando creo que estoy a punto de asfixiarme por su fuerza, hay una avalancha repentina de aire y todo se desmorona.

Alzo la cabeza y abro los ojos llorosos.

En una ocasión, vi cómo los hechiceros extinguían un fuego con un dao que lo transformaba en agua. En este encantamiento han usado el aire.

Mientras Eve corre entre los troncos ennegrecidos de los árboles, la pared inmensa de aire que los hechiceros han liberado carga hacia delante como una ola que todo lo consume. Fila tras fila, los árboles que arden se apagan en un instante. El humo también se dispersa, empujado hacia arriba, donde forma unas nubes negras sobre nuestras cabezas. Y cuando el aire frente a nosotros se aclara, las murallas del palacio aparecen ante nuestros ojos.

Retrocedo en el tiempo hasta el primer momento en el que vi este lugar. Recuerdo el instante en el que la amplia cortina de un color verde marfilado que forma el bambú se abrió para revelar las altísimas murallas con los caracteres dorados girando dentro de la piedra de mármol. Recuerdo el poder de las vibraciones mágicas que emitían y los guardias demonio que flanqueaban el perímetro o patrullaban el parapeto. Todos ellos eran tan terroríficos que entendí por qué el rey se sentía invencible dentro de aquellas paredes.

Ha pasado casi un año y he demostrado o, más bien, hemos demostrado (Wren, yo y todos los demás) lo equivocado que estaba al creer en algún momento que estaba seguro.

Miro hacia arriba, observando las murallas, pienso en el rey que se esconde detrás de ellas y una sonrisa satisfecha me tuerce los labios porque sé que, esta vez, no se siente invencible.

Sabe que vamos a por él. Y sabe con exactitud lo que somos capaces de hacer.

Ketai hace que su caballo cambie de dirección para acercarse más. La magia de los hechiceros alcanza las últimas llamas, extinguiéndolas en una última ráfaga de aire antes de estrellarse contra las murallas del palacio. Los estandartes que estaban alineados sobre el parapeto acaban arrancados de sus postes. Giran en el aire moteado por las ascuas, formando una cascada de color rojo y obsidiana.

Ahora, puedo discernir los gritos de los guardias reales. Hay demonios por todas partes: sobre la muralla y frente a ella. Además, los pájaros de los Tsume y del Ala Blanca todavía siguen volando a baja altura sobre nuestras filas. Sus números se han visto reducidos a la mitad, pero siguen siendo demasiados.

Justo enfrente, la puerta principal está bloqueada por un contingente de soldados muy bien equipados. Están recolocándose después de que el viento de nuestros hechiceros derribara a muchos de ellos. A cada lado de la puerta hay un pecalang de piedra, una pareja de estatuas guardianas talladas para parecer toros. Con más de seis metros de altura, resultan gigantes. Los braseros que hay en sus manos en forma de pezuña todavía están encendidos, inmunes al aire encantado. Como las murallas, deben de estar protegidos por los hechiceros reales.

—¡Wren! —grita Ketai—. En algún momento se verán obligados a abrir las puertas. Haz tu jugada entonces. —Después, se dirige a mí—. ¡Quédate cerca de ella!

Suena muy inocente, como si lo dijera por mi propia seguridad, pero ambos sabemos lo que quiere decir.

—¡Lei! —Wren desenfunda la segunda espada—. Toma tu cuchillo. Cuando alcancemos a los soldados tenemos que saltar.

Me suelto de su cintura con una mano y busco mi daga a tientas. La hoja color bronce resplandece bajo la luz de la tormenta. Durante un instante muy breve, mis ojos se reflejan en ella y, por última vez, capto un atisbo de aquello que me ha brindado tantas maravillas y tanto dolor.

Una sensación profunda y casi tranquilizadora de finalidad me recorre el cuerpo.

Ningún demonio ni ningún dios me otorgó el color dorado de mis ojos. Fueron mis padres. Mis sencillos padres de papel. Y todo lo que soy, todo lo que he sido y he hecho, ha sido gracias a ellos. Antes de Wren, fueron ellos los que me enseñaron qué era la valentía, la justicia, la amabilidad y el amor. Ellos entenderían lo que estoy a punto de hacer. Estarían orgullosos de su hija.

Baba estará orgulloso.

A nuestra derecha, Ketai alza el puño bien alto. Ya estamos casi encima de los soldados reales y las murallas del palacio están lo bastante cerca como para distinguir cada uno de los caracteres que gira en su armadura de piedra.

—¡Cañones! —vocifera mientras mueve el brazo hacia delante—. ¡Atacad!

Comienzan una serie de estallidos colosales.

Objetos en llamas pasan disparados sobre nosotras, demasiado deprisa como para poder seguirlos. Solo hay tiempo de escuchar unos pocos gritos de advertencia antes de que se estrellen contra la muralla, explotando en varias sacudidas blancas.

—¡Lei! —exclama Wren mientras, de pronto, el ambiente ha cobrado vida con las llamas y los gritos. Algo que parece un brazo que todavía sujeta una lanza pasa volando a mi lado. ¡Ahora!

Saltamos juntas.

El viento me golpea las mejillas. Siento una avalancha de frío. Me preparo para un impacto que nunca llega.

El pelo me ondea en torno a la cara, atrapado en un torbellino de aire ártico. Se trata de la magia de Wren, que nos deposita en el suelo con suavidad. Me apoyo en las manos y las rodillas con la daga todavía atrapada en una mano. Ella ya está luchando mientras sus dos espadas silban, sumidas en una danza muy elegante. La ropa flota a su alrededor con un movimiento similar al de cuando estás bajo el agua. Cuando gira, distingo la inquietante mirada blanca propia de su estado Xia.

La batalla se ha desatado. Las espadas de Wren crean una burbuja a nuestro alrededor, manteniendo a raya a los soldados pero, más allá, las fuerzas de los Hanno y del rey están enzarzadas en unas peleas muy intensas.

Me encojo cuando otra ronda de proyectiles pasa volando.

Algunos cuerpos salen disparados del parapeto cuando las murallas se sacuden. Con cada golpe, el humo aumenta. Aun así, aunque el muro está agrietado, si tenemos en cuenta el poder de nuestros cañonazos, debería estar mucho más dañado de lo que está.

Pienso en el Sector de los Templos y en las hileras de hechiceros encadenados dentro de los muros, obligados a lanzar daos defensivos sin parar. Ellos son los que hacen que la muralla no se derrumbe, pero si cae, morirán. Hechiceros como Ruza, que me han ayudado, que nos han ayudado a todos.

Debería advertirles o intentar ayudarlos, pero no puedo alejarme de Wren.

Cuchillo, sangre, magia.

Tengo un trabajo que hacer.

Me pongo de pie. Bajo la luz parpadeante del fuego, mi hoja parece hacerme un guiño, instándome a continuar.

Wren mantiene alejados a los demonios, pero, a cada segundo que pasa, llegan más soldados que descienden por las murallas haciendo rappel o que son transportados por demonios pájaro.

Es entonces cuando lo escucho.

Las puertas del palacio. Tal como Ketai ha predicho, las altísimas puertas se abren poco a poco con un quejido. Por un instante, me siento aliviada. No solo porque podemos entrar, sino porque eso implica que no tendremos que destruir los muros y arriesgarnos a matar a los hechiceros que están dentro.

Sin embargo, cuando veo lo que nos espera al otro lado de la puerta, me quedo paralizada.

La amplia plaza del Sector de Ceremonias está abarrotada de demonios y hechiceros. Permanecen quietos de una forma siniestra y la luz de la tormenta y de las llamas se refleja en sus armaduras. Los soldados van vestidos de rojo, mientras que los hechiceros llevan túnicas negras como la medianoche cuyos bajos se arremolinan a sus pies. Están colocados en parejas, creando un tejido de retales de los colores de la corte: carmesí y negro, como el fuego y el humo, la sangre y la putrefacción.

—¡La Secta Sombría! —ruge Ketai, que está a unos metros de distancia, luchando junto a Kenzo.

El corazón se me sube a la garganta. Después de tanto tiempo, de tantos rumores y de retazos de conversaciones, por fin estoy frente a frente con el arma secreta del rey. Se trata del poder que generaciones de sus ancestros han estado cultivando todo este tiempo basándose en la información que le robaban a los Xia. La fuente de la Enfermedad. El reflejo del poder de Wren.

Dolor. Muerte. Sacrificio.

Las hojas de la puerta se detienen, abiertas del todo, y la Secta Sombría comienza a marchar lentamente hacia delante.

—¡Wren! —ordena Ketai—. ¡Ahora!

Sin embargo, ya sea porque está demasiado ocupada masacrando demonios o demasiado sumida en su estado Xia como para oírlo, ella no se detiene.

—¡Wren! —grita Ketai de nuevo.

Congelada, contemplo cómo todos los hechiceros de la Secta Sombría dan un paso adelante.

—¡Cañones! —aúlla Ketai, dándose por vencido con Wren—. ¡Apuntad a los hechiceros!

Se escucha la explosión de la pólvora. El suelo tiembla bajo nuestros pies. Los hechiceros alzan las manos hacia delante.

Nos golpea un estallido de magia tan poderoso que me deja sin respiración. El aire restalla. El tiempo parece ralentizarse mientras todo fluye como si se estuviera moviendo en un sueño. Una serie de cañonazos pasan a poca altura sobre nuestras cabezas, dibujando un arco y dirigiéndose directamente hacia la Secta Sombría.

Pero, entonces, se detienen.

Durante un momento difícil de creer, se mantienen suspendidos en el aire. Después, las balas de cañón salen disparadas hacia atrás, recorriendo a toda velocidad el mismo camino por el que han venido.

Me lanzo hacia Wren, tirándonos al suelo antes de que el impacto nos lance hacia arriba y, después, nos haga estrellarnos contra el suelo. El dolor me hace estremecerme. Todo mi cuerpo gruñe a modo de protesta mientras me pongo de rodillas y Wren y yo nos arrastramos la una hacia la otra.

La noche está rasgada por los gritos y el crepitar del fuego. Franjas enteras de árboles muertos y de tierra están envueltas en llamas. Los hoyos donde han aterrizado los proyectiles arden y arrojan cortinas de humo gris. La mayoría de los carros están volcados y en el suelo hay cuerpos amontonados. Uno ha caído cerca de nosotras, mirando hacia arriba con los ojos vacíos. No la reconozco, pero viste con el azul de los Hanno. Wren le cierra los ojos a la muchacha y hace el saludo al cielo sobre su cuerpo. Cuando vuelve a girarse para enfrentarse a la Secta Sombría, el gesto de concentración que he llegado a conocer tan bien se ha apoderado de su cara. El cabello se le levanta mientras recita un dao. Se pone de pie mientras cierra las manos en un puño. El blanco se apodera de sus iris mientras se adentra en su estado Xia, pero se derrumba de rodillas.

Yo me tambaleo hacia ella.

—¡Wren!

Se retuerce mientras respira de forma irregular. Alzando la cabeza con una mueca, empieza a entonar de nuevo y el color marrón cálido de sus ojos empieza a congelarse antes de que vuelva a desmoronarse.

A nuestro alrededor, los cuerpos luchan a la luz del fuego. Miembros de nuestro ejército van de un lado para otro a toda velocidad, ayudando a sus amigos a levantarse o arrastrando fuera de la contienda a los heridos. La Secta Sombría no se ha movido de su posición. Los hechiceros permanecen de pie con los brazos extendidos como estatuas espeluznantes y su poder hace retroceder a cualquiera que se acerque demasiado.

Echo un vistazo en torno a nosotras. A nuestra derecha, Ketai y Kenzo están atrapados en una pelea con cuatro demonios. Cerca, Khuen lanza descargas de flechas al aire, manteniendo a raya a los demonios pájaro que intentan acercarse. A nuestra espalda, nuestros propios hechiceros están ocupados intentando contrarrestar la magia de la Secta Sombría, haciendo que los encantamientos choquen en el aire cargado. Por ahora, parece que están igualados, pero muchos de nuestros hechiceros están heridos o han muerto, y los que quedan parecen exhaustos, están pálidos y se retuercen por culpa de los mismos temblores que acosan a Wren.

No van a aguantar mucho más, y ni siquiera hemos conseguido entrar todavía. Necesitamos el poder de Wren o todos nosotros moriremos aquí, en las puertas del palacio.

Mi cuchillo está en el suelo, allí donde ha caído cuando salió disparado de mi mano durante la explosión. Lo recupero. Ella sigue a cuatro patas y el sudor le resbala por el cuerpo mientras se esfuerza por respirar, intentando sin éxito volver a acceder a su estado Xia. La rodeo con los brazos y le doy un beso en lo alto de la cabeza. Entonces, me aparto. Sus ojos se encuentran con los míos y después bajan hasta la daga que estoy alzando. Veo un destello de confusión, pero antes de que pueda cobrar fuerza, mira de golpe a la derecha y abre los ojos de par en par.

Los hechiceros de la Secta Sombría se han puesto de rodillas y las túnicas negras se hinchan a su alrededor. Cada uno de los soldados ha agarrado el brazo del hechicero que está a su izquierda. Todos a la vez sacan de sus túnicas una daga larga y fina. La luz del fuego resplandece en las hojas mientras, en perfecta sincronía, cien hechiceros se llevan el cuchillo a la garganta y se la rajan con firmeza.

Dejo escapar un grito ahogado.

Cuchillo, sangre, magia. El mismo método que yo misma estaba a punto de utilizar.

Los hechiceros se derrumban mientras torrentes de color rubí emanan de sus cuellos abiertos. Pero cuando la sangre llega al suelo, se detiene.

Horrorizada, recuerdo a Hiro en las islas de los Czo. Como entonces, la sangre comienza a fluir a contracorriente, desplazándose en un bucle hasta el lugar donde los soldados sujetan los brazos sin vida. El líquido asciende más alto, moviéndose sobre los demonios hasta que cada uno de ellos tiene una armadura de sangre.

Un rojo brillante les cubre la piel y el pelaje, se arrastra hasta la altura de las barbillas y se filtra por sus bocas.

Parte de la lucha se detiene mientras ambos ejércitos contemplan esa visión de pesadilla. Junto al zumbido similar al de las avispas de la magia, se alza un pitido muy agudo y tengo que llevarme las manos a las orejas.

La sangre de los hechiceros drenados se extiende sobre el rostro de los soldados y forma máscaras escarlata, cubriendo sus ojos hasta que todos comparten la misma horrible mirada roja. Uno de ellos, un demonio cocodrilo descomunal que está justo enfrente de nosotras, abre la boca en una sonrisa. Los dientes afilados gotean sangre.

Al mismo tiempo, los soldados sombríos sueltan los brazos de los hechiceros muertos. En el momento en el que los cuerpos golpean el suelo, cargan hacia delante.

34
Lei

Wren y yo nos ponemos de pie mientras la oleada de soldados sombríos golpea.

Ella ha vuelto a adentrarse en su estado Xia. Debe de resultarle insoportable, pero la amenaza de los soldados alimentados de sangre es una motivación lo bastante poderosa. El aire repiquetea, canturrea y restalla a causa de la magia, azota a nuestro alrededor enloquecido, atacándonos con estallidos fríos como el hielo y explosiones ardientes como las llamas. Está lleno de humo, que lo cubre todo de espirales de ceniza.

Lucho de forma instintiva y salvaje. Acción, reacción. Todo fuego y nada de miedo.

No tengo tiempo de estar asustada. Apenas tengo tiempo de pensar.

Antes, Wren se estaba ocupando de la mayoría de los demonios, pero, ahora, cada uno de ellos requiere toda su atención, así que yo tengo que enfrentarme sola a los demás. Viro bruscamente y esquivo las armas de los enormes soldados, atacándoles con cortes rápidos los tobillos, las ingles, las muñecas… Cualquier cosa que esté a mi alcance. Los golpeo hasta que caen de rodillas y, entonces, acabo con ellos cortándoles la garganta o atravesándoles el corazón. Ahora, la sensación de la daga al atravesar los tendones me resulta familiar.

Ketai y Kenzo se han acercado para brindarnos a Wren y a mí mayor protección y cada uno de ellos está luchando con uno de los soldados de armadura sangrienta. Las flechas de Khuen atraviesan a los demonios mientras luchamos, pero apenas parecen darse cuenta de los flechazos.

—¡Lei! —grita Ketai con la cara contorsionada por el esfuerzo de frenar a un demonio gorila inmenso—. ¡Hazlo! ¡Ahora!

¡Ahora, ahora, ahora!

La palabra vibra con el palpitar desbocado de mi corazón. Sé que tiene razón. La Secta Sombría es demasiado poderosa y Wren está demasiado cansada como para aferrarse a su estado Xia durante mucho más tiempo.

Se ha alejado un poco, lucha con dos demonios sombríos a la vez. Incluso con sus habilidades feroces, solo consigue ir a la zaga.

Me dirijo hacia ella dando traspiés, trepando por encima de los cuerpos de los soldados caídos.

—Cuchillo, sangre, magia —jadeo—. Cuchillo, sangre, magia. Sálvala para que ella pueda salvar a los demás.

Ya casi he llegado. Sangre y cenizas dan vueltas en el torbellino que es la magia de Wren. Preparándome para enfrentarme a su poder, me lanzo a la carrera con su nombre llenándome los pulmones pero, entonces, alguien se estrella contra mí.

Caigo al suelo. Un demonio reptil enjuto con las escamas del color del musgo y los ojos en forma de listón me sujeta.

—¡Sith! —gruño.

La punta de su qiang refleja la luz del fuego cuando lo alza del mismo modo que hizo hace un año con mi dulce perrito Bao colgando de él.

—Hace mucho tiempo que no nos vemos, chica —dice con desprecio mientras se lleva la lengua rosa a la boca sin labios—. Aunque todavía recuerdo tu sabor con exactitud.

La repulsión se retuerce en mi interior. Incluso antes del rey, Sith fue el primer demonio que me tocó, que me hizo sentir pequeña, asustada y avergonzada.

Le enseño los dientes.

—Y yo todavía recuerdo cómo te acobardaste frente al general Yu. Pero tienes razón, ha pasado mucho tiempo. Estará bien volver a ver tu miedo una vez más.

Sith me embiste con un siseo. Yo ruedo fuera del alcance de su lanza. Cuando vuelve a arrojarse hacia mí, uso un movimiento que me enseñó Shifu Caen: rodando bajo la punta de su qiang, salgo por el otro lado de un salto, golpeo la lanza y hago que él pierda el equilibrio. Alza el brazo hacia arriba lo suficiente como para poder clavarle la daga en la axila. Deja escapar un alarido de dolor. Se tambalea hacia atrás, intentando darme un empujón. Yo soporto sus golpes y sigo sacudiendo mi hoja mientras la sangre me cae a borbotones por las manos.

Sith cae hacia atrás y yo me siento a horcajadas sobre su pecho. Es la misma posición que mantuvimos una vez, pero a la inversa.

—Mírame —digo, agarrándolo del cuello de la túnica—. Es de buena educación mirar a una chica a los ojos cuando te mata.

Sus ojos reptilianos, muy abiertos a causa del dolor y la sorpresa, se encuentran con los míos. Sujeto mi cuchillo y, acercando la cara hasta que la tengo justo encima de la suya, se lo clavo por debajo de la barbilla.

De inmediato, sus ojos pierden el brillo. Lo suelto. La cabeza le cae hacia atrás y el cuerpo pierde la fuerza. Yo me pongo en pie, frenética por el triunfo. Una satisfacción oscura y deliciosa me recorre las venas y tardo unos segundos más en darme cuenta de la sombra enorme que me cubre. Alzo la vista y me encuentro con lo que parece ser un demonio toro gigante cerniéndose sobre mí.

En concreto, un demonio toro gigante de piedra.

La magia ha hecho que uno de los pecalang que vigilan la puerta principal cobre vida. Está tallado del mismo mármol que las murallas del palacio, torbellinos de magia danzan dentro de su piel de piedra. Da un paso torpe hacia delante y gira la enorme cabeza. Entonces, con un rugido ensordecedor, mueve hacia atrás un brazo musculoso y apunta directamente hacia mí.

De pronto, con una ráfaga de viento que casi me tira al suelo, el brazo de la estatua pasa por encima de mi cabeza y, en su lugar, se estrella contra unos soldados de la Secta Sombría que hay cerca.

Me giro y veo que un grupo de hechiceros de los Hanno están moviendo los brazos, manejando todos juntos los movimientos del toro de piedra como si fuese una marioneta.

La estatua recorre los terrenos dando tumbos. Sus pies y puños enormes apuntan a los soldados reales mientras los miembros de nuestro ejército se apartan de su camino.

De pronto, veo un borrón de piedra negra como la tinta. La segunda estatua también ha cobrado vida y se dirige hacia la primera. Colisionan con un estruendo colosal.

Se forma un claro allí donde los dos pecalang se enfrentan el uno al otro. Los rayos iluminan los músculos de mármol que están en movimiento. Sus ojos, encendidos por la magia, tienen un resplandor fiero. Con cada puñetazo, pedazos de roca golpean el suelo. Se escuchan chillidos cuando algunos caen sobre las piernas de soldados desafortunados, mientras que otros quedan silenciados antes de que tengan tiempo de gritar.

Los hechiceros de los Hanno se mueven en perfecta sincronía, entonando sus encantamientos con ferocidad. Pero incluso yo puedo ver que su energía se está agotando muy rápido. Tienen la piel blanca como el hueso y el sudor les resbala por las caras que delatan su esfuerzo.

Necesitan a Wren.

Paso a trompicones por encima de los cuerpos y de la tierra empapada de sangre. Las estatuas que están peleando bloquean la mayor parte del resplandor del fuego, y el humo de los árboles y los carros de guerra que arden sofoca el aire. Durante el resplandor de un rayo, diviso a Wren subida sobre un pedazo de piedra que ha caído cerca de la puerta principal, rodeada de soldados sombríos. Sus espadas zumban, y los hace retroceder, pero los demonios son implacables, ella se está cansando y sus movimientos se están volviendo descuidados. Sus ojos titilan; en un momento son blancos como el hielo y, al siguiente, marrones, lo que quiere decir que está entrando y saliendo de su estado Xia.

Si falla, si pierde el control ahora, entre todos esos soldados…

El suelo tiembla cuando una de las estatuas que estaban luchando se derrumba al fin después de que la otra le arranque la cabeza limpiamente. La estatua que queda en pie gira el rostro y mira a Wren. Entonces sé que nuestros hechiceros han perdido.

Mientras el toro de piedra se lanza hacia ella, yo hago lo mismo.

Serpenteo entre los soldados sombríos que la rodean. Están tan concentrados que no me prestan atención hasta que casi he trepado la mitad del bloque de piedra. Para entonces, Wren también me ha visto y le corta el brazo a un soldado que me está agarrando del hombro.

—¡Lei! —grita. Su voz es normal y no tiene los ojos del color blanco Xia, sino marrones.

Un marrón encantador, profundo y cálido como la miel.

Ahora mismo, es tan solo Wren. Mi Wren.

Sonrío cuando ella se estira para alcanzarme. Al menos, he podido verla una última vez como la chica de la que me enamoré.

Nuestros dedos se entrelazan, pero antes de que pueda tirar de mí para subirme, me aferro con fuerza y giro la otra mano, llevándome la punta de la daga hasta la barbilla.

—Lo siento. —Hablo en una voz tan baja que se ve arrastrada por el rugir de la batalla. Sin embargo, por un instante, siento que puede oírme, como si mis palabras, por muy suaves que resulten en medio de semejante carnicería, la encontrasen y se colasen bajo su piel con tanta delicadeza como un beso.

Un último beso, pienso, *eso habría estado bien.*

—Te quiero —le digo. Es importante que esto sea lo último que me escuche decir.

Entonces, con un tirón del brazo, me paso la hoja por la garganta expectante.

35
Wren

Vio cómo ocurría todo a cámara lenta. Lei, mirándola con los ojos en llamas; su boca moviéndose con unas palabras tan claras que Wren pudo sentirlas incluso aunque no pudo oírlas: «Lo siento. Te quiero»; el cuchillo alzándose y la hoja resplandeciente.

No podía ser que Lei estuviera haciendo eso. Para empezar, no era posible que su padre lo hubiese sugerido porque ¿qué clase de hombre le haría eso a su hija? ¿Qué clase de hombre le pediría eso a una chica a la que ya le había pedido tanto? Pero allí estaba ella, observando cómo ocurría. Transcurrió como una pesadilla, pero era real. Sabía de lo que era capaz su padre y también sabía de lo que era capaz Lei. Comprendió demasiado tarde que los había subestimado a los dos.

Agarró los dedos de Lei, que empezaban a escurrirse.

Un sonido se le escapó de los labios. La magia pasó a través de ella hacia el exterior. Fue algo que nunca antes había sentido. Wren se había sumergido en ese lago eterno demasiadas veces como para contarlas y, sin embargo, en aquel momento, era como si ella misma fuese el lago. Apenas podía ver. Le iban a explotar los oídos y la cabeza le palpitaba.

Como si lo contemplase desde lejos, sintió cómo se movía hacia delante a trompicones con el corazón gritando mientras intentaba alcanzar la hoja brillante con los dedos tensos. Pero incluso en su estado Xia, las cosas le resultaban tan pesadas como si estuvieran bajo el agua y el aire le resultaba impenetrable. Supo con una certeza terrible que se estaba moviendo con demasiada lentitud.

Entonces, todo se detuvo.

Un segundo infinito en el que todo quedó suspendido: la vida y el aliento, el latido del corazón y los pensamientos.

Hubo un resplandor suave y dorado como los ojos de Lei. Poco a poco se convirtió en un brillo cálido y, después, en un fogonazo ardiente y amarillo. Entonces, acumulando velocidad, siguió brillando cada vez más fuerte hasta convertirse en un blanco cegador.

Fue entonces cuando el mundo se partió.

O, al menos, así lo sintió ella. Fue como cuando conectaba con su estado Xia y el poder la desbordaba, una ráfaga repentina de fuerza y magia que hacía que todos sus sentidos se despertasen. Solo que, en aquella ocasión, no estaba ocurriendo solo en su interior, sino alrededor de ella. Era un derroche de ruido, color, movimiento y cambio que arrasaba con todo y todos, y ponía el mundo patas arriba.

Hubo una explosión. Y como cualquier explosión, creó algo: poder, energía y fuerza.

Sin embargo, también se llevó algo consigo.

Wren se descubrió a sí misma en el suelo, tumbada de espaldas. El humo se había disipado, dejando pedazos de tela, hojas ennegrecidas y ascuas ardientes descendiendo a través de un cielo de color férreo que anunciaba el amanecer. Intentó moverse, pero se dio cuenta de que no podía. Los músculos le palpitaban y era incapaz de escuchar nada que no fuese el pitido agudo que sentía en los oídos. El aire tenía un olor amargo. Además… Había algo más, una extraña incorrección que pulsaba en sus células.

Su mente volvió hacia atrás como aturdida. Había habido una explosión, un estallido de magia. ¿Había sido su magia? Antes de la explosión había habido una luz. Una luz que había comenzado como un resplandor suave del color de los ojos de Lei.

Lei.

Recordó todo de golpe.

Lei. La hoja. Su garganta expectante.

No podía ser. Era imposible.

Con los músculos quejándose por el esfuerzo, tomo impulsó para incorporarse. Se balanceó con la cabeza dándole vueltas. Los soldados estaban esparcidos por el campo de batalla. Muchos estaban muertos, con los ojos vacíos y fijos. Muchos más estaban vivos, pero tambaleándose como ella por la fuerza de la explosión.

Algunas cabezas se alzaron y hubo brazos que intentaban aferrarse al aire vacío. Se escucharon algunos gritos que fueron aumentando en volumen conforme el pitido que Wren sentía en los oídos se iba dispersando. El viento cargado de la tormenta le rozó las mejillas desnudas. El dolor resonó a través de Wren, de su antigua lesión y de sus músculos doloridos. Y conforme sentía el regreso de las diferentes sensaciones del mundo, el sentido de pérdida se hizo más prominente.

Había algo diferente. El mundo había cambiado.

¿Cómo? ¿Por qué?

Wren apartó a un lado las preguntas. Encontrar a Lei era más importante. Se obligó a seguir adelante a pesar del dolor y se movió entre los montones de soldados caídos.

Había muchos poniéndose en pie en ese momento. Las luchas volvieron a avivarse poco a poco mientras los demonios y los humanos aturdidos por la explosión se esforzaban por recuperar el ritmo. Bordeó aquel lío de riñas y golpeó las manos que intentaban agarrarle los tobillos. Un soldado le saltó a la espalda y ella se lo quitó de encima a la fuerza, ya que había perdido las espadas durante la explosión.

Otro demonio se acercó a ella. Wren se giró y lo derribó con un codazo. El demonio se frotó la mandíbula.

—Gracias a los dioses que no tienes las espadas —murmuró mientras se erguía.

—¡Kenzo! —exclamó—. Lo siento, pensé que…

—Lo sé. —Él le echó un vistazo—. ¿Qué ha pasado? Ha habido algún tipo de explosión, pero ninguno de los dos bandos ha usado los cañones. Y hay algo…

—Raro —terminó Wren por él—. Los hechiceros reales han debido de hacer algo, crear algún tipo de explosión mágica.

—Yo pensaba que habías sido tú.

Ella sacudió la cabeza.

—Kenzo, tengo que encontrar a Lei. Mi padre le pidió que se sacrificase para desatar todo el potencial de mi poder Xia.

—Así que por eso lo atacaste —dijo él.

—No pienso disculparme.

—Espero que no. Ketai tiene suerte de que no lo matases. —Kenzo suspiró, pasándose una mano por el pelaje—. A veces, pienso que se le olvida que el amor es la razón por la que luchamos. La venganza no tendría sentido sin amor. —Se inclinó para arrancar una lanza del cuerpo de un soldado mientras los rayos acechaban sobre sus cabezas—. Ve —le dijo—. Yo los mantendré ocupados.

Mientras a su espalda se alzaba el ruido de las armas chocando, Wren se alejó, arrancándole de la mano una espada a un demonio muerto que se encontró de camino. La batalla volvía a aumentar en intensidad. Giró bruscamente para evitar a las figuras que estaban luchando entre sí y esquivó por muy poco un parang que salió volando de las manos del demonio que lo empuñaba.

Un destello dorado atrajo su mirada. Agarró el objeto que había captado su atención. Era el cuchillo de Lei.

Se dio la vuelta y vislumbró otro destello del mismo color. Un rayo iluminó una túnica azul marino con los dobladillos dorados. Un rostro pálido asomaba por debajo de una cascada de cabello oscuro allí donde una chica yacía sobre un costado. Tenía los ojos cerrados, los labios entreabiertos y una de las manos estirada sobre el suelo como si intentara alcanzar a Wren con las puntas de los dedos rojas por la sangre.

Se colocó junto a Lei en un instante.

—Mi amor —dijo con la voz ahogada, apartándole el pelo. Con dedos temblorosos y sin atreverse a respirar, le alzó la barbilla.

Una fina línea roja le recorría la garganta como si fuese el inicio de una horrible sonrisa.

Un sollozo atravesó su cuerpo, pero se detuvo cuando se dio cuenta de que la línea solo tenía un par de centímetros de largo. Cuando llevó los dedos incrédulos a la herida, descubrió que no era profunda. Era un corte ligero y superficial.

Lei no había conseguido abrirse la garganta. La explosión debía de haberle hecho perder el equilibrio justo cuando estaba usando la hoja.

—No estás muerta —jadeó Wren, derrumbándose junto a ella.

—¿No? —gruñó Lei.

Se apartó y descubrió aquellos ojos brillantes devolviéndole la mirada. Los labios de Lei se curvaron.

—Porque tengo que admitir que esto se parece un poco a cómo imaginé que sería el Reino Celestial —dijo con voz débil.

Wren se rio. Las lágrimas, cálidas, húmedas y maravillosas, le corrían por el rostro porque Lei estaba viva. Estaba viva, estaba viva.

—¿Así? —consiguió decir—. ¿Como un campo de batalla?

Ella negó con la cabeza muy suavemente.

—Como tú.

A medio camino entre la risa y el llanto, apretó su cara con la de Lei, y le besó los labios, los párpados, las mejillas y cada milímetro de piel disponible hasta que pudo volver a respirar. Podría haber seguido besándola para siempre si la batalla no hubiese estado en curso todavía y si lo único que las ocultase parcialmente de las miradas no fuese un trozo de estatua rota.

—¿Puedes levantarte? —le preguntó.

Ella asintió. Tomó la mano que le ofrecía y, a pesar de que hizo una mueca de dolor, se puso en pie sin quejarse.

—Mi cuchillo —dijo, mirando el cinturón de Wren—. Lo has encontrado.

Por primera vez desde que se había dado cuenta de que estaba viva, sintió un golpe de miedo. Se movió de forma instintiva para ocultarlo.

—Necesito defenderme, Wren.

—Defenderte, sí. ¿Herirte? No.

Los ojos de Lei centellearon con una ferocidad familiar pero, cuando habló, su tono de voz era triste.

—No necesito el cuchillo para eso. —Extendió los brazos—. Estamos en un campo de batalla. Tengo muchas armas donde elegir. Puedo dar un paso al frente, gritar, y alguien me ayudará.

Wren sintió el ardor del enfado en la garganta. ¿Dónde estaba su padre? ¿Seguía vivo? ¿Quería que lo estuviese? La azotó la culpabilidad. Claro que quería que estuviese vivo; era su padre y había hecho muchas cosas por ella desde que le salvó la vida cuando era un bebé recién nacido. Sin embargo, también sabía que, durante el resto de su vida, nunca podría perdonarle aquello.

Tomó la mano de Lei.

—Perderte no me haría poderosa; me destruiría.

—Wren, estás cansada, y necesitamos que ganes.

Ella le dedicó una sonrisa sombría.

—Una vez, alguien me dijo que no hay nada por lo que merezca la pena perderse a uno mismo. Tal vez esa chica debería hacer caso de su propio consejo. Si te pierdo, me pierdo a mí misma. Ganaremos, pero no así.

—Entonces, ¿cómo?

—Se nos ocurrirá algo. Cuando el mundo te niega opciones, creas las tuyas propias, ¿te acuerdas?

Lei levantó una ceja.

—¿Ahora también te citas a ti misma? ¿No crees que eso es demasiado?

Una carcajada se escapó de los labios de Wren. Al mismo tiempo, escucharon el gruñido de la piedra en movimiento. Más allá de la pila de hechiceros caídos de la Secta Sombría, las puertas del palacio se estaban cerrando.

Sin dudar, se lanzaron a la carrera.

El suelo temblaba conforme las puertas se movían con lentitud, pero sin detenerse, aplastando los cuerpos que había en su camino o arrastrándolos con ellas. Las caderas de Wren se quejaron y la visión se le nubló, pero estaba centrada en la puerta y sacó fuerzas de la mano de Lei atrapada en la suya. Ambas treparon por encima de guerreros muertos y esquivaron montones de escombros y pedazos de piedra rota.

Los demonios fueron a por ellas. Un demonio pájaro se lanzó desde el cielo con las garras estiradas, pero una flecha pasó silbando junto a la oreja de Wren y, un segundo después, se escuchó un golpe cuando el demonio se estrelló contra el suelo.

No tenía tiempo de mirar quién la había salvado. Las puertas se estaban cerrando. Si no conseguían atravesarlas, ella y los hechiceros Hanno estaban demasiado débiles como para superar los encantamientos de los hechiceros reales, y dos demonios pájaro no eran suficientes para transportarlos a todos al otro lado de las murallas.

Aquella era su única oportunidad para entrar al palacio.

La abertura entre las hojas de la puerta se estaba estrechando. Lei tropezó, pero el agarre de Wren la mantuvo en pie. Ya casi habían llegado. Casi…

Cruzaron de forma precipitada y las puertas les rasparon los hombros. Si hubieran ido un poco más despacio, las habrían aplastado.

Mientras las puertas se cerraban con un retumbo profundo, Wren apoyó la espalda contra ellas para que pudieran ocultarse en la sombra que creaba la muralla. Se colocó en una postura defensiva, blandiendo la espada que había robado y lista para el peligro.

Sin embargo, el Sector de Ceremonias estaba vacío.

Por primera vez, al menos que ella hubiera visto, la inmensa plaza estaba desierta, desde el pabellón abandonado de los guardias hasta los establos que, por lo general, siempre estaban atestados. Tan solo quedaba el jazmín floreciendo en plena noche, cuyos pétalos en forma de llama se mecían en el viento allí donde las flores trepaban por las murallas. Tenían un perfume tan potente que podía olerlo incluso por encima de la ceniza, la sangre y el sudor de la batalla. Era una sensación estremecedora.

—¿Dónde…? ¿Dónde está todo el mundo? —susurró Lei—. ¿Es una trampa?

—Es posible —contestó.

—Tal vez los guardias se hayan retirado para proteger los Sectores Internos.

Wren esperó con todos sus sentidos alerta. Se escuchó el retumbar de un trueno. Varios rayos hicieron un dibujo en el pálido cielo previo al amanecer. En algún momento, durante la batalla, la noche le había cedido el paso al día, aunque el sol todavía no había salido. Tras ellas, el rugido de la batalla era estridente.

—Eso parece —dijo—. Aunque creía que habrían dejado unos pocos guardias para darnos la bienvenida.

El vacío la ponía nerviosa, especialmente cuando la batalla continuaba al otro lado de los muros. La extraña sensación de pérdida volvía a molestarle. Incluso el peso del aire parecía haber cambiado desde la explosión. Ahora era más ligero, más delgado.

Algo se estrelló contra las puertas, haciendo que Lei se apartara de ellas con una sacudida. Escucharon un grito amortiguado. Otro golpe. El ruido de los huesos rompiéndose.

De pronto, Lei jadeó.

—Wren —dijo en un susurro ronco.

Estaba mirando detrás de ella, hacia las puertas. Wren se giró, alzando la espada. Pero no parecía haber nada raro. A pesar del ruido, no apareció ningún soldado. Las puertas seguían aseguradas. Estaban labradas con la misma piedra que las murallas del palacio y tenían la misma apariencia que siempre habían tenido: el de unos bloques imponentes y sólidos de roca de ónice.

Se puso tensa. En aquel momento se dio cuenta de lo que había sorprendido a Lei y la comprensión que se apoderó de ella la dejó paralizada.

Las puertas del palacio nunca habían sido solo negras. Solo lo parecían en la distancia. De cerca, se podía apreciar el brillo ambarino de los caracteres que danzaban bajo la superficie oscura y sentir el zumbido de los daos que los hechiceros reales tejían en torno a ellas sin descanso, unos daos tan poderosos que incluso Wren se había quedado estupefacta por la magia que sintió la primera vez que llegó al palacio. Durante casi doscientos años, habían funcionado tal como el Rey Demonio original los había imaginado: un escudo viviente de magia, impenetrable e inconquistable. Un escudo que, por fin, había fallado.

—La magia protectora —susurró Lei, estirándose para tocar el muro—. Ya no está.

36
Lei

Cuando toco la piedra con los dedos, sé que es cierto. No hay poder en ellas. Por eso ha desaparecido el resplandor dorado. Por eso podemos escuchar con tanta claridad los sonidos de la batalla cuando, por lo general, la magia de los hechiceros deja fuera el resto del mundo.

Bajo el asombro, se está formando una euforia incierta. Las protecciones del palacio se han roto, dejándolo abierto de par en par para nosotros.

Una sonrisa se apodera de mis labios. Me giro hacia Wren, esperando ver en su rostro la misma sensación creciente de victoria. Por el contrario, las lágrimas le recorren las mejillas.

—¡Wren! —exclamo, sujetándola—. ¿Qué ocurre?

—Ya no hay magia —dice.

—Lo sé. Wren, eso son noticias buenísimas.

—No hay magia —insiste—. Nada de magia.

Me cuesta unos instantes comprender el significado de esas palabras. Cuando lo hago, me quedo sin aire.

—La explosión ha debido de ser eso. —Ella contempla las puertas con los ojos húmedos e incrédulos—. Se estaba usando demasiada magia en un periodo muy corto de tiempo y en el mismo lugar. Los hechiceros sombríos se mataron. Nuestros hechiceros estaban usando magia para atacar los muros y para proteger y curar a los heridos. Yo estaba usando magia para luchar. Y tú… estabas a punto de sacrificarte por mí.

Cambio de posición, sintiéndome culpable, pero su tono de voz no es acusatorio; es de sorpresa y de incredulidad del peor tipo: cuando sabes que tienes razón, pero estás desesperado por no tenerla.

—Un vaciado del qi —susurra—. Se le ha arrebatado demasiado a la tierra sin que se le devolviera el suficiente. Eso es lo que estaba causando la Enfermedad: el rey torturando a los hechiceros dentro de los muros para que hiciesen encantamientos de protección, creando la Secta Sombría, forzando el poder sin tan siquiera pensar en las consecuencias. La balanza de la energía lleva años inclinándose, y esta noche ha resultado ser demasiado. Ahora todo ha desaparecido. La magia. Mi poder.

Antes de que pueda decir nada, una sombra cruza por encima de nuestras cabezas. Wren y yo preparamos nuestras armas. Sin embargo, la figura alada nos resulta familiar, a pesar de la sangre que le salpica las plumas de puntas grises y el hanfu azul.

—¡Merrin! —lo llamo mientras esquiva las flechas de los arqueros que quedan en el parapeto.

Samira se lanza hacia ellos para distraerlos y que Merrin pueda acercarse más.

—La protección de los hechiceros ha desaparecido —le digo, alzando la voz lo bastante como para que pueda oírme sin llamar la atención de los soldados—. Los muros del palacio están desprotegidos.

—¡Encuentra a Lova! —le dice Wren—. Haz que apunte los cañones a las puertas. Son el punto más débil.

Merrin asiente, volviendo a alzar el vuelo. Se une a Samira para atacar a los guardias del parapeto para que no se fijen en nosotras mientras nos apresuramos a cruzar el sector, poniéndonos a una distancia segura de las puertas.

—Wren —digo mientras esperamos. Escojo las palabras con cuidado—. Tu magia… Toda la magia… tendrá que regresar en algún momento, ¿no?

Ella está ojeando el sector en busca de peligros, pero veo cómo tensa la mandíbula ante mi pregunta.

—La magia es una parte fundamental del mundo. Vive en la tierra y fluye a través de todas las cosas en forma de qi. No puede haber desaparecido para siempre, tan solo necesita tiempo para regenerarse.

—¿Y cuánto le costará?

—No lo sé.

¡Bum!

El suelo se estremece cuando el primer cañonazo alcanza su objetivo. Las puertas se sacuden. Se forma una nube de polvo y se sueltan trozos de escombro del tamaño de personas. En las murallas, los soldados reales vuelven a cargar sus cañones y ordenan a los arqueros que lancen más flechas.

Las puertas tiemblan cuando el segundo cañonazo choca contra ellas. Algunos guardias salen disparados del parapeto a causa de la explosión. Me encojo cuando golpean el suelo y los huesos se les astillan ante el impacto.

Las siguientes dos explosiones resuenan muy seguidas y, entonces, la gran puerta del Palacio Escondido cede al fin, desplomándose en un montón de piedras rotas y una columna de polvo.

Se escucha un rugido triunfal.

Iluminados a la espalda por el sol naciente, una oleada de soldados emerge a través del humo: papeles vestidos con el azul de los Hanno, las túnicas amarillas de los Amala y demonios que llevan una miríada de colores y emblemas de diferentes clanes. Algunos todavía montan a caballo o a lomos de un oso.

De inmediato, los guardias de las murallas vuelven su atención al interior. Cae una lluvia de flechas. El color escarlata tiñe el aire mientras los demonios y los papeles caen al suelo, y desaparecen bajo las botas de los soldados que vienen detrás de ellos.

Nuestros propios arqueros vuelven a abrir fuego, y derriban a algunos guardias.

Mientras los soldados reales que quedan bajan por las paredes para tener un encuentro frontal con nuestro ejército, Wren y yo nos metemos en la refriega. El Sector de Ceremonias, que estaba desierto apenas unos minutos atrás, se llena de personas luchando.

Diviso a Nitta. Tiene la cara manchada de sangre y el ceño fruncido por la concentración mientras hace girar su silla con movimientos diestros, apuntando las espadas que sobresalen de las ruedas a las piernas de los soldados. A su lado, Lova usa su alfanje para acabar con los demonios mutilados.

Nosotras luchamos codo con codo, sumergiéndonos en un ritmo instintivo. Estoy exhausta y cada movimiento hace que mis músculos protesten y, sin embargo, la lucha ahora parece diferente. Tras haber atravesado las defensas del palacio, por fin tenemos ventaja. Saber eso me revigoriza o, más bien, a juzgar por el tarareo victorioso de fondo que recorre a nuestros guerreros, nos revigoriza a todos.

Sin el poder aumentado que, al igual que el de Wren, ha desaparecido con la explosión, los soldados de la Secta Sombría han perdido las intimidantes armaduras sangrientas y la fuerza salvaje y, aunque siguen siendo luchadores muy hábiles, me enfrento a ellos sin el mismo miedo que tenía antes.

Ni siquiera los demonios son contrincantes para unas Chicas de Papel con fuego en los corazones.

No cuesta demasiado tiempo que los restos del ejército perimetral del rey caigan. Cuando han derribado al último demonio, estallan los vítores. Unos cuantos jóvenes guerreros se suben encima de los cuerpos de los guardias caídos, alzando los puños. Otros golpean el suelo con los pies y se abrazan unos a otros con ferocidad.

Wren me sujeta de la mano.

—Vamos a ver cómo están los demás.

Serpenteamos entre la multitud. Nuestros soldados se están dispersando, aprovechan la pausa en la lucha para reagruparse. Aunque algunos lo están celebrando, el ánimo es, en general, sombrío. Nos cruzamos con médicos que están atendiendo a los heridos, amigos llorando sobre los cuerpos de los caídos, papeles aturdidos y demonios que permanecen sentados en silencio.

Hay unos últimos retumbos y destellos procedentes de las nubes que nos pasan por encima, pero parece que, al final, la tormenta se ha acabado. El sol naciente se cuela a través de la apertura de las puertas destrozadas bajo una nube de polvo. Por accidente, miro directamente hacia allí y estoy pestañeando para intentar limpiarme los ojos cuando detecto un destello de un color negro azulado oscuro.

Al principio, creo que la luz me está engañando pero, entonces, la chica se gira para aceptar la cantimplora que alguien le está ofreciendo.

Piel de porcelana, mejillas demacradas y ojos preocupados.

—¡Blue! —exclamo, corriendo directamente hacia ella.

Está desplomada sobre un trozo de la puerta derribada con las piernas estiradas frente a ella. El pelo, que casi siempre lleva brillante, se le pega a la piel por el sudor. En la túnica azul lleva manchas de sangre que espero que no sea suya.

—Nueve —dice. Sus ojos cambian de dirección—. Lady Hanno.

Es la segunda vez que me siento agradecida de escuchar su voz sardónica. Me dejo caer de rodillas y la rodeo con los brazos. Las dos estamos temblando. La sujeto con fuerza y, tras unos instantes de duda, ella también me rodea con los brazos antes de abrazarme con la misma ferocidad que, por lo general, reserva para aterrorizarme.

La contemplo de arriba abajo, buscando señales de que está herida.

—Por todos los dioses, ¿qué estás haciendo aquí? —le pregunto. No parece haberse hecho daño, aunque por la forma en la que se la está frotando, sé que la pierna le molesta—. ¿Cómo has llegado hasta aquí? No te vi entre los soldados.

—En uno de los carruajes —dice. Después, prosigue en voz baja—. Yo también tengo motivos para odiar este palacio, Lei.

La sujeto por los hombros.

—No me puedo creer que estés aquí.

—Yo tampoco. No pensé… —Un escalofrío la atraviesa—. No pensé que lo fuese a conseguir. No después de… aquello. Pensé que, tras haber escapado, sabía lo que estaba haciendo, que podría soportarlo. No tenía ni idea. He estado escondida en el carruaje todo el tiempo que he podido. Incluso aunque oía cómo morían otros en el exterior. Algunos pedían ayuda y no los he ayudado.

¿No es horrible? —Suelta una carcajada estruendosa—. Claro que es horrible.

—Blue —digo con el corazón dolido por el veneno que, por una vez, ha dirigido hacia sí misma—. Has sido muy valiente solo por venir. No tienes motivos para estar avergonzada. Ni uno solo.

Ella evita mi mirada.

—Tengo bastantes.

—Ah. —Escuchamos una voz fuerte y felina—. Ya veo que habéis descubierto a nuestra pequeña polizona. Tengo que admitirlo, las Chicas de Papel estáis llenas de sorpresas.

—¡Lo! —grita Wren.

Las dos se abrazan. Entonces, otro demonio gato se une a nosotras y es mi momento de gritar.

—¡Nitta!

Se ríe a su manera alegre y ronca mientras me abalanzo sobre ella, enterrando la cara entre su pelaje.

—Hola, princesa —murmura—. Me alegro de verte.

Me aparto y la observo con el mismo apremio que a Blue.

—¿Te han herido?

—¿Esos debiluchos? —Hace un ruido de desdén—. Como si fuera posible. Aunque tengo unas ampollas horribles por culpa de la silla. ¡Mira qué tamaño tienen! Le pediré algunas modificaciones a mi diseñadora en cuanto regresemos a casa —dice, haciendo un gesto en dirección a Lova.

«A casa».

Esas palabras brillan en el aire con luz tenue, palpables.

Manchada de sangre, herida, con la atmósfera todavía tensa y de vuelta en el único lugar por el que pagaría lo que fuera necesario para no tener que volver a pisar, la idea del hogar parece muy distante.

—Casi se ha acabado —susurra la chica leopardo, como si me hubiese leído el pensamiento. Me dirige una sonrisa torcida—. Tan solo tenemos que aguantar un poco más.

—Bueno, esa es la especialidad de Nueve —dice Blue—. La parte difícil es librarse de ella.

Me río y vuelvo a atraparla entre mis brazos. Aunque gruñe, no me aparta.

—Mi argumento queda demostrado —refunfuña.

—¿Es cierto? —pregunta Lova en voz baja—. Los hechiceros están diciendo que, de algún modo, la magia ha desaparecido.

—Es cierto —confirma Wren.

—Oh, cariño, cuánto lo siento.

—¿Sabéis si han hablado de esto con mi padre?

Nitta está mirando al frente.

—Creo que estamos a punto de descubrirlo.

Junto a las puertas en ruinas, Ketai se ha subido a una losa de piedra negra. Uno a uno, los soldados se dan cuenta y el silencio se extiende a través de la plaza, interrumpido tan solo por los quejidos de los heridos.

El señor del clan de los Hanno se yergue con la cabeza bien alta y la larga túnica ondeando al viento. Enmarcado por la apertura de las puertas destrozadas, el brillo del nuevo día baña de oro su silueta. A su espalda, los fuegos del campo de batalla todavía despiden columnas de humo. El pelo húmedo por el sudor le cae sobre la frente y salpicaduras de sangre le decoran la piel.

—¡Guerreros! —exclama—. Amigos y aliados. ¡Mirad lo que hemos conseguido! ¡Por primera vez en doscientos años, las murallas del rey han sido destruidas!

Aunque se oyen algunos vítores, nuestro propio grupo lo observa con los rostros impasibles. Desde algún lugar, el llanto de una mujer rompe la quietud.

—Y, aun así —continúa—, a pesar de toda vuestra valentía, me temo que todavía tengo que pediros más. —Sus ojos se detienen en Wren y en mí antes de continuar recorriendo la audiencia—. El rey ha reunido al resto de sus guardias en los Sectores Internos, donde se esconden él y el resto de la corte. Sé que estáis cansados; sé que habéis sufrido grandes pérdidas, pero no podemos perder el impulso ahora. ¡Tenemos que dar un último empujón! Ocupaos de vuestras heridas y despedíos de los caídos. Tenéis quince minutos. Después, ¡volvemos a la carga! Cada muerte, cada herida, cada atisbo de dolor que sentís ahora nos ha traído hasta aquí. ¡No podemos permitir que se malgaste ni una sola gota de todo ello!

Algunos de los soldados lanzan los puños al aire, imitando la mano que el propio Ketai ha alzado.

—¡Vengaremos a nuestros caídos! —grita—. ¡Destrozaremos la corte! Durante demasiado tiempo nos han herido y han conducido a nuestro gran reino a la discordia y la enfermedad. ¡Hoy le ponemos fin al gobierno corruptor del rey! —Lanza ambos brazos al aire—. ¡Por nuestra Ikhara!

—¡Por nuestra Ikhara! —corea el ejército.

Ketai da un salto y desaparece entre una oleada de soldados renovados.

—¿Os habéis dado cuenta de que, después de un tiempo, todos estos discursos empiezan a sonar igual? —dice Lova—. No importa el señor de qué clan sea el que lo pronuncie. —Alza un hombro—. A mí nunca me han gustado.

—No —replica Nitta—. Tú eres más de cantar en grupo mientras estamos borrachos para estrechar vínculos entre los miembros del clan.

—La verdad es que prefiero cualquier cosa que tenga que ver con las borracheras. —La leona suelta un suspiro—. Estoy deseando regresar a mis desiertos. Hay una mezcla especialmente maravillosa de ron especiado que dejé reposando hace bastante tiempo. Creo que el final de una guerra es un motivo adecuado para abrirlo, ¿no crees?

—Primero, tenemos que llegar al final —contesta Wren. Yo me coloco a su lado.

—Tu padre no ha mencionado nada sobre la desaparición de la magia —murmuro.

—Creo que no quiere preocupar a los soldados. Yo no lo haría.

—¿Estás preocupada?

—Por supuesto. Sobre todo, porque afecta a nuestros planes para llegar al rey.

Wren me aparta del grupo para que no puedan escucharnos. Antes de que Ketai me pidiese que me sacrificase, éramos Wren, Lova, Khuen, Kenzo, Merrin y yo los que íbamos a emboscar al rey mientras el resto de nuestro ejército mantenía a sus fuerzas distraídas. Los encantamientos de los hechiceros iban a mantenernos ocultos.

—Tendremos que recorrer el palacio y pasar desapercibidas sin la ayuda de la magia —dice ella.

Alzo una ceja.

—Kenzo y Merrin llaman bastante la atención. Y no es que Lova sea famosa por su sigilo.

—No —contesta Wren—. Tienes razón.

—Pero un par de chicas humanas que conocen de memoria el palacio y están acostumbradas a hacerse pequeñas en presencia de demonios…

Wren titubea.

—Lei…

—Me dijiste que los mapas del palacio que habías estudiado nunca mostraban la disposición interna de la fortaleza del rey para protegerlo de asesinos en potencia. He pasado los últimos meses encerrada en ese sitio. Sé cómo moverme por allí. Puedo ayudar.

Cerca de nosotras, las voces se alzan y la multitud empieza a agolparse a nuestro alrededor. Ketai debe de estar cerca. Veo a Kenzo que, en gran medida, parece ileso. Alguien le ha vendado el hombro en el punto en el que le acertó la flecha.

—Vamos —digo, tirando del brazo de Wren—. Tenemos que marcharnos ahora. Sabes que los demás no nos dejarán marcharnos sin ellos.

Ella no se mueve.

—Lei, esto va más allá de los hechiceros. Yo también he perdido mi magia y, si no puedo estar segura de si podré luchar sin mis poderes, tal vez deberíamos hablar con mi padre y preparar otro plan.

Un gruñido frustrado se me escapa de la garganta.

—Tu padre te ha hecho creer que solo eres especial por tu magia. Has construido toda tu valía en torno a la idea de que eres la última Xia que queda y que Ketai te rescató con este único propósito. Pero, amor mío, eso no es todo lo que eres. Tu sangre y tu educación no lo son todo. Tú creas tu propio poder, Wren. Tú eres tu propia fuerza. Te has enfrentado al rey tú sola cientos de veces cuando éramos Chicas de Papel. Aquellas noches requerían de mucha más valentía que todo esto. Podemos enfrentarnos a él una vez más.

Exhalando con dificultad, Wren me atrae hacia sus brazos.

—Una última vez —me corrige. Juntas, volvemos la vista hacia nuestras amigas.

Blue está sentada en silencio con las piernas apretadas contra el pecho. Lova y Nitta están hablando con algunos miembros de los Amala que acaban de unirse a ellas. Hablan de forma despreocupada, como si no estuviéramos en medio de una batalla que podría matarnos en cualquier momento. Nitta incluso se ríe de algo que dice uno de los gatos y ese sonido se asienta en mis entrañas, cálido y precioso, como si fuese un tipo de magia por sí mismo.

Unos pasos más allá, Ketai y Kenzo se dirigen hacia ellas. Es evidente que esperan encontrarnos allí.

Los ojos se me humedecen. Siento grandes deseos de, antes de marcharnos, abrazar a Nitta y a Blue. Incluso a Lova. Quiero que me prometan que van a cuidarse. Tal vez incluso podría convencer a Blue de que se quede atrás con los heridos. Todavía no me puedo creer que haya venido. Cuánto ha cambiado de la chica mezquina y cruel que conocí hace un año.

«También tengo motivos para odiar este palacio, Lei».

Solo ahora me doy cuenta de que esa ha sido la primera vez que me ha llamado por mi nombre real.

—¿Recuerdas lo que te dije sobre las despedidas? —dice Wren suavemente.

Me seco las lágrimas de la cara. Antes de que pueda empezar a dudar de nuestro plan, entrelazo mis dedos con los suyos y nos escabullimos entre los soldados amontonados. Nos dirigimos al arco de entrada que está al noroeste del Sector de Ceremonias, que nos alejará de nuestros amigos y aliados y nos conducirá a las profundidades del corazón del palacio y al rey.

Ahora me doy cuenta de que estamos solas de verdad. Sin embargo, en cierto sentido, parece lo correcto. Llegamos solas a este lugar y nos encontramos la una a la otra. Ahora, lo destruiremos solas.

Nosotras dos, juntas. Hasta el final del camino.

37
Wren

—Hay guardias a la izquierda —dijo Lei entre dientes.

Las dos se fundieron entre las sombras del edificio que estaban bordeando. Se escuchó el sonido de una puerta golpeándose. Pasos pesados. Voces ásperas. Wren captó las palabras «ejército», «Sectores Internos» y «de prisa». Cuando un grupo de demonios pasó corriendo, llevó la mano hasta la espada que llevaba a la cintura, pero en cuanto hubieron desaparecido, ellas volvieron a ponerse en marcha.

Llevaban media hora recorriendo el palacio de aquel modo, esquivando a los soldados que estaban en tierra y los ojos de los centinelas de las torres de vigilancia y los demonios pájaro que seguían dando vueltas en el cielo. Habían decidido que sería demasiado arriesgado utilizar los pasadizos que había entre los muros, tal como las chicas y Kiroku habían hecho la noche en que escaparon, ya que podrían quedarse atrapadas con demasiada facilidad.

La calma del palacio después de la agitación de la batalla resultaba inquietante. Pero, más que eso, el palacio en sí también transmitía esa sensación. Volver a estar dentro de aquellas paredes hacía que Wren sintiera claustrofobia. Incluso aunque había sido el lugar en el que Lei y ella se habían enamorado, había una oscuridad que cubría todos los recuerdos de aquel lugar, una oscuridad que adoptaba la forma y el peso de la sombra del rey.

Un grito distante surcó el aire. Lei titubeó.

—Están luchando bien —le aseguró Wren—. De lo contrario, el rey no estaría retirando guardias de otras partes del palacio. Deben de estar agotando sus defensas.

Mientras otro grupo de soldados reales pasaba corriendo, tiró de Lei hasta quedar cubiertas detrás de un arce cercano. Bordearon los límites de los terrenos de entrenamiento antes de pasar un último grupo de barracones desiertos y alcanzar el perímetro norte del Sector Militar.

Espirales blancas de clemátides se aferraban a una arcada que había en una pared. Más allá, se extendía un paisaje verde exuberante y se podían distinguir unos cuantos puentes y santuarios con ídolos dorados.

—El Sector de los Fantasmas —dijo Lei, dirigiéndole una sonrisa fugaz.

Wren sabía que se estaba acordando de la vez en la que habían ido allí juntas, de cómo se habían sentado bajo las hojas susurrantes del árbol de papel en el Templo de lo Oculto mientras ella le revelaba la verdad de su pasado. Fue un momento en el que sintió que una pared se derribaba entre ellas y algo nuevo comenzaba a ocupar su lugar: no una barrera, sino una conexión, unos hilos invisibles que las unían.

Tras comprobar que no había guardias, se apresuraron a cruzar la arcada y entrar en el Sector de los Fantasmas.

—¿Crees que habrá alguien aquí? —preguntó Lei mientras se arrastraban, pegadas a la pared, manteniéndose dentro de las sombras.

—Quizá algunas de las doncellas de los santuarios. Pero si nos mantenemos alejadas de los templos, no deberían poder vernos.

Las palabras apenas habían terminado de salir de sus labios cuando notaron un movimiento a la izquierda.

En un abrir y cerrar de ojos, Wren desenvainó la espada.

En un pedestal de piedra cercano había un ídolo que representaba a una diosa con cabeza de serpiente. La luz de después de la tormenta se reflejaba en las curvas de la estatua y en las dos figuras que acababan de aparecer detrás de ella.

Una le resultaba desconocida. La otra era…

—¡Lill!

Lei se abalanzó hacia delante al mismo tiempo que la niñita con orejas de cierva se lanzaba a la carrera. Lei cayó de rodillas, atrapando a Lill entre los brazos. La niña de acero estaba llorando.

—¿Qué estás haciendo aquí? —preguntó Lei con la voz entrecortada. Después, su tono se endureció—. ¿Alguien te ha enviado para que me buscases? ¿Es esto…?

«Una trampa», concluyó Wren en su mente. Se movió para colocarse delante de Lei y Lill, fulminando con la mirada a la demonio de la casta de la Luna que acompañaba a la pequeña. No bajó la espada.

—Déjanos pasar —dijo—, y no te haré daño.

La demonio era una mujer pantera imponente, tan sorprendentemente hermosa que Wren hubiese sabido que se trataba de una de las concubinas de las Casas de Noche incluso si no hubiese llevado en el cuello la gargantilla que señalaba su posición.

La demonio pantera ladeó la cabeza, evaluándola con los ojos amarillos.

—No es el recibimiento educado que esperaría de la señora de un clan, Wren Hanno —dijo, rascándose el cuello por encima de la túnica caída con unas uñas largas y felinas—. A mí me enseñaron a presentarme ante los desconocidos antes de amenazarlos. Soy Darya. Dama Azami me confió el cuidado de Lill, entre otras cosas.

Agachada junto a la niña y rodeándole los hombros con un brazo, Lei fue la siguiente en hablar.

—Eras una de sus chicas. Te vi una vez en las Casas de Noche.

—Yo prefiero que me llamen «mujer» o «belleza exquisita» —bromeó Darya—, pero sí, trabajaba con ella. Igual que Zelle.

—Tienes el mismo sentido del humor que ella —señaló Lei.

—Disculpa, esa papel flacucha era diez años más joven que yo. Era ella la que tenía el mismo sentido del humor que yo.

Aunque su tono era juguetón, había una nota áspera en él. Era evidente que la mujer pantera había querido a Zelle y a Dama Azami.

—¿Estás aquí para ayudarnos? —preguntó Wren.

Darya asintió.

—El pájaro pequeño vuela.

—Sobre las alas de la chica de ojos dorados —recitó Lei.

Wren frunció el ceño, pero Lei parecía entender qué significaban aquellas extrañas palabras.

—Ambas necesitáis entrar en la fortaleza del rey sin ser vistas, ¿verdad? —preguntó la mujer. Mientras Wren se tensaba, continuó explicándose—. Dama A me lo contó. Me dijo que, si el palacio sufría un ataque, al menos una de vosotras dos intentaría llegar hasta el rey mientras los ejércitos estuviesen ocupados. También me dijo que tendría que ayudaros en caso de que ella estuviese… ausente.

Lill sollozó, e incluso Darya fue incapaz de ocultar un rastro de dolor en sus facciones.

—Era muy buena conmigo, Dama —murmuró la chica ciervo, pestañeando mientras miraba a Lei—. Me cuidaba, me traía dulces y me decía que pronto volvería a verla a usted y que no debería llorar tanto.

Lei la abrazó y miró a Wren.

—Era una buena mujer —dijo—. Una buena amiga.

—Venid —dijo la pantera de forma escueta—, la entrada está por aquí.

—¿Qué entrada? —preguntó Lei.

—La del túnel que conduce al palacio del rey.

Lei le lanzó una mirada a Wren.

—¿Tú lo sabías?

—No estaba en ninguno de los planos que yo haya visto —replicó ella.

Darya hizo un gesto con la mano, despreocupada.

—Dama A me dijo que diríais eso. Según ella, el padre del rey, antes de su muerte, mandó que construyeran una serie de túneles subterráneos bajo los terrenos del palacio y el rey actual los terminó unos años atrás. Mató a los trabajadores para mantener su existencia en secreto para la mayor parte de la corte. Es casi como si hubiese estado preocupado por su seguridad —añadió con ironía.

—Una vez me dijo que tenía maneras de moverse por el palacio que ni siquiera la corte conocía —murmuró Lei.

Tras una pausa tensa, Wren dijo:

—Pero incluso aunque fueran prácticamente un secreto antes, seguro que ahora los tendrá vigilados.

—Dama A pensó en eso —dijo Darya—. Nuestros espías han acabado con los guardias que estaban en las entradas de los edificios del rey con los que conectan los túneles. Otros ya han estado aquí para dejaros el paso libre desde este lado. Dama A sabía que era muy probable que esta fuese vuestra ruta.

Se detuvo cuando hubo un repentino aumento del ruido procedente de la batalla que se desarrollaba en la distancia. El ejército de los Hanno debía de haber conseguido entrar en los Sectores Internos.

—Deberíamos darnos prisa —anunció Wren—. Si el rey cree que está en peligro de perder el palacio, puede que use uno de los túneles para escapar. Podríamos perderlo.

—Y a la Reina Demonio —añadió Lei. Intercambió una mirada sombría con ella y se agachó para sujetar los hombros de Lill—. Lill —dijo—, me alegro muchísimo de verte, pero no puedes venir con nosotras. Es demasiado peligroso.

—No tengo miedo —dijo la niña alzando la diminuta barbilla.

—Lo sé —contestó Lei—. Yo sí. Te he puesto en peligro demasiadas veces. No voy a permitir que vuelva a pasarte algo.

La chica ciervo apretó la mano de Lei con los ojos vidriosos e implorantes.

—Por favor, Dama, no quiero que vuelva a marcharse.

—Será durante muy poco tiempo. Iré a buscarte en cuanto sea seguro, Lill, te lo prometo. Estarás con Darya hasta entonces. Ha sido buena contigo todo este tiempo, ¿no?

Aunque seguía estando llorosa, Lill asintió y, con una mirada de alivio, Lei le tomó la mano.

—Entonces, ¿dónde está el túnel? —le preguntó a Darya mientras empezaban a recorrer los terrenos.

—Oh, en un templo antiguo. Nadie va allí realmente. Supongo que es por eso que el antiguo rey lo eligió. Tiene un nombre muy apropiado: el Templo de lo Oculto.

—Suena escalofriante.

—Creo que tiene un nombre perfecto —dijo Wren mientras compartía una mirada cómplice con Lei.

Qué apropiado que un camino cuya creación había hecho que el rey se sintiese tan inteligente, construido en el lugar en el que ellas se habían enamorado justo delante de sus narices, fuese a ser lo que le causase la ruina.

Sus pasos resonaron en el templo vacío. Estaba siniestramente tranquilo con el sonido de la batalla amortiguado por las paredes de piedra y el enorme árbol banyan que cubría el edificio. Darya las condujo hasta el patio central. La habitación mostraba un resplandor verde parecido al de las profundidades del agua a causa de las hojas del banyan, cuyas raíces colgaban a través del techo desmoronado.

—Por aquí —dijo, apartando un puñado de hojas secas en una esquina antes de hacer palanca para mover una roca y revelar un pasadizo estrecho.

Wren echó un vistazo dentro. Unos escalones tallados toscamente se perdían en la oscuridad.

—¿Dónde desemboca?

—En un patio que se usa muy pocas veces en la planta baja de la fortaleza del rey. Tomad solo el primer giro a la derecha del túnel —les instruyó Darya—. Si os cruzáis con cuerpos en las escaleras del otro lado, serán los demonios que han matado nuestros espías. Usad nuestro código con los guardias. Si no os dan la respuesta correcta, sabréis que no están de nuestra parte.

A pesar de lo convencida que se había sentido antes, empezaba a ponerse nerviosa. Deseaba ardientemente poder disponer de su magia. El mundo parecía un lugar equivocado sin el cosquilleo constante en las puntas de los dedos que esperaba y deseaba que ella le diera uso de nuevo. Por no mencionar que el dolor y el cansancio que había estado intentando evitar todo aquel tiempo había empezado a colarse en su interior una vez más, llenando su cuerpo de un peso ruinoso.

Lei había dicho que Wren creaba su propio poder, y ella quería creerle desesperadamente. Pero, tras toda una vida siendo especial por su sangre Xia, que le hubiesen arrebatado sus habilidades de una forma tan repentina la hacía sentirse incompleta.

Lei se despidió de una Lill llorosa. Después, le dio un abrazo a Darya.

—Gracias —dijo—. Por favor, cuida de ella. Y de ti misma.

La demonio pantera se inclinó para acariciar las orejas peludas de la niña.

—No os preocupéis. Aquí estaremos a salvo. —Mientras descendían hacia el túnel oscuro, Darya volvió a dirigirse a ellas—. Dadles su merecido, chicas. Por todos nosotros.

—Lo haremos —prometió Lei.

Escucharon un sonido grave y algo rechinando sobre sus cabezas y, después, se sumieron en una oscuridad total.

38
Lei

Pasamos las puntas de los dedos por la pared de roca para poder seguir las curvas y los giros pronunciados del pasadizo. El aire es sofocante y nuestra respiración se escucha con fuerza. La espada de Wren tintinea contra su cadera mientras que, caminando delante de mí, mantiene un ritmo que consigo seguir a pesar de mis músculos doloridos.

—¿Cuánto queda? —pregunto, pasándome una manga por la frente.

—No puede faltar demasiado. Ahora mismo deberíamos estar pasando bajo la curva oeste de la parte superior del río.

Me estremezco, sintiendo la presión de la tierra sobre nuestras cabezas como si fuese la palma de un gigante. Dado que procedo de las amplias llanuras de Xienzo, estar bajo tierra siempre me ha hecho sentirme incómoda. Además, la última vez que estuve bajo el palacio fue en la cámara de tortura secreta del rey donde maté a Caen.

Siento como si me atravesase una flecha. Wren no tiene ni idea de que lo maté, de que maté a alguien que no solo había sido su maestro durante toda la vida y el amante de su padre, sino su amigo, su familia. ¿Cómo reaccionará cuando se lo cuente? Después de todas las cosas horribles que le dije en el barco de los Amala, estaría en todo su derecho de echármelas en cara.

Distraída por mis pensamientos, no me doy cuenta de que se ha detenido y me choco con ella. Noto incluso en la garganta el olor cobrizo de la sangre. Recuerdo el aviso de Darya.

—Los guardias que han matado nuestros espías —susurro—. Hemos llegado.

—Ten cuidado de no tropezarte —me advierte.

En la oscuridad absoluta, conseguimos encontrar la manera de sortear los cuerpos. Nos movemos en silencio, conscientes de que estamos bajo el palacio, hasta que Wren encuentra las escaleras.

—Iré yo primero —comienza a decir.

Un grito se me escapa de los labios antes de que me dé tiempo a silenciarme a mí misma. Unas garras me han agarrado el tobillo. Horrorizada, doy unas patadas. El demonio me suelta con un gemido. Escucho el sonido de unas uñas arañando y el susurro de algo moviéndose en la oscuridad. Busco a tientas mi cuchillo. Otro grito empieza a formárseme en la garganta cuando noto que unos dedos encuentran el bajo de mis pantalones otra vez y lo agarran, tirando con una fuerza sorprendente.

Una mano me cubre la boca.

Se escucha un ruido metálico y, entonces, Wren me arrastra hacia ella mientras apunta hacia abajo con la espada. El guardia se queda quieto.

Me suelta y yo me tambaleo hacia atrás, golpeándome con la pared. Aunque el pecho me sube y baja, consigo mantenerme en silencio mientras las dos nos esforzamos por detectar cualquier señal de que nos hayan escuchado o de que cualquiera de los otros guardias siga vivo también.

—Siento haberte agarrado de esa manera —dice Wren.

—Yo siento haber gritado. Será mejor que sigamos.

Ella no se mueve.

—Lei, no podemos permitirnos que algo así vuelva a ocurrir en el palacio. Tal vez deberías…

—Si vuelves a sugerir que me quede atrás una vez más —digo con un gruñido—, te juro por los dioses que te dejaré sin sentido e iré yo sola.

Entonces, comienzo a subir los escalones antes de que pueda poner a prueba mi amenaza.

Cuando llegamos arriba del todo, los sonidos amortiguados se cuelan a través de la cubierta de piedra. Se escuchan gritos dando órdenes, los golpes de las botas y el tintineo de las armaduras y las armas. Nada demasiado fuerte. No es posible que nuestro ejército haya llegado ya a este edificio.

—Lei —susurra Wren. Me roza las mejillas con las yemas de los dedos—. Una vez que salgamos, no habrá tiempo para decirte esto…

La beso con ferocidad. Me rodea con las manos y me sujeta con la misma firmeza. Besarla es como respirar, como sacar la cabeza para tomar aire después de haber estado luchando bajo el agua durante mucho rato.

—Nada de despedidas, ¿recuerdas? —le digo cuando me separo de ella.

—¿Y qué me dices de los «te quiero»?

Le acaricio la mejilla mientras los ojos se me llenan de lágrimas.

—Vamos a tener el resto de nuestras vidas para eso —le digo.

Entonces, me estiro hacia arriba y ella se une a mí para empujar a un lado la losa de piedra.

Tras la oscuridad del túnel, la luz del día resulta cegadora. Mientras trepamos hacia fuera, entorno los ojos como si fuese un recién nacido. Los sonidos que antes estaban amortiguados, ahora resuenan a todo volumen. El *stacatto* de la actividad y el sonido de fondo de la guerra, que suena como los tambores, ya no resultan tan distantes.

—Parece que están justo a las puertas del Sector Real —murmuro.

Los ojos de Wren deambulan por el patio. Estamos agachadas tras una celosía de bambú que rodea la parte trasera de la plaza. Unas flores se entrelazan con la madera, formando un tapiz colorido, así como el escondite perfecto para el túnel. A nuestro alrededor, el suave mármol blanco de las paredes se alza muy alto, con ventanas talladas puntuando los laterales.

—¿Dónde están los guardias? —digo, mirando a través de los pétalos que se agitan—. Darya dijo que habría alguno.

—Deben de haber sido enviados a unirse a la batalla.

—Eso es bueno, ¿no? Significa que debemos de estar ganando.

Wren no responde, y yo me doy cuenta con una descarga de frío de que la otra razón por la que el rey podría haber mandado a los guardias a luchar, dejando una posición tan importante, es que nuestro ejército esté tan debilitado que el monarca esté seguro de que unos pocos soldados adicionales rematarán el asunto.

—¿Sabes dónde estamos? —pregunta ella.

Comparo los detalles del patio con mi mapa mental del palacio.

—Estamos en el Anexo de la Luna, en algún lugar del ala noreste a juzgar por las ventanas y el ángulo del tejado. Tendré más detalles una vez que estemos en el pasillo. ¿Dónde crees que estará el rey? ¿En sus aposentos?

—Estará en el Salón Ancestral. Es allí donde lo llevan siempre que hay una amenaza para él o el palacio. Como está en el centro del edificio, es la habitación más fácil de vigilar. Es donde se llevó a cabo nuestra Ceremonia de Iniciación.

Los recuerdos vuelven a mi mente. Una arcada cubierta por cortinas negras. Todas las chicas en fila. Wren despampanante con su cheongsam de color bronce diciéndome: «Ahora sí pareces preparada». Un salón enorme y escalonado rodeado de palcos y con las aguas relucientes de un estanque en el centro. Y el rey. Fue la primera vez que lo vi y la primera vez que él me vio a mí. Me tropecé con el dobladillo del vestido mientras me encaminaba hacia él, cayéndome de frente en el estanque. Su risa estruendosa resonó con tanta fuerza que todavía podía escucharla días después. Me sentí humillada. No porque me preocupase haberme caído, sino porque él me trató como si fuese algo risible. Lo último que quería que pensase de mí era que era débil.

El rey me subestimó en aquel momento y, hoy, morirá a mis manos en el lugar en el que posó sus ojos sobre mí por primera vez, una simple y torpe Chica de Papel que no sabía cómo caminar con un cheongsam.

De pronto, me siento ansiosa por volver a estar en el salón, por ver el gesto en el rostro del rey cuando se dé cuenta de que, a pesar de todos sus esfuerzos, no ha conseguido rompernos.

Con el conocimiento que tengo del edificio, tan solo me cuesta diez minutos abrirnos paso hasta unos pasillos que están cerca del Salón Ancestral, teniendo cuidado de evitar las rutas más ajetreadas. Cuando aparece un grupo de doncellas, arrastro a Wren hasta un almacén para escondernos. Podemos escuchar sus voces cuando pasan cerca de nosotras.

—No me puedo creer lo que nos ha contado Jing-yi.

—Tampoco nadie creyó que fueran a ser capaces de atravesar la muralla exterior, pero lo hicieron.

—Seguro que no podrán atravesar el Sector Real también. Ahora, casi todos los soldados están ahí fuera.

—¡Somos presas fáciles!

—Sangu, ¡no digas eso!

—Pero ¡es la verdad! Deberíamos escapar, ir a los otros sectores y escondernos como han hecho las chicas de Dama Reena.

—¿Y hacer que nos ejecuten una vez que la corte descubra que hemos abandonado nuestros deberes? El rey va a ganar, siempre lo hace. Ya han capturado a dos de sus guerreros más importantes, ¿no? Además, la mayoría de los soldados son papeles. ¿Cuánto más pueden durar?

Wren me contempla mientras sus voces se desvanecen.

—No pienses en ello —le digo, a pesar de que mi propia mente repite las palabras «Dos de sus guerreros más importantes» y veo pasar ante mis ojos los rostros de Nitta, Merrin, Kenzo y Lova—. Después de este pasillo, tenemos dos rutas posibles. Si nos quedamos en esta planta, llegaremos a la entrada principal del salón. Si subimos un piso, podemos entrar desde uno de los palcos.

Ella considera las opciones.

—Será más fácil de acceder a los palcos y llamaremos menos la atención, pero, aun así, estarán vigilados. Son un buen lugar para que los arqueros vigilen la estancia.

—El que hay justo encima del trono del rey... —digo—. Recuerdo que es más pequeño que los otros. Si podemos acabar con los arqueros que haya allí, tendremos el lugar perfecto para emboscarlo.

Tras comprobar que el camino está despejado, recorremos el pasillo y, después, otro más, antes de subir unas escaleras estrechas destinadas a los sirvientes, que nos llevan al segundo piso. Casi hemos llegado; la arcada del palco está justo al final del pasadizo. Los nervios me zumban mientras corremos hacia la entrada. Estamos tan cerca que puedo distinguir cómo se ondulan las sedas color bermellón de las cortinas y el pequeño rasguño que hay en la esquina inferior derecha.

—¡Eh, tú! La general Naja ha mandado que todos los soldados de la casta de acero vayan al campo de batalla.

El grito resuena desde el otro lado del pasillo. Todo ocurre demasiado rápido como para que pueda reaccionar. La mano de Wren me golpea la espalda, empujándome hacia delante. Yo me caigo y entro rodando en el palco a través de la cortina. A mi espalda, la voz de Wren se alza.

—¡No soy un demonio! Soy Wren Hanno, una Chica de Papel, ¡y he venido a matar al rey!

Se produce un tumulto cuando los guardias del palco salen al pasillo, atraídos por aquel grito.

Me pongo a cuatro patas. Al otro lado de la cortina puedo escuchar gritos, junto con golpes y el choque de armas. Aparto la esquina de la cortina y me encuentro cara a cara con ella.

La han tirado al suelo. Allí donde la han golpeado, un hilo de sangre le mana de la boca. Unos guardias demonio la mantienen tumbada. Unos cuantos van de un lado para otro a toda prisa, algunos esperan órdenes y otros salen disparados en todas las direcciones. Su nombre se extiende por los pasillos con gritos de «Wren Hanno, Wren Hanno» que siguen el ritmo de cada uno de los latidos frenéticos de mi corazón.

La mirada desafiante de Wren se fija en mí a través de las piernas borrosas de los demonios. «Te quiero», gesticula con la boca.

Entonces, la levantan de golpe y desaparece entre la multitud de guardias. Escucho más golpes y el sonido sordo de patadas y puñetazos.

—¿Está la chica contigo? —pregunta un demonio.

—La Elegida de la Luna —ruge otro—. ¿Dónde está?

—Está muerta —contesta Wren.

Más golpes.

—¿Dónde está?

—¡¿Dónde está?!

Ella escupe las palabras entre golpes.

—Está muerta.

—¡Registrad el palacio! —gruñe una voz hosca mientras se llevan a Wren a rastras—. Esta solo es una distracción. La Elegida de la Luna debe de estar en algún sitio. ¡Recordad que el rey la quiere viva!

Dejo caer la cortina y me vuelvo a pegar a la pared del palco desierto. Las lágrimas me caen a cántaros por las mejillas. Tomo bocanadas de aire, obligándome a permanecer callada incluso a pesar de que estoy temblando, incluso cuando el pasillo se queda en silencio e incluso cuando sé que estoy sola, verdaderamente sola, repitiendo la última visión fugaz de Wren antes de que se la llevaran.

Su gesto de decisión. Un rastro rojo pintándole la mejilla. El movimiento de sus labios.

«Te quiero».

Yo también le había dicho las mismas dos palabras antes de pasarme un cuchillo por la garganta. Sé lo que significan en medio de una batalla: significan que sabes que puede que no salgas con vida de esa, significa que quieres asegurarte de que tus seres queridos las escuchan una última vez. Son otra manera de despedirse.

Aprieto los puños con tanta fuerza que me clavo las uñas en las palmas. Tengo el rostro ardiendo y húmedo. No era así como tenía que salir todo. Se suponía que iba a ser mi sacrificio, no el suyo.

En el amplio espacio del Salón Ancestral hay una conmoción. A pesar de mi aturdimiento, escucho el nombre de Wren. Las voces se superponen las unas a las otras. Al final, una silencia a las demás.

—Traedla ante mí.

Aquel sonido hace que una corriente de odio me recorra la columna vertebral. Me pongo de pie. Consciente de que los guardias de los otros palcos también están mirando hacia abajo, centrados en lo que está pasando, me agacho y miro por encima del palco.

La escena que contemplo me congela hasta los huesos.

Los escalones del salón están vacíos en su mayor parte, a excepción de las filas de soldados unos al lado de otros que rodean las paredes. El estanque en el centro de la habitación resplandece bajo la luz de los faroles. A su lado, en el mismo lugar en el que estaba yo la última vez que estuve aquí, hay un enorme trono dorado. Los demonios se agolpan a su alrededor. La mayoría me resultan familiares por el tiempo que pasé junto al rey como la Elegida de la Luna: consejeros de la corte, unos pocos guardias y, aunque ahora ya no tienen poder, un grupo de sus hechiceros de mayor confianza. Además, hay más rostros conocidos. Algunos amados, otros odiados.

Naja, vestida con una armadura de plata bruñida sobre una túnica roja y negra y con el pelaje blanco inmaculado.

Nitta, ensangrentada y desplomada a los pies de la zorra blanca. Su silla no está a la vista y tiene las manos atadas a la espalda. Un trozo de tela la amordaza y lleva un pesado collar al cuello cuya cadena está en manos de su captora.

Merrin, flanqueado por guardias, tiene los brazos alados retorcidos hacia atrás y atrapados con una barra de acero. De su plumaje caen gotas de sangre.

La Reina Demonio, con el vientre más abultado que la última vez que la vi. Una cadena va desde su muñeca derecha hasta el trono sobre el que se sienta él.

El rey.

Ardo al verlo. No tengo miedo, tan solo odio y una determinación oscura, profunda y abrasadora. Está cubierto por una armadura pesada de oro, una armadura que ningún guerrero de verdad se pondría ya que resulta poco práctica. Tiene la cara protegida por una máscara de guerra a juego, moldeada con la forma de su nariz afilada y su mandíbula.

Y, después…

Wren.

Amoratada, ensangrentada, y arrodillada. Un grupo de guardias la arrastran hasta el rey. Aun así, mantiene la cabeza alta y la mirada firme. El corazón se me inflama con cariño y orgullo. Ella siempre es elegante, hasta el final.

Solo quiero saltar del palco y clavarle el cuchillo al rey en el cráneo, pero me contengo. En cuanto me exponga, todo se tornará caótico. Cuando vaya a por el rey, tengo que estar segura.

Paso la vista por los demonios que están en los otros palcos. Ninguno se da cuenta de mi presencia, pues están demasiado cautivados por la visión de la famosa hija guerrera de Ketai Hanno. La mayoría de los demonios son arqueros. Los que están en la primera fila de cada balcón tienen los arcos tensados, listos para disparar en cualquier momento. Si saltase ahora, estaría muerta antes de que mi cuerpo golpease el suelo.

El rey se levanta mientras lanzan a Wren a sus pies hendidos. Se hace un silencio arrobado. Tan solo se oye el tintineo de la armadura del rey y el latido de mi corazón desbocado, que me golpea las costillas con un ritmo febril.

Me preparo para que él la golpee, por lo que cuando, por el contrario, inclina la cabeza hacia atrás y empieza a reírse, me quedo demasiado sorprendida como para reaccionar. Entonces, mi ira, fustigada hasta convertirse en una tormenta, estalla.

La furia que siento casi me ciega, pero me obligo a concentrarme, observando cómo Wren (mi chica preciosa, valiente y maravillosa) espera con una paciencia exquisita a que se apague la risa del rey. Cuando lo hace, él inclina su rostro enmascarado hacia el de ella.

—La encontraremos.

—Lei está muerta —dice ella—. Murió en el Sector Militar mientras nos abríamos paso hasta aquí. Si no me crees, manda que vayan a buscar su cuerpo.

Se escucha un sollozo amortiguado. Nitta se desploma y su llanto resulta audible incluso a través de la mordaza. A su lado, Merrin agacha la cabeza.

El rey evalúa a Wren a través de los ojos de su máscara. Hace un gesto con la mano.

—Vosotros tres, id. —Mientras los guardias se alejan a toda prisa, él mantiene la vista fija en ella—. Sea lo que sea que estás planeando, no funcionará —dice en voz baja—. Sé que la magia ha desaparecido. Era tu único poder, lo único que te daba ventaja sobre cualquier demonio pero, ahora, ha desaparecido. No eres nada, Wren-zhi.

El uso de su título como Chica de Papel me golpea como una bofetada, pero el rostro de Wren no cambia; no va a ponerse a la altura de sus burlas.

El rey le golpea la cara. El sonido retumba en el silencio.

Ella escupe la sangre de la boca y vuelve a alzar la cabeza. Él la golpea de nuevo. Una vez. Y otra. Y otra.

Y cada vez, Wren alza la cabeza y se enfrenta a la mirada enfurecida del rey con el rostro formando la máscara serena que mostraba la primera vez que la conocí, antes de saber que no era más que un escudo, antes de que conociera el alma sensible y dulce que protegía, antes de que me dejase ver más allá de las murallas que había construido para protegerse del mundo.

Algo que sé que nunca dejará que vea el rey, sin importar cuántas veces intente romperla. A unos pocos pasos de ellos, Nitta pelea contra las ataduras, intentando acercarse a Wren. Naja da un tirón de la cadena. La espalda de Nitta se arquea cuando el collar le comprime la garganta.

—¡Espera! —ordena el rey, que detiene los golpes—. Queremos a la gata viva por ahora. Usad los cuernos de guerra para llamar su atención. Decidle a Ketai Hanno que tenemos a dos de sus guerreros y a su hija. Decidle que si les pide a sus hombres que se retiren y me gana en un duelo, puede tenerlo todo: a su hija, el palacio y toda Ikhara.

Naja titubea.

—Pero, mi rey…

—¡Ahora!

Naja deja la cadena en manos de uno de los guardias cercanos y, después, atraviesa el salón y desaparece tras la cortina negra que cubre la entrada abovedada.

Los sollozos ahogados de Merrin y Nitta me atraviesan. Están llorando porque piensan que estoy muerta, a pesar de que estoy aquí mismo, apenas a unos metros de distancia.

Siento la necesidad de saltar por el borde del palco con un fervor renovado. Sin embargo, los arqueros reales siguen inspeccionando la sala y la Reina Demonio está demasiado cerca del rey. Incluso aunque, de algún modo, consiguiera sobrevivir a las flechas de los arqueros, el más mínimo error de cálculo en el salto podría hacer que lastimase a la reina en su lugar. También podría aterrizar mal, romper algo, resultar inútil y ofrecerme al rey en bandeja.

No voy a dejar que tenga la satisfacción de habernos capturado a las dos. Pero tampoco voy a dejar que mate a Wren.

Mientras mi mente da vueltas, calculando cada posible movimiento, el monarca regresa a su trono.

—En un duelo, mi padre te matará en segundos —afirma Wren.

El rey se ríe. Se reclina sobre el asiento con una mano colgando por encima del reposabrazos. Tiene los nudillos oscuros con la sangre de ella.

—No voy a enfrentarme a él, chica estúpida. Ya ves, tu padre sigue creyendo en el honor y en la tradición. Vendrá, pensando que mi oferta es sincera. Entonces, cuando esté seguro de que está a punto de conseguir todo lo que siempre ha soñado, haré que mis soldados lo maten. Incluso el poderoso Ketai Hanno es incapaz de competir contra quince arqueros expertos. Sus flechas lo harán pedazos y, después, haré que se encarguen de ti y de tus amigos. —Su tono es glacial—. Vas a morir aquí esta noche, Wren-zhi. Si tienes unas últimas palabras que quieras decirme, dilas ahora.

El odio palpita a través del cuerpo de Wren en olas gélidas, como un eco del poder que ha perdido. Un atisbo diminuto de sonrisa hace que se le levante una de las comisuras de los labios.

—Eres pequeño, lastimero y débil —le dice—. No te tengo miedo.

Él la observa en tensión. Entonces, le hace un gesto a un soldado.

—Amordazadla —ordena.

El demonio le mete un trozo de tela en la boca, atándoselo sin cuidado en la parte trasera de la cabeza.

Aunque no puedo ver su rostro, estoy segura de que el rey está sonriendo.

—Dices que no me tienes miedo —susurra. Su voz me congela hasta los huesos—. Pues deberías tenerlo.

39
Lei

Cuando Ketai entra en el salón, acompañado por Naja y un flanco de guardias reales, su llegada me sorprende. No estaba segura de que fuese a venir. Una parte de mí quiere pensar que es por Wren pero, una parte más sabia y aguda, sabe que es por la oferta del rey.

«Puede tenerlo todo. Toda Ikhara».

Inmóvil, el rey observa cómo conducen a Ketai alrededor del estanque. Sus pasos marcados resuenan contra el mármol. A pesar de las manchas de sangre que lleva en la ropa y la piel, así como un corte en la mandíbula con mal aspecto, gracias a la forma en la que camina, jamás adivinarías que es un hombre que lleva horas luchando. Es evidente que, al igual que su hija, Ketai está decidido a no mostrar ni un ápice de debilidad. Tan solo las llamas de sus ojos, que tiene fijos en su oponente, delatan cualquier emoción. Apenas mira a Wren, Merrin o Nitta. Tan solo pestañea brevemente cuando se da cuenta de su presencia, sin duda analizando cuál es la mejor manera de actuar en esa situación.

Cuando llegan al trono, Naja dirige el jian enfundado que lleva, el arma del propio Ketai, a su espalda, obligándolo a arrodillarse.

—Inclínate ante tu rey —gruñe.

Él hace una reverencia profunda, aunque la frente no llega a tocar el suelo.

—Cuántas formalidades —dice el rey con lentitud—. Y pensar que hemos estado juntos en tantos banquetes y reuniones de los clanes… Hemos compartido la comida, la bebida, las risas… Si nos vieran ahora, Ketai, cualquiera pensaría que somos desconocidos.

Ketai alza el rostro ensangrentado.

—Somos unos desconocidos. Nunca me has conocido, demonio. Aunque tengo la desgracia de no poder decir lo mismo de ti.

—¿Crees que me conoces? —pregunta el rey en voz baja, con tono amenazante.

Una leve sonrisa tira de las comisuras de los labios de Lord Hanno.

—Todo el mundo te conoce. Siempre ha habido hombres y demonios como tú, y habrá más tras tu muerte. —Su sonrisa se vuelve más afilada—. Es fácil reconocer a un cobarde. ¿Te enseño cómo? Un cobarde es aquel que usa la fuerza cuando una mano amable sería más eficaz. Es aquel que deja que su nación sufra mientras él se baña en su sangre. El que se esconde entre los muros mientras envía a otros a que luchen por él. El que se viste con armaduras y máscaras, pensando que intimidará a sus enemigos, cuando solo demuestra lo asustado que está en realidad.

Se oye un crujido cuando el pómulo de Ketai golpea el suelo.

—¡Insolente basura de papel! —espeta Naja, alzando el brazo para golpearlo de nuevo—. ¿Te atreves a hablarle así al Amo Celestial?

—Déjalo, es mío. —El rey se pone en pie—. Su arma.

Naja le tiende la espada de Ketai. El rey la desenvaina.

Desde que Ketai ha llegado, Merrin y Nitta han estado intentando librarse de sus ataduras. Todos sabemos que el rey no pretende que esta pelea sea justa, y ellos intentan hacerle llegar el mensaje a Ketai, gritando cosas incomprensibles a través de las mordazas. Cuando empiezan a tirar con más fuerza al ver que el monarca empuña el arma del hombre, los guardias que están junto a ellos los frenan dando fuertes tirones de las cadenas.

Cuando el demonio perro que custodia a Nitta tira del collar, la obliga a quedarse quieta. Sin embargo, las ataduras de Merrin consisten en una barra que le atraviesa los brazos. Tiene las plumas grises manchadas de rojo. Aunque el dolor debe de ser insoportable, él sigue debatiéndose. El agarre del guardia se suelta y, antes de que pueda recuperarlo, Merrin se lanza hacia delante.

Choca de cabeza con el rey y la mordaza se le resbala.

—¡Ketai! —exclama.

Hay un destello plateado y un chorro granate. Nitta deja escapar un grito ahogado mientras el cuerpo de Merrin golpea el suelo. Su cabeza está torcida en un ángulo poco natural, cercenada casi al completo por el poderoso corte del rey. Sus ojos naranjas miran hacia arriba, vacíos. La sangre mana de su cuello, expandiéndose rápidamente por el mármol y cayendo dentro del estanque, floreciendo bajo la superficie del agua.

La impresión me sacude. Las olas de terror y dolor son tan fuertes que casi me hacen caerme de rodillas.

Estoy demasiado aturdida como para llorar. Veo todo con demasiada claridad. La angustia de Nitta, el asombro de Ketai y Wren al fin desenmascarado, la sonrisa victoriosa de Naja y el rey tendiéndole a Lord Hanno la hoja llena de sangre.

—Mi propuesta de un duelo todavía se mantiene —dice—. Tómala, y nadie más morirá.

El hombre se pone en pie y acepta su espada.

—Me has llamado cobarde —dice el rey— y, aun así, ha sido tu guerrero el que me ha atacado por la espalda. Fue tu clan el que me traicionó. —Abre los brazos—. Vamos, Ketai, resolvamos esto de una vez por todas. Demonio contra hombre. Rey contra señor de un clan. ¿O acaso te da miedo perder contra un supuesto cobarde?

—Si yo gano —dice Ketai—, se acaba la batalla.

—Si gano yo —replica el rey—, acabaré hasta con el último de tus traicioneros seguidores.

—No permitiré que lleguemos a eso.

El rey le hace señas a un guardia para que se acerque. Este le tiende una espada larga y ornamentada. Después, da un paso hacia atrás, poniendo distancia entre él y Ketai. El cuerpo de Merrin yace entre ellos.

—Los dioses han sido testigos de tu promesa —le recuerda Ketai al monarca, adoptando una postura de defensa—. Te enfrentarás a su ira si la rompes.

Por un segundo, me parece ver que el rey se pone rígido dentro de las capas de su armadura. Entonces, agacha la cabeza de modo que los cuernos de toro apunten hacia delante como dos puntas afiladas y doradas que son armas por sí mismas. Alzando su espada al aire, grita:

—¡Arqueros! ¡Atacad!

Ketai no tiene tiempo de reaccionar. El aire se llena del silbido de decenas de flechas atravesándolo y de los nauseabundos golpes secos cuando alcanzan su objetivo.

La carne se rasga y las flechas la atraviesan limpiamente. Otras se clavan en los huesos, sobresaliendo de las piernas, los brazos, los hombros, la espalda y el cráneo de Lord Hanno. Torrentes rojos se derraman desde su cuerpo abierto.

Nitta grita. Wren intenta levantarse, pero el demonio jabalí le golpea la cabeza con un garrote y ella se desploma a sus pies, inconsciente.

—¡Mi rey! —exclama Naja con una risa frenética—. ¡Lo has conseguido!

Él la ignora. Apartando la espada que no se está usando, se gira hacia Wren y Nitta.

—¡Matadlas! —ordena.

Yo ya he trepado por el borde del balcón del palco, aprovechando que los arqueros estaban distraídos. Ahora, tan solo me queda saltar.

Caigo con fuerza, y aterrizo en el asiento del trono. Oigo gritos. El rey se está dando la vuelta. Una flecha pasa volando sobre mi cabeza, tan cerca que me roza el pelo. Disparan más, pero yo ya estoy lanzándome hacia un lado, aunque no en dirección a Wren o a Nitta, sino en dirección a la reina.

Su grito de sorpresa se ve interrumpido cuando le pongo una mano sobre la boca y le llevo la daga a la garganta.

—Haznos daño a cualquiera de nosotros y la mato —grito.

—¡Parad! —brama el rey—. ¡He dicho que paréis!

Los guardias que se dirigían corriendo hacia mí y las flechas que ya estaban preparadas, temblando sobre los arcos, se quedan parados. Un silencio tenso recorre el salón. Es entonces cuando lo escuchamos.

Los golpes y los crujidos de la lucha. El retumbar de pies, pezuñas y patas pesadas. Gritos de guerra y quejidos de dolor. Y todo ello se acerca rápidamente.

El corazón se me dispara. Nuestro ejército ha conseguido entrar en el palacio. Kenzo, Lova o quienquiera que sea que Ketai pusiera al mando de nuestros soldados antes de marcharse, no ha confiado en que el rey mantuviese su palabra y ha seguido luchando.

Cuando una oleada de personas atraviesa la puerta a toda velocidad, arrancando la cortina negra que desaparece bajo las botas, el Salón Ancestral se convierte en un caos.

Los guardias que habían estado apuntándome, ahora cargan para encontrarse con el ejército recién llegado. Llueven más flechas pero, entonces, nos llegan los gritos de los palcos, donde han aparecido más de nuestros soldados. De las balconadas caen cuerpos que se sacuden y la habitación reverbera con el crujir de los huesos y el rasgar de las espadas.

La Reina Demonio forcejea contra mi agarre. Yo me coloco frente a ella para que pueda verme.

—¡Soy yo! —le digo, quitándole la mano de la boca—. El rey me llevó hasta tu cama para mostrarme que estabas embarazada. No estoy aquí para hacerte daño. Quiero sacarte de aquí.

Sus ojos bovinos centellean al reconocerme.

—¡Lei-zhi! —dice—. La Elegida de la Luna.

—Solo Lei, por favor.

Ella asiente.

—Mi nombre es Shala.

—¿Puedes ponerte de pie? —La rodeo con un brazo para ayudarla. Mientras se incorpora, agarro la cadena que la ata al trono y tiro de ella. No se mueve.

—Déjame que te ayude —dice ella.

La cadena se tensa bajo su fuerte agarre. Las dos tiramos con fuerza, gruñendo por el esfuerzo, hasta que, con una sacudida repentina, los cierres ceden y la cadena se suelta. Yo me tambaleo, pero Shala me sujeta antes de que pueda caerme.

—Gracias —le digo, aunque ya estoy girándome en busca de Wren.

En su lugar, encuentro a Nitta. Se está arrastrando por el suelo, que está resbaladizo a causa de la sangre, hacia la espada abandonada del rey. Su propia cadena le sigue el rastro. Consigue tomar el arma a tiempo para defenderse cuando el guardia del que se ha escapado en medio del caos se le echa encima. Nitta esquiva sus golpes y, al final, lo atraviesa con la hoja del monarca. El cuerpo tembloroso cae sobre ella.

Shala y yo nos acercamos corriendo y le quitamos al demonio muerto de encima. Libero la espada y se la tiendo mientras la ayudo a sentarse.

—¡Lei! —dice con la voz entrecortada, incrédula—. Estás… ¡Estás viva!

—Así es —le digo, dedicándole una sonrisa fugaz. Me giro hacia Shala—. ¿Puedes cargar con ella? Nitta no puede andar.

Shala se agacha.

—Podrás defenderte mejor si vas a mi espalda.

Mientras la ayudo a subirse, Nitta se dirige a mí con urgencia.

—Wren solo estaba fingiendo estar inconsciente cuando el guardia la ha golpeado. Cuando llegaron nuestros soldados, salió corriendo detrás del rey. Está herida, Lei, está débil y no sé hacia dónde han ido.

—Yo sí —digo, mientras ya me estoy poniendo en marcha.

Serpenteo entre las personas que están luchando, dirigiéndome hacia el fondo de la habitación. La batalla ha adquirido un nuevo frenesí, como si todos pudieran sentir que todo se reduce a esto, a esta habitación y a estos últimos golpes de armas y de garras. Esquivo una vara cuando su portador apunta a un papel cercano y, después, bordeo una pelea a puñetazos entre dos demonios. La sangre de sus golpes me salpica la cara.

Llego hasta la pared que está bajo el palco desde el que he saltado antes. Tal como esperaba, las partes de la armadura del rey que le cubrían el pecho y las piernas yacen descartadas. La galería de palcos está lo bastante baja como para que los demonios puedan ayudarse los unos a los otros a alcanzarla, pero está demasiado alto para los humanos. Intento propulsarme hacia arriba por la pared, pero me resbalo, pues la piedra está demasiado pulida como para poder agarrarme. Me giro en busca de algo que me pueda servir de ayuda.

Una lanza me pasa volando junto al rostro y la punta de metal se clava en la pared a un par de centímetros de mi nariz. Detrás de mí, escucho los pasos de un demonio muy pesado, así que me lanzo a un lado y su puño no me golpea por muy poco. Cuando vuelve a por mí, giro bruscamente y el golpe me da en el hombro derecho. Ruedo por el suelo y me levanto de un salto, apuntando con mi daga hacia delante. Acierto en la mejilla del hombre tigre de aspecto grueso. Lanza un puño rollizo hacia mi cara, pero me deslizo fuera de su alcance y le clavo el cuchillo en el muslo. Mientras el demonio se tambalea, me cuelgo de su espalda encorvada y me empujo hacia arriba, saltando en dirección a la lanza que se ha clavado en la pared.

El cuerpo me da una sacudida cuando me estrello contra la piedra, pero los pies ahora tienen dónde apoyarse sobre el mango robusto del arma. Antes de que pueda caerme, tomo impulso hacia el balcón.

El aliento se me escapa cuando me golpeo contra él. Cierro los dedos en torno al saliente. Con los dientes apretados y los músculos protestando, intento alzarme. Justo cuando parece que va a ser imposible, que se me van a soltar los dedos, me alzo lo bastante alto como para enganchar el brazo al otro lado del palco y poder trepar hasta arriba.

Caigo al suelo respirando con dificultad. Sin embargo, no tengo tiempo que perder. Mientras jadeo intentando recuperar el aliento, me pongo de pie y salgo dando trompicones. Al otro lado, el palacio está desierto. El rugido de la batalla se desvanece mientras recorro los corredores vacíos, siguiendo la misma ruta por la que hemos venido.

Incluso aunque no conociese el camino, sería capaz de seguir las manchas de sangre del pasillo.

Cuando llego al patio donde se oculta el pasaje secreto, encuentro a Wren y Naja enzarzadas en el combate. La zorra blanca deja escapar una carcajada estridente cuando me ve. Su pelaje, que antes estaba inmaculado, ahora está salpicado de rojo. A la luz del día, parece espeluznante, casi irreal, pero los cortes y los magullones del rostro de Wren indican lo contrario.

—Mira quién ha venido, putita de papel —dice Naja con desdén, moviéndose fuera del alcance de la espada de Wren—. Tu amante ha venido a morir contigo. Qué romántico.

Wren vuelve a deslizarse hacia ella, pero Naja se defiende con un movimiento de las garras.

—¡Dioses! —gruño en dirección a la zorra blanca, reajustando el agarre sobre mi cuchillo—. No voy a echarte de menos ni lo más mínimo.

Dicho eso, me uno a Wren. No hay nada elegante en la forma en la que luchamos. Los movimientos de Wren son torpes a causa del cansancio y tiene el ojo derecho tan hinchado que dudo de que pueda ver algo a través de él. Eso le hace perder el equilibrio, pero yo estoy ahí para repeler las garras de Naja. Estoy ahí para retomar un ataque que empieza ella pero que es demasiado lenta para terminar. Luchamos juntas y, aunque resulta un poco caótico, no nos damos por vencidas, y agotamos a nuestra adversaria.

Todo lo que necesitamos es un error.

La empujamos contra la pared. Wren apunta hacia sus piernas con un movimiento bajo y circular. Naja no puede moverse hacia atrás, por lo que, en su lugar, gira hacia un lado y se coloca justo en el camino de mi hoja.

Tan solo le hago una incisión en la piel que es poco más que el corte de una hoja de papel. Aun así, ya sea por la sorpresa o el exceso de confianza, Naja duda, dándole el tiempo necesario a Wren para utilizar el impulso de su golpe anterior para hacer oscilar la espada de nuevo, que se clava con profundidad en el costado de Naja.

Con un aullido, la zorra blanca cae de rodillas. Se lleva las manos inútilmente a la herida abierta mientras la sangre se derrama como una marea roja resplandeciente.

Yo le clavo el cuchillo en el pecho.

Los ojos plateados de Naja titilan y, después, se quedan completamente velados. Retrocedo, sacando el cuchillo de entre sus costillas, y ella se cae de frente sobre los azulejos, al fin sin fuerzas.

El corazón me palpita a toda velocidad.

—Está muerta —digo—. Está muerta de verdad.

—Lei. —Wren me toma de la mano. Casi doblada sobre sí misma, respira con dificultad—. El rey.

La ayudo a llegar hasta la entrada del pasadizo. Han empujado a un lado la piedra que cubre la entrada. Un rastro de sangre se pierde por las escaleras.

—Está herido —digo.

—Conseguí darle —me explica Wren entre respiraciones rasposas y balanceándose en el sitio—. Cuando salíamos del salón. Pero no sé...

Se cae hacia delante. Yo la sujeto y la ayudo a sentarse en el suelo. Le aparto el cabello pegajoso del rostro amoratado y la miro en condiciones por primera vez desde que llegamos al Salón Ancestral. Tiene un aspecto horrible. Tiene la piel manchada y ensangrentada y su color, habitualmente moreno, ahora parece gris. Su ojo derecho es un desastre bulboso y, justo debajo, marcándole la encantadora mejilla con tanta claridad como si fuese un tatuaje, se aprecian las huellas de los nudillos del rey.

Intenta incorporarse, pero yo la empujo hacia atrás con cuidado. Abre los labios resquebrajados.

—El rey...

Le doy un beso en la frente.

—Lo atraparé —le digo—. Si está herido, no habrá podido ir muy lejos. Tú ya has hecho tu parte, Wren. Es hora de que yo haga la mía.

—Lei —dice con un gruñido mientras me dirijo al túnel.

Estoy lista para rechazar sus protestas. Sin embargo, me clava los ojos con una mirada oscura y ferviente.

—Acaba con él —me susurra.

Lo encuentro al final de las escaleras entre los cuerpos de sus guardias.

En la oscuridad, no es más que una forma hundida, desplomada junto a la pared, pero yo reconocería esa silueta en cualquier parte. Cuernos simétricos cuyos adornos dorados brillan débilmente contra las motas de polvo que se filtran desde arriba. Hombros redondeados, excepcionalmente finos para ser un demonio toro. Una nariz larga y un mentón sobresaliente donde se encuentra la boca que una vez reclamó mi cuerpo, sobre el cual nunca tuvo ningún derecho. Incluso en la oscuridad total, sabría que es él, porque es algo que va más allá de lo físico. Siento su presencia con cada milímetro de mi cuerpo. Así como Wren es una canción a la que no puedo evitar contestar, el Rey Demonio es un grito discordante y doloroso que me ahuyenta con cada nota.

La sangre gotea desde mi hoja, envolviéndome el puño en un manto rojo.

Qué apropiado que vaya a matar al rey vestida con sus propios colores.

Respira con dificultad y un silbido extraño acompaña a cada exhalación. Como siempre, Wren no se ha dado el crédito que merece. No solo lo ha herido, sino que lo ha herido tanto que apenas ha conseguido bajar los escalones antes de derrumbarse.

La máscara de guerra se le ha caído o, tal vez, la ha desechado en un intento de respirar. Yace a sus pies, dedicándonos una mueca. La primera vez que lo vi con todas las capas de la armadura, había mostrado un aspecto muy imponente. Ahora, la máscara, al igual que el demonio al que no ha podido proteger, no tiene ningún poder.

No se mueve hasta que no estoy justo encima de él, con mi sombra cerniéndose sobre él del mismo modo que la suya se cernió sobre mí en tantas otras ocasiones.

Poco a poco, con esfuerzo, el rey alza la barbilla. Un único ojo azul como el ártico encuentra mi mirada.

Nunca me he sentido tranquila en su presencia, pero ahora lo estoy. Dirijo la mirada hasta donde tiene las manos presionadas sobre el costado. Me arrodillo junto a él y, sin miedo y sin cuidado, se las aparto. La espada de Wren se le ha clavado profundamente. La sangre emana hacia afuera, empapándole la ropa y tiñéndole el pelaje castaño de negro.

Los jadeos del rey se vuelven más erráticos mientras llevo mi daga a su pecho, colocando la punta en el espacio entre las cotillas que Kenzo me mostró en una ocasión.

«Aquí debes apuntar mañana. Empuja la hoja hasta el fondo y no te detengas».

Tembloroso y débil, intenta agarrarme el brazo, pero yo se lo aparto sin romper el contacto visual. Quiero ver el miedo; ese miedo único que solo existe cuando comprendes que están a punto de arrebatarte algo irremplazable.

Cuando lo veo, sonrío.

Podría dejarlo aquí para que muriese. No tardaría demasiado y, en esta ocasión, no hay hechiceros que vayan a venir a rescatarlo. Ninguna magia cerrará estas heridas. Pero, mientras nos miramos el uno al otro, el corazón me late con la serena claridad de que así es como debe ocurrir. Es como yo quiero que ocurra. Obligar a los demás a cumplir sus deseos es un poder que él siempre ha tenido y que ahora es mi turno de ejercer.

Todas las cosas que podría decir me recorren la mente. Hay demasiadas. Todas las palabras surgen de mi dolor y su crueldad, de las vidas que destrozó, de los cuerpos, los corazones y las esperanzas que rompió y de las cicatrices que ha dejado. Aun así, no me parece correcto compartirlas con él o entregárselas. No se las merece. No se merece nada que proceda de mí. Tan solo una cosa.

—Jaque mate —le digo sencillamente.

Entonces, coloco mi hoja sobre su pecho.

Empujo hasta el fondo.

No me detengo.

40
Wren

Emergieron a un mundo diferente. O, tal vez, no era tan diferente. Al menos, no todavía. Pero a ella se lo parecía, y sabía que Lei también lo sentía así. Les habían quitado un peso de encima. La gravedad había cambiado. Y, a diferencia de la magia, aquel peso le había resultado una carga no deseada que la había estado machacando durante un año sin que se diera cuenta de hasta qué punto, hasta que había desaparecido.

Una vez, ya habían creído que el rey estaba muerto. Esta vez, no había duda.

Después de que Lei volviera a salir del pasaje con los ojos hundidos y ensangrentada, aunque milagrosamente tranquila, había ayudado a Wren a ponerse en pie y juntas habían ido a buscar ayuda. Encontraron a sus soldados en los pasillos de la fortaleza del rey. Habían ganado, la batalla había terminado. El Salón Ancestral ahora era una morgue horrible, pero lo habían conseguido, habían acabado con los demonios del rey.

Lei les dijo a los primeros soldados con los que se cruzaron dónde podían encontrar al monarca. Ninguna de ellas quería saber nada más de él. Sabía que Lei hubiera preferido dejar su cuerpo allí, dejar que se pudriera en la oscuridad del mismo modo que él las había hecho sentir como cosas malogradas, demasiado sucias para ver la luz. Pero aquello no era cierto del todo.

Había momentos en los que eso era todo lo que quedaba. En lo más profundo de la noche, cuando recordaba de una forma dolorosamente física la masa del cuerpo del rey sobre el suyo. De forma aleatoria, cuando no estaba preparada para una oleada repentina de recuerdos y tenía que pararse de golpe, jadeando y tratando de calmar el corazón que le palpitaba de forma salvaje. Wren había pasado toda su vida construyendo su elegancia, confianza y poder, pero el recuerdo de cómo olía el rey, o cómo se movía, cómo la tocaba, cómo la lamía o cómo la reclamaba, a veces era lo único que hacía falta para desarmarla. Y cuando pensaba en que les había hecho lo mismo a Lei y a las otras chicas (¿a cuántas chicas más?), hacía que se quedase sin aire.

Aun así, a veces, cuando pasaba los dedos por el pelo de Lei, o cuando escuchaba la risa de Nitta o tomaba una gran bocanada de aire iluminado por el sol, el rey no se interponía. No era el dueño de todo su ser; nunca lo había sido y nunca lo sería. Esperaba que, con el tiempo, cada vez le perteneciese una parte más y más pequeña de ella, de Lei, de las otras chicas, y de cada una de las personas a las que había marcado hasta que los recuerdos que ahora le parecían tatuajes recién hechos, que todavía escocían y estaban en carne viva, acabasen, al igual que los tatuajes, desvaneciéndose.

Con la magia, Wren había aprendido a curar heridas. Quizá también hubiese alguna manera de sanar esas heridas con un tipo de poder diferente; uno al que todo el mundo tuviese acceso. Una magia normal y propia del día a día, muy sencilla y, a la vez, una mezcla muy potente de amistad, paciencia, amabilidad, clemencia, perseverancia, respeto y, por supuesto, amor.

Era la magia que Lei le había enseñado. La magia que Nitta, Bo, Hiro, Lova, Kenzo, Shifu Caen, Ahma Goh y los demás le habían enseñado cada uno a su manera.

Al menos, si nunca volvía a recuperar sus poderes Xia, siempre tendría aquellos.

Wren creía que podría vivir con ello, que sería muy afortunada de poder vivir con ello.

Había cosas que hacer tras la batalla. Con su padre muerto, la autoridad parecía haber pasado a Kenzo y Lova, aunque, cuando se reunieron fuera de la fortaleza del rey, después de los abrazos, las lágrimas y las palabras compartidas en tonos de voz diferentes a los habituales, ambos parecieron responder ante ella. Después de todo, ahora era la nueva líder de los Hanno; la nueva líder de… lo que fuera aquello.

Ikhara. Ya no era un reino exactamente, pero todavía no era algo diferente.

Por muy cansada y destrozada que estuviese, y por mucho que no quisiera más que tumbarse en algún sitio tranquilo con Lei, no podía dejar de lado sus responsabilidades. Aun así, no estaba en el estado adecuado para hacer grandes cosas. Les dijo a Kenzo y Lova que continuasen, confiando en ellos plenamente, mientras un grupo de médicos revolotearon en torno a ella y Lei, ocupándose de sus heridas.

Hubo más reencuentros, aunque fueron breves. Había mucho que hacer, y las conversaciones serias ocurrirían más adelante. Aun así, Nitta se acercó a verlas, ayudada por Khuen, ya que Naja había destruido su silla cuando la capturaron. Había luchado en el Salón Ancestral subida a espaldas de la Reina Demonio, otra visitante que fue a ver a Lei para darle las gracias por liberarla.

La Reina Demonio o, más bien, Shala, tal como Lei la había presentado, era callada y cautelosa, quizá porque no estaba segura de cómo la percibían los demás. Wren ordenó a los miembros de su clan que trabajasen en quitarle el collar y que le buscasen un lugar tranquilo para descansar.

El Sector Real era un enjambre de actividad, pues los Hanno que habían sobrevivido y sus clanes aliados lo habían empezado a usar como base para atender a los heridos y distribuir los suministros. Todavía tenían que asegurar el palacio y reunir a los soldados, consejeros, doncellas y trabajadores que se habían escondido.

No para matarlos. Dioses, no. Pero sus lealtades todavía no estaban muy afianzadas y, por el momento, los mantenían en los barracones del Sector Militar, custodiados por soldados Hanno. Wren había dado órdenes estrictas de que les proporcionasen todo aquello que necesitasen para estar cómodos. No era una solución perfecta pero, hasta que pudieran descubrir en quién podían confiar, era lo mejor que podía ofrecerles.

Algunos de los habitantes del palacio no necesitaron que los detuviesen.

La demonio pantera de las Casas de Noche, Darya, llevó a Lill a visitar a Lei y allí se quedaron. Lill se hizo un ovillo en el regazo de Lei y la mujer pantera inclinó la cabeza hacia la pared en la que estaban apoyadas, quitándose el lazo del cuello, el collar que la marcaba como una concubina, con un suspiro largo y grave. Las otras cortesanas también fueron liberadas y muchas de ellas fueron a ayudar con las tareas de limpieza.

Tras los reencuentros llegó la parte que más había temido: encargarse de aquellos a los que no habían podido salvar.

Wren y Lei recibieron las noticias de diferentes fuentes. El comandante Chang había fallecido fuera de las murallas del palacio, aplastado por uno de los pecalang de piedra. Kiroku, una de sus aliadas más valientes, que había tenido que sufrir muchos años atendiendo los caprichos de Naja, había sido asesinada cuando la lucha había alcanzado los Sectores Internos. Un soldado Hanno les había contado a una Lei llorosa y una Wren conmocionada que había visto a Kiroku luchando con valentía contra las huestes del rey antes de caer.

Luego estaban los hechiceros.

Lova les explicó que, después de que ellas los abandonasen en el Sector de Ceremonias, había conducido a un grupo de sus gatos hasta los muros del Sector de los Templos. Allí, habían encontrado a soldados reales masacrando a los hechiceros. Sin magia, el rey había ordenado que los matasen. Wren sospechaba que había temido que se volviesen contra él dado el trato que habían recibido. La leona y sus gatos detuvieron la masacre, aunque no antes de que cientos de hechiceros hubieran muerto ya. En aquel momento, Kenzo estaba supervisando su liberación con órdenes de que le avisaran si encontraban a Ruza, el joven hechicero que había ayudado a Lei y a las chicas a escapar. Era una tarea colosal. Había miles y miles de hechiceros encadenados dentro del Sector de los Templos y, sin magia, cada collar tenía que romperse de forma manual.

Aun así, lo estaban haciendo; iban a liberarlos. Por primera vez en doscientos años, las murallas del palacio permanecerían vacías, ya no serían una prisión. Wren se prometió a sí misma que, fuera lo que fuese que decidieran hacer con el Palacio Escondido, aquellas horribles murallas serían derruidas para que nadie volviese a sentirse atrapado por ellas nunca jamás.

El sol se estaba poniendo. Wren se había sumido en un sueño ligero cuando un grito la hizo sobresaltarse. Por un instante horrible, pensó que los estaban atacando. Entonces, vio a Lei dando un salto, rodeando con sus brazos a una figura diminuta mientras un rostro familiar aparecía por detrás de su hombro.

Blue.

Cubierta de sangre, herida, aturdida y exhausta, pero seguía siendo Blue.

Lo había conseguido.

—No te acostumbres a esto, Nueve. —Sus brazos rodearon la espalda de Lei con lentitud, pero se abrazaron durante mucho rato y solo se separaron cuando escucharon unos vítores.

La multitud bulliciosa del Sector Real se estaba separando, abriendo paso a un grupo de soldados que llevaba algo cargado a las espaldas.

Era el cuerpo del rey.

En el centro de la plaza se había erigido una pira. Los soldados lanzaron el cadáver dentro de ella entre abucheos y pies golpeando el suelo. Todos menos los que estaban gravemente heridos se pusieron en pie para tener una buena vista. Lei tomó la mano de Wren mientras seguía agarrando a Blue con la otra. El rostro de Lei brillaba por las lágrimas y Blue parecía más enfadada de lo que Wren la había visto jamás. Tenía los rasgos arrugados y los labios le temblaban como si estuviera al borde o de las lágrimas o de gritar. Tal vez ambas. Juntas, se giraron hacia la pira mientras un soldado alzaba una antorcha ardiendo.

La plaza era un estruendo de ruido. El soldado parecía estar buscando a alguien y el estómago le dio un vuelco cuando pensó que querrían que Lei o ella hicieran los honores. Entonces, una figura elegante se abrió paso entre la multitud.

Shala. La Reina Demonio.

Caminaba de forma regia, acariciando con una mano su vientre hinchado. Los murmullos se desataron a su paso, ya que gran parte de la multitud no sabía quién era. Wren se preguntó si debería haber hecho alguna especie de anuncio oficial. Su padre lo habría hecho para pedirle su lealtad. Sin embargo, ella pensaba que era Shala la que tenía que decidir qué papel quería desempeñar en la creación de aquel nuevo mundo. Quizá no quisiera tener nada que ver. Wren podría entenderlo.

Shala tomó la antorcha, que iluminó su pelaje castaño, haciendo resaltar sus encantadores destellos rojizos. Tenía los cuernos cubiertos en una tela color cobalto, como si quisiera mostrar su lealtad hacia los Hanno, aunque, tal vez, siempre los llevase así. Wren se preguntó quién era aquella demonio misteriosa que había permanecido a solas todo aquel tiempo, reservada tan solo para el rey. Sintió un ataque de asco, seguido por un alivio feroz.

El rey no podría ir a por Shala nunca más.

La reina observó el cuerpo del monarca y lanzó la antorcha a la pira.

Se prendió poco a poco y, después, todo de golpe. La llamarada desprendía calor y arrancaba sombras líquidas en los rostros de los que estaban mirando que, al fin, se habían quedado en silencio, comprendiendo la gravedad del momento.

El Rey Demonio, el terror de Ikhara, enemigo de los papeles, ladrón de sueños, de chicas, de vidas, de esperanzas y de paz, estaba muerto.

Lei apoyó la cabeza en el hombro de Wren y ella la rodeó con un brazo, mirando por encima de su cabeza a Blue, que todavía sujetaba la otra mano de la chica.

—Somos libres —susurró Blue, como si todavía no terminase de creerlo.

Lei sollozó y Wren la abrazó con más fuerza.

Sí, eran libres.

Al fin eran libres.

41
Lei

Solo hay dos lugares en el palacio que quiero visitar antes de que nos marchemos por lo que espero que sea la última vez.

Wren, según he entendido gracias a las interminables reuniones de la última semana, tendrá que volver bastante a menudo para comprobar cómo le va a Darya con la supervisión de la remodelación del palacio. La destrucción de los muros exteriores ya ha comenzado, un proceso que Lova y sus gatos parecen estar disfrutando enormemente. Después está todo el daño de la batalla que tendrá que ser reparado antes de que los edificios puedan adaptarse para sus nuevos propósitos.

Decidimos bastante pronto en qué queríamos que se convirtiera el Palacio Escondido: un santuario para mujeres. Papeles, aceros e incluso Lunas; cualquiera que se identifique como mujer y que busque un refugio, ya sea temporal o permanente. El Palacio de la Libertad, tal como lo hemos renombrado, estará abierto para todas.

No fue una decisión popular entre los miembros del nuevo consejo, pero Wren y yo no nos dimos por vencidas y, con el apoyo de Kenzo y Lova, conseguimos que se sumaran al proyecto.

La última mañana en el palacio, le digo a Wren dónde quiero ir.

El primer lugar no le sorprende. Sé que el segundo lo hace, pero asiente de todos modos.

El Sector de los Fantasmas no está tan vacío como la última vez que estuvimos aquí. Toda la semana se han estado celebrando funerales en los jardines silenciosos con humanos y demonios de ambos bandos de la guerra encendiendo piras para sus seres queridos o enterrándolos en la tierra. Nosotras también hemos asistido a algún funeral: el de Merrin, el de Kiroku y, por supuesto, el de Ketai. Aunque no lloró durante el funeral de su padre, esa noche, Wren salió de nuestro dormitorio durante un buen rato y, cuando regresó, tenía los ojos hinchados y rojos y me abrazó un poco más fuerte que antes.

Esta mañana, como de costumbre, todos nos hacen una reverencia cuando pasamos junto a ellos. Muchos nos toman las manos o nos dan las gracias de forma profusa y, si bien me siento conmovida por sus sentimientos, también resulta agotador.

No me siento la salvadora de nadie.

Por suerte, el Templo de lo Oculto está desierto. Nos abrimos paso hasta el pequeño jardín y el árbol de papel susurrante.

—Espera —le digo a Wren cuando saca las tiras de papel del pliegue de su túnica. La arrastro al suelo conmigo, bajo las ramas del árbol mientras el sol se cuela a través de las hojas de papel. Inclino la cabeza hacia atrás—. Quedémonos aquí sentadas un rato.

Cierro los ojos, deleitándome con la tranquilidad. Ella me da un beso en la frente y siento en el corazón una descarga de algo que es tanto dulce como amargo. Hay demasiadas cosas de las que todavía tenemos que hablar. Hemos estado demasiado ocupadas con el nuevo consejo y organizando el desastre que era el legado roto del rey mientras llorábamos a aquellos que habíamos perdido en la guerra. A pesar de que hemos pasado todas las noches juntas, abrazadas en los aposentos en las Casas de Noche que Darya nos ofreció amablemente, nuestra comodidad y cercanía no han progresado a nada más. No es solo que todavía estemos conmocionadas por la batalla, sino que hay problemas más profundos, heridas que nos hemos abierto la una a la otra.

Tendremos que enfrentarnos a ellas en algún momento, pero todavía no.

Exhalo con un temblor.

—Estoy lista —le digo.

Wren me tiende un trozo pequeño de papel y un pincel. Abro el papel, lo aliso sobre mis rodillas, y meto el pincel en el tintero que ella me tiende. Escribo un nombre con los ojos empezando a llenárseme de lágrimas.

Chenna

Nunca conseguimos encontrar su cuerpo. Supongo que el rey lo mandaría quemar o lanzar a algún sitio después de la ejecución fallida de aquella noche. Tal vez, alguien lo encuentre algún día. Espero que sea así. Chenna tenía unas fuertes creencias y merece recibir un funeral que siga sus costumbres.

Dejo el papel en el suelo y Wren me tiende otro.

Dama Azami

Al igual que en el caso de Chenna, no hemos encontrado su cuerpo. Las lágrimas me caen sobre el regazo, pero, con la mano tranquilizadora de Wren apoyada en mi pierna, continúo escribiendo.

Zelle
Nor
Qanna
Mariko
Dama Eira
Madam Himura

—¿Estás segura? —me pregunta al ver el último nombre.

—Aunque fuese otras cosas —digo—, también era una mujer perdida. ¿Acaso no es este lugar para ellas?

Wren sonríe con suavidad.

—Así es.

Atamos los trozos de papel a las ramas del árbol. Sin el encantamiento que cubría el templo, las hojas de papel han empezado a caerse. Algunas ya han desaparecido. Siento un dolor agudo al imaginarme las hojas de Chenna, Dama Azami o las demás cayéndose. Aun así, incluso si este ritual es importante, no es más que eso, un ritual, una tradición para honrar a estas mujeres valiosas. Su verdadero legado es algo que guardaremos en nuestros corazones, donde jamás sufrirá ningún daño.

Cuando terminamos, Wren me atrapa entre sus brazos.

—¿Estás segura? —me pregunta de nuevo, aunque esta vez se refiere al lugar al que quiero ir a continuación.

Asiento contra su pecho y su túnica queda húmeda por mis lágrimas.

—Estoy segura.

El Sector de las Mujeres ha quedado intacto tras la batalla, aunque ha cambiado de una forma diferente. Está desbordante de actividad mientras los papeles y demonios de todo tipo desempeñan las tareas que les corresponden para la limpieza posterior a la batalla o aprovechan unos instantes de descanso en los jardines exuberantes. Todas las habitaciones sobrantes se han asignado a nuestros guerreros y a los hechiceros del palacio, aunque, dado el aumento de nuestras filas, tienen que compartir una habitación entre muchos. Sin embargo, nadie se queja, y las sonrisas que nos lanzan son amistosas mientras nos dirigimos a la Casa de Papel.

Como unos cuantos edificios del palacio, se ha convertido en una enfermería improvisada. Los suministros se trasportan a toda velocidad por los pasillos mientras los médicos, los soldados y los habitantes que se han ofrecido a ayudar se apresuran a pasar de una habitación a otra.

Podría recorrer el camino hasta nuestros antiguos aposentos con los ojos vendados.

El pasillo desde el que se ramificaban nuestras habitaciones es más estrecho de lo que recuerdo. Las pantallas de papel están cerradas para dar privacidad a los pacientes que ahora las ocupan. El corazón me da un vuelco con cada paso al pensar en las chicas que las ocuparon en el pasado. A una de ellas la hemos perdido para siempre. Yo he perdido a otra de un modo diferente.

Mi habitación es la única que está vacía. Algún paciente ha debido de abandonarla hace poco.

Contemplo el interior desde la puerta. Aunque el mobiliario sigue siendo el mismo, de algún modo me resulta extraño.

—¿Quieres entrar? —pregunta Wren.

Sacudo la cabeza y la aparto de allí.

El patio de baño ha mantenido su propósito y las bañeras están en posición, desprendiendo vapor. Hemos tenido suerte de llegar en un momento tranquilo y las bañeras están vacías. Los árboles de bambú que rodean las paredes se agitan con la brisa. El aire es dulce y cálido. El olor del patio me devuelve muchos recuerdos y dejo que se apoderen de mí mientras recorremos la estancia. Las risas de las chicas. La sonrisa de Lill contándome historias mientras me bañaba. El aguijón de las palabras de Blue cuando insultó a mi madre y el agarre firme de Wren cuando me impidió tomar represalias. Aquella fue la primera vez que nos tocamos.

Al igual que nuestros aposentos, el patio me parece más pequeño de lo que recuerdo. Me pregunto si se trata de algún truco mental. Cuando un lugar ejerce poder sobre ti, te resulta enorme, y cuando se le arrebata ese poder, vuelve a parecernos tal como es de verdad: nada más que una habitación, un patio, una casa o un palacio. Muros, suelos, puertas y arcadas. Bloques de edificios. Las piezas de un lugar, pero no su corazón.

—Hay algo que quiero hacer antes de que nos marchemos —le digo.

Ella alza una ceja.

—¿Sí?

Hemos llegado hasta mi bañera. Está medio oculta por el bambú que ha crecido demasiado. La luz veraniega que se cuela entre las hojas dibuja figuras danzantes en el agua. Paso los brazos alrededor del cuello de Wren con una sonrisa asomando en los labios.

—Vamos a darnos un baño —le digo—. Hueles muy mal.

Ella me devuelve la sonrisa. Es dulce, tentativa y esperanzadora y, cuando nuestros labios se tocan, siento algo cálido recorriéndome el cuerpo que es igualmente dulce, tentativo y esperanzador.

Un lugar no es más que partes de un edificio que han sido colocadas juntas. Su verdadero corazón, aquello que llamamos hogar, son las personas que viven en él.

TRES MESES DESPUÉS

42
Lei

—¡Dejad de empujar!

—¡Intento ver mejor!

—Nosotras también.

—Bueno, si movieras esa cabezota tan grande…

—¿Qué quieres decir?

—Oh, venga ya, Zhin. Vi cómo repetías en cada comida cuando estábamos en el Fuerte de Jade.

—¡Es que la tía de Lei es una cocinera excelente!

—¡Y tu cabeza gigante es la prueba!

—No seas idiota. Las cabezas no engordan, Zhen.

—Eso cuéntaselo a la tuya…

—Ya hemos llegado —las interrumpe Blue apresuradamente, empujando a las gemelas a un lado para acceder a la puerta del carruaje.

Yo la sigo, aliviada de poder salir del estrecho cubículo que hemos compartido las cinco durante la última semana. Ayudo a las hermanas a salir y, después, le tiendo la mano a la última chica. Lill la toma con una sonrisa tímida y salta sobre los adoquines.

—¡Es tu hogar, Lei! —exclama, agitando las orejas de cierva—. No puedo creer que hayas estado fuera un año entero. ¿Cómo la ves? ¿Está tal como lo recuerdas?

Sí, está tal como lo recuerdo.

El escaparate de la tienda con las ventanas altas cubiertas de persianas a medio bajar para evitar los últimos calores del verano. La fachada de madera envejecida. La forma en la que parece inclinarse un poco sobre el camino y lo apretada que está entre las casas de alrededor. Toda la calle es una fila de edificios viejos y descascarados muy apiñados entre sí, como si se hubiesen amontonado por seguridad. Lo cual, en cierto sentido, siempre ha sido así.

Zhen y Zhin ya han desaparecido en el interior. Blue está rondando la puerta abierta y tiene algo en las manos.

—Tien nos está exigiendo que nos pongamos estas ridículas zapatillas. Si esto es lo que tenéis que sufrir todos vosotros, pobres aldeanos, no me extraña que seáis como sois.

—La forma de ser de Lei es *increíble* —dice Lill.

Me río y le alboroto el pelo. Siento los ojos ardiendo ante la vista de mi antigua casa y tienda, pero las lágrimas no empiezan a caer hasta que no escucho la voz chillona de Tien procedente del interior.

—¡Aiyah! ¿Por qué estáis tardando tanto?

Casi puedo escuchar el suspiro de mi padre desde aquí.

—Dales un momento, Tien. El viaje ha sido largo.

—Es el mismo viaje que hicimos nosotros hace dos días y, aun así, no habían pasado ni cinco minutos antes de que yo estuviera deshaciendo el equipaje y preparándote la cena.

Entro en mi casa sonriendo tanto que duele.

—¿Lágrimas de felicidad? —me pregunta mi padre con un toque de preocupación mientras me aparta el pelo para secarme las mejillas.

—De *mucha* felicidad.

Volvemos a abrazarnos. Cuando al fin me separo, él sonríe, dándoles la bienvenida a las demás antes de susurrarme al oído:

—Tengo una sorpresa para ti. —Me toma de la mano y me guía a la parte trasera de la tienda—. Rápido —dice—, antes de que la vieja demonio cambie de idea.

—¿Cambiar de idea? —refunfuña Tien—. Para empezar, en ningún momento di mi aprobación.

—¿Aprobación para qué? —pregunto.

Baba se limita a guiñarme un ojo. Recorremos las habitaciones pequeñas y los pasillos de la casa. Mis ojos se empapan de cada detalle. Me siento descentrada, como si me hubiese inclinado sobre alguna fisura en el tiempo y me hubiese encontrado en un mundo anterior al palacio o, quizá, incluso anterior a ese mundo, cuando mamá todavía estaba con nosotros, la sonrisa de mi padre era siempre así de grande y estas paredes y la gente que vivían dentro de ellas eran todo lo que necesitaba para sentirme segura.

La puerta que conduce al jardín deja pasar un rayo de luz. Cuando mi padre la empuja para abrirla del todo, una nariz diminuta y húmeda aparece en el hueco. Se escucha un ladrido agudo y, al abrir la puerta del todo, aparece una cabeza peluda y negra, con unos ojos oscuros brillantes, unas orejas caídas y un parche blanco en el hocico. El perrito entra agitándose tanto que apenas puedo atraparlo. Me dejo caer al suelo y lo estrecho entre los brazos.

—La hemos estado llamando Kuih —dice Baba mientras soy atacada por lamidos perrunos—. Pensamos que podríamos mantener la tradición de tu madre de ponerles nombres de comida, pero podemos cambiárselo si no te gusta…

—Es perfecto —digo, aunque me cuesta hablar por culpa de las lágrimas.

Es la segunda vez que alguien que quiero me regala kuih.

—¡Dejadla fuera! Todavía no está adiestrada para hacer sus necesidades.

La voz de Tien nos llega desde la cocina, acompañada por la respuesta confundida de Lill.

—¿Quién no está adiestrada para hacer sus necesidades? ¿Lei?

Baba y yo nos reímos. Llevamos a la pequeña Kuih al porche y nuestro hermoso jardín se extiende frente a mí. El sol de mediodía brilla sobre la hierba demasiado alta y el huerto de plantas medicinales. La vieja higuera está repleta de fruta.

—A las chicas les va a encantar —digo, rascando un punto detrás de la oreja de Kuih que a Bao también solía encantarle.

—A Shala y a Aoki les gusta mucho —dice Baba.

Titubeo.

—¿Se encuentran bien?

—Tan bien como podrías esperar —contesta. Después, sonríe—. Me alegro de que hayas decidido volver a nuestro hogar, Lei.

«Hogar».

Aunque le devuelvo la sonrisa, un dolor me surge en el pecho al recordar lo que comprendí el último día en el palacio. Estoy en casa, y ahora parece incluso más especial por tener a las chicas aquí, conmigo. Sin embargo, también estoy lejos de mi otro hogar.

Una vez más, después del tiempo que hemos pasado luchando para volver a estar juntas, estoy a medio mundo de distancia de Wren.

La vida en mi casa nunca había sido tan ruidosa.

Incluso fuera del horario de apertura de la tienda, cuando la habitación delantera se llena de gente clamando ver a la Elegida de la Luna, la chica que mató al rey, nuestras paredes una vez tranquilas rezuman actividad. Tien finge odiarlo, mientras disfruta sin demasiado disimulo de la oportunidad de poder dar órdenes a tanta gente nueva. Baba parece renovado, más enérgico de lo que lo he visto nunca desde la muerte de mi madre. Aunque me contó que no unirse a la batalla del palacio casi acabó con él y con Tien, se quedaron en el campamento como les pedí y, desde entonces, habían estado intentando compensarlo siendo todo lo útiles que podían. Aun así, al final Tien declaró que ya había tenido bastante de postrarse ante los señores y señoras de los clanes que, evidentemente, no apreciaban su comida lo suficiente, y Baba y ella regresaron aquí para reabrir la tienda. Mi padre me hizo prometerle que me uniría a ellos pronto.

No me sorprendí cuando Shala y Aoki decidieron marcharse con ellos. Shala me dijo que quería un lugar más tranquilo para dar a luz, aunque sospecho que también tiene que ver con que quería alejarse del centro político en el que se había convertido el Fuerte de Jade. Creo que tenía miedo de que alguien fuese a intentar hacerle daño a su bebé una vez que naciera. Tras la batalla, Wren y yo decidimos mantener su identidad en secreto por ese mismo motivo, así como para protegerla de las preguntas y las miradas curiosas. Y aunque muchos sospechaban quién podría ser, nadie se ha atrevido a preguntarlo.

En cuanto a Aoki, sé que cada momento que pasaba en el hogar de los Hanno le resultaba doloroso. Un par de días después de que abandonásemos el Palacio de la Libertad, Wren le contó lo que había pasado con su familia para que pudiese decidir si quería venir al Fuerte de Jade con nosotras y el resto de las chicas. Cuando se enteró, resultó inconsolable. Pensar en lo que estaba sufriendo me rompía el corazón. Quería estar con ella desesperadamente, pero todavía no habíamos vuelto a hablar desde la noche antes de la batalla.

Al final, creo que tan solo consintió en venir con nosotros al Fuerte de Jade porque Zhen, Zhin y Blue venían y le asustaba separarse de ellas.

En el hogar de los Hanno, Wren se aseguró de que los mejores médicos y doncellas del clan se encargasen de ella. Por su parte, el resto de las chicas no culparon demasiado a Wren por lo que había ocurrido. No es que fuesen demasiado amistosas con ella pero, cuando nos veían juntas por los pasillos o los jardines, se paraban a hablar con nosotras y, aunque sus miradas eran un poco duras, era evidente que estaban esforzándose.

Todas nos esforzábamos. Era lo único que podíamos hacer.

Entonces, recibimos noticias de la familia de las gemelas. Por suerte, sus padres y su hermano, Allum, habían escapado ilesos de la batalla que Wren había dirigido en Marazi, pero habían perdido su hogar. Aunque había sido destruido por un cañonazo del lado de Marazi, los padres de Zhen y Zhin se negaban a involucrarse con los Hanno. Temiendo posibles represalias por sus lazos estrechos con la corte, habían huido de Marazi tras la ocupación del clan. Vinieron al Fuerte de Jade para buscar a las gemelas con la intención de mudarse a Puerto Negro, donde tenían algunos parientes lejanos.

Sin embargo, ellas se negaron a abandonar a Aoki hasta que no estuviese curada del todo y confesaron que tampoco les gustaba la idea de dejar a Blue sola, ya que ahora tampoco tenía un hogar y,

mucho menos, una familia. Aunque, más bien, nosotras nos habíamos convertido en su familia. Fue entonces cuando sugirieron que
podríamos pasar un tiempo todas juntas hasta que… Bueno, ninguna de nosotras estaba segura de hasta cuándo, pero sí estábamos
seguras de que ese momento todavía no había llegado.

Sin necesidad de preguntar, supe que a mi padre y a Tien les
encantaría que las chicas se quedasen con nosotros. Así que, tras
mandarles un mensaje alertándolos de nuestra llegada, las cuatro
nos pusimos en camino un mes después, una vez que los médicos de
los Hanno estuvieron satisfechos con la recuperación de Aoki.

Y, en el último minuto, pasamos a ser cinco. La familia de Lill se
había quedado en el Palacio de la Libertad para trabajar. Wren había
declarado que cualquier residente del palacio que deseara quedarse
sería bienvenido, fuese cual fuese la tarea que eligiese. Yo le ofrecí a
Lill una invitación abierta para venir a visitarme y sus padres se ale-
graron de poder permitir que, quizá por primera vez en su vida, tuviese tiempo de poder ser una niña, nada más que una demonio joven que va de visita a la casa de su amiga de papel.

Solo le puse una condición para que viniese: no podía volver a
llamarme «Dama» nunca más.

43
Wren

Wren suspiró, echándose para atrás el pelo apelmazado por el sudor que todavía le cubría parte de los hombros en ondas oscuras. Caminó con cuidado por el pasillo hasta su habitación. Los últimos rayos de luz, ya que las noches empezaban a caer antes con la llegada del otoño, se colaban a través de las ventanas con celosías. Movió los hombros en círculos, exhalando ante el dolor de cadera.

Había sido otro largo día de reuniones. Siempre le resultaban agotadoras, pero aquel día habían sido especialmente difíciles. Cada provincia había designado a un gobernador temporal tras la guerra, pero estaban llegando al momento de tomar la decisión pantanosa de cuál sería la mejor manera de elegir a los representantes oficiales. Algunos de los clanes que, al principio, habían estado de acuerdo con la reestructuración, ya no estaban tan seguros. Aquello los había llevado a unas reuniones bastante acaloradas.

Wren no estaba segura de si estaba manejándolo todo bien. Era la miembro más joven del Nuevo Consejo, un término que ya era oficial, pero era Wren Xia Hanno y tenía que mantener el legado de su padre, y era ella la que tenía que sentarse en su lugar presidiendo la mesa. Kenzo le aseguraba a menudo que estaba haciendo un buen trabajo. Pero era Kenzo; siempre intentaba darle confianza.

Wren quería saber la verdad. Wren quería tener a Lei.

Se detuvo frente a la puerta. Durante tres meses maravillosos, ella y Lei habían compartido su habitación. No le había importado lo duro que hubiese sido el día porque había sabido cómo iba a terminar cada uno de ellos: con Lei en su cama, su cuerpo flexible enredado en el suyo, Wren enterrando la nariz entre los largos mechones de su pelo y las dos quedándose dormidas. O no.

En aquel momento, deseaba ardientemente encontrar a Lei detrás de aquella puerta. Por el contrario, encontró a otra persona.

—Buenas noches, cariño.

Lova estaba encaramada sobre el alféizar de la ventana. El sol poniente brillaba a través de los postigos a su espalda, dibujando rayas de tigre sobre su pelaje rubio de leona. Wren se dirigió a la mesa del rincón donde las doncellas habían dejado té y algunos tentempiés.

—Deberías tener cuidado —dijo, llenando dos tazas—. Sorprender a una chica de esa manera podría acabar con una herida seria.

Lova le guiñó un ojo.

—Suena como el tipo de preliminares que a mí me gustan.

—Lo —dijo Wren—, ahora no, por favor.

Lo que quería decir era «nunca más», pero no tenía la energía suficiente para que aquello se convirtiese en una discusión.

La chica león se arrodilló a su lado, moviendo la cola para acariciar el costado de Wren.

—No ha sido el mejor de los días, ¿eh? Qué ganas tenías de darle un puñetazo a Lord Murray cuando sugirió que los demonios eran miembros de la sociedad más eficientes y productivos gracias a las capacidades naturales que nos habían otorgado los dioses.

Wren dejó escapar una risa seca.

—Debería haberme imaginado que las cosas no cambiarían tan fácilmente. Los prejuicios están muy arraigados en estas tierras.

—El Rey Demonio tuvo doscientos años para conseguir que fuese así. Deshacer todo eso nos va a costar más que una guerra y unas cuantas reuniones.

—¿Crees que alguna vez lo conseguiremos?

—No —dijo ella sin rodeos—, pero sí podemos hacer que la cosa mejore —añadió.

Se estiró y agarró la mano de Wren. Ella le devolvió el agarre y, después, apartó la mano. El eco de Lei flotaba entre ellas.

Lova se acabó el té y, después, se puso en pie.

—Ha llegado esto para ti. —De los pliegues de su camisa cruzada sacó un pergamino—. Al menos, algo bonito con lo que acabar el día, ¿no? —Cuando llegó a la puerta, hizo una pausa—. Cuéntame mañana cómo están las chicas. Ya sabes, para estar informada. Pasaron aquí mucho tiempo, gastando nuestros recursos. Estaba aquella chica... La que luchó en la batalla. ¿Cómo se llamaba? La que tenía el pelo...

—¿Blue? —dijo Wren con una sonrisa cómplice.

Lova hizo un gesto con la mano.

—Lo que sea. Tan solo me preguntaba... Sería una buena guerrera. Parecía que se estaba adaptando muy bien a este lugar.

Cuando la sonrisa de Wren se ensanchó, la leona puso los ojos en blanco y salió antes de que pudiese burlarse de ella un poco más.

No se le había escapado la forma en la que Lova y Blue habían empezado a mirarse la una a la otra durante el tiempo que habían pasado allí. Era la misma mirada que había visto en los ojos de Merrin y Bo en el pasado y, en aquel momento, en los de Khuen y Samira, así como en los de Kenzo y la gran cantidad de soldados guapos que pasaban por el fuerte.

Estaba feliz por ellos. Una vez, Shifu Caen le enseñó a usar su magia para hacer florecer una flor de una semilla diminuta en apenas unos segundos. Pensó que, si la magia nunca regresaba, al menos tendrían aquello: afecto, atracción y amor floreciendo como flores de colores llamativos empujadas por suaves pasos.

Aunque, dioses, esperaba que la magia sí regresase.

Aquel era un problema en el que estaba trabajando Ruza. El joven hechicero se había presentado voluntario para ayudar en los intentos de comprender la Enfermedad y si podrían lograr que la magia volviese al mundo. Ruza era famoso entre los antiguos hechiceros reales por el papel que había desempeñado para liberarlos, por lo que Wren le había ofrecido un puesto en el Nuevo Consejo como representante de los hechiceros de Ikhara. No quería tomar más decisiones por ellos. Deberían tener voz y voto sobre cómo se usaba la magia y sobre cómo se los usaba a ellos.

Alisó la carta que Lova le había dado. Cada palabra brillaba con la voz de Lei.

Wren:

Es una hora muy rara de la mañana, pero tenía que escribirte en cuanto tuviese la oportunidad, y sé que pronto volverán a llamarme para que ayude. Ya sabes cómo se pone Tien cuando la hacen esperar. Aunque, ahora también está Blue.

¡Ven a salvarme! ¡Socorro!

En otro orden de cosas... ¡Shala ha dado a luz! Hace dos días, en el octavo día del mes. Espero que nadie le dé demasiada importancia; ya sabes lo que pienso sobre los augurios de buena suerte. Tanto ella como el bebé están muy bien cuidados dado que viven en una tienda de plantas medicinales, y Baba y Tien se han estado preparando para el nacimiento desde que Shala les preguntó si podía venir a casa con ellos.

El bebé es adorable, Wren. Al menos, una vez que le quitamos todo el pringue. Está sano, es un Luna con unos cuernos diminutos que tienen obsesionada a Lill. Kuih está celosa de la atención que le prestamos, aunque ayer le olió los pies y les dio lo que supongo que fue un lametazo de aprobación.

Por favor, cuéntales a Kenzo, a Lova, a Nitta y a cualquier otra persona en la que confíes que tenemos entre nosotros un principito.

Aunque no es que él lo vaya a saber. Shala está decidida a que no conozca su legado. Al menos, no de momento. Quiere criarlo con discreción aquí, en Xienzo. Crecerá al cuidado de muchas tías que lo adoran (oh, dioses, ahora soy tía), lejos del mundo que construyó su padre. Todas nos alegramos de eso. Supongo que siempre habrá maneras en las que la corrupción pueda alcanzar a un niño, pero antes tendrán que enfrentarse a nosotras, y somos un grupo bastante fuerte.

Su nombre es «Ai». Obviamente, Blue lo odia. Dice que ponerle un nombre que significa «amor» es sensiblero. Pero a mí me encanta.

Supongo que soy una sensiblera.

Te echo de menos, Wren. No puedes imaginarte cuánto.

Bueno, Ai ha empezado a llorar y puedo escuchar los pasos pesados de Tien por el pasillo. Mis brazos parecen calmarlo más que los de cualquier otra persona, así que mis brazos y yo somos requeridos muy a menudo últimamente. No me quejo. Es un placer poder ayudar tanto a Shala como a Ai, incluso aunque sea de esta forma tan insignificante.

¡Ah! Sin magia, al principio no estábamos seguros de qué hacer con la ceremonia de Bendición Natal. Lo discutimos mucho, pero encontramos una solución perfecta. En realidad, tú fuiste la inspiración. Te lo contaré la próxima vez que nos veamos. O puedes venir a visitarnos y verlo por ti misma.

Sé fuerte, Wren. Construye un mundo que sea digno de un niñito demonio que recibió el nombre de la cosa más poderosa y valiosa del mundo.

Con todo mi amor,

Lei

La noche siguiente, organizaron una pequeña celebración en honor de Shala y Ai. Wren les habló de ello a Lova, Nitta, Kenzo, Khuen, Samira y Ruza, y todos estuvieron encantados. Lova había sido la que había sugerido hacer una fiesta, aunque eso era algo que no le costaba demasiado. Organizar fiestas era su especialidad, sobre todo si incluían explosivos y algo de pelea. Por suerte, aquella no fue así.

Hicieron una hoguera y llevaron algunos cojines al exterior, cerca del borde del bosque, donde era probable que nadie los molestase. Wren asaltó la colección de sake de su padre y Nitta preparó dulces. Desde la guerra, había estado pasando mucho tiempo en la cocina y había aprendido bastantes cosas bajo la estricta tutela de Tien. Kenzo encontró un viejo laúd que estaba muy desafinado, pero, tras unas pocas horas y mucha bebida, no pareció importarles.

Nitta y Wren se sentaron juntas. A pesar del calor de la hoguera, la noche era fresca y se habían colocado una manta por encima de los hombros. Al otro lado de las ascuas que se mecían en el aire, Lova estaba moviendo las caderas mientras cantaba al ritmo del laúd de Kenzo, que se reía a carcajadas con la letra lasciva que la leona se había inventado. Khuen y Samira se estaban besando. Desde un lateral, Ruza los observaba con curiosidad. Tal vez porque se trataba de un papel y una acero o, tal vez, solo porque se estaban besando con demasiado... entusiasmo.

Wren también los observaba, no con curiosidad, sino con envidia. Le dolía el pecho. A Lei le hubiese encantado aquello. A ella le hubiese encantado que Lei estuviese allí para haberlo disfrutado juntas.

Samira se apartó el tiempo suficiente de la boca de Khuen como para darse cuenta de las miradas de Ruza y de Wren. Poniendo en blanco los ojos de halcón color escarlata, ahuecó los brazos alados y los colocó frente a ella y Khuen, ocultando sus caras de los demás. Todos se rieron.

Nitta le acarició el brazo.

—¿La echas de menos? —le preguntó.

Ella sonrió.

—Siempre.

—Esto me recuerda a nuestros viajes al principio del año —dijo Nitta, haciendo un gesto en dirección a la fiesta—. Fueron buenos tiempos.

—Durante la mayor parte del tiempo estábamos a la fuga, corriendo por nuestras vidas.

La chica leopardo le lanzó una sonrisa resplandeciente.

—Exacto. Buenos tiempos. —Se sacudió un poco sobre la silla—. ¿Qué te parece?

Wren ojeó la silla.

—Bueno —dijo—, Silla de Guerra tiene más armas.

—Lo cual me encanta.

—Y tiene una apariencia más intimidante.

—Me gusta parecer intimidante.

—Pero Perezosilla sí que parece más cómoda.

—¿Verdad? Es muy cómoda. Lova le ha puesto apoyo lumbar y relleno adicional para mi culo huesudo. Tan solo le falta un portatazas. Debería pedirle que me hiciera uno.

—Tal vez sea mejor que esperes a mañana —le sugirió Wren—. Si se lo dices ahora, no estoy segura de que vaya a recordarlo.

—No —confirmó Nitta mientras contemplaba con cariño cómo Lova daba vueltas en círculos con Kenzo y Ruza, después de haber abandonado el laúd. Khuen y Samira seguían besándose tras el escudo de las alas de ella—. Dudo que lo recordase.

De pronto, recordó algo: una conversación acalorada que había escuchado a hurtadillas entre Nitta y Lova cuando Merrin (el corazón todavía le dolía cuando pensaba en él; su muerte seguía muy viva en su memoria) había llevado a la chica leopardo de vuelta al fuerte.

—Últimamente os habéis estado llevando bien —dijo.

—¿Cómo?

—Tú y Lova. Habéis dejado de pelearos.

Fragmentos de aquella primera discusión regresaron a su mente. Después de tanto tiempo estaban mezclados, pero tenía buena memoria. Después de todo, la habían adiestrado para darse cuenta de todo, y sabía lo que había escuchado a pesar de que no lo entendiese.

«Nunca se lo contamos…».

«¡Ya lo sé! ¿Crees que me seguiría hablando si lo supiera? Lo que no entiendo es por qué».

«Si todavía no lo entiendes, Lova, nunca lo harás».

«No me debes lealtad, Nitta. Ni tú, ni Bo».

«¿Crees que dejamos de ser Amala en algún momento?».

Lova había exiliado a Nitta y a Bo del clan de los gatos unos años atrás y, al parecer, por algo que parecía temer que Wren descubriese.

Ante su escrutinio, Nitta se puso seria.

—Le dije que tendría que contártelo en algún momento —dijo con un suspiro.

—¿Por qué os exilió? —preguntó—. ¿Qué tiene que ver conmigo?

—Todo —dijo la chica leopardo con tristeza.

Cuando miró a Lova, que ahora formaba una pila en el suelo con Kenzo y Ruza mientras los tres se reían, un atisbo oscuro de intranquilidad atravesó la atmósfera cálida.

Nitta la agarró del brazo.

—Ahora no —dijo—. Deja que disfrute de este momento, Wren.

—Haces que suene como si, una vez que me lo cuente, no vaya a volver a mirarla del mismo modo.

—No lo harás —respondió ella con solemnidad—. Yo tampoco lo hice durante mucho tiempo. Pero nadie tiene las manos limpias de sangre, Wren. Todos hemos tomado decisiones horribles por aquellos a los que amamos.

—Tú no —señaló Wren.

Nitta se animó un poco.

—Bueno, no todos pueden ser tan excepcionales como yo. Una lástima. El mundo sería un lugar mucho mejor si fuese así.

—Sí —contestó Wren con sinceridad, sonriendo—, tienes razón.

No tuvo que esperar demasiado para descubrir la verdad. Lova fue a contársela a la mañana siguiente. Nitta le había avisado de la conversación que había mantenido con Wren, así que la chica león le contó todo mientras la escuchaba en silencio y llena de furia.

Cuando salió de su habitación, Wren escuchó unos murmullos en el exterior. Después, alguien llamó a la puerta.

Nitta entró antes de que tuviese tiempo de responder.

—Estoy aquí para hacer control de daños —dijo con suavidad—. Sé que la magia ha desaparecido, así que no estás a punto de hacer que estalle la mitad de la habitación, pero he pensado que podrías estar un poco enfadada y creo que no deberías pasarlo sola.

A Wren le costaba respirar.

—¿Un poco enfadada?

—A menos que quieras estar sola. No quiero imponerte mi presencia. Si es lo que necesitas, me marcharé. Pero he aprendido que no siempre es bueno dejar que la ira siga su curso. Tiene tendencia a... florecer.

—Hizo que matasen a mi madre —dijo ella, furiosa, con las manos cerradas en puños a sus costados—, por supuesto que mi ira está floreciendo. Lova hizo que la mataran y culpó al rey para provocar a mi padre y que comenzase una guerra. Una guerra que ha acabado con miles de muertos, que les ha arrebatado muchas cosas a muchas personas. Que me ha arrebatado a personas a las que amaba. Ha herido a personas a las que amo. Ha roto a personas a las que amo.

—Todo eso es cierto —comenzó la otra chica—, y es terrible, pero...

—No, Nitta. ¡No hay excusas que valgan para esto! —Deseaba seguir teniendo sus poderes Xia para poder liberarse de parte de la furia que la revelación de Lova le había dejado en el interior—. Entonces, ¿qué? ¿Lo tampoco quería que mi padre ocupase el trono del rey porque no pensaba que fuese a ser un buen gobernante? ¿No creía de verdad que se pudiera destruir el control del rey desde el interior tal como había planeado mi padre? ¿Quería un poco de muerte y dramatismo antes de que se acabase todo? ¿Es así?

—Y, además... —comenzó Nitta con paciencia, ignorando de forma evidente la parte de la muerte y el dramatismo.

Apretó la mandíbula

—¿Y qué?

—Sabía que no podrías quedarte sin castigo después del asesinato y no habría soportado perderte.

Se apartó de golpe, exhalando con fuerza. Toda su vida le habían enseñado a canalizar sus emociones en la pelea pero, ahora que la guerra había terminado, ¿qué opciones le quedaban? ¿Cómo manejaban los demás su ira cuando no podían deshacerla en pedazos? Se encogió cuando Nitta la tocó. La chica leopardo abrió el puño de Wren y colocó su mano dentro.

—Recuerda lo que te dije anoche —le dijo en voz baja—. Ninguno tiene las manos limpias de sangre. Todos hemos tomado decisiones horribles para proteger a aquellos a quienes amamos y las cosas que amamos. Para bien o para mal, Lova te quiere y también quiere a Ikhara, y pensó que una guerra era la única manera de salvaros a las dos.

Wren sintió ganas de reírse.

—Una guerra es lo último que me protegería de la muerte.

—No creo que la muerte fuese lo único de lo que te estaba intentando proteger.

Se calmó al oír aquello. Después, lentamente, se dejó caer de rodillas. Miró a través de las ventanas hacia los terrenos del fuerte, hacia el bosque y la hierba teñida de rosa por el sol de primeras horas de la mañana. Nitta la rodeó con uno de sus brazos.

—Por eso os exiliaron a ti y a Bo —dijo Wren.

La otra chica suspiró.

—Éramos ladrones de secretos y nos topamos con uno de nuestra propia general. Éramos jóvenes, estúpidos y codiciosos. Bo pensó que, si hablábamos con ella y le dejábamos claro que podíamos usar la información contra ella, sería alguna especie de jugada poderosa que obligaría a Lova a ascendernos dentro del clan. Pero ella era más inteligente. A Bo y a mí nos habían criado los miembros de nuestro clan después de que nuestros padres muriesen en un accidente de barco de arena al poco de nacer nosotros. Jamás haríamos nada para hacerles daño. Eran nuestra familia. Siguen siendo mi familia. —Pestañeó—. Aun así, retar de esa manera a nuestra general merecía un castigo. Lova nos exilió, y supongo que imaginó que su secreto acabaría exiliado con nosotros. Todavía no había decidido si seguir su plan o no. Solo descubrió que Ketai iba a meterte en el palacio como una de las Chicas de Papel cuando ya os habíais conocido. Ya desconfiaba de él antes, pero creo que aquello, saber que le haría eso a su propia hija, hizo que su convicción fuese más sólida.

Wren sentía los ojos ardiendo.

—Pero él… Era… Había un propósito…

—Claro que había un propósito, Wren —dijo Nitta con pena—. Siempre lo hay. Se trata de si puedes apoyarlo o no, de si crees que el fin justifica los medios. Puede que no apruebe las acciones de Lova, pero apoyo el razonamiento que había tras ellas. ¿Puedes hacer tú lo mismo con tu padre?

El horror de lo que Nitta le estaba preguntando realmente llenó la habitación. Su padre la había enviado junto al rey para que la violase. Aquella era la verdad sencilla y brutal detrás de todo el asunto. Wren llevaba años intentando evadirla.

La chica demonio apoyó la mejilla en su brazo. Se quedaron en silencio durante un buen rato. Al final, Wren habló.

—¿De verdad puedes perdonar a Lo por todo esto? ¿Incluso por Bo?

Ella respondió con firmeza.

—Nada va a traer de vuelta a mi hermano. El reino estaba ardiendo mucho antes de que Lova encendiese la cerilla. Todos lo sabemos.

La noche anterior, Nitta le había dicho que no volvería a mirar a Lova del mismo modo después de conocer la verdad, y había tenido razón. Lo sentía en los huesos. Pero no era porque no comprendiese por qué había hecho lo que había hecho. Ni tampoco porque se lo hubiese ocultado durante tanto tiempo. Era porque las acciones de la general de los Amala le recordaban que ella también había hecho cosas abismales por un motivo similar y no estaba segura de que la chica a la que amaba fuese a perdonarla verdaderamente por ellas algún día.

Como si adivinase sus pensamientos, la otra chica le dio un apretón en el hombro.

—Habla con ella, Wren. En condiciones. —Le dedicó una sonrisa reconfortante—. Todo saldrá bien. Y si no, vuelve y acuéstate con Kenzo. Parece que es lo que hace ahora todo el mundo cuando necesita sentirse mejor.

Muy a su pesar, se rio.

—Me he dado cuenta, aunque me temo que no es mi tipo.

—No —dijo Nitta con un suspiro—, el mío tampoco.

Wren titubeó.

—¿Cuál es tu tipo?

—No tengo uno. —Se encogió de hombros—. No estoy segura de que todo eso sea para mí. Es divertido bromear sobre ello, y siempre fue fácil fingir sobre ese tipo de cosas porque había oído bastantes historias de Bo. Aun así… Lo que me gusta es la parte de coquetear. Lo demás no lo tengo tan claro.

—¿Y qué me dices del amor?

La mirada de la chica leopardo era suave y cálida.

—De eso tengo bastante como para seguir adelante un par de vidas más.

Wren le dio un beso en la frente.

—¡Cuidado! —dijo ella—. Puede que Lei se entere, y he visto lo que puede hacer esa chica con un cuchillo.

Wren se rio. Tras una pausa, dijo con voz ronca:

—Cuando esté fuera, vigila a Lo por mí.

No añadió que lo que Nitta había dicho era cierto: la ira florecía en soledad. Pero, tal como había aprendido por las malas, lo mismo ocurría con otras cosas destructivas, incluida la que, tal vez, era la más destructiva de todas:

La culpabilidad.

44
Lei

La brisa otoñal me alborota la ropa cuando estoy tumbada en la hierba con Kuih durmiendo en la curva de mi cintura. Más allá de los pájaros, los insectos y algunos de los vecinos que continúan con su trabajo, la tarde está tranquila.

Es el único día de la semana que cerramos la tienda. Baba se ha ido a dar un paseo con Shala, Ai y Blue. Sin las gemelas, que se marcharon unos días después de que Shala diera a luz para unirse a sus padres y hermano en su nuevo hogar en un pueblo cercano, y sin Lill, que ha regresado al Palacio de la Libertad, solo estamos Aoki y yo en la casa. Este es el primer momento pacífico del que he podido disfrutar en mucho tiempo. Me deleito en él, disfrutando de la frescura de la brisa, de la fragancia de nuestras plantas medicinales y del ronquido suave de Kuih. Ya ha crecido mucho. Su tripita abultada de cachorra es más redondeada de lo que probablemente debería y creo que mi padre es el culpable. Al igual que a Bao, a Kuih le gusta el mango deshidratado.

Estoy medio dormida cuando me cubre una sombra.

—Tienes otra carta.

Me incorporo rápidamente, sorprendiendo a Kuih. Me gruñe antes de ir a olisquear las piernas de Aoki, que le sonríe y se agacha para rascarle las orejas. Ella me tiende el pergamino sin mirarme a los ojos.

Le doy las gracias y espero a que se marche. Parece que está a punto de hacerlo, pero, entonces, se detiene.

—Lo siento —dice de pronto.

Después, aumentando mi sorpresa, se sienta a mi lado. Kuih se acurruca con ella y Aoki la acaricia distraída mientras la boca se le tuerce de un modo que sé que significa que está intentando no llorar.

—Aoki —comienzo—, no tienes que disculparte.

—Sí que tengo que hacerlo. —Toma aire con un temblor—. Shala y yo hemos estado hablando mucho y me ha explicado… cosas. Cosas que creo que ya sabía, pero que necesitaba escuchar. O, al menos, tal como las cuenta ella. Zhen, Zhin, Chenna —titubea al mencionar el nombre de nuestra amiga, el nombre que resulta una nueva punzada de dolor cada vez que lo escucho—, tú. Siempre habéis intentado protegerme de la realidad de nuestras vidas en el palacio. —Hace una pausa—. Blue no tanto. —Suelto una carcajada que parece más un bufido—. Pero en aquel momento no podía entenderlo —prosigue—. No sé por qué.

Sus dedos se detienen. Kuih los lame para animarla a que siga, pero ahora Aoki está quieta, con unos surcos húmedos brillando sobre sus mejillas redondas. La comida de Tien ha hecho que se le llenen, lo cual le queda bien. Casi vuelve a tener su aspecto normal otra vez. Cuando se gira hacia mí, estoy a punto de tambalearme hacia atrás porque, por primera vez en lo que parece una eternidad, siento que me ve, que me ve de verdad. Sus encantadores ojos verde-ópalo están fijos en los míos y siento que el peso de esa eternidad, un tiempo en el que ambas fuimos amables y crueles la una con la otra, pacientes e hirientes, cambia un poco, como si acabase de crearse el hueco suficiente para que comience una eternidad nueva.

Nos lanzamos en brazos de la otra a la vez. Kuih ladra y comienza a dar saltos a nuestro alrededor, lo que me hace reír más fuerte. El amor, el alivio y el afecto se acumulan en mi interior con tanta fuerza que me hacen llorar.

—¡Te he echado tanto de menos! —solloza Aoki.

—¡Yo sí que te he echado de menos! —Comienza a disculparse de nuevo, pero yo la hago callar y le limpio las lágrimas con el pulgar—. No tienes nada de lo que disculparte. ¿Me entiendes? Nada.

—Lo que os hizo a todas…

—Lo que *nos* hizo —la corrijo. Ella asiente.

—No estaba bien. Debería haberlo visto. Debería haber estado ahí para consolaros. En cambio, os culpaba a vosotras cuando, en realidad, todo era culpa suya.

—No pasa nada —digo con suavidad—. Estabas enfrentándote a ello a tu propia manera.

—Lo amaba, Lei —susurra.

La abrazo y mis lágrimas le caen sobre el pelo.

—Lo sé.

—Pensaba… Pensaba que él también me quería.

—Creo que lo hacía. Al menos, todo lo que sabía amar a alguien. Pero no se lo merecía. Ni tu amor, ni a ti.

—¿Y qué pasa si…? ¿Qué pasa si nunca me vuelve a amar nadie más?

—Oh, Aoki —contesto exhalando—, ya hay mucha gente que te quiere. Y con lo que respecta a ese tipo de amor… Volverás a encontrarlo de nuevo, no tengo ninguna duda.

—¿Cómo?

—¿Que cómo lo sé? —La abrazo con más fuerza—. Porque te conozco, Aoki. Te he visto en tus peores momentos, e, incluso entonces, tú… eres increíble.

Lloramos, susurramos y nos abrazamos la una a la otra hasta que ambas acabamos exhaustas. Entonces, nos tumbamos de espaldas sobre la hierba. El cielo sobre nuestras cabezas está despejado, de un color azul marino. Un pájaro pasa volando y no siento ningún golpe de celos mientras lo observo, ningún recordatorio de cómo su libertad se burla de mi falta de ella.

Después de todo este tiempo, yo también puedo abrir mis alas al fin.

Aoki ladea la cabeza para sonreírme. Aunque tiene los ojos hinchados, el verde de sus iris parece más fresco que antes, como si las lágrimas se los hubiese limpiado. Supongo que para eso sirven las lágrimas: para limpiarlo todo, para ayudarnos a librarnos de las cargas que soportamos.

—Gracias —le digo.

—¿Por qué?

—Por ser mi amiga.

Aoki sonríe y, justo entonces, vuelve a ser la chica que conocí el verano pasado, con los ojos grandes y sorprendida de que ella, la hija de unos granjeros de los remotos llanos de Shomu, estuviese en el palacio real. Todavía no está herida. Todavía no es una superviviente. Todavía no tiene cicatrices por culpa de él. Me ofrece la esperanza de que, incluso en los tiempos más oscuros, el optimismo y la amabilidad pueden prevalecer.

Al oír pasos en la casa, Kuih sale corriendo. Los demás han regresado. Oigo el gritito de bebé de Ai; la risa melódica de Blue que, después de todos estos meses, sigue siendo una sorpresa; las voces distantes de Baba y Shala y el golpe de una puerta al cerrarse que probablemente será Tien regresando de su reunión.

Los sonidos de mi hogar.

No, de la mitad de mi hogar.

Porque Wren no está aquí, y mientras estemos separadas, sé que jamás me sentiré completa del todo. Incluso a pesar de que, ahora mismo, sujetando la mano de Aoki, tumbada en el jardín en un día a principios de otoño y escuchando el ajetreo de mi familia dentro de casa, me siento más completa de lo que me he sentido en muchísimo tiempo.

El golpe de la puerta del porche al abrirse interrumpe la paz.

—¡Pequeño incordio! —gruñe Tien—. ¡Ven aquí ahora mismo!

Pongo los ojos en blanco mirando a Aoki y le tiendo la carta.

—Guárdame esto, por favor. —Entonces, me sacudo la ropa y me acerco a Tien—. ¿Se trata de Ai? No lo oigo llorar.

Mi tía lince chasquea la lengua con impaciencia.

—No, aunque los dioses saben que el pequeño alborotador estará quejándose otra vez muy pronto. Creo que lo está aprendiendo de ti.

—Me tomaré eso como un cumplido —le digo.

—No deberías. —A pesar de todo, hay un brillo descarado en sus ojos. Hace un gesto con la mano, indicando mi aspecto desaliñado—. Ponte presentable. Tienes una visita, y así no es como recibimos a los invitados en esta casa.

El corazón me da un brinco.

Adivinando mi esperanza, Tien añade rápidamente:

—No es ella. Es esa preciosa chica halcón que sale con ese chico de papel larguirucho.

—Samira —digo. Tengo que calmarme ante el golpe de decepción—. Veré qué es lo que quiere.

—Supongo que se quedará a cenar —gruñe Tien—. Con las formas que tienen de cocinar en ese sitio, están todos destinados a abandonar el barco tarde o temprano.

Cenamos en el porche, cubriéndonos las piernas con mantas cuando el frío de la noche empieza a asentarse. Aunque, como siempre, la comida está deliciosa (sopa de costillas de cerdo y, de postre, pudin de sago con gula melaka y sirope) y charlamos alegremente, entreteniendo a Samira con historias de nuestra vida en la casa y la tienda, estoy ansiosa por poder hablar a solas con ella. Sé que no ha recorrido media Ikhara a vuelo tan solo por la cena y la conversación.

Shala y Aoki son las primeras en dejar la mesa para acostar al bebé. Shala me acaricia el hombro antes de irse y yo le sujeto la mano, agradecida. En sus brazos, Ai me hace un ruidito. Tiene los rasgos gentiles de su madre, los mismos ojos un poco torcidos. Si en su cara hay rasgos de otra persona, yo no los veo.

Baba es el siguiente en marcharse, llevándose algunos de los tazones. Blue intenta hacerse pequeña, pero Tien la obliga a ponerse de pie y le ordena que limpie el resto de la mesa. Samira y yo nos ofrecemos a ayudar, pero Tien nos despacha con un gesto de los brazos.

—Es de mala educación permitir que un invitado ayude —espeta—. Y es casi tan maleducado dejarla sola en la mesa. Enséñale su habitación cuando acabéis. Y no te olvides de limpiar las últimas cosas que queden.

—Sí, Tien —contesto canturreando.

Samira alza una ceja emplumada.

—Da incluso más miedo de lo que recordaba —dice en cuanto nos quedamos a solas.

Me río.

—Creo que está empeorando con la edad.

—El fuerte no es lo mismo sin ella. —El gesto de la chica halcón se suaviza—. O sin ti.

—¿Cómo está? —pregunto, extrañamente nerviosa de pronto.

La noche es oscura y los mosquitos revolotean en torno a los farolillos que cuelgan sobre nuestras cabezas. Las cigarras cantan entre la hierba, aunque, en pocos días, hará demasiado frío y se quedarán en silencio.

—Está bien —contesta Samira—. Ocupada. Ya viste cómo era aquello, y no es que le esté resultando más fácil con el tiempo. La euforia de la victoria está empezando a desvanecerse y, sin magia, a Wren le cuesta todavía más mostrar su valía. Se está expandiendo la información sobre su verdadera identidad y, aunque muchos clanes sienten respeto por su herencia Xia, también hay algunos que cuestionan si su derecho al trono Hanno es legítimo.

—La sangre no lo es todo —digo.

—Lo es para algunos.

—¿Alguna noticia sobre tu clan? —pregunto con cuidado. Tras abandonar a los Hanno, Lady Dunya y los leales del Ala Blanca regresaron al Palacio de las Nubes. Nadie ha sabido nada más de ellos, aunque los informes de los clanes de la región sugieren que todavía tienen que abandonar las cercanías más inmediatas de su hogar.

El rostro lleno de plumas de Samira se contrae.

—Todavía no. Creo que lo dejaré estar un poco más.

—Pero tienes intención de ir a verlos.

—Claro. Son mi clan, los echo de menos.

Puedo adivinar que el tema la hace sentirse incómoda, así que cambio de dirección y le dirijo una mirada pícara para aligerar el ánimo.

—¿Alguien más a quien eches de menos? ¿Eh? —Se le escapa una sonrisa—. ¿Cómo está Khuen? Cuando nos fuimos, apenas podíais separaros lo suficiente como para despediros.

—Oh, créeme —dice Samira—, si no fuese por esto, todavía estaría unida a él ahora. —Las dos nos reímos y ella continúa—. Pero cuando Wren me pidió que viniese a buscarte, dije que sí, por supuesto.

—¿Venir a buscarme? ¿Para llevarme de vuelta al Fuerte de Jade? —El pulso se me acelera—. ¿Ha pasado algo? No me dijo nada en su último mensaje...

—Al Fuerte de Jade, no. No te preocupes, Lei, no ha pasado nada malo. En realidad, creo que este sitio te va a gustar mucho.

—¿Has estado allí? —pregunto—. ¿Dónde vamos?

Samira asiente.

—Es un lugar precioso. Estoy contenta de volver allí. Me encantaría llevar a K, pero todavía no se me da muy bien llevar pasajeros. Uno es mi límite.

—Ninguno de los dos somos grandes —señalo. Después, suelto un gruñido de inmediato cuando el tono de Samira se vuelve presuntuoso y su sonrisa pasa a ser una sonrisita de suficiencia.

—Habla por ti.

<hr/>

Más tarde esa misma noche, acabo de tumbarme sobre la esterilla de dormir con la carta abierta de Wren, cuando unos pasos se acercan a mi puerta. Cansada, empiezo a levantarme.

—Mis brazos y yo vamos de camino, Tien —digo con un suspiro.

Sin embargo, cuando la puerta se desliza hasta abrirse del todo, las que aparecen son Aoki y Blue. Aoki lleva una bandeja de pasteles de piña que Tien ha horneado esta mañana. Blue tan solo lleva su mala cara habitual, aunque, como todo lo que tiene que ver con ella últimamente, está atemperada. Su parte más afilada no ha desaparecido por completo, pero está más suave, como los guijarros de una playa que cada vez están más lisos gracias a los besos insistentes de las olas.

—¿Te apetece un tentempié? —pregunta Aoki.

Yo sonrío.

—¿Acaso alguna vez la respuesta ha sido «no»?

Se sientan junto a mí. Blue se apoya en la pared mientras Aoki y yo comenzamos a comernos de inmediato los deliciosos pasteles.

—Sois repugnantes —dice Blue. Después, señala la carta—. ¿Y bien? ¿Cómo van las cosas en el fuerte? ¿Sigue esa gata ridícula paseándose por allí como si fuera la señora del lugar?

Aoki y yo intercambiamos una mirada. Me cuesta evitar que me aparezca una sonrisa en la cara.

—¿Estás hablando de la general Lova? ¿La señora del clan de los Amala? ¿La atractiva leona a la que pasabas mucho tiempo mirando cuando pensabas que nadie te veía?

Blue me lanza una mirada asesina mientras Aoki estalla en carcajadas.

—Dioses —dice entre dientes—. Olvídalo.

Abro de nuevo la carta y la aliso.

—No, no pienso hacerlo —digo. Después, siento dudas y miro de reojo a Aoki—. ¿Te parece…? ¿Te parece una buena idea que hagamos esto?

El nombre de Wren, que nadie ha pronunciado, sobrevuela la habitación. Odio que, ahora que Aoki por fin está empezando a entender y procesar lo que ocurrió en el palacio, tenga estas nuevas heridas de las que ocuparse. La pérdida de su familia es un trauma totalmente diferente, y sé que pasará mucho tiempo antes de que empiece a sentirse mejor, y mucho más con respecto a la participación de Wren y los Hanno.

Pero, a su favor, he de decir que Aoki me dedica una sonrisa frágil.

—No pasa nada. Tú la amas a ella, y yo te quiero a ti.

Le doy un apretón en el brazo, agradecida. Después, vuelvo a centrarme en la carta y abro los ojos de par en par.

—No es de Wren.

Las chicas se inclinan sobre mí mientras le doy la vuelta al pergamino para ver el sello de cera que había abierto a toda velocidad. Descubrimos que no se trata del azul medianoche de los Hanno, sino de un tono ciruela pálido. Juntas, ojeamos las primeras líneas de la carta.

—Oh, dioses —susurra Aoki.

Blue se pone tensa.

—Es de los padres de Chenna.

—Pobrecitos —murmura Aoki—. Deberías ser tú quien la lea, Lei, va dirigida a ti.

—Todas la queríamos. —La extiendo bien de manera que las tres podamos verla—. La leeremos juntas, tal como Chenna hubiese querido.

Querida Lei:

Te pedimos disculpas por no dirigirnos a ti de una manera más formal, pero no sabemos cuál es tu apellido. Un amigo nos dijo que los apellidos no son muy comunes en las zonas más rurales de provincias como Xienzo. Esperamos no haberte ofendido.

Somos los padres de Chenna Munsi, Ramir y Vita Munsi. Llevamos mucho tiempo queriendo ponernos en contacto contigo, pero nos ha costado un poco aunar las fuerzas para hacerlo. Por favor, perdónanos. Perder a nuestra única hija ha sido difícil.

Te damos las gracias por la carta que nos enviaste. Dado que alguien nos lo tenía que contar, nos alegra haber recibido la noticia de manos de una de sus amigas más íntimas. Alguien que estuvo con ella desde el principio hasta el fin. Tus amables palabras sobre Chenna han sido un gran consuelo para nosotros. Leemos tu carta a menudo para recordarla tal como tú la conociste. Parece que creció tremendamente durante el tiempo que pasó en el palacio.

Vita y yo queremos agradecerte todo lo que hiciste para cuidar de ella. Por lo que nos contaste sobre el resto de las Chicas de Papel, todas eran importantes para Chenna. Algún día, nos encantaría poder conoceros a todas en persona y daros las gracias.

Esto nos lleva a nuestro propósito al escribirte. Si no es demasiada molestia, esperábamos que pudiéramos visitarte y hacer justamente eso: conocerte y darte las gracias en persona. Te aseguramos que no te robaremos demasiado tiempo y, por supuesto, buscaremos alojamiento en una posada y nos proveeremos de nuestras propias comidas. Aun así, entenderíamos que no te sintieras cómoda con esta idea y respetaremos la decisión que tomes.

Muchas gracias por tu tiempo.

Nuestros mejores deseos para ti y tu familia.

Que los dioses os bendigan,
Ramir y Vita Munsi

El rostro de Aoki está húmedo. Frente a nosotras, Blue está sentada muy rígida y con los labios fruncidos en una línea muy fina. Después, parece haber tomado una decisión.

—Sus padres suenan bastante pomposos —dice.

—¡Blue! —exclama Aoki.

—Bueno, es verdad. No me extraña que Chenna fuese tan distante.

—No era distante —le espeto—, y lo sabes.

—Supongo que no estaba mal del todo —concede ella.

Alzo las cejas.

—Un gran cumplido, viniendo de tu parte.

Aoki se frota las mejillas con una manga.

—¿Entonces? ¿Qué vas a decirles?

—Que pueden venir en cuanto yo regrese de mi viaje, desde luego. —Cuando sonríe, la aprieto contra mi costado—. Eso, y que podrán conocer a otras cuatro de las chicas que significaron tanto para su hija.

Los ojos de Aoki se iluminan.

—¡Zhen y Zhin tendrán muchas historias buenas que contarles! Siempre cuentan las mejores historias.

Le lanzo a Blue una mirada penetrante. Ella pone las manos en alto.

—Está bien. Tal vez les acabe gustando y me ofrezcan que vuelva con ellos a Uazu. Si nos guiamos por la forma tan elegante que tienen de escribir, su hogar debe de ser mucho más sofisticado que este.

—Yo elegiría la casa de Lei antes que cualquiera más sofisticada en cualquier momento —dice Aoki y las tres nos quedamos calladas ante el significado de sus palabras.

Nuestra última casa era la más lujosa de Ikhara y, sin embargo, aquí estamos ahora, viviendo en mi destartalada casa que también es una tienda en una aldea perdida de Xienzo. Al igual que Aoki, yo siempre me quedaría con esto antes que con cualquier lugar más opulento. Y, aunque murmura una respuesta evasiva, tomando uno de los pasteles de piña para evitar un mayor escrutinio, sé que Blue también lo haría.

45
Lei

Desde el momento en el que aterrizamos, sé que Samira tenía razón. Este sitio me va a gustar. Mucho.

Incluso aunque no acabase de pasar tres días arduos en la espalda de Samira quien, a diferencia del querido Merrin, definitivamente necesita más práctica viajando con pasajeros, hubiese seguido estando abrumada al llegar. Esto es el Santuario Sur, uno de los cuatro lugares secretos de descanso para los hechiceros y los viajeros a través de las montañas de Ghoa-Zhen y el lugar en el que Wren aprendió más cosas sobre su familia Xia durante la guerra. «Santuario» es la palabra perfecta para describirlo. Todo resulta cálido, seguro y reconfortante, desde el tono ambarino de la luz matutina, hasta el arroyo burbujeante o las plegarias que surgen de los distintos santuarios.

Doy un par de pasos tambaleantes, colocándome bien el pelo que el aire me ha revuelto. El zumbido de algo familiar me corre bajo los pies. Antes de que pueda ubicarlo, un grupo de hechiceros nos saluda. Otros van de un lado a otro del asentamiento, lanzándonos miradas curiosas antes de seguir con sus tareas o sus conversaciones.

—¡Samira! —Una hechicera diminuta y con aspecto de anciana abraza a la chica halcón con cariño—. ¡Qué alegría volver a verte! —Le dedica una sonrisa sin dientes mientras los ojos negros empañados le brillan. Después, se gira hacia mí—. Tú debes de ser Lei. Soy Ahma Goh. —Cuando voy a hacer una reverencia, ella me detiene—. Nada de formalidades aquí, niña. Todos somos uno. Además, mi pobre espalda no lo soportaría. —Me atrapa las manos entre las suyas, que están llenas de arrugas—. Llevo mucho tiempo esperando conocerte.

—¿De verdad? —digo—. Hemos venido todo lo rápido que hemos podido...

Ella se ríe.

—Me refiero a la primera vez, cuando la joven Samira y los demás se quedaron con nosotros. Esa amante tuya no es muy habladora, ¿verdad? Aun así, supe de tu existencia. Hay algunas cosas que no necesitan palabras para ser expresadas. —Siento un nudo en la garganta y el rostro de Ahma Goh resplandece—. Ven, está retirando las cosas del desayuno.

Dejando a Samira con los demás, la hechicera anciana me conduce hasta un pabellón abierto por los laterales que está en el centro del asentamiento. Está oculto por un grupo de arces, cuyas hojas son un mar verde ante el otoño que se avecina. Dentro, se mueven unas figuras ocultas por las sombras.

Es entonces cuando la oigo reírse.

Me detengo de golpe. Ahma Goh me espera, sonriendo con paciencia y con un brazo rodeándome la cintura.

Ese sonido.

Wren. Riendo.

Me parte por la mitad en el mejor de los sentidos; del mismo modo que la luz del sol atraviesa las nubes de tormenta, o cómo una flor se abre paso entre un campo de tierra lleno de cenizas. No es una rotura, sino una apertura, un estallido de luz y color, porque se trata de Wren riendo en este lugar cálido y mágico.

Entro corriendo al pabellón, pasando junto a los demás, que sueltan exclamaciones de sorpresa. Wren se está girando cuando me abalanzo sobre ella con tanta fuerza que se tambalea hacia atrás y estamos a punto de caernos al suelo. Pero es Wren, que vuelve a estar fuerte y es feliz, así que recupera el equilibrio sin esfuerzo, apretándome contra su pecho allí donde he apoyado la cabeza, escuchando con un oído cómo el corazón le late con ferocidad.

—Lei —susurra pasándome los dedos por el pelo.

—Wren —susurro yo también.

Me da un beso en la cabeza y yo me aparto lo suficiente como para inclinarme de modo que sus labios puedan encontrar los míos.

Hemos tenido besos que sabían a principios y besos que sabían terriblemente a final. Este está a medio camino de las dos cosas. No es exactamente nuevo, ni es algo que esté acabando, sino una renovación; una promesa de que vendrán muchos más.

—Pero ¿qué pasa con todo el mundo besándose por todas partes?

—¡Ruza! —exclamo, separándome de Wren para abrazar al joven hechicero.

Él se ríe, dando un traspié.

—Ten cuidado. Todavía estoy trabajando en los músculos.

—Pintan bien —le digo, y es cierto. Su figura está más rellena. Incluso la cicatriz rabiosa del cuello donde llevaba el collar de los hechiceros reales ha disminuido hasta convertirse en una marca apenas visible. Lo recorro con los ojos—. De verdad, tienes muy buen aspecto.

—Sigo aquí —dice Wren.

Frunzo el ceño.

—No, quiero decir…

Entonces, me quedo quieta, sintiendo en condiciones el zumbido cálido y familiar que hay bajo mis botas, débil pero decidido.

—Magia —digo con voz ahogada, abriendo los ojos de par en par—. Hay… ¿Es eso…? Este sitio… ¡Magia!

Ruza mira a Wren.

—Creo que la hemos roto.

Sin embargo, la sonrisa de Wren, al igual que su risa, es más amplia y sincera de lo que he visto en meses y sé que estoy en lo cierto.

La miro boquiabierta. En mi pecho compiten la alegría, el asombro, la incredulidad y una punzada de miedo.

—Estás… La magia está… ¿Qué habéis hecho?

Ahma Goh se acerca a nosotros riéndose de forma nerviosa.

—Cálmate, niña. No es más que un poco de magia.

Todos sabemos que no es solo «un poco de magia», pero sus palabras me desarman. Presiono las manos sobre el pecho de Wren.

—¿Ha vuelto de verdad?

—Solo aquí —contesta—. Y ni siquiera se acerca a la fuerza que tenía antes, pero es un comienzo.

—¿Cómo te sientes? —susurro. Ella sonríe.

—Como si estuviera en casa.

Ahma Goh agita una mano llena de tatuajes.

—Pero eso no tiene nada que ver con la magia, niña. Es porque estás en casa de verdad.

Me agarro a la cintura de Wren, mirando alrededor con asombro.

—Wren, este sitio es precioso.

—Tú sí que eres preciosa —contesta con voz ronca, arrastrándome de nuevo hacia sus labios.

—Y esa es mi señal para marcharme —anuncia Ruza mientras Ahma Goh nos anima dando palmas con alegría.

Es casi medianoche cuando por fin estamos solas. Me siento mareada y atrapada por ese tipo de felicidad que te cala hasta los huesos y que surge de pasar un día dichoso en un lugar tan idílico como el santuario.

—Podría vivir aquí —digo mientras muevo las piernas dentro del agua.

Wren y yo estamos sentadas en la orilla cubierta de hierba del estanque de baño. La noche está tranquila. Un búho ulula en el bosque. El arroyo transcurre a nuestro lado, lustroso bajo la luz de las estrellas, y destellos plateados lo bañan todo: las rocas que sobresalen del suelo musgoso, el pelo ondulado de Wren y la piel tostada de sus muslos, ya que nos hemos abierto las túnicas para meter las piernas en el estanque. El agua está caliente de una forma poco natural. Como el resto del asentamiento, brilla a causa de la magia. No me había dado cuenta de lo mucho que me había acostumbrado a sentirla durante el tiempo que pasé en el palacio o incluso durante nuestros viajes antes de la guerra cuando Wren y Hiro siempre estaban tejiendo daos de protección sobre nuestros campamentos. Si a mí me resultó raro que la magia desapareciese del mundo después de un periodo tan corto conviviendo con ella de cerca, no puedo imaginarme cómo fue para ella.

—Podríamos hacerlo —dice, mirándome a la cara—. Vivir aquí.

—Hay muchas plantas medicinales con las que podré trabajar en el bosque —digo.

—Y yo recuperaré mi magia.

—Y la usarás para sanar a los heridos y los cansados que pasen por aquí.

—En verano, podemos dormir bajo las estrellas.

—Y en invierno daremos paseos por la nieve.

—Baba, Tien y los demás vendrán a visitarnos.

—Podríamos hacernos viejas como Ahma Goh —dice Wren.

—No creo que nadie en la historia de Ikhara haya llegado a ser tan vieja —respondo y ambas nos reímos, aunque no por mucho tiempo.

Ambas sabemos que lo que estamos diciendo no es real.

Tal vez podríamos hacer esas cosas si fuésemos otras personas, pero no lo somos. Ella tiene que arreglar una nación y yo tengo una nueva familia a la que amar y cuidar. Ya han perdido demasiadas cosas. No sería justo que yo también desapareciese de sus vidas.

Wren lleva mi mano derecha hasta su regazo. Con la yema de los dedos, me acaricia la zona en la que llevaba el brazalete encantado.

Wren había hecho que sus mejores herreros nos quitaran los brazaletes del brazo a Aoki y a mí en cuanto llegamos al fuerte. Sin magia que les brindase apoyo, se habían roto con facilidad. Sin embargo, las cicatrices que nos habían dejado han tardado más en desaparecer, sobre todo en el caso de Aoki. En Xienzo, Baba se ha hecho cargo de su muñeca casi destrozada, esforzándose al máximo con la vieja herida. A veces, tiene problemas para levantar cosas y sé que todavía le duele moverla, pero es valiente y no se queja. Estoy muy orgullosa de ella.

—Tantísima magia utilizada para hacer daño —murmura Wren, recorriendo la marca cada vez más pálida—, y tanto daño causado para crearla.

Entrelazo los dedos con los suyos.

—No tiene por qué ser así.

—La magia se va a restaurar, tanto si la ayudamos como si no. Ya ha empezado aquí. Con el tiempo, acabará expandiéndose.

—Eso es bueno. Deberíamos restaurarla.

Inclina la cabeza.

—¿De verdad?

—Es nuestra forma de vida, Wren. Es fundamental para muchas de nuestras culturas, para gran parte de cómo hacemos las cosas.

—De cómo hacemos cosas terribles —dice.

—Y de cómo hacemos cosas increíbles. —Titubeo—. Wren, lo que te dije en el barco de Lova... Lo siento mucho, no sentía nada de aquello.

—No te culparía si lo hicieras.

—No. Deberías. No fue justo y tuviste que vivir con ello durante meses, creyendo que era eso lo que pensaba de ti. Lo siento muchísimo, mi amor —exhalo—. No estoy diciendo que lo que hiciste estuviese bien, pero ahora te comprendo mejor. Yo... Yo también he hecho cosas horribles. Como matar a Caen o ver cómo otros sufrían sin ponerle fin. Y todos los demonios a los que he hecho daño... Yo también he roto familias, Wren.

Ella niega con la cabeza.

—Tan solo estabas haciendo lo que podías, dadas las circunstancias.

—Igual que tú.

—Lei, a mí me educaron así, lista para matar...

—Exacto. Ketai te convirtió en un arma perfecta. Hizo que la venganza se convirtiese en todo tu mundo. Era todo lo que conocías, y él, todo lo que tenías. Es normal que hicieras todo lo que te pedía.

—También hice cosas por voluntad propia —dice ella, apartando la mirada. Sus palabras eran duras como piedras—. En el palacio del Ala Blanca. No tenía que matar a Eolah. Me asusté cuando pareció que podría perturbar nuestra alianza con ellos.

—Y sabías que era lo que Ketai te hubiese pedido. Solo porque no estuviese allí, no significa que no escucharas su voz, susurrándote. Piensa en Aoki —digo—. Cuando alguien se te mete en la cabeza, no desaparece con tanta facilidad. Dejan plantadas las raíces.

Wren hace una mueca.

—¿Cómo se encuentra?

Recuerdo la conversación que tuvimos hace unos días en el jardín.

—Está mejorando.

«Lo amaba, Lei. Pensaba que él también me quería».

Fue la primera vez que la escuché hablar de él en pasado. Eso ya es un progreso.

—Nunca me perdonará —dice Wren.

—Quizá no, pero tú tienes que perdonarte a ti misma. —Le llevo las manos a las mejillas, meciéndole el rostro—. Yo creo en ti, Wren. Te ayudaré y tú me ayudarás a mí. Trabajaremos juntas en perdonarnos a nosotras mismas.

Ella cierra los ojos, con las lágrimas acumulándose en las esquinas. Después, susurra:

—¿Y tú? ¿Puedes perdonarme?

Con un sollozo, la estrecho más cerca.

—Oh, mi amor —digo—. Ya lo he hecho.

Cuando las dos hemos derramado todas las lágrimas, nos sentamos una al lado de la otra, con mi cabeza apoyada en su hombro y el agua arremolinándose en torno a nuestras piernas. Nos brillan las mejillas. Con un dedo, dibujo una palabra sobre el muslo de Wren.

—¿Qué estás escribiendo? —pregunta.

—Tu nombre. Sé que ya no está aquí para preguntarle, pero creo que sé por qué Ketai lo eligió para ti. —Ella espera a que continúe—. Se escribe igual que «resistencia» —le explico rápidamente, consciente de que lo que estoy diciendo no es más que una teoría—. El carácter tiene dos símbolos. —Los dibujo con los dedos—. Una espada y un corazón. —Le dedico una sonrisa tentativa—. Así eres tú, Wren. Puede que Ketai lo escogiese por su significado literal, ya que eres lo único que resistió de los Xia, y tu resistencia es una de las cosas que te hace tan fuerte. Sin embargo, mira cómo se escribe. Son un par de símbolos. Equilibrio. Dos partes de un todo. Te han hecho creer que tu fuerza es solo la manera en la que luchas, pero también se trata de tu corazón; de cómo te preocupas y cómo amas.

Parece tan conmovida por mis palabras que hace que me duela el pecho. Estoy segura de que todavía no lo cree, pero la ayudaré a que lo vea. Por mucho tiempo que le cueste, estaré aquí.

—Hablando de nombres… —digo—. ¿Qué te parece «Ai»?

Ella sonríe.

—Es perfecto. ¿No ibas a contarme lo de su relicario de Bendición Natal?

—No es un relicario, pero sí. ¿Quieres que te lo muestre?

Ahora está frunciendo el ceño, curiosa.

—¿Mostrármelo?

—Tendrás que venir a la casa para verlo en condiciones —digo, buscando entre mi túnica el lugar en el que he colocado un trozo de papel doblado para mantenerlo a salvo—, pero Blue hizo este dibujo para que te hagas una idea. Resulta que es una gran artista. ¿Quién lo hubiera imaginado? Ha estado dibujando todo tipo de cosas. Retratos de nosotras, de Ai, de Kuih… Además, hace unas caricaturas muy graciosas, aunque tenemos que esconderlas de Tien, ya que la mayoría son sobre ella.

Wren abre el papel que le he dado. El dibujo es de un árbol, aunque no es un árbol normal. Hay hojas de papel atadas a sus ramas torcidas y, en cada una de ellas, hay palabras escritas. Pasa las yemas de los dedos por cada una.

—Esto es… Habéis hecho…

—No se parece al del Templo de lo Oculto —digo, avergonzada de pronto, dudando de si lo que hemos hecho es, de algún modo, ofensivo—. Pero había un bonsái que hemos tenido toda la vida y que era el tesoro de mi madre; lo cuidaba mucho. Un día, antes de que Ai naciera, después de que hubiéramos estado discutiendo qué hacer con la Bendición Natal, estaba en la habitación de mamá y Baba, y lo vi. Me recordó al árbol de papel del templo y a lo segura y afortunada que me hacía sentir. Así que me pregunté qué pasaría si, en lugar de nombres, escribiésemos las cosas que deseáramos para el futuro de Ai...

Dejo de divagar. Escudriño el rostro de Wren, preocupada por lo tensa que se ha puesto, pero, cuando pestañea y me mira, su mirada es brillante e incandescente, la misma mirada que me ha lanzado innumerables veces; una mirada que es fiera, pura y sincera.

—Me encanta —susurra. Después, dejando el papel a un lado, me pone las manos en la cara y me sonríe con una sonrisa tan maravillosa que hace que el estómago me dé un vuelco—. Te quiero.

Me besa con la misma fuerza que tiene su mirada y mi día dichoso se convierte en una noche larga, dulce y dichosa. Y con ella, llega la promesa de, tal vez, si soy lo bastante afortunada, una vida larga, dulce y dichosa.

Hay una tradición en nuestra tierra, una que todas las castas de humanos y demonios respetan. La llamamos Bendición Natal. Es una costumbre tan antigua y enraizada que se dice que incluso los propios dioses la practicaron cuando trajeron a nuestra raza al mundo. En el pasado, usábamos magia para llevar a cabo esta costumbre y los hechiceros fabricaban los diminutos relicarios dorados que guardaban nuestro sino. Un único carácter que revelaría el destino verdadero de una persona; si nuestras vidas serían afortunadas o si nuestro sino era algo mucho más oscuro, años malditos que se desarrollarían entre el fuego y las sombras.

Desde la guerra, la magia es algo difícil de encontrar. La tierra ha empezado a recuperarse poco a poco de la Enfermedad y, a lo largo de los últimos años, el leve zumbido de la magia ha empezado a brotar de nuevo en pequeños focos por toda Ikhara. Unos pocos de los clanes de hechiceros que no fueron diezmados por el antiguo reinado han comenzado a practicar magia de nuevo. Aun así, todavía tendrá que pasar mucho tiempo antes de que los encantamientos vuelvan a ser lo habitual.

Sin magia, los padres han estado practicando la Bendición Natal a su propia manera. He oído que algunos escriben plegarias en piedras que depositan en sus jardines como semillas que esperan que desarrollen un poder propio. Algunos lanzan pequeños barcos de madera a los ríos, viendo cómo zarpan sus ruegos. Algunos fabrican sus propios colgantes y recuerdos, y colocan dentro un mechón de pelo para que a sus hijos nunca les falte una parte de ellos incluso cuando se hayan ido. Otros ocultan palabras dentro (a veces una y a veces muchas, tal como hicimos con el árbol de papel de Bendición Natal de Ai), capturando sus deseos con tinta y elaborada caligrafía, y encerrándolos en cualquier cosa: desde cajas y guardapelos hasta conchas en forma de espiral tomadas en playas arenosas.

Puede que no sea muy objetiva, pero prefiero estas formas de la tradición a la antigua. Después de todo, ¿qué destino podría ser más precioso que aquel que tus padres soñaron para ti cuando tú mismo eras todavía poco más que un sueño? ¿Qué palabras podrían guiarte a través de la vida con mayor gentileza?

Ningún niño debería volver a soportar jamás la carga de una palabra de Bendición Natal como la de Wren.

Ella, al igual que yo, lleva ahora una palabra nueva consigo allá donde va. Nos deshicimos de su viejo relicario poco después de nuestro viaje al Santuario Sur, en una de mis visitas al Fuerte de Jade. Jamás recuperamos del palacio mi propio relicario y, aunque al principio lo echaba de menos, he llegado a pensar que es muy apropiado que lo haya perdido. Después de todo, el destino que me había reservado durante tantos años ya había sido liberado. He conseguido mis alas. He aprendido a volar.

Y, ¡ay!, cómo vuelo.

Ahora, un nuevo colgante reposa sobre mi cuello, idéntico al que lleva Wren. Llevamos a cabo la ceremonia nosotras mismas, escribiendo deseos para la otra en hojas de papel antes de sellarlas dentro. No tenemos que esperar a que nuestros colgantes se abran. No tenemos que ver lo que hay dentro para saber que es algo bonito, algo lleno de amor y de promesas porque, ¿acaso no es eso todo lo que deseamos para aquellos a los que amamos?

Al principio, cuando sugerí que volviésemos a realizar la Bendición Natal, Wren no estaba segura, ya que ninguna de nosotras es una recién nacida y ambas conocemos los primeros destinos que se nos concedieron. Sin embargo, conseguí convencerla. Después de todo, aquello ocurrió hace toda una vida, y si algo nos ha enseñado todo lo que hemos tenido que pasar es que nunca es demasiado tarde para empezar de nuevo.

Nunca es demasiado tarde para tener nuevos sueños.

NOTA DE LA AUTORA

En los dos primeros libros hablé sobre lo personal que esta trilogía es para mí y lo importante que es que se haya vuelto personal para tantos de vosotros. Me siento inmensamente privilegiada de escuchar vuestras historias sobre cómo habéis encontrado valor y amistad con las chicas y conmigo. Yo también espero habernos representado bien en estos libros.

Mientras continuaba explorando temas como el abuso sexual, el trauma tanto físico como emocional, el síndrome de estrés postraumático, los mecanismos de defensa dañinos, el racismo, la sexualidad y la misoginia en *Chicas de muerte y furia*, hay otro asunto muy personal para mí: la discapacidad.

Como con el resto de los temas, tan solo puedo escribir desde mi propia experiencia como persona discapacitada con una enfermedad genética degenerativa incurable: el síndrome de Ehlers-Danlos. Habiendo convivido siempre con el dolor y la enfermedad, mi perspectiva es diferente a la de Nitta, Wren, Blue, Aoki, Naja o incluso el rey con sus heridas repentinas. Sin embargo, la sensación de haber perdido algo, de enfrentarse a la disminución de tus propias habilidades o de tu propio sentido de identidad me resulta dolorosamente familiar. El SED es una enfermedad cruel que me arrebata más cosas cada día que pasa. No quería minimizar la amargura y el tormento que esto puede suponer, pero también quería mostrar que una discapacidad no es lo único que nos define. Sí, soy mi enfermedad, pero también soy muchas más cosas. Espero que esto haya resultado evidente, especialmente a través del personaje de Nitta. (Ay, ¡cuánto la adoro!).

Un último mensaje con respecto a los temas principales de *Chicas de muerte y furia*. Gran parte de esta trilogía trata de recuperarse a uno mismo después del abuso, después de la manipulación, después de una relación tóxica o después de que otros te hayan impuesto sus expectaciones y exigencias. Esencialmente, al final, de eso trata mi experiencia con la violencia sexual y emocional: de definirme a mí misma con seguridad una vez que otros me han impuesto sus definiciones o me las han arrebatado; de regresar a mí misma tras las secuelas del trauma.

Ese es el viaje que ahora tienen que emprender las Chicas de Papel. Es uno que yo misma tengo que continuar. Espero que todos aquellos que también estéis recorriendo ese camino tengáis amor, paciencia, amabilidad, fuerza y apoyo en abundancia.

Y alas. Creo que a todos nos vendrían bien un par de alas.

Si eres víctima de abuso sexual, emocional o físico, por favor, no dejes de hablar con un adulto de confianza o en contactar con alguna institución o fundación de tu país, que brinde ayuda en estos casos.

AGRADECIMIENTOS

¡Guau! Esta trilogía ha sido toda una aventura. Aunque ni mucho menos ha sido tan agotadora como la de Lei y Wren, aun así, han sido unos cuantos años épicos en los que he luchado batallas físicas y mentales, he forjado amistades, he creado y roto grupos, he ganado y perdido amores, he tenido triunfos y fracasos, nuevos hogares y nuevos sueños, una Enfermedad literal arrasando el planeta y mi parte de momentos que han amenazado mi vida. Pero, al igual que Wren y Lei, he sobrevivido. Y, como ellas, tengo muchas personas a las que agradecérselo.

Mi nuevo equipo en Little, Brown Books for Young Readers, especialmente Alexandra Hightower, por recibir estos libros con calor y pasión. Le dimos un giro a este libro en apenas unas semanas y eso solo fue posible gracias a tu agudo ojo editorial, tu fortitud y tu empuje. Al equipo de Hodder en Reino Unido por conseguir también que estos libros hayan superado unas circunstancias difíciles. Molly Powell, gracias por tomar las riendas con tanta habilidad. A todas las personas de Hachette a ambos lados del Atlántico por todo lo que habéis hecho por estos libros: todas las cosas buenas que les han pasado han sido gracias a vosotros. Y, como siempre, al equipo Jimmy original, por haber abogado por *Chicas de papel y de fuego* desde el principio. Os debo mucho a todos vosotros. Jenny Bak, tu visión y tu fe es lo que nos ha traído hasta aquí; siempre te estaré agradecida.

A Taylor por ser siempre paciente, feroz, sabia y amable. Todos los autores merecen una agente como tú. Os mando todo mi amor a ti y a todas las personas de Root Literary. Y a Heather, por ayudar a que *Chicas de papel y de fuego* encuentre casas maravillosas por todo el mundo.

Un gran y sentido agradecimiento para todos los profesionales de la salud que me han ayudado a seguir adelante estos últimos años. Los viajes al hospital, las operaciones y las pruebas médicas nunca son divertidas, pero estoy muy agradecida con los médicos, enfermeras, personal de limpieza, cuidadores y muchos otros profesionales tan maravillosos que hacen que un hospital resulte lo más cómodo posible no solo para mí, sino para todos los pacientes, especialmente durante momentos tan difíciles.

A todos los amigos, familiares y compañeros escritores que me han mantenido a flote a lo largo de esta aventura: os quiero, os aprecio y os admiro a todos vosotros. Mamá y papá, gracias por vuestro apoyo a larga distancia. Siempre lo siento conmigo. James, conocerte es un privilegio. Callum, la fe de Lei en el poder de la amabilidad siempre ha estado inspirada en tu corazón tan dulce. Fab, ojalá todos los hombres fuesen como tú. Chris, siento mucho haberme olvidado de ti en los agradecimientos del primer libro. ¡Aquí estás! (Y muy merecido). Y a Sara por, sencillamente, ser la mejor.

Por último, aunque nunca, ni mucho menos, menos importante, mi gratitud eterna para vosotros, los lectores que os habéis quedado conmigo y con las chicas todo este tiempo. Yo escribo palabras, pero sois vosotros los que les dais vida. Cada carta, mensaje privado, entrada, tuit, reseña, artículo, lista, exposición, club de lectura, venta, préstamo de biblioteca, panel, podcast o, sencillamente, todas y cada una de las veces en las que habéis hablado de esta trilogía son las que han creado un hueco en el mundo para ella. Un hueco que muchos me dijeron que ni podría, ni debería existir. Recibo muchos mensajes de agradecimiento de los lectores que se sienten re tados por mis historias y las de las chicas, pero sois cada uno de vo sotros los que merecéis el mérito.

Muchas gracias, ocho millones de veces.